笔底风云

一代良史陈寿

彭春绵 著

四川文艺出版社

图书在版编目（CIP）数据

笔底风云：一代良史陈寿／彭春绵著. --成都：
四川文艺出版社，2025.3. --ISBN 9787-5411-7164-2

Ⅰ. I247.5

中国国家版本馆 CIP 数据核字第 2025EN0531 号

BI DI FENGYUN: YIDAI LIANGSHI CHENSHOU
笔底风云：一代良史陈寿

彭春绵　著

出 品 人　冯　静
编辑统筹　罗月婷
责任编辑　罗月婷
内文设计　史小燕
封面设计　叶　茂
责任校对　蓝　海
责任印制　桑　蓉

出版发行　四川文艺出版社（成都市锦江区三色路 238 号）
网　　址　www.scwys.com
电　　话　028-86361802（发行部）　　028-86361781（编辑部）

排　　版　四川胜翔数码印务设计有限公司
印　　刷　成都紫星印务有限公司
成品尺寸　168mm×238mm　　　　　开　本　16 开
印　　张　18.25　　　　　　　　　　字　数　290 千
版　　次　2025 年 3 月第一版　　　　印　次　2025 年 3 月第一次印刷
书　　号　ISBN 9787-5411-7164-2
定　　价　78.00 元

目录

第一章　遗愿

一

谯周躺在榻上，满是皱纹的脸犹如敷了一层严霜，苍白得有些泛紫，看上去已近垂危。

陈寿捏住谯周的手，似觉握住的是一截干柴，正在失去所有的温度和质感。他觉得需要一炉旺火，便叫家仆陈棋往炉中添炭。陈棋忙了一阵，那火仿佛起死回生一般，终于旺了，屋里也渐渐暖和起来，似觉谯周的病也随这炉复燃的火，有了某种指望。

"该服药了。"陈棋说。

陈寿扭头一看，一盏褐沉沉的药已端到榻前。陈寿将药接过，轻轻啜了一口，慢慢咂摸，跟上次一样，有点复杂，甚至迷惑，即使以他浸淫医道多年的造诣，也尝不出这药的来历。

恰好谯熙推门进来，一脸急切地问："如何，有无好转？"

陈寿叹息一声，摇摇头说："先生子时咳嗽两次，丑时一次，寅时三次，卯时两次，一共咳了八次，到现在还没醒。"

"唉，生病快两月了，一直反反复复，昨天又突然昏倒，实在令人担心。"

谯熙的话里明显带着绝望。

陈寿忽然想起了啥，忙问："这药真出自范太医之手？"

谯熙道："是啊，得知家父病重，陛下亲临寒舍探视，并令范太医前来诊治。"

范太医为散骑常侍、一代名医范汪的从子，尽得范汪医学真传。司马炎每有不适，常传范太医把脉治疗。有御医为谯周治病，实在令他人羡慕。

陈寿仍有疑惑，请谯熙将谯周扶起，以汤匙灌药。灌完后，仍使其躺回榻上。

突然，谯周身子扭动起来，继而浑身抽搐。

两人正手足无措，谯周"哇"一口吐了，刚刚灌进去的药吐得满榻都是。

二人忙了一气，将被子撤换，忙叫陈棋去请范太医。

其实，谯周并未昏迷，只是不愿睁眼，不愿再看这个令人绝望的世界。此时，他心里往事历历，数十年风雨，千万里河山，一一奔来眼底。

谯周堪称西蜀第一名士，既通经史，又精医道。门下弟子如陈寿、李密、李骧、何渠、罗宪等，以及三个儿子谯熙、谯贤、谯同，个个不同凡响。

曾记得，怀帝刘禅后颈里突然长出个鸡蛋大小的瘤子，又痛又肿。太医们使尽手段，却毫无起色。谯周得知，自请入宫，说服刘禅，以柳叶小刀将肉瘤割除，敷上草药。不到七日，伤口愈合，三月恢复如初。

谯周刚发这病时，浑身发热发寒，咳嗽不止，自知不过风寒，遂以三辛汤泡澡。所谓三辛，即干姜、大葱及蜀椒。干姜性辛热，大葱发汗解表，蜀椒温通散寒。若伤风伤寒，以三辛汤泡几次澡，比吃药还管用。

几天之后，病状几乎消除，不过偶尔咳嗽几声。若再泡几次，将彻底康复。恰在此时，宫吏传话，命谯周上朝议事。

谯周急忙赶往朝堂，随群臣按礼拜见晋武帝。

武帝司马炎威视众人，朝侍臣使个眼神，侍臣以谄媚的嘴脸领旨，转身向众人宣告："准骠骑将军贾充所奏，封皇子司马柬为汝南王。"

群臣山呼，同声祝贺。

礼毕，司马炎又说："前日接荆州都督羊祜奏表，称前东吴将军孙秀已携家小入荆州，有附降之意。或纳或拒，请卿等详议。"

孙秀出身东吴宗室，拥兵夏口，吴主孙皓十分忌惮。这天，孙皓宠臣何定带兵五千忽然到了夏口，声称陛下将来此狩猎，特来开路。

东吴早已迁都建业，距此遥远，何故舍近求远，来千里以外的夏口狩猎？孙秀断定，何定是奉孙皓之命前来诛杀自己。因知羊祜宽厚，颇有招降纳叛的胸怀，于是，忙领家眷及亲兵百人出逃，投奔羊祜，现孙秀等人已在荆州。

群臣不知司马炎用意，不敢乱说。朝堂之上一时静如止水，似能听见每个人的心跳。司马炎目光如箭，直视群臣。群臣都埋着头，生怕那箭会射向自己。

忽然，司马炎对谯周说："谯允南患有哑疾，不能说话，但从来以远见卓识著称，如何安置孙秀，必有高见，愿闻其详。"

谯周出列，手捧玉笏朝司马炎一揖。

司马炎挥手示意侍臣，侍臣手托木盘来到谯周面前，盘里放有笔墨和一方白绢。谯周略加思索，左手执玉笏，右手握笔，蘸满墨汁，慢慢写了六个字。

写完，谯周将笔轻轻搁回木盘里，双手握住玉笏，低头等司马炎圣裁。

站在群臣间的罗宪，一直望着谯周，眼含忧虑。

侍臣将那方有谯周字迹的白绢铺在御案上，司马炎看一眼，不由呵呵大笑。笑毕，问罗宪："罗爱卿认为该如何安置孙秀？"

罗宪说："恭请陛下圣裁！"

再问李密、李骧，二人的回答与罗宪相同。

司马炎深知，这帮西蜀降臣，尤其是谯周门下弟子，无不与谯周心意相通，若假以时日，虽不至翻起大浪，但谯周的一言一行，绝对会影响他们。

司马炎微微一笑，这笑，像一把即将飞起来的小刀。

司马炎不动声色道："说得好，西蜀虽灭，东吴还在。朕欲效秦始皇，使河山一统，万方归一。当务之急是用良才，收民心。孙彦才为孙氏宗亲，能弃暗投明，应大加褒奖。怀柔贤臣也是朕的秉性，就像当初收复蜀地，朕宽怀刘禅，同时，又重用以谯允南为首的西蜀旧臣。今后，望你们放眼四海，立足统一，勿生妄念。"

不久，司马炎下诏，以孙秀为骠骑将军、交州牧、开府仪同三司，封爵会稽公。

通过此事，谯周彻底读懂了司马炎的内心，也深知那微笑里，冷漠无边，杀气凛然。

天子一怒，血流成河。

此后，谯周病情加重，卧床不起。当范太医出现在病榻前，谯周已知司马炎用心，是要自己不知不觉死在皇恩浩荡里。

谯周从范太医的汤药里，尝到了死亡的滋味，但他不能拒绝。他有些绝望，也有些壮烈地想，唯有自己的死，能换来其他人的生；甚至，不能自行了断，不能说破，必须配合到底。

二

范太医来了，花白的头发束在脑顶，如一丛被约束住的枯草。

谯熙忙说："家父昏迷不醒，咳得更厉害了，刚刚吃的药又吐了。"

范太医不出声，将那口小皮箱搁在桌上，紧皱眉头，看了看谯周，责备谯熙说："既然如此，为何不早点来叫我？谯常侍是朝廷重臣，陛下命我务必使谯常侍康复，要是有个三长两短，哪个担待得起？"

谯熙搓着手说："是是是，是我们的错，求范太医拿出神技，救家父一命。"

范太医坐在榻前，捉住谯周右手，以两个指头掐住手腕，开始切脉。陈寿、陈棋都不出声，等候结论。

摸脉一阵，范太医松开手，从怀里抽出一条绸巾，擦着自己的手说："还是风寒，不用换单方，快去熬药吧。"

陈棋忙出去熬药。谯熙满脸焦急，又问范太医："既是风寒，就算不吃药，也该痊愈了；何况有范太医出手，应该药到病除，为何至今不见起色？"

范太医神情有些慌张，脸上的肌肉微微一抖，转眼环顾室内，微抖的手指着窗户说："把窗子开了，关这么严，就算没病也要憋出病来。"

谯熙似有所悟，赶紧过去，将丝帘卷起，推开窗子。一股凛冽的寒气扑进来，使人不寒而栗。屋外白花花一片，悄然间又是一场春雪。

洛阳不比西蜀，虽年关已过，仍冷如严冬。

范太医说："记住，每日三次，早中晚，必须按时服药。若不把药服进去，就算神仙，恐怕也无济于事。"说着，拿起那个皮箱要走。

陈寿早看出其中有鬼，忙说："范太医请留步，学生有些疑问，想请教请教。"忽听谯周大咳起来，咳得声嘶力竭，陈寿只好打住。谯熙赶紧过去，为谯周披紧棉被。

待谯周咳过，陈寿又问："恩师既是风寒，并非重病，为何至今……"

谯周忽又猛咳起来，咳得山摇地动，陈寿只好再次打住，扭头望着谯周。谯周盯了陈寿一眼，不再咳。

陈寿更加断定自己并非猜疑，把话接上，说："在老家安汉，若感染风寒，几乎勿需求医问诊，用几块蜀姜，加些许葱头，熬一盏热汤喝下去，捂上一床棉被，出一身汗……"

谯周再次咳起来，咳得天崩地裂，陈寿又被打断。这次谯周不再停止，咳得几乎气绝。

陈寿明白，谯周不想自己把话说出来，但事到如今，已经没有任何可以顾忌的了。于是不管不顾，盯着范太医又说："若恩师必死，陛下……"

谯周忽然挣扎起来，指着陈寿大骂："大逆不道，还不住嘴！"

几个人顿时愣住，一齐望向谯周。范太医满面惊讶，忙道："咦，真是奇了，谯常侍患了几年的哑疾，今天居然能说话了！"

谯周朝范太医一拱手说："多谢太医神技，所谓百药皆有益，自古不乏歪打正着的例子。谯某虽然风寒未祛，哑疾却好了。"

范太医大笑道："哎呀，真是塞翁失马，焉知祸福！谯常侍今天能开口说话，实在可喜可贺。"

谯周道："我的病，我自己明白，太医的方子完全对路，想必要不了几天，一切都会好起来，无须再劳太医动步了。"

这些话，范太医当然能听出意思，朝谯周一揖说："如此甚好，如此甚好，容在下告辞。"

谯周忙说："请范太医替我转奏陛下，陛下恩德如天，谯周感激不尽；然老残之身，行将就木，今生无以为报，来世定当陛下犬马。"

送走范太医，陈寿趋近榻前，想了想说："明明药里有毒，恩师为何不让拆穿？"

谯周叹息一声，向谯熙招了招手，示意他也近前。

谯周沉吟片刻，苦笑道："我若不死，你等何以为生？"

陈寿忽然站起，怒不可遏地说："司马炎贵为天子，手握生杀大权，要杀人岂不简单，何必使这种阴招？"

谯周摇了摇头，看着陈寿说："在老朽眼里，承祚是个博知经史的通材，竟如此意气。如今西蜀虽亡，但孙皓仍雄踞东吴，而陛下有兼并天下之志，岂容他人坐大。你我都是降臣，若陛下欲除之，网织罪名，或斩首，或赐死，岂不使东吴群臣胆寒？他日大军伐吴，东吴将士，岂不拼死一搏？"

陈寿冷笑道："既然如此，何不善待我辈，以夺东吴将士决死之志？"

谯周又一阵苦笑，不紧不慢说起一件往事。

九月，洛阳秋风漫漫，天气格外宜人。司马炎召群臣入宫，议伐吴之策。

豫州刺史王戎等纷纷上表，称东南将士秣马厉兵，枕戈待旦，请司马炎下令伐吴。益州刺史王浚亦上书，称所造战船闲置不用，大多腐烂；蜀中连年丰收，粮草充足，若再不伐吴，将士斗志将衰。

朝堂之上，贾充等纷纷请缨，并各献策略。西蜀降臣谯周、李骧、李密、罗宪等，却不置一词。

当时，谯周为骑都尉。在司马炎眼里，有西蜀第一名士之誉的谯周，堪称西蜀领袖，西蜀降臣无不唯谯周言行举动是从。何况李骧、李密、罗宪等人都是谯周的弟子，其分量之重，可想而知。

于是司马炎问谯周："以谯允南之见，当如何伐吴？"

谯周深知不可献一策一计。一来，东吴若亡，司马炎再无须投鼠忌器，刘禅及西蜀降臣，恐再无立足之地；二来，西蜀曾与东吴为同盟，若献讨伐之策，当为不义，或反被生性多疑的司马炎利用，成为剪除的理由。

于是，谯周打着马虎眼："臣以为，陛下早有良策，何须臣等多言，一切当由陛下决断。"

司马炎又问罗宪、李骧、李密等，所答几乎与谯周无异。

待群臣退下，司马炎留下谯周，笑说："后宫有几十棵柿子树，正好熟了，红彤彤一片，恰似一盏盏高挂的灯笼。朕心里高兴，请谯都尉陪朕去看柿子。"

谯周岂敢不从，随司马炎步入后宫。

宫墙附近，果然有几十棵高高低低的柿子树，果实累累，泛起一片橙红。

司马炎停在一座假山前，指着最大的一棵柿子树说："朕每次看见这棵大树，便会想起谯都尉来。"

谯周有些茫然，不知司马炎用意，不敢出声。

司马炎笑道："谯都尉这棵大树，真是根深叶茂、果实累累，罗宪、李密、李骧之流，不就是你这棵树上的果吗？"

谯周顿时醒悟，不禁冷汗淋漓，忙道："臣不过降虏，若非陛下恩德，早已化为尘土，岂敢自比大树。"

司马炎呵呵大笑，竟自走了，把谯周孤零零留在那里，不知所措。

说到这里，谯周停下，拉住陈寿和谯熙的手说："从那时起，我已经知道在劫难逃，所以装哑，生怕树上的果子被风吹下来。"

陈寿、谯熙都说不出话来。恰在此时，陈棋端着一盏浓黑的药汤进来。陈寿赶紧拦住，大声说："不能再喝了！"

陈棋一怔，站在榻前，不知所措。

陈寿跪在谯周榻前泣不成声："恩师听弟子一句劝，人命如天，岂能如此轻生。弟子一定设法助恩师离开洛阳，逃回老家，归隐山林。弟子将日夜不离左右，听恩师教诲，奉恩师起居。"

谯周不言，伸手拿过药盏，一饮而尽，又将药盏摔在地上，摔得谯熙、陈寿心惊肉跳。

谯周把手颤巍巍伸向陈寿说："起来吧。"

陈寿略一犹豫，拉住那只手站起。谯周躺回榻上，说："古人说得好，普天之下，莫非王土；率土之滨，莫非王臣。你这份心意我领了，但能逃到哪里去？"

气氛格外沉重，陈寿、谯熙都说不出话来。谯周指指榻沿，让陈寿坐过来。

陈寿刚坐下，管家谯木在门外说："少爷，主公的几个学生来了，等在客堂里呢。"

谯周忙对谯熙说："一定是罗宪、李密他们，去把他们稳住，就说不碍事，刚吃了药，睡过去了。"

谯熙答应一声，出门去了。

三

很明显，谯周正一步步走向垂危，如一缕飘摇的轻烟，随时有可能消散。眼睁睁看着一个人死去，是多么残忍。

陈寿扭过头去，望向门外，却见谯熙步入庭院，走进一片没完没了的风雪里，衣衫缭乱，脚步踉跄，似乎他一旦走完这段路，谯周便会咽下最后一口气。

寒风从窗口涌进屋来，将桌上的帛书掀落在地。陈寿走过去，将帛书捡起，却是谯周的家书，墨迹如新，余香仍在。他不由想起李密写给自己的那封书信。

李密的书信像一片迎风飘飞的鹅毛，飘过千山万水，从洛阳到西蜀，再到安汉，化为一场渺茫的秋雨。

那是一个湿漉漉的清晨，陈寿在鸟语中醒来。如同每一个早晨，柳绵总是先于他起来。

陈寿有些迷茫，躺了好一阵，才起身下榻。

秋天来了，风里有了一日紧似一日的凉意。榻前的凳子上，放着叠得整整齐齐的秋衣秋裤，一定是柳绵准备的。陈寿正在犹豫，忽觉喉头有些发紧，忍不住咳嗽起来。看来，一切都符合柳绵的预见。陈寿淡淡一笑，穿好衣裳。

此时，门被敲响，不用问，一定是陈棋。

"少爷，该洗漱了。"陈棋说。

陈寿仍不回话，不紧不慢扣上纽扣。门被推开，陈棋端一盆热水进来伺候。待陈寿洗完脸，再送上一盏温热的盐水。

每到秋季，这座院子便如同一部旧书，总是被秋风翻动，翻得到处都是落叶。此时，竹儿正挥动扫帚，将它们一一扫去角落里，堆在一起，直到彻底干枯，再点火焚烧，灰则用作肥料，撒在果园。

随风而来的雨，如一挂帷幕，将庭院遮掩起来，但遮不住的是与日俱增的没落。

陈棋拿来斗笠，欲为陈寿戴上。陈寿拂开他，拿着锄头，一头走进雨里，朝屋后去了。

屋后是一片已经泛起秋色的果园，一夜风雨，泥土已经彻底松软，一脚走进去，竟有不实之感。

果园里品种繁多，桃、李、杏、橘、梨、枇杷等，应有尽有。

初秋时节，首次挂果的梨已经熟透，柳绵领着陈棋、竹儿、陈书全部摘下来，居然有上万斤。陈寿用梨子酿成了果酒，贩子们闻风而来，争相抢购。柳绵特意留下几筐，说要留些给柿儿。

那些日子，柳绵总是满面笑容，那些收获的果子都酿成了酒，使窘困的日子有了起色。陈寿心里却明白，栽下这些果树，并非为了过日子，只是为了打发时间。一树树花，一树树果实，能使他感到一份真实与存在。仅此而已。

此时，陈寿停在一片柑橘树下，果实累累，正泛起一层浅黄。

快熟了。

从成都还乡，陈寿经历了一段万事成灰的日子，便将自己交给一片已经荒芜多年的空地，花了整整一个春天，又补栽了一些果树。记得那年，他曾修书一封，命陈书将桑树几乎全换成了果木。

炎兴元年（263）初冬，西蜀灭亡。不久，几乎所有西蜀旧臣都获得征召，却唯独没有陈寿。在犹疑、徘徊、无望之后，他只好带着柳绵母子回到安汉。

其实，果园已被他翻过了无数遍，已经没有一株杂草，但并不妨碍他继续来此侍弄。日复一日，他翻开的已经不是泥土，也不是往事，只是这些必须面对，但毫无指望的日子。

“少爷，来信了！”陈棋手举一封信，从轻飘飘的烟雨里跑来。

陈寿一怔，直起身。陈棋已经穿过层层叠叠的果实，来到他面前，将那封信双手递来。

“洛阳来的！”陈棋说，满脸兴奋。

信已在手里，真真切切。这是陈寿回乡五年来接到的第一封信。

五年来，世事剧变，风起云涌。司马昭病死，司马炎终于将曹氏小皇帝拉下宝座，结束了一个纷争不息的旧时代。

五年里，似乎所有人都将陈寿忘记，陈寿也与所有人失去了一切联系。其实，人世间的任何地方，都可能是一座孤岛。

陈寿有些激动，有些难以自持。他扔下锄头，近乎艰难地将这封信打开。

是同窗李密，已由温县县令转任著作郎。

陈棋两眼一眨不眨，直视陈寿，似乎想从陈寿脸上看出信的内容。陈寿却面无表情，匆匆读罢，将信装回函套，揣入怀里。

陈棋只好问："是朝廷的诏书吗？"

陈寿一边往回走一边说："去洛阳。"

陈棋一怔，这三个字，似乎是回到安汉以来，陈寿说的唯一一句话。

"去洛阳，去洛阳！"陈棋一边快跑一边喊叫，似乎突然变成了小孩。

家人都以为陈寿终于得到了朝廷的征召，沉寂的气氛立即变得欢悦。柳绵见陈寿直接去了书房，也忍不住跟进来，正要问，陈寿将那封信递来。柳绵接过，读了一遍，原来是谯周病重，李密请陈寿往洛阳探视。

柳绵想了想问："何时动身？"

陈寿看了看柳绵说："明天。"

陈寿枯坐一阵，再次回到果园，采下一把枇杷叶，又取来几只硕大的雪梨，削皮，剁成粒；将枇杷叶洗净，加上蜂蜜，与梨一起熬煮。

陈棋要帮忙，被陈寿断然拒绝。李密在信上说，谯周咳嗽不止，久治无效。枇杷叶、雪梨，加上蜂蜜熬成汁，是止咳的上品。作为谯周的得意门生，他理应亲手熬制，带去洛阳。

柳绵去了绣房，一针一线，赶做一件丝绵袄，让陈寿带给谯周，表示一点心意。

直至五更，鸡声四起，汤汁渐稠。陈寿将沉渣一一捞尽，将半透明的浓液舀起，装入一个小小的陶罐，不多不少，正好装满。这似乎是某种征兆或宿命，他由此坚信，这罐来自家乡的浓汁，会使谯周起死回生。

翌日一早，陈寿带上柳绵缝制的丝绵袄和自己亲手熬成的浓汁，与陈棋一起，踏上了去洛阳的路。

翻山越水，晓行夜住，到洛阳时已经冬月，洛阳正淹没在一片风雪里。

谯周捧着柳绵赶制的丝绵袄，几乎流下泪来，当即让陈寿、谯熙帮自己穿上。陈寿取出陶罐，侍候谯周喝下一匙雪梨枇杷汁。谯周非常配合，像一个听话的孩子。奇迹似乎正在发生，整整一天，谯周居然不再咳嗽，陈寿一刻不离，侍奉左右。

没想到夜半时分，谯周不仅咳嗽起来，还似乎变本加厉。

谯熙只好不顾一切去请范太医。

范太医得知，谯周曾服用陈寿带来的雪梨枇杷汁，斥责陈寿胡来，认为就是因为服了这东西才更严重了。并称，要是谯常侍有个三长两短，一定禀报天子，问罪陈寿。

直到谯熙小心翼翼地告诉范太医，是自己写信给陈寿，特意让他带来的，范太医才勉强住嘴。

四

谯周又一阵咳嗽，使陈寿收回纷扰的思绪。

只见谯周已靠在榻上，喘息一阵，手指书案说："老朽这一生，从文字开始，也很想在文字里结束。从西蜀来到洛阳，我抛开一切烦扰，专心著书，所幸《三巴记》已经写完。"

陈寿忙说："恩师放心，学生一定会使这部书稿传之后世。"

谯周苦涩一笑，又说："老朽惭愧，有违圣人之道，做了贰臣，但心里也有许多感悟。我等不过西蜀降臣，处处仰人鼻息，时时如履薄冰。但我一直相信，天生其材，必有其用。"

陈寿知道，谯周留下自己，一定有事相托，于是拉住谯周的手。

谯周叹了口气，又说："承祚才华横溢，性情耿直，故而总会遭人无端诋毁，一直仕途不畅。这样也好，造就了你淡泊名利的性情，这对你将来一定有益。我相信，以你的才情名望，他日必会被征召。"

陈寿见谯周脸色如纸，气息越来越急，似乎大限将至，不免有些惧怕，忙道："学兄们一定急着见到恩师，我去把他们请进来吧。"

谯周抓紧他的手说："不，让他们等一会儿，我有话要对你说。"

陈寿挪了挪身子，更加靠近谯周。谯周缓缓地说："从黄巾作乱开始，天下风雨飘摇，干戈纷纷，国土分裂，骨肉离散。我辈生在乱世之中，眼见得群雄并起，各据一方，促成鼎足之势。曹魏、西蜀、东吴，杀来杀去，虽然成就了数不尽的英雄人物，但苦的是百姓。作为见证人，我一直有个愿望，把那些人和事记录在案，纂修成书，给后世留一面镜子，使子孙们知道，世上最可贵的是太平。但老朽已是风中残烛，实在无能为力了。这件大事，只有留给你了。"

说到这里，眼巴巴地望着陈寿。

陈寿只觉五脏六腑俱焚，接过话头说："李密文采风流，敏捷过人，可能比我更合适。"

谯周吃力地摇了摇头，说："李密文章固然极好，但若论修史，恐怕不及你。"又指着书架说，"那里有个布袋，是老朽有关三国人物的笔记，虽然林林总总，杂乱无章，但毕竟是所闻所见。就交给你吧，但愿能助你一臂之力。"

陈寿泣道："恩师所托，弟子岂能辞谢。待我回到故乡，一定不辞日夜，完成恩师的遗愿。"

谯周终于缓过一口气，笑得十分欣慰，抚着陈寿的手背说："老朽一生蹉跎，但能与承祚、令伯、令则等结为师生，不知是何世修来的缘分。"

话未说完，又大咳不止。

陈寿赶紧为他掖好棉被，忍住悲伤说："所谓吉人自有天相，恩师好好休养，一定能挺过这一关。"

谯周反而笑道："人总有一死，过去孔子寿年七十二，刘向、扬雄七十一而卒，老朽年过七十，或许活不到孔子的寿年，但若能与刘向、扬雄的年龄相仿，也是老朽之福。恐怕不出今春，老朽将长辞人世，你我再不能相见了。"

听得陈寿心如刀割，却只能隐忍悲戚。

谯熙来到院子里，几个家仆正忙着扫地上的积雪，扬起一片白雾。那株残梅有些依稀，似乎隔着一场梦。在经过梅树时，恰有一朵梅花落下来，掉在谯熙的头上。他不由一惊，似觉这树残梅与父亲密切相关，或许残梅落尽的那一刻，便是父亲撒手之时。

罗宪、李密已候在客堂，面色沉重，见谯熙走来，赶紧起身，询问病情。谯熙说："家父刚吃了药，承祚在内室里陪他。"

二人一阵唏嘘，忽然找不到话说。

李密想了想说："昨天，李叔龙说也要来看望恩师，不知何故，居然没来。"

罗宪不无抱怨地说："昨天下午，李叔龙主动约我们，说好了今日辰时在东门老柳下相会，一起来探望恩师。我二人等了差不多半个时辰，等来的是他的家仆，家仆说他有事，让我们先走。"

谯熙无心于这些琐事，见几上堆着人参、鹿茸之类，知道是二人送来的，于是说："二位能过来探望，已经使我感激不尽，何必又带些礼物来。"

罗宪说："恩师病了这么久，我等事务缠身，不能侍奉左右，深感惭愧；一份薄礼，一点心意而已。"

李密说："扶余国的人参和西羌的鹿茸均为补品，恩师生病已久，虚弱不堪，待有好转，肯定需要进补。"

这时，李骧匆匆而来，带着一件裘皮长袍，双手递给谯熙说："恩师久病，使我五内俱焚，恨不能以身代替。贱内花了几个昼夜，做了这件裘皮袍子，刚刚缝好，便拿了过来。"又转向李密、罗宪，施礼致歉说，"实在不好意思，让学兄空等一场。"

谯熙叫来谯木，让其将礼物收走，并煮一壶茶来。此时，冷风透过墙壁，一缕缕渗进屋来，似乎掀开了每个人的心事。

谯熙暗自感慨："常言道，人走茶凉，父亲撒手之后，他的这些弟子们，还会进这道门吗？司马炎把父亲看作一棵树，这棵树倒了，树上的果实或者叶子，也会随之脱落，直至腐烂吧？"

罗宪神情自若，不悲不喜，认为自己也算是一棵树，虽然从谯周这棵老树分蘖出来，但已经各有根系，这棵老树倒下，对自己不会有太大影响，来谯府探望，不过为了尽师生情谊。

李密眼含泪水，满腹伤怀，以为这棵大树倒下了，叶子或果实的悲剧也开始了。

李骧一脸忧伤，微翘的嘴角，暴露了内心的窃喜，不由盘算：自己虽然被司马炎征用，但并不得意，只有等那棵老树倒了，司马炎的疑虑消除了，自己才可能受到重用。

罗宪又感叹，无论帝王将相还是草民百姓，最终都将归于尘土，化为幽魂，真是人生如梦。

几人正各怀心思，谯木匆匆进来说："少爷，宫里来人了，说陛下有恩赐，请少爷接旨。"

谯熙忙整衣冠，随谯木出来，抬头一望，一个内臣立在院子里，手里捧着一道圣旨，他身后是几个宦官，抬着两口箱子。

谯熙一头雾水，赶紧跪下。内臣捏腔拿调，一字一句念了起来，听得谯熙怒火万丈，却又不敢声张。

昨日下午，司马炎召见范太医，问谯周病情。范太医不敢隐瞒，把情况一五一十禀报一番。司马炎想了想说："既然药已经用了半月，谯周为何还在苟延残喘？"

范太医忙道："臣有一计，能使谯周速死。"

司马炎有些不耐烦，一抬手说："有话就说，不必卖什么关子。"

范太医请司马炎下一道圣旨，赏赐谯周一百万钱，用于丧事，以卿大夫之礼安葬，谯周一定气火攻心，必死无疑。

司马炎不怎么相信，就问："吃了这么久的药都不死，一道圣旨就能要他的老命？"

范太医又说："那些药好比一堆干柴，只需点一把火，陛下的赏赐就是那把火。"

司马炎却拿不定主意，担心要是落下个杀降臣的名声，不利他日伐吴，便让范太医退下，说要好好想想。

于是转入后宫，信步而行。忽然，一头不知自何处闯入后宫的鹿，斜刺里冲来，差点撞上了司马炎，骇得他魂飞魄散。

那头鹿既认不得司马炎，也认不得皇宫，东奔西闯，如入无人之地。

司马炎回过神来，不由大怒，立即呼叫。

转瞬之间，侍卫、内臣纷纷跑来。司马炎指着那头鹿说："给我抓住，别让它跑了！"

于是，一场活捉鹿的闹剧在宫中上演。宫中男女听见此话，无不兴奋，都加入这场围捕中去。

很快，那头鹿被逼入绝路，被一帮大呼小叫的侍卫抓住，用一条绳索捆了个结结实实。侍卫们只等着领赏，没想到，等来的却是一场大祸。

在众人忙着抓鹿时，司马炎已派人给贾充发诏，命其急领一千精兵入宫。

当侍卫们将那头鹿抬出后宫，忽被一帮士卒围住。眨眼之间，侍卫们也成了鹿。

只听司马炎呵斥道："皇家禁地，竟然让一头野鹿闯了进来，可见你们这些侍卫跟酒囊饭袋有何区别？就地斩首，一个不留！"

眼看几百人就要死于刀下，忽听有人大声疾呼："刀下留人！"

司马炎一惊，抬头一看，侍中任恺快步过来，朝司马炎跪地一拜，道："此乃大吉，恭喜陛下，贺喜陛下！"

一身甲胄的贾充喝道："陛下为野鹿所惊，宫中侍卫浑然不觉，失职之罪，何来大吉？"

任恺从来厌恶贾充为人，赶紧奏道："臣以为，此鹿入宫，乃上应天道，下合国运。所谓鹿死谁手，这头鹿闯来陛下身边，肯定是找死。不然，宫中侍卫如云，岂能不被发现。以臣所见，这头鹿便是孙皓，预示着江东必灭，江山必将一统。臣请陛下亲手杀死此鹿，以应天意。"

司马炎顿时转怒为喜，命人取来长剑，要亲手杀了这头鹿。

一场危机，随司马炎手起剑落结束。但在司马炎看来，这头鹿不仅象征东吴孙皓，也代表谯周。于是依范太医的意思，便有了这道圣旨。

五

内臣宣旨完毕，留下两口箱子便回宫去了。李密、罗宪、李骧见司马炎下了这么一道圣旨，当然明白用意，赶紧出来，将仍然跪在地上的谯熙扶起来。

李密怒道："恩师卧病在榻，天子竟然下旨安排丧事，这哪里是恩惠！"

谯熙缓过神来，生怕隔墙有耳，赶紧说："快回客堂去，院子里风太大，也太冷了。"

恰有一股寒风吹来，呜呜有声。谯熙不禁望向那树残梅，似乎已在这阵风中彻底落尽。

恰在此时，忽见陈寿急步而来，叫道："快，先生有话要对谯熙兄说！"

众人一听这话，赶紧随谯熙、陈寿快步去内室。谯周的另两个儿子谯贤、谯同已经伏在病榻前，泣不成声。

罗宪挤上前去，伸手摸了摸谯周的额头，只觉冰冷冒汗，转向谯熙说："赶紧请太医吧。"

忽听谯周说："不用了，办丧事的圣旨都下来了，老朽要再不咽气，哪里对得起皇恩浩荡。"

陈寿知道谯周要给几个儿子交代后事，便把李密等人叫出去。

屋里，谯周拉着三个儿子的手说："陛下赐了一百万钱，既不可用，又不可不用。若用于丧事，有违为父薄棺简葬的夙愿；若不用，陛下会认为你们心怀不满。"

谯熙泣道："儿子正为此事犯愁，不知如何是好。"

谯周惨然一笑，说："陛下的意思很明白，让你们用这一百万钱，将老朽的尸骨送还故里，葬于家山。"

谯熙等若有所悟。谯周又说："陛下明显不想让我葬在洛阳，以免在京的西蜀旧臣祭扫。就顺了这份天意吧，正好落叶归根。"

说到这里，谯周已是气息奄奄。谯熙等哭成一片，紧紧抓住谯周，不忍撒手。此时，谯周出气急促，吸气缓慢，喘息半天，憋住最后一口气说："记住……上表……谢恩……"

谯周断气的消息很快传入宫里，又恰是上元节，司马炎即派太子司马衷代自己去谯府吊唁，以示慰问；他自己则命内臣备驾，要领后妃出宫观灯。

谯周的丧事在满城灯火中进行，一面是哭声一片，一面是欢歌笑语。

是夜，谯熙含泪写了一道奏表，谢司马炎恩赐，并表示，愿将家父持葬故里。司马炎接到谢表，又下了一道圣旨，允许谯周回家安葬，并命沿途各郡县予以迎送，各驿站准予停丧。

谯氏兄弟不愿父亲灵柩久留洛阳，于是匆匆起行。陈寿正好随谯周灵柩还乡，与谯氏兄弟同样披麻戴孝，以尽弟子之礼。

离开洛阳那天，又一场春雪，是上天给谯周最后的礼物。西蜀旧臣，包括安乐公刘禅等，纷纷前来相送。出了城门，谯熙请众人回去。刘禅等也怕远送会使司马炎生疑，便止步城墙下，见灵车渐行渐远，已被雪雾淹没，才叹息而回。李密、罗宪、李骧等，送出十里以外，在谯氏兄弟及陈寿的再三劝说下，才挥泪停下。

李密为太子洗马，回到洛阳，哀痛不已，一连几日不去太子那里点卯应差。太子司马衷是个厚道人，知道他心里哀痛，也不传他。

忽一日，宫吏闯入李密家里，说陛下有旨，传太子洗马李密入宫觐见。李密不敢怠慢，赶紧换上常服，匆匆入宫。

此时，天气已经回暖，洛阳也有了些淡淡的春意，一些叫不出名的早花，也开得星星点点。

内臣将李密引到一座宫殿前，令其稍候，自己进去通报。李密自征入洛阳以来，一直在太子身边侍候，何况太子洗马不过是掌管太子图书的小官，从来没进过皇宫，不免有些恐惧。

不一时，内臣叫道："陛下有旨，准太子洗马李密觐见。"

李密赶紧进去，不敢抬头，朝司马炎叩头礼拜。司马炎显得相当温和，问了些太子的事，李密不敢隐讳，一一作答。

司马炎笑道："记得西蜀初亡，朕下旨征你为太子洗马，而你上了一道《陈情表》，说与祖母刘氏相依为命，而刘氏年高多病，不能应征。"

李密不知司马炎何故说起那件旧事，忙道："微臣确实需奉养祖母，脱不了身，请陛下恕罪。"

司马炎呵呵笑道："朕毫无责怪你的意思，《陈情表》是难得一见的好文章，朕反复阅读，几乎能全文背诵。"

于是一字一句背了起来。李密赶紧叩头再谢。司马炎话锋一转，说："谯允南已经作古，若论西蜀名士，当数你李令伯了。"

李密听见这话，骇得浑身发冷，忙又叩头道："臣愚鲁无知，哪里算什么名士。若非陛下开恩，臣恐怕仍然困居在犍为老家，衣不蔽体，食不果腹。"

司马炎大笑道："好个李令伯，如此慌乱。朕没有别的意思，只因巴蜀人才荟萃，朝廷虽然多次征召，不免有遗珠之憾。朕召你入宫，不过望你举荐贤良。"

李密终于缓过气来，于是力荐陈寿。然而司马炎却以为陈寿名节有污，不以为然。

原来，当年陈寿任西蜀东观秘书郎时，父亲病故，根据规制，陈寿回乡守孝，被人蓄意陷害，背负不孝的恶名。这也是陈寿至今困在家乡的主要原因。

李密与陈寿情同手足，一心想让他被朝廷起用。但他从宫中回来，司马炎久未启用陈寿。

思来想去，李密决定带上陈寿所著的《益部耆旧传》去拜见司空张华。料想张华宽宏大度，尤其爱惜人才，又极有声望，若张华出面举荐，司马炎一定会答应。

果然不出所料，张华一见陈寿的文字，立即称奇，说："此人之才，堪称举世罕见，若不能尽其用，我辈之罪。"

李密悬着的心总算踏实下来。

六

陈寿与谯氏兄弟翻山越水，护送谯周灵柩回到老家，已是清明时节，正满山花开，草木青葱。

所谓入土为安，于是忙着择地掘墓。依谯周遗言，丧事处处从简，只备下薄棺一口，布衣数件。

正要下葬，县令随一个来自洛阳的宫吏忽然来了，命谯氏兄弟接旨。

原来司马炎又下一诏，再赐二十万钱，用于置办棺椁、营造墓室，以诸侯之礼安葬；并命县令监工，一切须合规制。

陈寿、谯熙等非常清楚，司马炎是要通过谯周的丧事，做出一副怀柔天下的样子。他们除了接受,实在没有办法。

如此一来,只好重新安排,请来几十个匠人,大修墓室,用时两月才完工。到下葬那天,已是夏至时节,天气已经热了。

葬完谯周,陈寿回到安汉家中,心情十分低落,什么事都懒得做,整日煮一壶茶,一坐不起,也不说一句话,更不修边幅,衣衫不整,任满脸胡子如荒草一般疯长。没过多久,头上竟然生出了许多白发。

柳绵怕陈寿憋出病来,命陈棋找出渔具,陪陈寿去溪边钓鱼。

陈寿如往日一样,坐在一棵梨树下。梨树早已挂果,非常繁密。

柳绵生拉硬扯,总算把陈寿推出了院子。陈棋赶紧带上渔具,跟在陈寿后面。

主仆二人走了一段,只见轻烟绕茅屋,便觉衣袖带柳色。陈寿心情渐好,很快已到溪边,想找个水面平静的地方下钓,于是看准了一个几字形的水湾。这里水面开阔,流速缓慢,应该是一个好钓处。

空山有百鸟飞鸣,路上无行人来去。不远处,几根鱼竿插在江岸,一个男子坐在一侧。

陈寿见那人头戴竹笠,身披蓑衣,似有一身不俗的清气。扭头问陈棋:"看这气派,想必是个隐居的高士?"

陈棋却说:"曾听老人说过,下河钓鱼,一定要远人一丈。意思是,两个钓鱼的,不能挨近了。"

两人又走了几十步,这才坐下,挂饵下钩。耗了大半天,不要说鱼,连只虾都没钓上来。

陈寿从没钓过鱼,偏偏陈棋也不怎么内行。但远处那人每将钓线抛入水里,一转眼,浮漂就游动起来。只要钓竿往上一扬,总有一条鱼上钩,实在令人羡慕。看来,钓鱼并不那么简单,应该很有些门道。

翌日,陈寿不让陈棋陪同,一早独自来到江岸。那个男子比陈寿更早,都钓到好几条鱼了。

陈寿本想讨教如何钓鱼,但那人总是把竹笠拉得很低,一副拒人千里的样子。直到日落西山,陈寿既没能钓上一条鱼,也没能搭上一句话。男子却提着满满一篓子鱼,有些自足地走了。

陈寿觉得这人有些怪异，有些神秘，想弄清楚此人到底什么来历，便远远跟随。

男子走在一条起起落落、十分荒芜的小路上，背影沉沉浮浮，更像一个世外高人。

那条小路在一座茅屋前终止，茅屋后是一片林子，自带几分幽深。此时，天已黑定，却有一片淡月，使这座茅屋更多了几分深远。

男子也不回头，推开房门，像一道待解的谜，身子轻轻一闪，进门去了。陈寿走近屋前，迟疑之间，正要喊门，忽然跳出一条狗来，狂吠不止。

片刻，那门又开了，男子出来，一声呵斥，那狗立即住声，钻进一片暗影里。

男子请陈寿进屋。陈寿刚进门，男子纳头便拜。

陈寿大惊，忙问："你，这是何意？"

原来，这男子曾是蜀汉卫将军诸葛瞻的骑士，当时陈寿是卫将军主簿。有一次，几个骑士酒后发疯，差点烧了营房，被人逮住，押到诸葛瞻面前。诸葛瞻大怒，要依军法一并斩首。陈寿赶紧劝说，蜀军兵力本就不足，加之日日减员，不如让他们戴罪立功。

陈寿这番话保住了几个人头，其中就有这人。

男子请陈寿坐下，又说："其实，恩公第一天去江边钓鱼，我就认出你了，只是自觉卑贱，不便相认。"

一个老妇人一颠一颠出来，虚着两眼问："哪个来了？"

男子忙说："娘，这是救过我命的恩人，我曾给你说起过。"

老妇赶紧称谢，要向陈寿下拜。陈寿赶紧拉住，连说了几个使不得。老妇叫儿子一定把恩人留住，自己则去灶房里生火做饭。

在与男子闲话间，陈寿方知，蜀汉破灭时，男子趁乱逃了回来，好歹保住了性命。

男子叹息说："刚满十六岁，县里就拉我去当兵。一晃十多年下来，居然不会种庄稼了，也无田地可种。想来想去，想起小时候常去江边钓鱼，也明白其中的门道。这沿江上下，靠水吃水的人多不胜数，也不多我一个，于是每日钓鱼，也算是条活路。"

说了一阵，老妇人端着一钵热腾腾、香喷喷的鱼汤出来，先给陈寿盛了一盏，又说了许多客气话。

陈寿一边喝鱼汤，一边暗笑，自己竟把男子当成姜太公了，以为是个世外高人，却不过住在江边的渔夫，而且曾是自己的部属。想了想，问："不知怎样才能钓到鱼？"

男子笑道："这个，要看恩公想钓哪种鱼，不同的鱼有不同的食性，要用不同的饵料。这几年，我真是摸清了钓鱼的窍门。人哪，一辈子能做好一件事，也该知足了。比如我，种不来庄稼，也无庄稼可种，但会钓鱼，也不错了。哪像恩公您，读了那么多书，家道又殷实，不愁生计。"

男子一席话，说得陈寿似有所悟。于是起身告辞，踏着月色，回家去了。

回到家里已近半夜。陈寿心里有事，毫无睡意，点起一盏灯，磨墨铺纸，决意从今夜起开始用功。想了一阵，提笔在纸上写下"三国志"三个大字。

柳绵醒来，枕边不见陈寿，放心不下，赶紧披衣下床，出了卧室门，望见书房那边亮着灯，便走了过去，停在窗外，见陈寿正伏案疾书，总算放下心来，站了一阵，悄悄退回。

书案一侧摊着谯周的笔记，陈寿每写一会儿，都会读上一阵。似觉眼睛有些干涩，便搁下笔，起身推开窗户，抬眼望去。星月似棋，山川有形，一阵夜风轻轻掠过，他似觉那些往事，如无边无际的夜雾一般，正朝自己迎面涌来。

第二章　元夜

一

二十多年前的安汉陈家。

陈寿候在院子里，等父母出来，好去城里看花灯。忽见两只喜鹊飞来飞去，飞了一阵，歇在了一株残花点点的梅树上，时而相视鸣叫，时而嘴蹭着嘴，看上去像一对甜甜蜜蜜的小夫妻。

陈寿看得心里温热，觉得这个春天不仅来得早，也颇有喜气。

"常言道，喜鹊叫，好事到，莫非去城里看灯有意外之喜？"陈寿问身后的陈棋。

陈棋想了想说："今天是上元节，老爷准少爷去观灯，本身就是喜事。"

"废话，这也算喜事？"陈寿忽觉有些扫兴，斜了陈棋一眼，还想说几句，忽见父亲陈文才并母亲走来，都穿得周周正正；身前身后，是几个男仆女婢，不用声张，自有几分富贵气象。

陈文才边走边说："刚刚平了汶山羌，等于拔去了插在后背的刀子。汉主大喜过望，发下恩旨，今年的花灯，要一直烧到正月二十。"

这时，管家曾凤山提着一袋子钱匆匆过来，拜见了陈文才夫妇，按惯例将钱袋交给陈文才身边的陈书。

曾凤山性情孤傲，不善言辞，管账却是一把好手。任是陈家经营繁多，如缫丝养蚕、丝织贩卖等，他都分门别类，账目做得清清楚楚，分毫不差。

陈文才望着曾凤山，笑道："你一年忙到头，也该歇息歇息。不如随我们进城去观灯？"

曾凤山慌忙一揖致谢，只说自己不喜热闹。

陈寿迎上去，向父母作了个揖。陈文才见陈寿穿得格外整齐，皱着眉说："好男儿腹中锦绣，不在衣冠。要好生读书，光耀祖宗，振兴家业才是头等大事。"

陈寿历来不喜父亲总是逮住一切机会对自己耳提面命，但今天是上元佳节，不想拂了他好兴致，只得连连称是。母亲似乎颇知陈寿之意，笑说："快点走吧，坐船渡江的人多，去晚了，恐怕不便。"

陈文才也不再说，抬脚朝大门走去。见两乘轿子早已候在门口，门前那棵老柳上拴着两匹马，便回头问陈寿："你要骑马？"

陈寿笑道："春风走马，男儿本色！"

陈文才鼻子里"哼"了一声，拉上夫人的手，上了那乘四人大轿，要急着赶去城里参与祭祀。

每逢上元，县令都会在东郊设坛，祭太一神。辖内所有官员、士绅、巨商大贾等，凡有头有脸的人，不仅要出份子钱，还必须陪祭。陈寿也曾随父亲去过，却嫌县令的祭文又长又臭，再也不愿去了。

陈棋解开马缰，递给陈寿。陈寿翻身上马，对那乘尚未离地的轿子说："我们先去了。"说着，一鞭打在马屁股上。那马四蹄一扬，冲了出去，沿着一条土路，往江边飞驰。陈棋也赶紧上马，去追陈寿。

"哼，这种时候，不坐自家的船，未必要飞马渡江？真是年少轻狂，不知轻重！"陈文才听着一路响去的马蹄声，冷笑着说。

听了这话，陈母也有些着急，忙说："不如叫人去找船家，多给些钱，好歹先把寿儿送过去。"

"都十好几岁了，不要处处惯他。男人嘛，凡事总要靠自己。"陈文才说着，叫了声起轿。

陈母不放心，掀开轿帘望去，儿子哪里还有个影儿，就连马蹄溅起的尘烟，也消散殆尽。

两匹快马驰过一片已有些青绿的田陌，很快到了江边码头。码头上早已人山人海，都等着坐船过江去看灯。

几十条大小木船泊在江边，船上挤满了人。忽听有人吆喝："开船啰！"

喊声一落，桨橹齐举，几十条船纷纷离岸，争先恐后划向对岸，荡起一派宽广的水纹。百舸争渡，也是上元佳节的一道景致，世世代代，千年万年，必不可少。

陈寿望着那些如群龙奋起般的船，一时有些发蒙。他既不愿与人争渡，也不愿与父母同坐一船，如此一来，这样的尴尬不可避免。

正不知所措，忽见那边停着一条画舫，并未争渡，也不见人登船；船家站在船头，穿得相当整齐，正向路上张望。

陈寿知道，那不是自家的船，自家的船不在这个渡口。

陈棋指着画舫说："那条船是空的，不如租了。"

陈寿点点头，叫他过去问问。

陈棋跳下马来，快步上去，望船家说："喂，我家少爷把你这船租了，说吧，多少钱？"

船家看也不看陈棋，只冷冷地说："这是包船。"

陈棋又说："出双倍的价，如何？"

船家不再理他，只看向那条来江边的路，路上有几乘轿子，正一颠一颠过来。陈棋只好回来，对陈寿说："怪得很，遇上个不爱钱的。"

陈寿不答话，两腿一夹，将马头调向江里，猛加一鞭。那马前蹄高举，一下跃入水中，炸开一团急浪，几乎将那船掀翻。

江边的人惊得瞪大了眼睛，有人尖叫起来，都把目光纷纷投向江面。

那马受水流所阻，很快慢下来，一转眼，水已漫过马背。陈寿干脆翻下马，带着缰绳，与马同游。

陈棋愣了一阵，生怕陈寿出意外，一咬牙，也牵着马下水。

众目睽睽之下，两个少年两匹马，终于游到对岸。江上一片太阳，但寒风凛冽，爬上岸的陈寿不禁浑身寒战。

陈棋赶紧过来，问："少爷，一身湿成这样，咋办？"

陈寿磕着牙说："赶紧进城，找家客栈，把衣裳烘干。"

二人牵上马，朝城门走去，有些狼狈，那股英雄气概还是抵不住刺骨的寒意。

城里到处挂满了各色花灯，只是时候尚早，还未点燃。不远处便是一家客栈，门口悬着一道幌子，上书"来福客栈"四个大字。

两人将马拴在院子一侧的马桩上，陈棋率先进店，见店小二提着个铜壶，正往里屋去，店家在柜台里记账，赶紧凑上去说："上……上好的……的……客……客房来……来一间。"

店主抬头一看，门里门外是两个少年，浑身透湿，看样子是一对主仆，以为栽进江里去了。

陈棋见店主不出声，愣头愣脑地说："呃，我的话没听见？"

陈寿一步进来，从陈棋腰间扯下一个满满的钱袋，哆嗦着打开绳结，抓出几把钱，一一拍在柜台上。

店主一脸惊异，看了看陈寿问："敢问府上是谁家？"

陈寿说："不用说那么多，认钱就是了！"

店主忙道："好好好。"几下将钱搂进抽屉里，又问，"要酒菜不？"

陈寿说："既不吃喝，也不过夜，只把衣裳烘干，够了吗？"

"够了，够了！"店主说。赶紧叫小二烧两盆旺火，送到客房里去。

很快，主仆二人进了一间上房，将衣服脱下，钻进被窝里，焐了好一阵才暖和了些。待小二将火弄来，陈棋才起来烘衣裳。

天黑时分，满城都亮了起来，衣裳也干了，二人赶紧穿好，又给了店主五十文钱，把马寄在客栈里，又要了几样吃食。

此时，安汉城似乎燃了起来，到处一片通明。街上人流如织，已经水泄不通。陈棋望着这片人与灯的汪洋，有些怯怯地说："少爷，我好像有点害怕。"

陈寿正要说话，忽然眼前一亮，一个女子正沿着灯火朝这边过来。他立即觉得，自己不仅见过她，还非常熟悉。

二

陈寿见女子满面带笑，仿佛朝自己走来，心跳突然加快，竟呆在那里，成了一尊泥塑。

陈棋见陈寿不言不语，呆立不动，一惊，以为中了邪，或因泗水染了风寒，推他一把，问："少爷，咋的了，未必是病了？"

陈寿一凛，似乎那缕飞出去的魂被陈棋喊了回来，轻轻一笑说："你说对了，不仅病了，还病得不轻。"

这时，见那女子已到"秦氏花灯"店前，却朝后看了一眼。陈寿心里一动，以为看的自己，却见一个女婢从人群中挤出，到了女子身边，一起进了店。

秦氏的花灯，闻名遐迩，都说是安汉一绝。

陈寿微微一笑，一把拉上陈棋，也往店里去。数不清的灯笼，重重叠叠挂满宽大的店铺，样式繁多，但分门别类。

店里挤满了人，买卖声此起彼伏，店主和几个小二忙得不可开交。陈棋瞪着眼说："这么多货色，挑哪样合适？"

陈寿的心思全不在这些灯上，只望着那个女子，不远不近跟随。女子边走边看，最后停在飞禽灯前，看了半天，看上了一对喜鹊灯。

陈寿忽然想起，自家院子里曾有两只飞来飞去的喜鹊，这女子偏偏看上了喜鹊灯，难道这不是某种预示或者缘分？

陈寿手指女子对陈棋说："听好，等她选好了，你去替她把钱付了。"

陈棋有些疑惑，望着陈寿问："又不认识，凭啥替她付钱？"

陈寿有些不耐烦，推一把陈棋说："到底你是主子，我是主子？"

陈棋吐了吐舌头，走到柜台前，一边等陈寿指令，一边也选了两盏灯。一个小二见一个衣着华丽的女子站在喜鹊灯前，似乎拿不定主意，拿上一根竹竿几步过去，挤出一脸媚笑说："小姐看上哪一款了，我给您取。"

女子不答，依旧绕着两盏悬在顶上的喜鹊灯看。小二自觉无趣，正要走开，忽听女子说："就是它了，两盏都要。"

小二赶紧伸出手里的竹竿，将两盏喜鹊灯叉下来，将灯点亮，递给女子。女婢立即将灯接过，要去那边付钱。

陈寿看得明白，忙给陈棋打了个手势。陈棋赶紧把钱交给店主说："除了我这两盏，那个小姐的喜鹊灯的钱，我家少爷一并付了。"

女婢过来问多少钱，店主指着已到陈寿那边的陈棋说："那位客人已经替你给了钱。"

陈棋忙道："是我家少爷让我给的。"

女子似乎一脸羞赧，往这边轻轻看了一眼，拉过女婢一阵耳语。女婢边听边点头，待女子说完，快步走到陈寿面前，将钱塞到陈寿手里，冷笑道："所谓无功不受禄，我家小姐不差这点买灯的钱。"

女婢转身过去，扶着女子走出店门，转眼到了街上，头也不回。陈寿愣了一阵，不甘心，赶紧出来，去追那女子。

此时的安汉城，塞满了一架架灯火，迎风怒燃，无边无际。已经有人提着灯满城里走，这城似乎流动起来，每座房子似乎都在飘移。当月出东山，所有观灯的人都早早买了灯，在灯月相映里满城行走，恰如溢光泛彩的流水。直到半夜后，提灯的人会去水边，将一盏盏灯放入水里，满江流彩，经夜不绝。这是安汉一绝，当地人称为"流水灯"。

灯光如水，女子随水流而走。陈寿像水里的鱼，终于游到女子面前。但女子似乎没看见他，只顾随人流行走。

在陈寿眼里，满城的灯都熄了，天上的月亮也暗了。天地间，只剩下她，她就是那盏灯，她就是那轮月。陈寿无端地认为，那盏灯、那轮月将照亮自己的一生。

陈寿正要追上去，对那女子说几句话，忽听女婢大喊道："有贼，抓贼啊！"

"贼，抓贼，贼在哪里？"

陈寿随许多人停下来，四处去看，哪里有贼，除了浮动的人头，并无异样。等回过头来，女子和女婢都隐入灯影里了。

陈寿怅然若失，望着这片人与灯的海洋，彻底不知所措。他被人和灯裹挟，仿佛一只随波逐流的孤舟，再也找不到方向。

半夜后，他随众人来到江边，将手里的灯放入水里。江边已挤满了人，水里漂满了灯。陈寿知道，此时，那个女子一定也在江边，只是找不到她了。

他忽然灵机一动，或许那女子跟自己一样，也是过江来观灯的，不如去江边码头守候，说不定能碰上她！

于是拉上陈棋，朝码头飞奔。

不出所料，在陈寿的祈盼里，那个女子和她的女婢到码头来了，身后是她的父母家人。他不敢唐突，但至少知道，那女子跟自己住在同一片江岸，这同一片江岸，会将他们联系在一起。

回到家里，陈寿给了陈棋一个任务，从明天起，暂不随自己去学堂念书，只管出去打听清楚，那女子是谁家的闺秀。

三

自从见过那女子，陈寿像着了魔，茶饭不思，总觉得那张笑脸和倩影就在眼前，醒里梦里，日里夜里都是她。

眼见陈寿一日日消瘦，陈母十分着急，请了个郎中为其诊治。

陈寿却拒见郎中，只说自己没病。陈母无奈，将郎中打发走了，到书房里来，见夫君正在窗下读书，犹豫一阵说："寿儿越来越瘦，一定是病了，又不见郎中，你抽空劝劝他吧。"

陈文才将书放下，想了想说："我看他好端端的，一忽儿过去，一忽儿过来，像风一样，哪来的病。依我看，多半是春风入怀了。"

这些天来，陈寿不让陈棋随自己去学堂，只叫他找到那个女子，比如姓甚名谁，家住何处等，都打听清楚。

不觉，春气愈浓，两岸已是花色深厚，一派青绿了。一放学，陈寿总是第一个离开，犹如一阵轻风，掠过那条小路，只想尽快见到陈棋，但陈棋带给他的却只有失望。

陈棋总是问："还找吗？"

陈寿望了望逐日青葱的江岸，有些伤感地说："找，当然找，哪怕她只是一朵花，也要清楚她开在哪棵树上。"

陈寿坐在学堂里，但心却在那段芳草凄迷的江岸游荡，在每一棵树和每一朵花之间停留。忽然，心里一惊，生出一缕刺痛感。恰在此时，有人急惶惶地喊："少爷！"

陈寿扭头一看，伏在窗外的果然是陈棋。先生正拖着一副令人昏昏欲睡的腔调，吟诵《诗经》——"关关雎鸠，在河之洲……"

陈寿举起手来，"哎哟"叫了一声，将先生打断，众人一齐望过来。陈寿苦着一张脸说："我要死了！"

先生眨了眨眼问："未必你又犯病了？"

陈寿已经站起，一边往外走，一边说："一身都是病呢。"

先生咽了口唾液，有些含混地斥道："冒冒失失，成何体统！"

陈寿也不管他，匆匆出来。陈棋站在院子里，头上是一簇怒放的桃花，那棵桃树上恰有一对喜鹊，好像是来过自家院子的那一对。陈寿明白，喜讯来了。

"少爷，你猜，那小姐是谁家的闺秀？"陈棋一脸得色地问。

陈寿急不可耐地说："哎呀，快说，都急死我了！"

陈棋这才说："那个小姐姓柳，乳名絮儿，是个丝织大户家的女儿。离那条上学的路不远，拐个弯，走一段田陌就是她家。"

陈寿大喜，赶紧摸出几十个钱，塞给陈棋说："好小子，赏你！"

说着，一把拉起陈棋，快步出了学堂，胡乱往一条小路上去。

陈棋忙说："错了，是这边。"

陈寿随陈棋走上了一条芳草萋萋的小路，似乎那个絮儿，就在路上等他。

走了一段，望见一片梦似的桃树，恰如一派青烟，停在一道浅丘上。两人止于桃花间，陈棋指着对面一座朱檐碧瓦的大院说："那就是柳家。"

陈寿望去，在那座大院之间，隔着一片绿汪汪的麦田，仿佛一片春水，必须借一叶扁舟才能到那边去。

陈棋指着一栋隐隐可见的窗子说："我问清了，那是小姐的绣楼，站在这里，说不定能看见她。"

陈寿望了一阵，似觉那个絮儿躲在窗后，也正望着自己。忽然灵机一动，所谓才子佳人，自己的扁舟，只能是最好的诗句。

此时，从先生嘴里出来的那些句子，不仅不再枯燥，还充满感动。

直到暮色渐浓，那座大楼渐渐模糊，在陈棋的反复催促下，陈寿才依依不舍地离开。

回到家，天已黑尽。晚饭后，陈寿进了书房，拿出一部《诗经》，推开窗户，对着夜色里的历历芳树，朗读起来。

陈文才有些惊讶，暗想，这个一向不用功的家伙，何故忽然用起功来？到底是知事了，还是吃错了药？

一直念到半夜，一家人都听得困倦了，还不消停。陈棋也早已靠在书案上睡了过去。陈寿总算停下来，一敲陈棋的头说："起来，赶紧磨墨！"

陈棋抬手揉了揉眼睛，也看不懂，便问："都半夜了，还要磨墨？"

陈寿说："少啰唆，我要习字。"

陈棋赶紧过去磨墨。待一池墨浓了，又叫他去把老爷的手迹找来，说要学老爷的字。

陈棋到处找了一遍，都没找到，只好去求老爷，总算讨了一份墨稿。

陈寿伏在灯下，对着写了一气，自己看了一遍，把陈棋拉过来，问："你看看，像不像？"

陈棋对着两张墨稿，认真看过，说："像，非常像。"

陈寿一脸得意地说："我陈寿资质非凡，不输古人，老爷从来不信！所谓知子莫若父，看来并没说对。"

陈棋附和说："我也一直觉得，我家少爷是世上最聪明的人，老爷总有一天会明白。"

陈寿却一抬手说："睡觉，明天好去看我的佳人。"

陈棋眨了眨眼问："还去？"

陈寿说："当然，她才是最好的书，值得我一辈子去读。"

四

次日，陈寿早起，匆匆吃过早饭，叫上陈棋便往学堂去。走到那条岔路口，陈寿转过身来对陈棋说："你去学堂吧，替我念书。"

陈棋一脸惊诧，张口想说话，到嘴边又咽了回去。陈寿又说："先生要是问起，就说我病了。"

陈棋愣了片刻，只得往另一条路上走了。到了学堂，见那些念书的子弟都来了，满满坐了一堂，陈棋不敢抬头，顾自往陈寿的书案前坐下。

同窗们见了，一片惊疑，有人过来问："你一个书童，竟跑来读书，这又是演的哪一出？陈承祚呢，未必又有新花样了？"

陈棋不敢作答，从书箱里拿出一卷书，摆在案上。

忽听一声咳嗽从不远处传来，虽是假咳，但却是先生与弟子之间多年形成的默契，仿佛这一天的功课，必须从这声咳嗽开始，但不一定在咳嗽里结束。

课堂里一片纷乱，同窗们赶紧各回座位，正襟危坐。

不一时，陈棋只觉门口一黑，先生仿佛一个阴影，不声不响飘了进来。忙抓起那本书，挡在面前，只露出半只眼睛，可以瞟见先生。

那个阴影却慢下来，似乎盯着他。陈棋很想溜之大吉，但已经来不及，阴影已到身边，将他笼罩。

先生屈起指节，敲了敲书案说："什么意思，你把脸遮住，未必不好意思见人？"

陈棋不敢回话，恨不得有一条地缝，好钻进去。

先生一把将书拿过，陈棋如同被人扒下了裤子，窘得满脸通红。

先生冷笑道："呵呵，原来是个书童，跑来鱼目混珠吗？说吧，陈承祚呢，为何不来上学？"

陈棋张了几次嘴，却说不出话来。先生俯下身子，盯着他说："哑了还是傻了？既然敢来，有何不敢说的？"

陈棋极其可怜地看了先生一眼，带着哭腔说："是这样，我家少爷病了，叫小人来……来替他念书。"

众学子听见这话，不禁哄笑起来。先生将那本书摔在陈棋面前，快步走上讲台，抄起戒尺，猛敲了几下，总算把笑声镇住，但脸上已经结冰，抬起戒尺指着陈棋说："老朽孤陋寡闻，只听说替人顶罪、替人坐牢、替人从军，从未听说过替人读书，真是大开眼界。"

课堂里，弥漫着一片隐忍的笑声。陈棋不知所措。先生忽然怒喝道："讲堂重地，岂容闲杂人等随便进出，还不快滚！"

陈棋回过神来，拿起那本书收进书箱，往外便走，刚到门口，先生又说："告诉陈承祚，凡事要讲规矩，读书也要讲规矩！"

陈棋惶惶答应一声，逃也似的跑了。

陈寿走上那条芳草如茵的小路，只觉得一草一木都那么深情，每一朵花都为自己开放。上了那道小山冈，止于这片梦一般桃树下，望向那座大院。大院仿佛一条搁浅在花木间的大船，那片绿水似的麦地，将是它重返江河的起点。

但陈寿知道，自己首先要渡过那片碧水，才能与梦中的佳人相会。陈棋说过，柳家小姐的闺房，正对这片桃林，这不是天意吗？隐约间，似见阁楼上小窗半开，那个絮儿一定躲在窗后。

于是漫步花间，放声朗诵——

……

窈窕淑女，君子好逑。

……

求之不得，寤寐思服。

……

陈寿一边朗诵，一边望着那栋小窗。每句诗都是一叶扁舟，越过那片碧水，荡向那座大院，荡入窗里。恍惚中，窗里的佳人眼泛春波，面若夭桃，也正望着自己。

这感觉真是美妙，令人心旌摇荡。

正忘情之际，陈棋匆匆跑来，哭丧着脸说："先生大怒，差点把我吃了！"

陈寿被这话拉回现实，盯着陈棋问："先生这么不给面子，你没说我病了？"

陈棋说："当然说了，但先生不买账，直接把我撵了。依小人看，少爷还是去学堂念书吧，要是老爷知道了，少不了一顿教训。"

陈寿笑道："没事，本少爷自有妙计。"

于是指着那座大院问："阁楼上那道小窗，真是小姐的？"

陈棋忙道："错不了，我问得清清楚楚。"

陈寿也不再说，再次朗诵起来。到日暮时分，陈寿才带着陈棋一路回家，看上去跟以往放学一样。夜饭后，依旧朗读《诗经》，快半夜，又叫陈棋伺候自己写字。

陈文才还是不相信，悄悄到窗下看了一阵，见陈寿正伏案写字，写得一丝不苟，不由颇为欣慰，叫厨娘熬一盏冰糖雪梨，送去陈寿房里。

翌日早饭后，陈寿与陈棋出来，到了岔路口，陈寿将一封信递给陈棋说："这是老爷写给先生的信，你交给他，一切万事大吉。"

陈棋一脸疑惑，问："真是老爷写的？"

陈寿笑道："我说是就是。"

说完，朝那条芳香四溢的小路去了。

陈棋又到学堂，不敢进门，只在门外守候，见先生过来，赶紧把信递去说："我家老爷让我送给先生的。"撂下这句话，飞一般跑了。一直跑到那片桃林下，见陈寿目不旁顾，口里念念有词，不禁自语："完了，我家少爷着了那女子的魔了。"

无论天晴下雨，还是烈日吹风，陈寿每天都来桃林，望着那扇小窗朗诵。直至桃花飞尽，春色渐老。

陈寿心里已经有了更进一步的念头，便对陈棋说："你设法跟柳家小姐的女婢混得再熟一些，以后，好叫她为少爷我传信。"

陈棋拗不过，每天躲在柳家大院附近，等女婢出来，便上去搭讪。

终于有一天，陈棋回到桃树下，兴冲冲地对陈寿说："那个女婢叫兰香，我跟她都成好友了。"

陈寿夸了他几句，顶着那片桃树踱来踱去，忽然停在那里，说："读书人，还是用笔来说话！"

于是回家，叫陈棋赶紧磨墨，自己亲手裁下一幅绢，提笔写道——

絮儿小姐如晤：

……

五

陈寿独坐灯下，才思如水，把自己的思慕与渴想，都写进这封信里。看了无数遍，这才亲手制了个信封，装了进去。

又觉得信封太素，应该有几笔丹青。于是想起了那两只宿命般的喜鹊，便又取笔，在信封一角，画了一幅喜鹊闹梅。画面上，一树春梅开得正好，两只喜鹊相依相偎，彼此含情。

陈寿深吸一口气，似觉满腹心事终于有了寄托，便去榻上躺下，仍将那信捂在胸口。想象那个梦中的女子收到此信的样子，陈寿翻来覆去，总是睡不着，只觉得，把这封信交给佳人的同时，也把自己的一生交给她了。

总算熬到了天亮，陈寿赶紧起来，去外室将陈棋推醒，也不用早饭，直接出门。

一路匆匆，到了那片桃树下，陈寿掏出信，递给陈棋，说："去，把这封信交给兰香，叫她千万转交小姐。"

陈棋却说："趁等小姐回信，少爷赶紧去学堂念书吧，要是先生起疑，来找老爷，那还得了。"

陈寿笑道："放心，那个先生嫌我老是为难他，我不去，他求之不得。"

陈棋接过信，沿着一条小路，走下山冈，往那片已经变得浅黄的麦田走去。

陈寿心里却一片慌乱，不敢看陈棋，也不敢看那扇窗，于是背过身去，有些虚弱地朗诵起来。

陈棋觉得自己像一个贼，有些艰难地蹚过那片麦田。柳家大院就在不远处，他却不敢再往前去，躲在了一棵槐树下，向那边张望。

等了好一阵，忽见兰香从院门里出来，手里提着一个竹篮子，里面装着衣物，看样子要去溪边洗衣。

那边有一条小溪，经过一片田舍，流入江里。陈棋就是在那条小溪边遇上兰香的，见她又往那边去了，大喜过望，忙尾随而去。

眼看快到溪边，陈棋喊道："兰香！"

兰香回过头来，见是陈棋，笑道："陈棋哥哥，又是你呀。"

陈棋快步跑到兰香面前，咬牙说："好妹妹，我家少爷给你家小姐写了封信，劳烦转交一下。"说着赶紧将信掏出来，递过去。

兰香像被马蜂蜇了一下，突然脸色一变，柳眉倒竖，骂道："好个陈家少爷，只当他是个世家子弟，没想到，竟是个拈花惹草的家伙！"

陈棋有些疑惑，不知兰香为何突然变脸，忙说："不不不，我家少爷真心喜欢你家小姐，成全成全吧。"

兰香略一犹豫，似乎已被说动，将信接过，看着陈棋说："告诉你家少爷，信我会转交给小姐的，让他安心等着吧！"

陈棋赶紧道谢，往那座小山冈跑去。

兰香将那信揣入怀里，冷笑道："做你的春秋美梦吧，小姐很快就要嫁给张南山张大少爷了。"

张南山是张松的独子，张松是安汉第一丝织大户，远比柳家有钱，即使陈文才，也不如张松富有。

张家与历任县令都有瓜葛，甚至巴西太守也常去他家做客。因有官府撑腰，渐渐垄断了巴西一带丝织业，若不依附，诸如柳家这样无权无势，靠丝织求财的人家，几乎出不了货。

故而柳父和张家定了亲。

而那丫鬟兰香，正是张松亲自送来让其侍候小姐的。

定亲以后，张松对柳家格外照顾，凡柳家丝织，全部优先收购，价格也远远高过他人。

兰香不敢擅作主张，匆匆洗完衣物，提回府上，晾在院子里，便去见老爷柳云，把陈寿那封信递过去。

柳云看了这信，脸色大变，忙对兰香说："此事不必告诉你家老爷，我自有交代。"于是起身，怒冲冲去见陈文才。

六

耳听晨鸡报晓，陈寿收回思绪，眼望书案上那一摞厚厚的手稿，是恩师临终前赠送自己的。读了一遍今日所写的《三国志》，忽觉肩背酸胀，手指僵硬，于是将笔搁下。

那扇木格窗已有些微亮，远远近近的鸡声此起彼伏，不绝于耳。陈寿走到书架前，随手抽出一卷书，恰是父亲的手迹，记录着自先帝以来的蜀汉人物。

难道这一切是命中注定？想当年，他去成都求学，师从谯周，难道也是命运给他画的人生弧线？

这时，门响了，陈棋端了一盆热水进来。陈寿洗了脸，陈棋又递上一盏漱口水。

洗漱毕，陈寿出了书房，一路往正房去。

柳绵与柿儿已经候在这里，正望着他。一家三口进去，给陈母请了安。陈母一直咳嗽，不见好转。此时，咳得面红耳赤，几乎不能答话。

柳绵赶紧过去，一边为陈母捶背，一边说："娘，还是要吃止咳的药酒才行。"

家里的日子逐渐窘迫，陈母不愿花钱，一直不吃药，也不饮药酒。任柳绵一再劝说，都不听。

陈寿忙说："娘尽管放心，有儿子在，一切都会好起来的。"

陈母咳得两眼进泪，过了一阵，才停下来，勉强笑道："我的病，我自己清楚，死不了！"

陈寿又说："娘不必担心，等那些果子熟了，日子就会宽裕起来。"

陈母总算止住了咳，抹了把眼角的泪，笑说："好好好，娘信你的，也依你的，行了吧？"

出了正房，柳绵对陈寿说："药酒该换了，都不见药味了。"

陈寿明白，需用端午前的蛇骨、蛇胆炮制药酒，才能止咳。好在春气正浓，蛇虫早已出洞。于是叫上陈棋，随自己去后山捕蛇。

陈棋拿上一个专门捕蛇的竹夹，并一个竹篓子，随陈寿出门，往后山去了。

在一派如画的春色里，陈寿将那些蜀汉往事，一一抛诸脑后。

七

后院里异常幽静，除了偶尔一声鸟鸣，别无声息。陈文才坐在那方虫声如烟的池边看一卷旧书，正看得入神，家仆陈书匆匆走来说："老爷，先生来了。"

陈文才有些疑惑，合上书，递给陈书，快步来到客堂。先生已坐在那里，彼此拱手致礼，说了些客客气气的套话。

陈寿久没去学堂，一开始，先生心里暗喜："这个调皮捣蛋的家伙不来，反而难得清静。"时间一久，不免有些惶惑："万一这家伙从此不来，岂不丢了陈家那份丰厚的束脩？"

陈家富足，出手又大方，每年的束脩，除了十缗官钱，还有十匹缣，两石粟，外加许多酒肉，几乎是其他人家的总和。要是少了这个弟子，岂不要命。于是来陈家一探究竟。

陈书奉上两盏清茶，放在几上。先生啜了一口茶，便问："近一月来，不知陈公府上有何大事，竟比读书更重要？"

陈文才一脸茫然，不知所以，想了想，反问："先生所言何事，在下实在不明白？"

先生从怀里拿出一封信，递给陈文才，笑道："这是陈公写给我的信，未必忘了？"

陈文才接过，展开一看，原来是一封替陈寿请假的信，自己何曾写过？但这字，一笔一画都是自己的，不禁有些恍惚。

又看了一阵，猛然想起，陈棋曾问自己要墨稿，说少爷要学老爷写字，立即明白过来，这是陈寿仿写的。陈文才赶紧向先生致歉："这个孽子，竟仿我字迹，伪造书信，实在可恶！先生见笑，所谓子不教，父之过，容我向先生赔罪！"

于是站起，向先生又作揖又鞠躬。

先生抖了抖衣袖说："还有一事须告知，承祚竟让书童替他读书，实在有些过分。老朽深知，承祚聪明绝世，若严加管束，用功读书，将来必成大器。可惜老朽无能，只怕贻误了他。"

陈文才忙道："不不不，先生是安汉名士，犬子能入先生门下，实属三生有幸。先生不必忧虑，待他回来，一定严加教训。"

正说着，陈书进来禀告，说："柳云柳老爷来访，已迎到花厅里了。"

先生一听这话，赶紧告辞。陈文才本欲设宴款待，却苦留不住，忙叫陈书提上一壶酒，一块干肉，送先生回学堂。

陈文才一边往花厅去，一边暗想，我与柳家鲜有往来，柳云忽然登门，莫非又是那家伙闯祸了？

一到花厅门口，赶紧拱手说："哎呀，不知柳兄大驾光临，失敬、失敬！"

柳云也不还礼，一脸冷笑。陈文才一看，柳云手里也有一封信，不禁疑惑："今天是什么日子，何故总是为一封信置气！"

柳云将那封信递过来，怒冲冲地说："都说安汉陈氏乃书香世家，呵呵，自己看看吧，这是你养的好儿子！"

陈文才拿起那封信，读了两句，已是满面羞惭，朝柳云一揖说："孽子无礼，望柳兄恕我失教之过。不过，此事关乎令爱清誉，请柳兄息怒，更无须声张，在下一定严加管教。"

见陈文才态度诚恳，柳云紧绷的脸似乎有些松动，叹了口气说："小女已有婚约，佳期已定。望能体谅为人父母的心情，管好令郎。"

说完，告辞而去。

夕阳流彩，归鸟斜飞。陈寿、陈棋离开那片已将凋谢的桃花，踏上了回家的路。

陈寿心里牵挂那封信，忍不住问陈棋："你觉得，小姐会不会写封回信，让兰香交给你，再由你带给我？"

陈棋说："兰香叫我转告少爷，耐心等待。听那口气，一定要回信。"

陈寿大喜，拉上陈棋一路飞奔，转眼已进了大门。忽见母亲迎面走来，正要上去问候。母亲远远就说："先生和柳云都来找老爷，说了好一阵。老爷一直秋风黑脸，看来，都是因为你。老爷吩咐下来，叫你一回家马上去书房见他。"

陈寿一听，心已悬了起来，只好往书房里去。陈棋惶惶跟来，喘着气说："糟了，先生都找到家里来了！"

陈寿鼻子一哼，说："来就来吧，反正我也不想听他啰唆，大不了挨一通臭骂；要是柳家那边不嫌弃我，死了都值！"

两人来到书房，推门进去，还未站稳，陈文才将手里的书一摔，霍然站起，手指陈棋怒骂："你个不知尊卑的狗东西，竟敢如此胡作非为！来人，把这个不知好歹的家伙赶出去，永远不准踏进陈家半步！"

两个家仆闯进来，捉住陈棋，拖了出去。陈棋一连哀叫："少爷救我，少爷救救我！"

陈寿跪下，叩头说："一切都是儿子的错，与书童无关，要罚罚我，不要伤及无辜。"

陈文才有些愣怔，盯着陈寿说："噫，你还有理了！"

于是把一封信摔在陈寿头上，骂道："你个不知敬畏的东西，先生好歹也算安汉名流，你竟让书童替你读书，这不是安心侮辱先生？"

陈寿暗想，既然已经穿帮，不如索性把肚子里的话都说出来，于是冷笑道："好个安汉名流，满嘴的陈词滥调，一身的酸腐气，既无真才，也无实学。依我看，他只配教陈棋，不配教我。"

陈文才一巴掌扇在陈寿脸上，骂道："你个混账东西，竟如此狂妄，如此不敬恩师！"

陈寿冷笑道："父亲哪里知道，他最多是个能背几本死书的庸才，居然开馆授徒！做父亲的不怕耽误了儿子，做儿子的还怕耽误了自己！从明天起，就算你把我打死，我也不去受那份罪了！"

陈文才似乎有些惊讶，坐了好一阵，忍住一肚子气问："你的意思，那人不配做你的先生？"

陈寿咬牙说："若非才如孔子，至少也要像西蜀扬子云那样的饱学之士，才配做我的先生！"

陈文才盯了他一阵，又拿起另一封信，砸入陈寿怀里说："你看看，你干的好事！"

陈寿见是自己写给絮儿的信，顿时浑身冰凉。

陈文才骂道："如此寡廉鲜耻，简直有辱门风！"

见陈寿低头不语，停了片刻，陈文才又说："柳家姑娘已有婚约，不日将要出嫁，你趁早死了这份贼心吧！"

听了这话，陈寿犹如当头挨了一棒，不知是如何离开书房的，迷迷糊糊回到自己房里，倒头便睡。

书房里，陈文才将两封信看过一遍又一遍，不由暗自称奇，这家伙的手笔竟与自己分毫不差，若不说破，自己也分不出真假。再看写给柳家姑娘的情书，不仅情思饱满，而且文采飞扬。如此看来，这家伙确实颇有根基，去做那个先生的弟子，可能真的委屈他了。

想来想去，想起了才冠西蜀的谯周，遂给谯周写了一封信，请其收陈寿为弟子。

谯周被誉为蜀中孔子，曾与陈文才同窗。陈文才比谯周小一岁，称谯周为兄。

曾经，陈文才先为姜维主簿，诸葛亮首出祁山时，调陈文才为马谡的参军。不想街亭失守，马谡被诸葛亮挥泪斩首，陈文才也因此受到牵连，判了个髡刑。一头尚且浓黑的头发、胡须被一刀刀削光，让人备感耻辱。陈文才被夺去军职，遣回安汉，自此万念俱灰，几乎不出家门，整日关在书房里发呆。

谯周闻听此情，自成都赶来安汉，敲开陈文才的书房，陪他喝了三天三夜的酒，说了三天三夜的话，陈文才总算放下了那段耻辱。

次日，接过父亲写给谯周的那封信，陈寿明白，佳人将为人妇，自己好似一缕无处栖身的孤魂，留下来也不过徒增烦劳。于是朝父亲一揖说："是该离开安汉了。"

临行前，陈寿来到那片桃林里，桃花早已谢尽，换上一颗颗即将成熟的桃子，层层叠叠，挂满枝头，似乎不堪重负。

他知道，自己也该走了。

陈寿以自己的方式告别了曾经的自己，踏上了去成都求学的路。

第三章　求学

一

陈寿到成都时，恰逢端午节，自知不能空手去见谯周。于是，找了家客栈安顿下来。

这是一家锦水岸边的客栈，相当雅致。随陈寿来的是陈书，一个跟了陈文才好些年的家仆。

洗漱一番，换了一身衣服，陈寿带着陈书来到街上，打算买几样礼物。

成都不愧蜀汉都会，气象与安汉不同，人如流水，货似繁花，到处熙熙攘攘。转了一阵，陈寿买了一坛酒、两端织锦、一百个咸鸭蛋，既作见面礼，也顺便给谯周拜节。

问清了去谯府的路，正要前往，陈书忙说："谯周是大儒，不比凡夫俗子，不能贸然上门，至少应该先送一张拜帖。"

陈寿觉得有理，遂回客栈，写了一张拜帖，又把自己带来的文章装订成一册，连同父亲给谯周的信，加上刚买的礼物，叫陈书都送到谯府去。

陈书比陈棋年长，性情沉稳，也不似陈棋那么冒失，一直跟在陈文才身边，颇知事理。临行前，陈文才特意把陈书叫去，要他照顾好陈寿，尤其不要去青楼、歌馆，以免耗损志气。

陈寿仍去街上闲逛，走了一阵，已觉腹内空空。恰好望见一家酒肆，便走了进去。店里仅有一个客人，是个青年。

小二懒洋洋靠着一根柱子，听店主说蜀汉趣事。店主坐在门侧，把指节扳得噼里啪啦一阵响，说："大将军费祎驻扎汉中以来，两年后，才开始巡视各营，查问攻守，去年回成都，逢皇太后周年忌日，费丞相竟上了道奏折，请求大赦。大司农孟光立刻上表反对，说大赦不可滥用。这个费祎，真是纸糊的屋顶，没什么指望。"

见小二搭不上话，店主挺了挺腰，大有显摆的意思，又说："去年腊月，后主下了一道恩旨，升曹郎陈祗为侍中、黄门丞黄皓为黄门令。呵呵，那个黄皓，比哪个都能下手，才十多岁时，居然自己把自己阉了！"

正说着，见陈寿进来，店主赶紧站起，露出两颗龅牙，笑道："客官有请！"

陈寿站在柜台前，四处打量，一脸疑惑。店主忙道："今天是端午节，锦水有龙舟竞渡，人都去那里看热闹了。要在平日，可是一座难求。"

陈寿选了张临窗的席位坐下，看着跟过来的小二说："半只烧鹅，一尾烤鱼，两样素菜，外加一壶酒，两只酒盏。"

小二答应一声，一路吆喝，往后厨去了。

陈寿朝那青年望去，见他面相儒雅，却穿着一件又旧又不合身的蓝袍，面前仅摆着一碗米饭和一碟小菜，也并不怎么吃，手拿一卷文稿，认真读着，一脸的得意，似乎把这些文字读出了味道，也就不饿了。

片刻，小二出来，将酒菜一一摆放几上。

陈寿斟满两盏酒，走到青年面前一揖，说："恕我冒昧，天下好文章甚多，一时读不完。今当佳节，敢请仁兄与我同饮，如何？"

青年抬起头来，见陈寿满身清气，赶紧站起，把那卷文稿揣入怀里，回了个礼说："仁兄如此盛情，在下却之不恭。"说罢，随陈寿来到这边，相对而坐。

陈寿举起酒盏，说了几句客套话，先干为敬。青年见陈寿如此豪爽，也不拘束，将那盏酒一饮而尽。

酒过数巡，两人的话多了起来，越说越投机，颇觉欢喜，有些相见恨晚。陈寿笑道："仁兄一身斯文，一定是个饱学之士。历来有说，端午节因楚大夫屈原，屈原的《九歌》音韵铿锵，历来受人追捧。你我何不仿其体例，口占新词，以助酒兴？"

青年欣然道："如此甚好！"

二人你一句我一句，满嘴雅辞，听得店主和小二云里雾里。不觉，一壶酒已尽，陈寿又要了一壶。

两人这才互通姓名。青年姓李名密，字令伯，小陈寿几岁。于是李密称陈寿为兄。

李密是犍为武阳人，幼年丧父，母亲改嫁，与祖母相依为命。经父亲故友推荐，前几日才到成都，欲师从谯周。

陈寿一听，大喜，告知李密，自己也是为拜师谯周而来。

李密有些焦虑地说："欲拜谯周为师，并非易事。在下虽有推荐信，但谯周并不买账，在门口就被挡了回来。府里传话说，须拿文章去，要文章好，才有可能成为弟子。"

一旁的店主总算能搭上话了，冷冷一笑说："呵呵，谯周是谁，那是跟孔子平起平坐的人物！要是人人都能拜谯周为师，恐怕西蜀的读书人，都成谯周的弟子了！

"成都人都知道，谯周有三不收：一是资质愚钝者不收；二是声名不佳者不收；三是面相藏奸者不收。"

李密取出那卷文稿，双手递给陈寿说："小弟劣作，请陈兄看看，不知能否打动谯周先生？"

陈寿展开文稿，读了第一篇，只觉字词清妙，句句精美，由衷赞道："令伯兄才情纵横，应不输建安七子，想必是谯周先生梦寐以求的弟子，他岂能不收！"

李密听了这话，喜不自禁，敬了陈寿一盏。

不觉，一壶酒又尽，陈寿又叫了一壶。

到底喝到何时，又怎样回的客栈，陈寿已记不清了。次日早上醒来，浑身酒气不绝，头也有些昏沉。陈书早早煮好一碗醒酒汤候在一侧，见陈寿醒过来，双手递上。陈寿喝了，这才起来，匆匆吃过早饭，命陈书赶紧烧一桶热水，洗浴了好去拜见谯周。

忽听窗外几声鸟叫，陈寿往外一望，望见一派迷迷茫茫的晨雾，两只喜鹊的叫声从雾中传来，如歌如诉。

陈寿心里一动，难道是自己院子里那两只喜鹊，随自己飞到成都来了？

陈寿匆匆洗过，换上一身干净衣服，忽想起李密那卷文稿，封皮上似乎写着《学步集》，就叫陈书准备笔墨，也要写上几个字。

陈书忙了一气，磨出一池浓墨。

陈寿拿起笔，想了想，在册子中间写下《雏凤集》三个大字，并在左边写下一行小字——"晚生陈寿习作"。

走出客房，来到大厅，李密已经候在这里。陈寿这才想起，昨日酒醉，送李密回客栈，方知李密已经欠了店主二百文房钱，店主非要李密结清欠账才许入住。李密家贫，特意选了这家下等客栈，入住的都是苦力，房钱也最便宜。纵然如此，李密也很是艰难，每天只吃两顿素饭。

陈寿二话不说，掏出二百文钱拍在店主面前，拉上李密到自己下榻的这家客栈，替他赁了间上房。

陈寿见李密也是一身酒气，且还是那身又宽又大的旧袍，又不好直说，笑道："李令伯一身酒气，岂不怕谯周先生把你当成酒疯子？快去换身衣裳。"

李密朝陈寿一抱拳说："实不相瞒，小弟靠祖母纺线过日子，一日三餐尚且艰难，哪有余钱添衣，就这件旧衣，还是邻居送的。"

陈寿也不多说，拉着李密，快步回到客房，选了一件新衣裳，让李密换上。

李密也不客气，大大方方换上，嘴里吟道："岂曰无衣，与子同袍。"

二人一路说笑，前去拜访谯周。

眼看到了谯府，李密停步，望着陈寿说："李密欠陈兄二百文钱和这身……"

陈寿抢过话头说："哎呀，既是兄弟，何须客气。李令伯只差我二百文钱，待你入仕发迹，再还我不迟。"

李密笑道："如果有那一天，一定加倍奉还。"

二

陈寿如愿拜师谯周，以为人生第二件幸事；第一件，当然是安汉城里那个元夜，与絮儿猝然相遇。

回到客栈，陈书忙着煮了一壶茶送来，陈寿啜了一口，似觉这茶与往日不同，格外温润细腻，颇有春风春雨的意思。正要陈书送一盏与李密，李密却挎着一个粗布包袱走进屋来，要与陈寿作辞。

原来那日谯周读了陈寿、李密奉上的文稿，深感二人天资聪慧，都是可教之材，便分别将二人叫进书房，各自问了家事、学业。得知李密家境清贫，特意让他住到自己府上。

陈寿也不多说，送李密出客栈，送了一程又一程，直到望见那座庭院，才停下来。

彼此似乎有些伤感，有些依依不舍。李密朝陈寿一揖说："明天就开课了，又能相见了。"

说完这话，李密总算进了那道大门。

待李密的背影消失在门里，陈寿这才对跟在一旁的陈书说："当务之急，先买一座院子，要幽静，最好临水。你反正也没事，不如去找一找。"

陈书拱手应诺。

到了傍晚，天竟下起了雨。陈寿倚在客房窗口看雨，窗外有一方池塘，池边是几株老柳，显得有些落寞。

忽见两只喜鹊飞来，绕着那些柳树飞来飞去鸣叫，最终歇在了一蓬柳丝间，张开翅膀一阵抖动，抖得雨珠四溅。

陈寿看得几乎痴了，顾自认定，一定是自家院子里那一对喜鹊。真是万物有灵，难道它们也知道，谯周已收我为徒，特地飞过千山万水来贺喜？或者，或者知道我不舍故土，更放不下那个梦一般的女子？

陈寿心有所动，提笔展纸，要把那对喜鹊和那棵柳树画到纸上。两只喜鹊竟不飞走，似乎颇知人意。

这时，陈书推门进来，说饭菜已备好。两只喜鹊受到惊吓，飞走了。

陈寿恨恨地瞪了一眼陈书，正想骂几句，又觉没道理，于是一跺脚，丢下陈书，往酒肆去了。陈书呆立在那里，惶恐地搓着双手，不知该不该跟去。

陈寿心中有事，深觉饭菜不香，草草吃了一阵，算是对自己有个交代。

回到客栈，坐于窗前，天早已黑了。陈书像个影子，飘进飘出，似乎不知所措。陈寿有些愠怒，盯着陈书问："还不点灯？"

陈书如梦初醒，赶紧点燃了那盏灯。

灯火摇曳，一切都变得时明时暗，似乎不可预知。陈书依旧飘来飘去，既找不到事做，也找不到话说。

见陈寿不理不睬，陈书更不知该如何是好，可怜巴巴地望着陈寿："少爷……"

陈寿一挥手说："磨墨。"

陈书赶紧忙活起来。陈寿坐在那里，两眼望向窗外。夜色里，那些柳树模糊不清，那对喜鹊想必并未飞回。陈寿笔下的柳树和喜鹊却渐渐清晰，栩栩如生。

陈书从没见过少爷作画，不免惊喜，看了一阵，忍不住朝陈寿一揖："请少爷赐教，人人都说喜鹊闹梅……"见陈寿并不生气，又问，"为何少爷笔下是喜鹊闹柳？"

"你不懂！"陈寿幽幽地说，两眼望向夜空，神情竟有点恍惚。

恍惚中，絮儿静坐窗前，望向窗外那片烟雨。那双如星的眼里，似有两个小小的陈寿。

次日一早，陈寿来到谯府，敲开了那道大门。门仆已认得他，笑道："你来得最早！"

陈寿客套一番，问清了李密的住处。

这时，院子里走出一个清俊少年，门仆见了，连忙一揖，叫了声少爷。

来成都前，陈文才曾交代过陈寿，谯周有三子，谯熙、谯贤、谯同。谯贤、谯同还小，谯熙与陈寿同年。陈寿看着眼前这个与自己一般身高的少年，料想是谯熙。

于是上前，朝那少年一揖说："小弟安汉陈寿，见过学兄。"

谯熙也听父亲说过陈寿，亦以礼见了，说："真是不巧，小弟要去费丞相那里读书，来日再向承祚兄讨教。"

谯周与费祎易子而教，费祎之子费承于谯周门下受教，已经好几年了。

两人别过。陈寿绕过照壁，进入庭院，只见松樟错落，梅竹清雅，越走越觉得幽深。这座巨宅，共有三重大院，似比自家那座庭院还要气派。

课堂设在后院一间宽大的花厅里，花厅一侧是两排平房，供婢仆居住。

李密与谯府几个家仆正忙着打扫后院，见陈寿过来，忙将地上的灰尘落叶扫成一堆。家仆谯四朝陈寿一笑，到李密面前说："既有同窗来访，这里就交给我们吧。"

李密大喜，谢过谯四，请陈寿在此稍等片刻，要去自己房里洗了手，再一同去课堂。

陈寿想看看李密的住处，悄悄尾随其后。

来到那排平房前，李密推开一间房门，将扫帚放在门后，回头时，见陈寿已在门外，笑道："承祚兄，快快请进，只是我与谯四同住……"

陈寿站在门口，可一览整个屋子，便不入内。

屋内狭窄，也很简陋，仅放着两张卧榻。一张榻上堆着一摞书，想必属于李密。陈寿皱着眉头问："令伯兄，为何如此委屈自己？"

"其实，先生让管家谯木给我腾一间厢房，是我要与谯四同住。"见陈寿满脸疑惑，李密却神情怡然，又说，"先生能收小弟为徒，已是最大的恩惠了，岂能再添麻烦。"

陈寿明白过来，李密不愿白吃白住，意在既做弟子，又做仆人。李密很快出来，两人一起来到课堂。何渠、李骧等早已到了。见陈寿、李密进来，何渠正要搭话，忽见谯木伸进头来说："先生来了！"

先生一丝不苟，众人皆知。弟子们赶紧归位，正襟危坐。谯周不紧不慢进来，行至讲台，两眼如炬，在每人身上扫过。

因陈寿、李密、何渠初来受教，谯周先让每个学生自我介绍，以便相互认识。首先是一身锦袍的何渠站起来，四下打了个拱手，扬扬得意地说："小弟姓何名渠，郫县人。郫县嘛，与别处不同，那是蜀王杜宇、鳖灵都邑。"

都明白，何渠看似炫耀郫县的不同凡响，其实是炫耀自家的身世。郫县何氏，显赫富贵，几乎无人不知。

仅凭这番话，谯周认为何渠争强好胜，日后需多加磨砺。待何渠落座，费承站起来，只说了姓名、表字，绝口不提是丞相费祎的嫡子。费承不喜言辞，也不喜交游，很少有人能走近他。

轮到陈寿了，陈寿几乎不言家世，只说自己远道而来，只因当今天下，唯有谯允南能做自己的恩师。

见谯周虽面无表情，但似乎把陈寿那些都领受了，何渠不禁回头，对后座的李密说："这家伙不但自视甚高，还会拍马屁。"

李密却说："承祚心直口快，性情使然。"

何渠本想再说，忽听谯周以戒尺敲了敲书案说："先读《诗经》，要一字不差背完通本，再说其他。"

陈寿不由暗自得意，那段日子，为了讨好那个女子，他可是用足了功夫的。不免想当着同窗露上一手，当即站起，说自己已能全部背诵。

谯周不信，抽了几首最难记的，陈寿果然背得极其顺口。谯周似乎忘了其他人，又抽，抽了近百首，陈寿都背了个滚瓜烂熟。

这堂课，成了陈寿一个人的表演，简直出尽了风头。众人似乎有些失落，尤其何渠，已经有些忌恨了。

谯周开了一份禁书名录，说他的藏书，学生们都可以去借阅，但这些禁书却绝不准碰。陈寿一看，排在禁书之首的，是王充的《论衡》。

陈寿反而充满好奇，不知此书到底有何不同，暗想一定要找个机会，悄悄读一读。

成都街巷交错，陈书转来转去也没看中一处宅子，有几次还险些迷了路。这日下午，依旧满怀失望，匆匆赶回客栈，已是口渴难耐，对店主直嚷嚷："快快快，来一碗水！"

店主正在柜台里埋头算账，算盘拨得乱响，头也不抬地说："小二，听到没有，贵客要喝水。"

小二早已看见陈书，从石缸里舀了一碗凉水，放在几上。陈书不管不顾，一把拿起，先咕咕喝了一气，这才骂小二道："你个死鬼，喊你来碗水，你就不晓得斟一盏茶？"

小二正往里屋走，听了这话，头也不回地撑过来："嘴巴干净点，哦，你是喜鹊的尾巴，自以为翘到天上了？"

店主也不理会，知道两人厮混熟了，没事爱斗斗嘴，都不会往心里去。

陈书笑笑，将那碗水喝干，扯起衣袖揩了揩嘴，这才对店主说："唉，成都虽是皇城，也没啥不同。跟安汉相比，太阳还是那么热，月亮也还是那么圆。"

"成都嘛，那可是藏龙卧虎，风云际会，岂是一个小小的安汉可比的？"店主不爱听陈书胡说，抬起头来，停了手下的珠算，那响总算住了。

"总算说话了，还想跟我装？"陈书似乎逮住了店主的尾巴，不由咧嘴一笑，笑得甚至有点阴。

店主阅人无数，知道陈书故意弄出点响动，必定有事求教，便说："水喝饱了，还不去挺尸？"

陈书走到店主面前，说了陈寿的意思，又说："钱不是问题，但成都太大，这几天，把我的脚板都跑大了，也没一处中意的。"

"哎呀，你咋不早说，不就房子吗，不就临水吗？浣花溪的雪琴居，正好临水。"店主再次拨弄算盘，这次，打得有些不同凡响。

但凡成都人，都知道雪琴居。

雪琴居的主人青柠，色艺俱佳，尤其擅长抚琴，曾是青楼云水轩的头牌。

红尘滚滚，俗事纷纷。多年来，青柠受过多少豪门子弟、权贵人物追慕，却不为所动，唯有书生张雪，作了一篇《雪琴赋》，俘获了她的芳心。

无奈张雪贫穷，青柠倾尽积财，于浣花溪购了一座宅院，取名雪琴居。两人情深意长，不久定下婚期。谁知新婚前夜，张雪忽然失踪，生不见人，死不见尸。

从此，青柠心死，不再抚琴。雪琴居也成了她的伤心地，决意作价售卖。只是，蜀中连年北伐，无休无止，这仗，把穷人打跑了，把富人打穷了。哪有人能拿出钱来，买得起偌大一座房子？

店主叹息一声，又说："那是绝对的良宅好地。恰好，本人受业主所托，若买家有心，可贱价出手，但求早日变成现钱。"

"听说，是有人因妒生恨，整死了姓张的。"小二一边说着，一边从里屋出来，到一张几前。

"莫乱说！"店主脸色大变，朝小二吼了一嗓子，还想教训两句。这时，门外有个人进来，小二忙上去迎客。

陈书对店主说："但愿此宅能入我家少爷的眼。"

雪琴居算不上高大，更算不上气派，与谯周那座大院相比，甚至有些局促，但却透着一些不易察觉的清高和雅致。屋后是一片高高低低的竹林，门前是一条清溪，溪上有一座木桥，桥下拴着一条小舟。溪岸满是杂草杂树，也有许多不知名的野花。

陈寿暗想，这个名叫青柠的女子，一定不同寻常，而且有些神秘。

陈寿停在门外，看了好一阵，不置一词。店主似乎有些心虚，生怕错过了这个买家，赶紧打开门锁，请陈寿进去。

迎面是一道青石照壁，壁上却并未雕着花鸟虫鱼、梅菊竹兰之类，而是一座竹林中的茅屋，屋侧一条小溪，溪上一座木桥。陈寿暗暗一惊，这与刚刚看到的景象几乎重合。

院子里却一片破败，那些花木几乎被杂草掩埋。更因落叶久久未扫，早已腐烂，能闻到一股臭味。那些斑驳的苔藓，更像是那个女子的泪痕。

店主见陈寿一言不发，忙道："这里的一砖一瓦，一草一木，都出自能工巧匠之手。"

走完了三重小院，陈寿正要说话，陈书却说："好一座庭院！"

陈寿轻轻瞪了他一眼，陈书后悔也来不及了。

"你看，三重小院，二十多间房，住个二三十人都不成问题。关键出门就是浣花溪，要说雅致，走遍成都，你也找不到第二家了！"店主一边说，一边看陈寿脸色。

陈寿心里想的，却是那个叫絮儿的女子，如此雅致的庭院，要是能与她在此厮守一生，那该多好。

见陈书正望着自己，陈寿朝他点了点说："就这里吧，买下来。"

陈寿把陈书留下跟店主商量，自己先去谯家读书。店主早跟青柠讲好了价，给陈书报了二十万钱。没想到陈书也很鬼精，死活只给十万。二人争来争去，各让一步，十五万成交。但有两张房契，一张写着十八万，给陈寿看的；一张写着十五万，是给青柠看的。陈书与店主分了那多出的三万钱，皆大欢喜。

陈书雇了几个人来打扫，墙壁也刷了一层石灰，花草也全部修剪一遍。照陈寿的意思，添了许多家具，通过中人买了几个仆人。店主又介绍了一个厨子，姓苏，都叫她苏嫂。

陈寿写了"陈宅"两个大字，叫陈书找匠人刻成牌匾，把"雪琴居"换下来。

选定了乔迁的日子，陈寿立即写了十几张请帖，首先送给谯周。谯周一口答应，一定去道贺。

李密、李骧、何渠等，也高高兴兴答应下来，并忙着准备贺礼。李密身无分文，不免大伤脑筋。一连几天都到郊外去，出入一片片竹林，总算寻得一根上好的紫竹，砍了回来，要做一支紫竹箫，送给陈寿。

恰好谯四家里有事，这段日子不在这里歇宿。李密把自己关在这间小屋里，花了一天一夜，做出了一支箫。捡来一块瓦砾，磨洗一遍又一遍，把箫身磨得如一管碧玉。本想刻几个字，却舍不得下手了。

转眼已到吉日，谯四过来传话："老爷叫你到书房去。"

李密将那支箫插入怀里，到了书房。谯周对他说："真是不巧，陛下命我马上入宫议事。承祚那里去不成了，你就代我祝贺。"

李密连忙答应，谯周朝门口看一眼，喊道："拿进来！"

谯木提了个礼盒进来，交给李密。李密告辞出来，便往陈宅去。陈寿已经候在门口，将李密迎进客堂，苏嫂便来上茶。

李密打开谯周的礼盒，里面是一支兔毫笔和一方上好的砚。陈寿已知恩师用心，希望自己学业有成。

李密拿出那支箫，陈寿高兴不已，叹道："知我者，令伯也！"

二人正说话，何渠、李骧等一起来了，各自都有一份贺礼。相聚客堂，喝了一阵茶，见时辰尚早，便请李密等去院子里看看。

那些花木经过修剪，整齐而不呆板。正看得高兴，何渠把住陈寿的肩，走出大门，来到溪边。

何渠看着陈寿问："承祚兄没听说过？"

陈寿顿时有些茫然，望着何渠。何渠又说："当初，我也看上了这座宅子，正要下手，才知道是座凶宅！"

陈寿大吃一惊，便出不了声。

何渠摇了摇头说："所谓便宜没好货，此宅低于市价许多，你心里就该多想一想，或者打听打听。"

陈寿心里乱了起来，请何渠有话直说。

何渠说："先主入蜀前，城中盐商王某，妻妾众多，却独宠小妾颜氏，并为颜氏修了这座宅院。谁知颜氏搬来不久，竟在这里遇害！"

"王某的后人呢，如今还能找到吗？"陈寿惶惶地问。

何渠："听我把话说完嘛……后来，朝廷禁盐，王某获罪，全家问斩，这院子里都是冤魂。那个叫青柠的女子不信邪，结果呢，眼看就洞房花烛了，郎君却不见了！"

陈寿一直盯着何渠的眼睛，似乎要辨出这些话的真假。

何渠笑说："当然，承祚兄正气凛然，或许镇得住。"

"陈寿是巴人。巴人通神，从来不怕鬼。"陈寿冷笑道。

何渠正要再说，陈书快步出来说："酒菜已备齐，该开席了！"

二人进来，随陈书来到筵堂。酒菜早已摆放几上，炙肉、鱼脍等应有尽有。众人分主客坐定后，陈寿捧起酒盏，说了几句感谢的话，邀客人共饮。

李骧干了一盏，回味半天，夸赞道："绵软芳香，难道是巴郡清酒？"

清酒出自巴人，贵过黄金。秦昭襄王曾与巴人有盟："秦犯夷，输黄龙一双；夷犯秦，输清酒一盅。"

陈寿笑道："家父知道小弟要请各位兄台，特地托人从安汉带了些来。"陈寿客套一番，无非劝众人多饮几盏。

何渠以为陈寿故意炫富，只勉强喝了几盏。

酒虽醇，多饮却也醉人，李骧等早已面色发红，气息粗重，说话的声音竟比平常高出许多。

眼看天色已暗，何渠向陈寿告辞。李骧刚起身，脚绊在了几腿上，向前一扑，险些摔倒，一旁的李密一把将他扶住。

如此失态，李骧似乎有些羞愧，匆匆别过，先众人而去。李密、何渠等亦作辞而去。

苏嫂领着几个仆人忙了一气，总算将一切收拾干净。因婆家二叔明日生辰，苏嫂告假一天，早早走了。仆人们都住在城郊，加之与陈寿还不怎么熟，也回去了。

只剩下陈寿和陈书，格外安静。

这些天，谯周让弟子们熟读《春秋》三传，陈寿已经读完了《左传》，此时拿在手里的，是一部《穀梁传》。

自从知道那女子姓柳，陈寿总是摘一片柳叶做书签。夹在书里的柳叶干而不枯，犹带一分春色，似乎通过这片叶子，留住了那个春天。

刚读出点意思，忽听一声尖叫，惊恐而凄厉。陈寿一惊，赶紧放下手里的书，拉开门，一步跨到门外。

陈书跌跌撞撞跑来，看上去魂不附体。陈寿喝问："何事慌张？"

陈书面色煞白，似被人掐住了脖子，喘了半天，嘴里才吐出两个字："鬼啊！"

顺陈书手指的方向望去，墙头外，一个白色的鬼影，披头散发，飘飘悠悠，忽高忽低，忽起忽落，似乎要翻过院墙，扑进院子里来！

恰此时，阴风忽起，鬼影连声怪叫，更加嚣张。

陈书虽然见过世面，还是忍不住浑身发抖。陈寿猛然喝道："休怕！"

陈寿立即朝门外跑去，直奔那个鬼影。鬼影似乎有些惊慌，往屋后飘去，陈寿紧追不舍。转眼到了竹林边，鬼影一闪，往竹林里飘去。陈寿追到竹林边，鬼影却飞到一棵竹子上，再也不动了。陈寿停下，叫陈书点一盏灯笼来。

借着一团灯光，陈寿看清，挂在竹子上的，是一只人形纸鸢。另有一团衣絮挂在一蓬荆棘上。陈寿一眼认出，这是何渠那件锦袍上留下的。

次日，陈寿刚进谯府，恰见何渠在前，叫了一声"何兄"，快步上去，将那块破絮塞入他手里，也不说话，扭头便走。何渠摊开手心，看了一眼那团破絮，笑道："玩笑而已，承祚兄竟然当真了！"

陈寿头也不回，径直往课堂去了。

三

同窗中，陈寿除了跟李密交好，与李骧也算意气相投。在谯周看来，众弟子中，唯此三人文章富丽，各有千秋，他日必成大器。

这日，谯周读完陈寿的近作，叫他到书房来，看着他说："承祚文章大有进步，但须明白，秦灭六国以来，车同轨，书同文，行文多用四六句，刻板呆滞，乏善可陈。直到西蜀扬雄出世，开一代新风，文章才渐趋结实。我所以叫你们熟读《春秋》，其用意也在于此。总之作文之道，最忌空洞。"

陈寿连连称是。谯周拿出一卷旧书，递给陈寿说："这是司马氏的《史记》，先读一卷，读完再来换取。"

陈寿赶紧接过，正要说些感激的话，谯木推门进来，向谯周一揖说："卫将军姜维来访，已到客堂里了。"

谯周一怔，颇有些诧异。

故丞相诸葛亮临终时，曾向后主刘禅推荐贤才，其中便有姜维。但因姜维连年征战在外，谯周与他几乎没什么交往。今日忽然登门，想必别有用意。

谯周领陈寿来到客堂，姜维已等候多时。相互依礼见了，分主客坐下，便有家仆来上茶。

姜维却并不急于说明来意，感叹谯周乃忠义之士，并说起几段往事。

诸葛亮为丞相时，表奏谯周为劝学从事。建兴十二年（234），诸葛亮病重，奄奄一息。谯周闻讯，即刻赶去五丈原，欲见最后一面，以报举荐之恩。诸葛亮在世时，事必躬亲，无论何事，皆自作主张。后主因此心怀怨恨而不言。待诸葛亮病危，刘禅立即下诏，禁止同僚前往探视。但谯周因已在途中，未能奉旨。

诸葛亮既死，丞相之职空置。刘禅似乎再无顾忌，整日纵情于声色犬马，几乎不问朝政。谯周再也不能忍，上疏劝谏："昔王莽之败，豪杰并起，跨州据郡，欲弄神器，于是贤才智士思望所归，未必以其势之广狭，惟其德之薄厚也。是故于时更始、公孙述及诸有大众者多已广大，然莫不快情恣欲，急于为善，游猎饮食，不恤民物。陛下应尊奉先主遗德，减乐宫，少增造。"

刘禅读罢，幡然悔悟，遂拜谯周为中散大夫，侍奉太子刘璿。

谯周听了姜维的话，笑道："卫将军谬赞了，在下不过是略尽人臣本分。"

姜维朝谯周打了个拱手，嗟叹一番，笑了笑，又说："前些日子，羌胡二部传来消息，欲降蜀汉。大将军费祎命我率部迎接。然魏军虎狼之师在侧，姜维恐其出击，请费祎增兵。费祎却只增兵五千，都是老弱病残，合我所部，仅一万五千余众，岂能抵挡。如今出师在即，免不了一场恶战。谯兄侍奉陛下已久，若能转奏陛下，再增精锐，姜维誓必收复羌胡来降。他日再图中原，匡复汉室，也非难事。"

那年，刘禅念姜维镇服汶山平康夷有功，升其为卫将军，与大将军费祎共录尚书事。费祎忧虑有二：一是姜维能征善战，文武之才，恐取而代之；再则，以为自己治国，与故丞相诸葛亮相差甚远。因此，多年来，施行无为而治，对内，以保境安民为重；对外，尽量减少用兵。

不久，姜维用计，分势弱敌。近日接报，雍州、凉州的羌胡二族欲叛魏投蜀。

姜维欲率兵出陇右，接应胡人首领白虎文、治无戴所领部属，又担心雍、凉二州魏军追杀，自己兵力不足，于是奏请刘禅增兵。刘禅准其奏，令费祎分部属与姜维。

费祎对姜维说："多处夷人作乱，亦需分兵平叛，只能给卫将军五千兵，合你部属，共一万五千。以伯约谋略，对付区区三万魏兵，足矣。"

姜维校场点兵，才知这五千士卒大多为老弱病残，顿时明白费祎的心思，但又不愿与之结怨，想来想去，决定让谯周出面斡旋。

姜维走后，谯周沉思片刻，令陈寿叫李密、李骧前来。陈寿去了片刻，与李密、李骧来到客堂。

谯周欲试试三人能力，告知姜维来意，问三人："该如何决断？"

李骧略加思索，说："二族投诚，既可壮大我军，又能振奋军威。卫将军素来善于用兵，竟有担忧，说明强敌难克。学生以为，恩师可禀告陛下，为姜维请兵。如此一来，姜维必记恩情，自此与恩师联手，朝中之事，岂不由恩师说了算。"

李密心存疑虑说："如此一来，虽与姜维友善，势必交恶费祎，亦将激化朝臣之间的矛盾，恩师不如直接面见费祎，直言利害，或许能有意外收获。"

等二李说完，陈寿朝谯周一揖说："学生同意令伯所言，只不过，与其请费祎增兵，不如请费祎亲率部属迎降。"

听了陈寿的话，谯周不由暗喜：此子之说，竟与自己的见解不谋而合。

于是谯周去见大将军费祎，直言不讳："曹魏雍、凉二州，重兵把守，姜伯约仅领一万五千士卒，欲接引盟友，岂不是虎口夺食？"

见费祎脸色一沉，不置可否，谯周又说："大将军若亲临督阵，必与姜伯约一同凯旋。"

费祎一听，又转怒为喜，顾自暗想，尚书仆射诸葛瞻，为陛下佳婿。若与之前往，收复羌胡，陛下必定高兴，既可分功一半，不至于使姜维独占，又能让姜维无话可说。

诸葛亮生前曾力举蒋琬和费祎，是费祎的恩公。而诸葛瞻为诸葛亮之子，与费祎的私交非常人可比。

费祎笑道："谯允南坦言相告，足见既为国家，又为同僚。姜伯约收复二族，功在陛下，利在朝廷，我等应当全力以赴。"

次日，费祎点起两万精兵，令诸葛瞻率部同行，以助姜维。又恐有失，再命张遵随同。

费祎、诸葛瞻、张遵等昼夜兼程，赶往雍、凉，却在洮西遇姜维与魏雍州刺史郭淮、讨蜀护军夏侯霸激战。费祎与姜维会师，重新布阵。一战下来，郭淮、夏侯霸败走。

费祎率姜维、诸葛瞻、张遵等引羌胡二族入蜀，刘禅大喜过望，赐二族首领钱物、土地，令其定居繁县。

四

课堂上，谯周将羌胡二族来降的消息告知弟子，何渠等大为兴奋，以为蜀汉强盛，定能收复中原，光复汉室。课毕，待谯周走出课堂，何渠大声说："各位，趁着高兴，何渠做东，去酒肆大醉一场！"

同窗们无不兴奋，纷纷前往。陈寿却不去，只在课堂里徘徊。李密见了，走回来问："同窗聚会，承祚何故不去同乐？"

陈寿看一眼李密，苦笑道："那日，姜维拜访恩师，从二人的对话里，我第一次窥见了王朝的内幕。建都锦绣之地的蜀汉朝廷，看似平静富饶，却因一次次劳而无功的北伐，已经病入膏肓；在即将暴露的危机面前，朝臣们却忙于权斗，竟无人在意兴亡！"

李密也有同感，两人大谈时弊，暗生忧虑，都不往酒肆里去。

从此，陈寿被一段愁绪淹没，似乎看不到头，只恨空有抱负，不得实现，无处寄托。不知不觉，对家国的忧虑，变成了对絮儿的思念。一次梦中，见絮儿对他微笑，笑得如一朵开得正艳的花。醒来后，絮儿还在他脑海里，似在对他说："该做点事了！"

陈寿忽然觉悟，对一个男人来说，一生最美好的事有两件，第一件是好好爱一个人，第二件是好好读书。心心念念的佳人已有婚约，看来自己剩下的，只有读书了。

陈寿把自己变成了一只书虫，每每钻进谯府的藏书楼，没日没夜，不知疲倦地研读。

谯周有数万册藏书，建了一座书楼，并有专人管事。管事姓韩，名羿，曾做过镇北将军黄权的主簿。先主伐吴，败退鱼复，孤军镇守江北的黄权为陆逊所逼，回蜀之路全部断绝，身处绝境的黄权决定率将士投靠曹魏。韩羿苦劝不听，改穿民服，深夜潜出军营，历尽千辛万苦，往鱼复求见刘备。刘备却将黄权之叛迁怒于韩羿，当即将其囚禁，命押回成都，斩首示众，意在杀一儆百。

谯周闻知此情，立即上书，力陈黄权之无奈，盛赞韩羿之义。刘备醒悟，不仅赦韩羿不死，还优待黄权留在成都的家人。

韩羿经历变故，无心仕途，却因无家无室，无处可栖。遂拜见谯周，愿寄身谯府，了此残生。谯周将数万卷书托付给他说："这才是我的身家性命。"

陈寿从谯周那里得知韩羿身世，很是好奇，于是除听谯周的训诂课外，整日都待在藏书楼，偶或与韩羿闲话，知道了许多巴蜀旧事。

韩羿见陈寿对巴蜀人物颇有兴趣，不免询问。

陈寿说："我一直有个心愿，为巴蜀先贤立传，使之留名青史，但不知人物故事，更不知该从何处下手。"

韩羿一直喜欢陈寿，尤其喜欢他爱书如命，遂将谯周视为瑰宝、不准任何人借阅的一部孤本《巴蜀耆旧传》拿出来，让陈寿阅读，并一再嘱咐，不可告知任何人，尤其不能让谯周知道。

陈寿一边阅读，一边暗想，《巴蜀耆旧传》虽名之巴蜀，涉及人物不过西蜀，然而益州所辖，尚有巴、汉中、南中三郡，何不使三郡人物荟萃一起，作一部《益部耆旧传》？

这个想法使陈寿兴奋不已，一时忘了韩羿的嘱咐，忍不住向几个学兄说了。

李密、李骧对陈寿称赞有加，并予以鼓励；何渠却暗暗动了心思。他当然听说过谯周藏有一部《巴蜀耆旧传》，亦想借阅，也曾找过韩羿，但韩羿嫌他翻书鲁莽，远不如陈寿那么对书崇敬有加，于是以谯周所嘱为由，一口回绝。

何渠是蜀郡郫县的望族，与陈郡何氏、庐江何氏、东海何氏，时称"四何"。其先祖何武，因家世才学，被州郡举荐，进入仕途，曾做过大司空。

何渠深知，谯周视此书为至宝，锁在一只玉匣里，绝不示人；加之陈寿风头最劲，处处盖过他，早有些忌恨，便求见谯周，将此事告知。谯周顿时大怒，但不便责问韩羿，只把陈寿叫来，二话不说，只叫他赶紧收拾东西，立即滚出去，永远不准踏进谯府半步。

陈寿立即明白，一定是因为那部《巴蜀耆旧传》，赶紧跪下，不住认错。但谯周不管，指着门外说："你不是曾说，世上有两种人不能教，一是愚蠢至极的人，一是聪明绝顶的人；而你认为自己聪明绝顶，我哪里教得了你？另寻高明吧！"

陈寿知道，谯周虽然性情激烈，但绝对讲理，并且常常鼓励弟子与自己辩论，只要有理，他总是能接受。

于是故意冷笑道："恩师常说，所谓读书治学，不仅应尊崇先贤，更应有所建树。弟子有心为巴郡、汉中郡、南中郡的先贤们著书立传，以此激励后人。所以才不顾恩师禁令，借了那部书。弟子知道，恩师视此书为至宝，故而每次都焚香净手，如履薄冰，小心跪读，不敢留一丝汗渍。但依今天看来，恩师所说，未必出自肺腑。"

陈寿停下，见谯周不说话，只冷冷地看着自己，于是又说："恩师不肯以此书示人，或因不愿使弟子有知有识，若真如此，弟子愿受一切责罚；若担心此书因阅读损毁，所以才束之高阁，弟子愿默写三部，以抵其罪。"

恰在此时，韩羿闻讯而来说："陈寿有心著一部《益部耆旧传》，并且见他惜书如命，所以才斗胆拿出那部孤本。一切都是在下的错，请谯公责罚。"

谯周看一眼韩羿，叹息一声问："书真的毫无损毁？"

韩羿忙说："绝对原封原样。"

谯周又转问陈寿："你真能默写？"

陈寿忙说："弟子字字句句记得清清楚楚，绝不会有半点差错。"

谯周一拍掌说："好，就依你自己说的，罚你默写三部，不，所有弟子一人一部！"

陈寿赶紧答应。

此时，陈寿正在书楼默写那部书，谯四忽然进来，让陈寿去客堂会客。陈寿赶紧收笔，随谯四出来。

来者是个青年，姓罗名宪，字令则，襄阳人，曾师从谯周，门人称其为子贡再世，现任蜀汉宣信校尉。

李密、李骧、何渠等已经在座。彼此见过礼，正欲还座，谯四进来禀告："酒宴已备好。"

谯周遂率弟子们来到筵堂，分席而坐。酒过数巡，谯周不免说起今日朝中所议："诸羌叛魏，魏将出兵西羌，恐借势攻蜀。但群僚各执一词，议而不决。"又不禁感叹道，"当初，上下都嫌诸葛亮专权，事事自断。而今才明白，众说纷纭时，确实需要诸葛亮那样的决断。"

罗宪见谯周满面忧愁，便说："今日诸羌反魏，诱因在于骆谷之战。当初，曹爽看似兴兵伐蜀，其意却在司马懿。如今司马懿久病在家，不问朝政，此乃汉室之幸。即使魏兵借讨伐西羌犯境，也不足为虑。"

谯周摇了摇头说："曹爽志大才疏，靠的主要是曹氏宗亲这个身份。而司马懿深沉多谋，不显山露水。以司马懿之智，对付曹爽的粗率，肯定稳操胜券。想当年，诸葛亮北伐，司马懿占尽险要，坚壁不出，每使诸葛亮无功而返。因此，以我看来，司马懿气质与曹操相近，同样为子孙谋。或许，有一天，司马氏会取代曹魏；而汉室真正的强敌，不是曹爽，必是司马懿父子。"

谯周见陈寿、何渠等一直沉默不语，遂问："你们以为，诸羌为何反魏？"

何渠朝谯周一揖说："诸羌薄情寡义，秉性凶悍，叛乱是必然的。"

陈寿沉吟道："曹魏每欲吞蜀灭吴，争战不息，赋税越来越高。羌人不仅要承担重税，还要服役。而羌地苦寒，物资窘迫，哪里承担得起重税，这是逼反。试想，不到绝境，谁愿反叛。因为反叛的风险大于一切，不到万不得已，谁都不会往绝路上走。"

李密、李骧、罗宪等以为陈寿言之有理。谯周也不住点头，虽不说话，但明显表示赞同。

酒至深夜，罗宪起身告辞。陈寿、李密、何渠、李骧将罗宪送到街头，才各自散去。

陈寿没走多远，谯四追来说："老爷请去书房议事。"

陈寿赶紧随谯四来到书房。谯周面向窗外，片刻，才回过身来，直截了当地问："我欲上奏陛下，请命姜维领兵出陇右，以防魏兵异动，你以为如何？"

陈寿想了想说："若姜维屯兵陇右，魏兵必然大生忧虑。此举防患于未然，当为上佳之选。"

谯周不禁笑道："此子确实可教！"

五

翌日，陈寿绝早起来，陈书也正好进来侍候。这家伙相当灵醒，很快便摸准了陈寿的脾气和习性，总是能恰到好处地出现在陈寿面前。

洗漱完毕，苏嫂也正好将早饭收拾出来，一碗莲子江米粥，一屉包子，一碟枣泥糕，几个肉馅煎饼，外加两道小菜和一个切成四块的咸鸭蛋。

苏嫂四十来岁，看上去干干净净，住在南门外，是个寡妇。她丈夫随军北伐，死在了陈仓道，膝下仅有一女，已经出嫁。苏嫂有一手好厨艺，原本在杨仪府上帮厨，杨仪获罪死后，家境日衰，苏嫂也被辞退。此后，苏嫂于达官贵人府第间辗转，总不如意。陈书得知此情，遂找上门去，请来陈宅。苏嫂要价不高，月薪仅四百钱。陈寿见苏嫂一身清气，大大方方开出五百钱。

陈寿见如此丰盛，便叫住苏嫂，指着几上说："无须这么多，一碗粥，一个饼足矣。"

苏嫂赶紧答应。陈书咽了口唾液说："记住，少爷是读书人，吃不了多少。"

陈寿瞪了他一眼，陈书赶紧住嘴。陈寿叫苏嫂和陈书也过来吃饭，二人不肯，窝在厨房里，草草吃过。

饭毕，陈寿来到书房，墨已研好，陈书已将一本素帛铺在了书案上。陈寿坐下，默写《巴蜀耆旧传》。

正写得认真，陈书过来说："素帛只剩这一本了，还买不买？"

陈寿看着陈书，皱了皱眉头说："当然要买，恩师罚我写《巴蜀耆旧传》，无素帛怎行？"

陈书笑道："我已经打听清楚，附近有家'素墨斋'，专营文房四宝，据说王公贵族都是那里的客，要不去那里买？"

陈寿心里一热，搁了笔，要与陈书一同去。二人立即出门，沿浣花溪走出这条僻静的小巷，过了两条街，望见一条幌子，上书"素墨斋"三个大字，墨迹有些泛黄，但字迹苍劲。陈寿一看，便知是谯周的字。

陈寿清楚，谯周生性清高，不愿给人题字，尤其不愿替人写招牌。或因"素墨斋"自带几分雅致，加之历来为宫中眷顾，才肯破例。

二人走入店门，一个中年男子正与店主议价。伙计李二见陈寿穿着一件绣袍，气宇不凡，赶紧迎上来招呼："客官光临，蓬荜生辉。"

见陈寿似乎有些矜持，李二又说："客官有何需求，尽管吩咐。"

陈寿环视店内，文房四宝，分门别类，放得整整齐齐。目光落在了一个笔架上，笔架横在柜台一角，雕琢精良，上面架着一支笔，笔锋尖锐，犹如利器。

陈寿几步过去，将笔拈在手里，看了看，认得是一支上等紫毫。

李二跟过来，笑嘻嘻地说："整整十只老兔子的脊毛，选了又选，才做了这支笔。"

陈寿点了点头问："多少钱？"

李二伸出一根手指说:"一万钱。"

陈寿转向身后的陈书说:"给钱。"

陈书取下挎在肩上的布袋,取出十缗钱,丢在柜台上。

店主已将那个顾客打发走了,赶紧过来,取出一方两尺左右的素帛,替陈寿将笔包好。

恰在此时,何渠领着自己的书童何琴,大咧咧跨进店来。何渠一眼便望见了陈寿,赶紧抱拳笑道:"学兄早!"

陈寿也抱拳还礼。店主见是何渠,急匆匆过来施礼:"几日不见,何少爷愈发风采照人了!"

李二也紧跟过来,何少爷长,何少爷短,颇有巴结之嫌。陈书见冷落了陈寿,不免有些生气,一敲柜台,厉声厉色地说:"过来取货!"

店主似有所悟,让何渠稍候,赶紧回来,朝陈寿一揖:"不好意思,客官还需何物?"

陈寿指着堆在货架上的几大沓绢本说:"上好的绢本,来五十本。"

店主赶紧叫来李二,忙着取货。

何渠过来,笑问:"买这么多,莫不是怕断货?"

陈寿笑道:"恩师罚抄《巴蜀耆旧传》,同窗人手一部。"

何渠心里不免有些酸,笑道:"恩师哪是罚你,简直是奖赏。要是肯如此罚我,我保证人手十部!"

说话间,店主和李二一起,已将绢本打包,码在柜台上。待陈书付完钱,陈寿向何渠一揖:"陈寿先行一步,失陪。"

何渠一把将陈寿拉住,叫来店主,一本正经地说:"此乃安汉世家子弟陈承祚,吾师谯允南的高足。不出十年,西蜀人物当以此人为魁,吾师也当让出首席!"

店主忙向陈寿一揖,连称失敬。陈寿赶紧谦让,忙着解释,说何渠那是玩笑,故意拿自己开心。

何渠始终不松手,怂恿店主求陈寿留一幅墨宝,十年后将是镇店之宝。李二赶紧将笔墨伺候好,店主完全当真,一再求请。陈寿无奈,只好勉强写了几个字。

何渠吩咐何琴帮陈书将绢本送去陈宅，自己不依分说，将陈寿拽出店门，说要去个诗酒流连的好地方。

李二屁颠颠跟出门来，近乎谄媚地望着何渠说："何少爷要什么货，只管支分，小人给您送去。"

何渠不冷不热地说："不用，忙你的去。"

陈寿不免有些诧异，看着二人。李二看出陈寿心疑，赶紧笑道："何少爷是李二的恩人。"

待李二离开，何渠说起了一件旧事。某日，何渠到街上闲逛，走了一阵，甚觉无聊，便想起云水轩的那些乐伎，不如去那里好好乐一乐。

此时，正当成都最为繁忙之际，各色人等往来不息。何渠、何琴信步穿过几条喧闹的大街，来到锦水岸边。

锦水分外清澈，汲水的男子来来去去，肩上扁担吱吱呀呀，犹如一首无尽的歌谣。洗衣的女子举起捣衣槌，一声声，此起彼落，极富节奏，似乎要把这座古城好好搓洗一番。另一边，几个衣着不俗的女子凑在一起，正将一匹匹织好的锦濡进水里濯洗，玉腕底下，是一簇簇盛开的花朵，让人想起春季，似乎春天从来不曾离开。

何渠停下脚步，看得有些痴迷。

何琴忽然扯了他一下说："少爷，您看。"

何渠随何琴手指望去，一个少年跪在不远处的桥头，不住向过往行人磕头。何渠不免有些好奇，遂向桥头走去。

少年蓬头垢面，衣衫褴褛，头上插了一截草标，膝前铺着一块粗布，上书四个歪歪扭扭的大字——"卖身葬母"。

对何渠来说，这种事近乎传奇，便蹲下来，问少年姓甚名谁，何故卖身葬母。

少年一番哭诉，说自己叫李二，生父早年被强征入伍，杳无音信。昨夜母亲病死，无钱安葬。

何渠早动了怜悯之心，叫何琴拿出几缗钱，并随李二回家，帮助葬母，葬完再回来。李二感激涕零，不断叩头。

不久，何渠发现，李二一直蹲在府第外，每次出门，李二便尾随身后。何渠不解，把李二叫来，问他何故如此。李二不答，但也不离开。何琴将何渠拉到一边说："这家伙是想在少爷这里讨碗饭吃。"

何渠明白过来，看着何琴说："这不是要跟你争饭碗吗？"

何琴忙道："小人有个主意，少爷何不替他担保，去商铺做伙计，衣食生计都有着落了。"

何渠点点头，想了想，把李二领到"素墨斋"，替其做保，请店主收留。何家乃郫县首富，名声远播，店主当然不会拒绝。李二便成了"素墨斋"的伙计。

陈寿没想到，何渠还颇有同情心，足见人性善恶，相依相混，不可一概而论。

何渠拍了拍陈寿的肩头说："鬼影那事，虽然只是个玩笑，但承祚兄却如此大度，实在令人感佩。今天这席酒，就算向承祚兄赔礼道歉！"

陈寿忙道："同窗之谊，犹如手足，何兄不必歉疚。"

二人来到云水轩，门楼华丽，气象不凡。陈寿不知这是闻名成都的一家青楼，只当是家酒肆。

刚进大门，便有两个小厮迎上来，一连声问候何渠。陈寿明白，何渠时常在这里出入。

小厮将二人领到楼上，已能听见丝竹声声，但不见有人进出。陈寿暗自寻思，如此精美的酒肆，想必要价不菲，一般人恐怕不会进来。

走过一段过道，小厮停在一道挂着一幅绣帘的门前，轻轻将绣帘撩起，让去一边。何渠拉着陈寿进门。门里陈设华贵，几席、卧榻、花瓶、奇石、假山等等，琳琅满目。

陈寿虽然也算见过世面，但何曾到过这种场合，不禁有些拘泥。何渠却似乎回到自己家里一般，格外从容，请陈寿入席落座，点了许多菜肴，并两壶热酒。

不一时，酒菜上来，不外乎山珍海味，摆满两几，虽不免奢侈，但陈寿也是富家子弟，并无诧异。

何渠望了望席面，朝门外叫道："让杏儿带上几个女子，进来陪酒！"

门外有人答应一声，脚步一路响去。陈寿顿时生疑，望着何渠问："不是酒肆吗，何来陪酒的女子？"

何渠笑道："此青楼也，为西蜀之首。"

陈寿恍然大悟，满脸惶惶，赶紧站起，朝何渠一揖："陈寿不曾涉足青楼，恕不敢奉陪。"

言毕，抬脚便走。何渠赶紧去拉，陈寿已撩起绣帘，正要出门。恰在此时，几个花朵般的女子香香艳艳而来，差点与陈寿撞在一起。何渠忙道："拦住他，拖回来！"

几个女子便将陈寿捉住，笑着，拉拉扯扯。缕缕香气，熏得陈寿有些迷惑，似乎醉了，脚下不听使唤，被几个女子拉了回来。何渠笑得简直有些坏，便把一个叫玉儿的女子，并一个叫橘儿的，分给陈寿，自己则拉着杏儿与桃儿，肩并肩坐成一堆。

玉儿把盏，橘儿斟酒，一盏又一盏，递来陈寿嘴边。大约这就是传说中的花酒吧。

这酒便吃得有些危惧，有些暧昧，甚至有些罪恶。陈寿不免想起来成都的前夜，父亲将自己叫到书房，语重心长说了一番话，大意是，成都是个酒浓色艳的地方，多少好男儿沉溺其中，志节全失，变成了酒色之徒。刘璋父子一世之雄，也被泡成了软骨头。故有"少不入益，老不出蜀"之说。

陈寿信誓旦旦，说自己一定发奋读书，绝不沾染任何不良习气。

陈文才并不放心，另给谯周写了一封信，托人带来成都，请其严加管教，若有过失，任由责罚。

陈寿本想再次离去，但这从未体验过的温柔，实在难以拒绝。管他的，只此一回，下不为例。

酒到三分，杏儿拿来一张琵琶，玎玎琮琮弹起来，曲调温婉，令人浑身发软。玉儿、橘儿、桃儿相继离席，轻舒长袖，跳起舞来。

不知不觉，陈寿从玉儿的举止言笑里，感到某种从未体会过的温存，不禁有些慌乱，有些无措，脸上早已泛起一层红晕。

何渠何等精明，已从两人的神态里看出了意思，也不说破，只举盏邀陈寿饮酒。

陈寿有了些醉意，但他知道，并非因为酒，或许应了那句老话，酒不醉人人自醉。但他已经管不住自己，若就此一醉不醒，也是一种难得的况味。

一曲弹尽，何渠站起，拍了拍手掌，对几个女子说了一大堆赞美的话。杏儿高兴，欲再弹一曲，何渠却说："坐了大半天，不如投壶，轻松轻松。"

投壶是狎客们惯常玩的游戏，几个女子见得多了，但不能扫了人家的兴，吵嚷着要看陈寿、何渠一分高下。

作为长子，陈寿自十岁始，便随父亲应酬，也练就了一手投壶的绝技，自以为不会输给何渠，更想在玉儿面前一展身手，于是欣然答应。

很快，一只双耳陶壶、几支箭已经备好，只待定下赌注。橘儿拿起一支箭，画了一条线，距那只陶壶五六步。女子们站在一边，屏声静气。何渠指着杏儿说："你说，拿什么东西做注？"

杏儿莞尔一笑，望了望陈寿说："这样吧，两位少爷都是雅人，嘴上都是雅辞，平常看不出心迹。不如赌酒，酒后见性，要是醉了，好让我们领略一下二位的真性情。"

何渠转向陈寿问："承祚兄以为如何？"

陈寿拱手道："悉听尊便。"

何渠点了点头说："我与承祚兄受业于严师门下，难得放纵一回，要赌就赌个痛快。这样吧，来两坛酒，你我各投三箭，若为平手，再投三箭，直至分出输赢。至于酒钱，由赢家付。输家需饮完两坛子酒，才可离此。不知承祚兄是否敢赌？"

陈寿以为胜券在握，加之当着几个佳人的面，岂能推辞，一口答应。于是何渠又叫拿两坛酒来。不一时，两个小厮一人捧着一坛子酒进来，每坛不下十斤，搁在一旁。

何渠拈起一支箭，请陈寿先投。陈寿推让不过，接箭，望了望那只陶壶。此壶开口极小，直径不足一寸；左右各一耳，也算开口。若命中小口，得分高于两耳。

陈寿正要将箭投出，玉儿忽近身边，悄声嘱咐："看少爷的架势，便知是个高手，一定要赢了他。"

陈寿不由看了一眼何渠，笑着对玉儿说："放心，陈寿别无所能，唯精投壶，从未遇上过对手。"

玉儿浅浅一笑，仍立在陈寿一侧，若即若离。陈寿连投两箭，都投入了小口。几个女子拍手欢呼，玉儿更是手舞足蹈，似乎投中小口的是自己。

陈寿拈起最后一箭，刚出手，欢呼的玉儿却轻轻碰了他一下，那手一抖，箭也随之一颤，没能投入小口，但投中了左壶耳。

陈寿虽有些遗憾，但仍以为不会输，遂向何渠一揖说："何兄请。"

陈寿不知，何渠每每在酒肆、青楼厮混，投壶技艺堪称炉火纯青。何渠举重若轻，连投三箭，俱中小口，女子们一片惊呼。

陈寿望着何渠，似乎有些茫然。何渠却摇头笑道："本想输给承祚兄，偏偏手不听话。"又转向几个女子说，"承祚兄就交给你们了，待饮完两坛子酒，何某亲自来接他。"

玉儿等不容分说，拉着陈寿回座，舀酒、斟酒，笑闹不已。何渠朝陈寿一揖说："人生难得几回醉，温柔乡里时日短，承祚兄慢慢享用！"

何渠退出，预付了十缗官钱，说事后算账，多退少补。

六

来到街上，何琴恰好走来，何渠吩咐说："马上回郫县，天亮前，把《巴蜀耆旧传》取来。"

何琴有些迷惑，望着何渠问："少爷，这是何意？"

何渠脸色一沉说："哪来那么多废话，叫你去你就去！"

何琴赶紧应诺，转身便走。何渠叫道："再取二十段素锦来！"

何琴赶紧止步，回过头来，可怜兮兮地望着何渠，结结巴巴地说："少，少爷，书就不说了，锦是老爷的命根子，看得又紧，小人，小人怕是取不来。"

何渠一笑，招了招手，何琴赶紧过来。何渠说："告诉你个秘密，管家老唐有个相好，叫吴三娘子，是个寡妇，家住吴家桥。锦是否能到手，都在这个吴三娘子身上。"

何琴摸了摸前额，笑道："多谢少爷指教，小人明白了！"

何琴快马加鞭,西出成都,往郫县飞驰。到了吴家桥,正夕阳西下,田陌间已有一层淡淡的暮烟。恰见一个老农,扛着一把锄头迎面走来。何琴勒马,望着老农问:"敢问吴三娘子住在何处?"

老农有些疑惑,望着何琴不答。何琴只得说谎,称自己是吴三娘子的侄儿,有口信要捎给她。

老农这才往落日那边一指,说:"过了前面那座桥,道旁有座竹篱小院,就是她家了。"

何琴谢过,打马又走。过了桥,望见那座小院,围着一道竹篱,里面有个面目姣好的女人,正收晾在院子里的衣裳,一条织锦披风特别显眼。何琴一眼认出,那是何家的织锦,一定是唐管家偷出来,讨好这个吴三娘子的。

何琴也不声张,掉转马头,驰还官道,往郫县城去。

到了何家,何琴将马拴入马厩,也不去拜见老爷何标,直接去库房见唐管家。唐管家正在库房里忙活,将今日完工的几段锦、几幅绣分封入库,并登记入账。何琴轻脚轻手,猫到唐管家背后,做了个怪相,忽然跳到对面。唐管家吓得满脸发青,差点倒下去,看清是何琴,骂道:"龟儿,吓死老子了!"

骂着,顺手操起那只砚台,要朝何琴砸去。何琴忙道:"认得吴三娘子吗?"

唐管家一愣,瞪着何琴问:"你,啥意思?"

何琴一摆手说:"认不得算了,没啥意思。"

唐管家把砚台放下,堆出一脸笑说:"吴三娘子是我表亲,你也认得?"

何琴冷笑道:"呵呵,表亲,我跟吴三娘子才是表亲。你们的事,我早就知道了,也不必说了。只有一件事,要不说给你,老爷恐怕会拿你去见官!"

唐管家明显有些心虚,但装得若无其事,看了看门口,这才问:"啥事?"

何琴反问:"请教唐大管家,一条织锦披风值多少钱?"

唐管家顿时愣在那里,既出不了声,也出不了气。何琴见火候到了,一拍何管家的肩头说:"我来说说吧,看说得对不对。一条织锦披风,照成都的价钱,顶多也就二三十两黄金,对不对?"

唐管家再也撑不住,一把拉住何琴的手说:"求求小哥,只怪我一时糊涂……"

何琴不想听他饶舌,笑道:"这样吧,我从吴三娘子那里路过,觉得她病了。你去看看她，把这库房交给我，我替你守一阵。你早去早回，不能挨过三更。"

唐管家一脸疑惑，话不成句："这个、这个，库房重地，别的不说，大半年的织锦都在这里，岂敢离开？"

何琴不再说话，转身就走。唐管家一把将他拉住，忙道："我去！我去！"

何琴又拍了拍唐管家的肩，索性把话说明："少爷让我取二十段素锦，你怕啥？就算老爷知道了，把话说清楚，不就完了？"

唐管家虽把何琴恨得要死，但无可奈何，只好依他。何琴要唐管家把二十段素锦找出来，包好，免得自己乱翻。唐管家也不敢违抗，替他包在一张帛布里，塞在枕头底下。忽想起吴三娘子的病，忙问："她真的病了？"

何琴两眼一瞪："我说病了就病了，咋的？"

唐管家赶紧点头："好好，你说了算。"

待唐管家走了，何琴把这偌大的库房几乎翻看了一遍，除了织锦，更多是刺绣，也少不了珠玉之类。每到初秋，老爷何标总会带上几个伙计，押上这些锦绣，出外贩卖，据说已经贩到了西域。

何琴惊叹之间，忽想起应该去见老爷，讨那部书。便把库房锁上，曲曲折折来到书房外。房里灯烛明亮，想必老爷正在读书，不敢惊扰，待在门外。

不一时，恰值家仆来送茶点，忙求传话进去，说少爷有事，命自己回来求见老爷。

何标得知，即命何琴进去。何琴远远拜了几拜，站住，不敢抬头，也不敢出声。何标看了他一阵，问："何事？"

何琴忙道："少爷命我回来，取那本《巴蜀耆旧传》。"

何标眉头一皱，冷笑道："此书堪称瑰宝，一个劣顽不化的家伙，就算装腔作势，也不必拿此书下手！"

何琴战战兢兢，不敢出声。过了一阵，何标似乎缓和下来，又问："那家伙近来如何？"

何琴早有准备，极尽所能，把何渠狠狠夸了一番，诸如夜夜苦读、闻鸡而起，除了往谯府受业，几乎足不出户、手不释卷，等等。

何标岂肯相信，一拍书案，呵道："狗奴，居然信口雌黄！所谓知子莫若父，他是个什么东西，我心里有数！"

何琴一心只想取走那部书，顾不了其他，赶紧跪下，信誓旦旦地说："小人说的句句是真，请老爷明察！"说着，轻轻望了何标一眼，见他并不那么严厉，遂决定将说谎进行到底，"小人也说不来话，只知有句俗话，浪子回头金不换。"

何标已动了心，让何琴起来，和颜悦色地问了何渠的日常起居，包括是否还去青楼、酒肆厮混等。何琴对答如流，说得滴水不漏。何标高兴不已，立即叫来小厮，去藏书楼取书。又叫何琴去找唐管家，取五百缗钱带上。最后嘱咐何琴："要照顾好少爷起居，夜里不可用功太晚，读书是一生的事，不在一朝一夕。"

何琴虽然背心一阵阵发麻，却只好一一答应。

拜别老爷，何琴带着这部书回到库房，本想早点离开，又怕出了差错，只好坐等唐管家。

唐管家三更准时回来，带了一壶酒，半只烤鸡。何琴大喜，一阵狼吞虎咽，按老爷的指示，取了五百缗钱，就要回成都去。唐管家一把将他拉住，哀求道："小祖宗，素锦的事，要是翻了船，少爷一定要站出来说话！"

何琴安慰一番，挽着那个包袱，绕到院墙下，往外一抛。匆匆自大门出来，再去将包袱捡起，并满满一袋子钱一起，搁在大门外那棵巨大的菩提树下，又来打门，说一时急促，竟忘了牵马。

何琴一路狂奔，成都还在一弯淡淡的残月之下，已经到了何标特意为何渠读书求学购买的这座府邸外。

何琴在侧门下马，敲门，家仆抽掉门闩，拉开了门。何琴将马缰丢给家仆，吩咐卸下马背上的两个包袱，送到书房。自己则挎上那袋子钱，直接去见何渠。

何渠正在筵堂吃早饭，何琴只好等在门外。厨娘李娘手托条盘，从回廊那边走来，到了何琴面前，低声叫其快去厨房，填饱了肚子，好伺候少爷。

李娘有个女儿，跟何琴一般大，因何琴机灵，李娘尤为喜爱。

昨晚吃多了唐管家的酒肉，何琴至今没饿。李娘将条盘递给何琴，条盘里放有一碗鲍鱼粥。何琴嘿嘿一笑，接过条盘，进屋，将那碗粥放在何渠面前。

何渠喝了两口粥，才想起何琴办事回来，于是放下箸，看着何琴。何琴会意，绘声绘色讲了回府的经过，还添油加醋，明摆着有点邀功请赏的意思。

这个何琴，居然在老爷面前将自己吹嘘成了书虫？看着那五百缗钱，何渠心有所触。

这时，小厮进来请命："这就去请云水轩的杏儿来府上？"

昨日，何渠一时兴起，想学吹箫，加之杏儿色艺俱佳，名满西蜀，若能随其学艺，何尝不是一段佳话？

何渠命赶快去请来杏儿，何琴听了，忙跪拜在地，声称少爷是长子，为家族未来之希望，老爷对你期望很高，少爷应不负所望，用功读书。

没想到一个书童能说出这番话，何渠仔细想来，竟有了些惭愧，便拍了拍何琴的肩，出了筵堂。何琴忙起身，跟在何渠身后。

主仆二人来到书房，家仆还算懂事，怕二十段素锦放在地上受潮，都整整齐齐码在一张木案上。何琴叫家仆去忙自己的，家仆朝何渠一揖告退。

何琴解开一个包袱，取出《巴蜀耆旧传》，照何渠之命，摆在书案上。

接着，何琴又按何渠吩咐，拆开一捆素锦，铺在另一张书案上，欲按书稿的尺寸，裁剪成册。

素锦金贵，何琴手握剪子，不住发抖，连声叫喊："少爷，少爷！"

"你生就是个穷鬼，连这玩意儿都不敢下手。"何渠夺过剪子，一剪下去，素锦立马开了个长长的剪口。何渠又将剪子塞回何琴手里，忍不住骂道："怕啥，又不是叫你杀人？"

何琴横下一条心，很快做好了一册锦书，磨好一池墨。何渠仍让何琴再做锦书，自己则选了只上好的兔毫笔，握在手里，蘸饱了墨水，先在封面写下"巴蜀耆旧传"五个字，又翻过这页，开始认真抄写正文。

忽然，家仆跌跌撞撞进来，声音发颤地说："老爷……老爷来了，在客堂等少爷去训话。"

父亲平常几乎没时间来成都，何渠心里一凛，忙搁下笔，正要出门。何琴猜想，老爷必定是为素锦的事而来，不由连声叫苦。

这时，唐管家带着几个家仆进屋，不由分说，令将剩下的素锦和未装订成册的锦书拿去给老爷看，又向何渠做了个请的姿势；两个家仆立马站到何渠身后，有点押送的意思。何渠心里一虚，料想大事不妙。

到了门口，何渠又折转身来，将正抄写的那本锦书揣入怀中，朝正在发愣的何琴吼了一句，何琴慌忙跟了出来。

何标端坐客堂，唐管家一进门，先给何标跪下，两腿明显在发抖。家仆何九手握家法，站立一旁，一脸要吃人肉的样子。

何九敦实，一双胳膊生得比常人的腿还要粗，在何家专司护院，又兼职家法，平常没事就练臂力。因此，何九一棍下去，轻则皮开肉绽，重则伤筋动骨。伤的轻重，全凭何九的心情，当然，也要看受刑人的背景或身份。

几个家仆将那些素锦放在地上，何标见好端端的素锦已糟蹋得不成样子，早已忍不住心中怒火。

何渠快步上前，向何标行跪拜大礼，指着地上的锦说："用这些做成册，才好抄书。"

何标不解，什么书如此贵重，需要用锦来抄写。

"《巴蜀耆旧传》乃书中珍品，唯有锦才能匹配！"何渠从怀里掏出那本锦书，双手呈给何标。

何渠哪里知道，锦之所以珍贵，除了材质精良，还颇费功夫。一个织娘可能要费时大半年，才能织成一段锦。就算何家再富有，也经不起这样的浪费。

何标气得半晌说不出话来，恨一眼何渠，抓过那本锦书，扔在地上。

何渠想蒙混过关，说了一番大道理，诸如：万般皆下品，唯有读书高；大丈夫当以家国为重，读书入仕，忠君报国，等等。

何渠以前也说过类似的话，曾经让何标看到了希望，而这次，不知是不是也如往常一样，希望的火苗还没点燃就熄灭了。

何渠捡起锦书拍了拍，生怕沾上灰尘，又恭恭敬敬递给何标。何标并不理会，鼻子里"哼"了一声，话锋一转，问道："你当真想读书吗？"

何渠指天发誓，从此断绝声色，收起耍心，专心致志，用功读书。

这些话哪里骗得了人，何标只想听一句真话，否则就要动家法。何渠只好坦言相告，想用锦抄写几十册《巴蜀耆旧传》，使同窗人手一册。

何标盯着何渠，不无疑惑地问："就算要抄书，也不能用锦嘛！"

何渠用锦抄书，不过是想显示与众不同，目的在于盖过陈寿，让谯周重视自己。何渠索性吐露心事，一直以来，谯周偏爱陈寿，这次罚陈寿抄《巴蜀耆旧传》，看似惩罚，实则偏心。

见儿子为人如此卑鄙不堪，何标怒不可遏，顿时怒发冲冠，手指何渠，喝令家法伺候。两个身材高大的仆从，抓住何渠的双臂，将其按倒在地。

何标咬牙切齿道："不争气的东西，给我打！"何九得令，两眼虽露出无奈之色，也只好不紧不慢朝何渠走去。

门外的何琴早已吓得魂不附体，急忙闯了进来，跪拜在地，嘴里不住求饶："一切错在小人，与少爷无关，请老爷责罚。"

但何标知道何琴不过是个书童，哪里敢不听主人的，何渠才是幕后主使。唐管家匍匐在地，请老爷息怒。何渠双臂挣脱家仆，嘴里不住求饶。

真是个软骨头！何标看着何渠，大失所望，望天一拜，痛心疾首地说："列祖列宗在上，所谓养不教父之过，何标教子无方，当先受责罚。"于是脱下外衣，令何九打自己三棍，一为愧对天地，二为愧对祖宗，三为愧对后人。

何九骇得魂飞魄散，赶紧跪下求饶。何渠等纷纷跪下，不住磕头。何标指着何九说："如果你还认我这个主子，就把家法抄起来，用力打我三下。"

何九被逼不过，只好拿起家法，哭着打了何标三下。打完，扔了家法，扑上去要替何标疗伤。何标却穿好衣服，若无其事地指着何渠说："把这个孽障，给我狠狠打三十棍！"

何九只好再次抄起家法，朝何渠一躬身说："少爷，对不住了。"说完，一棍下去。

何渠不仅不再磕头，也不讨饶，只瞪眼吼叫："该打！"

何标反而觉得意外，见已打了十来棍，何渠只叫着该打，似乎非常受用，遂令何九停手，盯着何渠问："真的该打？"

何渠咬牙切齿地说："游手好闲，不好好读书，第一该打；不知好歹，用锦抄书，第二该打。"

说到这里，何渠停下了。

何标却问："第三呢？"

何渠说："曲意逢迎，有辱家风，第三该打。"

何标再问："第四呢？"

何渠看了一眼何标，低下头去，有些惭愧地说："陷害同窗，为人不义，更该打。"

何标顿时无语，客堂一片死寂。过了一阵，何渠朝何标跪下，说："父亲在上，何渠立誓痛改前非，用功读书。"

未等何渠说完，何标冷笑道："这些话，你有脸说，我已无脸听了！"

扔下这话，何标拂袖而去。唐管家等一怔，纷纷跟了出去。

过了好一阵，何琴怯怯过来，试着问："少爷，你说的话当真？"

何渠忽然指着何琴喝道："狗贼，往后再怂恿我嬉戏玩耍，荒废了学业，看我不打死你！"

何渠骂完，也扬长而去。何琴呆了一阵，摸了摸前额说："噫，未必真是我的错？"

这日，谯周早起，咳嗽一阵，口鼻里呼出团团热气，这个冬天似比往年更冷？正疑惑，竹儿推开门，端来一盆洗脸水。谯周将手伸进去，热腾腾的水汽扑面而来，眼前顿时一片朦胧。

正在洗漱，谯木进来禀报说："陈书来了，说有事。"

谯周脸色一沉，骂道："莫不是陈寿那个竖子还在成都？"

谯木惶恐不已，顿了顿，怯声问："老爷，还见不见？"

谯周不理谯木，直接走到门外。陈书见了谯周，赶紧跪在地上，哭道："谯老爷，我家少爷失踪了。"

因一直不见陈寿来听课，谯周早就一肚子火，不知道朝哪里发。听见这话，赶紧叫谯木多带几个人去找。

谯木领着家仆出门，随陈书上街去了。

谯夫人已经坐在饭厅里，厨娘忙活一阵，将几碗粥、一碟炒蛋、一屉蒸饺、两样素菜摆好。谯夫人叫竹儿去请谯周和几个儿子早些来用饭。

竹儿喊了几声，谯周似乎没听见，阴沉着脸，直接去了书房，拿起一卷书，却怎么也静不下心来。

窗外灰蒙蒙一片，依稀可见院子里的几棵树，银杏、石榴好似一个个垂暮的老人，叶子落尽，枝丫裸露。冷风一阵急一阵缓，送来缕缕暗香，一定是梅花开了。那些银杏和石榴躲在这梅香里，似乎在等待什么。

唉，老了，汉室的明天，或许要靠陈寿他们这一代了！谯周感慨万千，多年的征战，已使蜀中疲乏，亦如这个冬天，一山一水，无不凋敝。一切都需要等，等来一场能使万物复苏的春雨。

谯木、陈书等走了好些地方，都不见陈寿，最后才去了云水轩。店主见一下来了这么多人，料定有事，便上前拦住谯木等问："各位来此，有何贵干？"

店主是个中年女子，满脸脂粉，着一身娟绣，风韵犹存。陈书急切询问："我家少爷陈承祚，是不是在你这里？"

店主抿嘴一笑，指了指二楼说："他呀，早就是一只醉猫了！"

陈书不懂店主的意思，与谯木对视，满眼的不解和疑惑。

随店主来到一间房门外，望见陈寿衣冠不整，歪坐地上，手指一坛子酒，舌头已经僵硬，正对玉儿说："喝……喝完……完了，才……才……能走。"

谯木、陈书立即闻到满屋子的酒气，陈寿和玉儿好似飘在酒气里。

终于找到少爷了，陈书大喜过望，忍不住一边哭喊："少爷，急死我了，急死我了！"一边冲过去，架起陈寿要走，但陈寿浑身松软，哪里架得起。谯木无奈，只得上去帮忙，两人一起用劲，把陈寿架了起来。

陈寿本欲挣脱，哪里还有半点力气。三人一路下楼，走得歪歪扭扭，总算出了大门。

好不容易来到谯周的书房，陈书和谯木松开陈寿，向谯周行礼。陈寿站不住，瘫坐在地。谯周见状，拍案而起，拿起案上那盏茶，泼在陈寿的脸上。陈寿一个激灵，虽酒有所醒，神情却依旧恍惚。

谯周怒不可遏，盯着陈寿问："你可知错？"

陈寿还沉浸在那场投壶的输赢里，只知做人要信守承诺，愿赌服输，必须喝完那两坛酒才行。

谯周正想责罚陈寿，门仆送来何桢的拜帖，并请谯周示下。谯周只好暂不与陈寿理论，走出大院，去迎接何桢。

主客以礼相见，彼此客气一番，谯周引何桢入客堂坐定，便有婢女上茶。何桢勉强喝了口茶，朝谯周抱拳请罪。谯周疑惑不解，不知何桢为何如此。

何标毫不隐瞒，将何渠设局使陈寿输了赌壶，只因先生罚陈寿抄写《巴蜀耆旧传》等，都说了一遍。又说，此事因何渠气量狭小，嫉妒同窗，一切错在何渠，与陈寿无关，请谯周免除对陈寿的责罚。

谯周忽然不知说什么好，也不知该不该劝一劝何标。何标连说惭愧，养不教，父之过！

谯周转念一想，众弟子都还年少，不免顽劣，便安慰何标，不必过分自责。

何标羞愧满面，这才掏出一段锦，双手奉给谯周，说是一点心意，只求谯周要好好管教何渠。谯周推辞不过，只好收了。

何标刚走，何渠却来了，跪在课堂里孔圣人的画像下。不一时，李密、李骧等进来，无不吃惊，但都不说话。谯周进来时，却不惊不诧，到讲坛前落座，盯着何渠，正要说话，何渠却先开口，说自己该打。

谯周冷笑道："为何该打？"

何渠转过身来，朝谯周磕了个头说："曲意逢迎，非君子风范，此其一，该打！"

谯周面无表情："难道还有其二、其三？"

何渠又说："陷害同窗，此为不义，该打；花天酒地，心无圣贤，该打！"

何渠这些话，似乎在逼迫谯周下手。谯周竟一时不知，到底该不该打。

恰在此时，陈寿走了进来，朝谯周一揖，正要往座位上去，谯周忽将那把戒尺扔过来说："一切因你而起，你说该不该打？你要觉得该打，就打！"

陈寿忙跪下，朝谯周一拜，说："学生也有错，虽然我与何兄以投壶赌酒，是我输了，但对我来说，输也只是个借口。软玉温香、花天酒地，一时也不能自拔。因此，陈寿不肖，比学兄更该挨打！"

谯周忽然想起，何标告别前曾自责"养不教，父之过"，陈寿这些话，是否在暗示"教不严，师之惰"？

谯周忽觉有些虚弱，霍然站起，哼声道："说来说去，似乎我比你们都该挨打，因为没把你们教好嘛！"

众弟子纷纷起立，忙不迭说："恩师，不是啊！恩师，陈承祚不是这个意思啊！"

等了半天，没见谯周出声，众弟子抬起头来，讲台已空，不知谯周何时已经走了。

何渠也站起来，拉住陈寿的双手说："承祚兄，何渠真正请你喝一台酒，给你赔不是。"

陈寿不知何渠又会使出什么花招，连忙拒绝。何渠不由分说，拉了陈寿的手，出了谯府，来到一个小酒肆，选了个临窗的席位坐下。

店家过来，弯腰抱拳，满脸堆笑，露出几颗黄牙，看得人生厌。何渠挥了挥手说："把你的招牌好菜尽管送来，外加两壶好酒。"

店家忙活一气，酒菜很快上席。何渠双手端起一盏酒，满脸诚恳说："这些年，小弟虚度年华，学业无成。从今以后，小弟必定痛改前非，发奋读书，若有讨教之处，望陈兄不吝赐教。"

从何渠的眼神里，陈寿已知何渠出自诚心，于是欣然答应。两人相视一笑，举盏相邀。

这日，陈寿读了《淮南子·览冥训》，以为文中自相矛盾。武王渡孟津遇狂风，呵风而风济；但过邢台遇上大雨，武王却望而却步。

不由有些疑惑，武王既然能使风止，为何不能令雨停呢？

陈寿百思不得其解，只好去请教恩师。于是带上一包刚到手的新茶，往谯周那里去。

来到谯府，不料恩师不在府中，说是入宫议事去了。见日头尚早，不如去藏书楼拜见韩羿。这些天来，他多次提出借阅《论衡》，但韩羿始终不肯，只说那是禁书。

来到藏书楼，见韩羿坐于楼栏上，边晒太阳边读书。陈寿轻脚轻手上去，朝韩羿一揖。韩羿一惊，慌忙站起来，赶紧将手里那册书藏于袖子里。

陈寿已经瞥见，封皮上恰是《论衡》二字，忍不住内心一阵狂喜，将那包茶叶递上，请韩羿笑纳。

韩羿料想陈寿必是为了《论衡》，并不愿接。

陈寿笑说："陈寿知道，韩先生别无所好，唯爱好茶。陈寿今日无事，特来与你共饮几盏。"

韩羿只得接了过来，请陈寿进了书楼。

书楼共两层，紧挨楼梯口是一间两进的小屋，外间为茶室，里间便是韩羿的卧房。

茶室简洁，仅一几两席，分置主、客之位；几上放有茶壶，并两只茶盏和一方叠好的白布。韩羿忙了一阵，以陈寿所赠，烹了一壶茶，斟进茶盏里。

二人各自饮了一口，韩羿始终一言不发。陈寿知道，韩羿日常无事只爱读书，不如借此请教，或许有所收获，于是说出自己对《淮南子·览冥训》的困惑。

韩羿说，此问出自王充，他也刚刚才知道。

陈寿暗自惊喜，没想到自己的疑惑，竟与王充相同。韩羿似有不屑，明显有些怀疑。陈寿忙道："陈寿从来不拾人牙慧，真是自己心里生出的疑惑。"

见陈寿面红耳赤，韩羿内心已然明了，迟疑一阵，从衣袖内取出那本书，递与陈寿，忽又收回，叮嘱说："此是谯公定下的第一禁书，万万不能让他知晓，否则，在下这碗饭就吃不成了！"

陈寿赶紧站起，指天发誓，一定早借早还，绝不连累韩羿。韩羿从里屋找来一块布，将那书包好，这才递给陈寿说："承祚可谓天才……"停了停，长叹一声，又说，"不过，这世道污浊，恐怕是天才的坟墓。"

陈寿不在意这些话，只在意这部书，赶紧接过，揣进怀里，谢过韩羿，告辞出来。

第四章　梨花

一

雨还在下，天色灰暗。雨季里的成都，好似一个伤情的女子，被遗弃在这无边的烟雨里。

次日清晨，日色空明，积云早已散开，竟是一个大晴天。恰是孟春时节，到处花红柳绿，春日气息已经浓郁起来了。

刘禅批了几道奏表，搁下御笔，闻到一缕芳香，便到窗前，一眼望出去，窗外自然也是一派春色，但不知那些梨花是否开了？

梨花是刘禅的心事，每到二月，刘禅总是躲过那些后妃的欢笑，在自己的寝宫里，专心致志等梨花开放。

黄皓恰到好处地过来，会心地说："陛下，昨晚吹了一夜暖风，梨花就开了。"

哎呀，等得太久了！

刘禅几步跨出宫门，放眼望去，梨花似积雪一般，堆在那里，像一场梦。

黄皓影子一般飘来，手里拿着一只白鹤纸鸢，是刘禅近日亲手所做。

明天又是花朝节了。刘禅接过纸鸢，一缕伤感掠过心头。有谁知道，作为人君，他却并无恣意而为、放纵不羁的自由，反而像个囚徒，而囚禁他的，正是这座巨大的皇宫和烦琐的国事，日复一日，无休无止。

只有花朝节这天，官民都会出游，人人都沉浸在节日的喜悦时，他才有勇气走出牢笼，放纵一次；也才有机会走出这座如锦如绣的城，到青渠去等那个人。

一年三百六十天，只有花朝节这天属于她，也属于他。

刘禅长吁一口气，还是不能释怀。

天下最苦是相思，刘禅无法解脱，每到初春，都要亲手做一只纸鸢。而花朝是随梨花到来的，梨花开了，花朝就来了。

刘禅望着那些梨花，轻声说："快去准备，该沐浴了！"

黄皓一笑说："已经准备好了，只待陛下过去。"

刘禅一笑，往汤沐阁走去。远远感觉到了一股热气，缭缭绕绕，朝他涌来。

宦官、宫女早已退走，把偌大的浴房交给刘禅。这是刘禅订下的规矩，花朝前夕，必须沐浴，必须只有他一人。

刘禅除去衣冠，赤脚踩上铺满白石的地面，走入热气氤氲的汤池。水面立即荡起层层波纹；镶在四壁的贝类和池底的玳瑁等，似乎充满惊喜，忍不住晃动、游弋，有活过来的意思。

刘禅觉得自己是一条鱼，似卸掉了所有的枷锁。每当此时，他必定会想起那个梨花一样的女子。

他靠在池沿，慢慢搓洗，似觉五脏六腑都干净了。或许只有这样，才配与她见上一面；或许，他若是一介平民，就能与她相守一生一世。

她会在那里等我吗？刘禅胡乱想，穿戴整齐，出了浴房。此时，一股春风扑面，有点暖和，也有点清冷。

黄皓侍奉多年，早就摸准了刘禅的习惯。每当这时，是一定要在梨花下喝酒的。于是命吴顺与内侍抬了一张玉几，摆在梨树下。几个宫女鱼贯而行，捧来炙鹿脯、烤鹌鹑、熊掌、肉糜等，还有一壶酒。

待酒菜摆好，不用黄皓示意，内侍、宫女纷纷退下。那些侍卫却手执戈矛，远远站成一排，显得格外刺眼。

黄皓最懂刘禅，命那些侍卫全部退走，这才去请刘禅过来。

坐在梨花下，太阳照得树影斑驳，令人的重重心事，在这浓浓的春色里沉浮。刘禅一盏接着一盏，似要安心把自己灌醉，好让自己醒在梦里。

记得那年花朝节，刘禅还是太子，侍读蒋斌早与邓良、张绍约定，请太子出城踏青。刘禅求之不得，一路打马往东。到了城外，凡有水处都是人，男男女女，老老少少，嬉戏歌舞，热闹非凡。

满天都是各色各样的纸鸢，飘来飘去，只借徐徐春风。

不远处，是一片开得无拘无束的梨花，一群白鹤从水边飞起，翩翩跹跹，本来要飞到天上，天上却塞满了纸鸢，只好飞回水边。

他们的目的地是青渠，是个流杯行乐的地方。这里异常安静，几乎不见人影。几个人扶鞍下马，早有随从上来接过马缰，将马引去一边。

众人依尊卑坐定，流杯开始。这是文人雅士的游戏，所以平民百姓不来。

蜀中流杯，始于刘巴。也是一个花朝节，刘巴踏青东岸，见此地幽静，景色醉人，实在是抒怀怡情的绝佳之处，心思一动，立刻雇人开了一条曲曲折折的沟，把锦水引来。刘巴望见一曲碧水在芳草中流来，当即命名为青渠。回到府上，写下"青渠"两个大字，找了个石工，刻成一块碑，竖在源头。

青渠曾风靡一时，颇受王公贵族青睐。近年，因赏春去处越来越多，青渠渐受冷落。刘禅最爱清静，蒋斌投其所好，才有今日之行。

顺流漂来的酒杯，似乎有意跟刘禅较劲，总是停在面前。蒋斌也觉奇怪，笑说："太子殿下，今日必有奇遇。"

接连饮了好几杯，刘禅已有些醉意，想去走一走，更怕酒杯不放过自己。蒋斌等慌忙起身，要陪刘禅。刘禅不许，顾自随性而走。

沿着这条曲水，走了一阵，到处都是杂花杂草，正彳亍不前，忽见一只纸鸢斜斜飞来，纸鸢后面是个粉衣女子。刘禅只看了一眼，已经呆在那里。

都说世间的美女都选进皇宫里了，但她们加起来，也比不过这个女子。

女子似乎受到惊吓，忙着收线，把那只纸鸢一点点往回收。刘禅生怕她走了，赶紧朝女子走去。四目相遇，女子一愣，从未见过如此清雅的少年！

慌乱中，刘禅假装请教女子如何放纸鸢。

眼前这个少年，未及弱冠，穿一身锦袍，料想是个富贵人家的轻浮子弟。

女子自忖不敢招惹，于是怒目圆睁，狠狠甩了一个眼色，转身就走。

刘禅快走几步，拦住去路，朝女子深深一揖，说自己家教甚严，从没放过纸鸢，也不知其中乐趣。

女子忽觉刘禅可怜，转而莞尔，将纸鸢递给刘禅。刘禅伸手去接，不经意间碰上了女子的手。两人一慌，各自退了一步，纸鸢掉落地上。一派死寂，唯听两人的心怦怦乱跳。

过了许久，女子咳了两声。刘禅赶紧捡起纸鸢，拿在手里一看，原是一只纸做的白鹤。

白鹤寓意吉祥，女子美若天仙……刘禅正胡乱想，忽听女子说："风来了，快放线！"

线越拉越长，纸鸢慢慢飞起，却似乎要跌下来。女子赶紧过来，有些嗔怪地说："手要放松，不要捏那么紧！"

女子就在咫尺之间，吹气如兰。刘禅的心思全不在纸鸢上，此时，只想做一只纸白鹤，任她随意放飞。

慢慢地，纸鸢越飞越高，越来越小，好似一只飘入天空的蝌蚪。刘禅似乎也跟着飘了起来。原来，外面的天地如此广阔，如此自在迷人。

女子不停地叫好，似乎自己也飞起来了。趁女子高兴，刘禅问她姓甚名谁。她只说自己叫梨花。

不知不觉，天色已晚。刘禅知道，自己该回宫了；更知道，世上最由不得自己的人，便是太子。他只好将拉线还给梨花，有些心碎地说："明年今日，但愿能在这里与你相见。"

梨花似乎有些怕，手一松，纸鸢借着风势，飘摇而上，没入一片暮云里。

自此，每年花朝节，刘禅都来这里与梨花见一次面，放一次纸鸢。刘禅总是说："一年见一次，你我恰似牛郎织女。"刘禅深知，自己与梨花，隔着一条命定的天河，但永远没有七夕，更没有那座鹊桥。

那年，先主病逝于白帝城。刘禅登基，从此被国事奴役，梨花和纸鸢，是他唯一的告慰。

登基后的第一个花朝节终于来了。天刚亮，刘禅便迫不及待出宫，只令黄皓随行，打马飞驰，荡起一路尘烟。

依旧是那一曲碧水，依旧满目野草闲花，依旧远离喧嚣。刘禅满怀期待，只盼见了梨花，将她拥入怀中，不再放手，让她做自己的皇后。

然而，梨花没来。直到远远近近的游人散尽，直到太阳西下，仍不见梨花的影子。

刘禅不甘心，令黄皓出城打听。黄皓问遍了远村近舍，竟无一人知道有这个女子。

从此，每个花朝节，刘禅都要去赴那场越来越渺茫的约会。但梨花似乎同那只纸做的白鹤一起，飞到了白云深处。

雨水节气在即，刘禅叫来黄皓，指着宫墙内那些精心栽培的花木说："都挖掉，全部栽上梨树！"

黄皓当然明白刘禅的意思，赶紧叫来吴顺，立即出城去购梨树。

次日，吴顺等弄回了几百棵梨苗，正要栽下去，黄皓忽来传话："陛下要亲手栽植。"

吴顺等赶紧退去一边，眼巴巴看着刘禅忙了差不多大半月，把几百棵梨树都栽下了。

当天夜里，刘禅坐在寝宫外，望着自己亲手栽下的那些梨树，一动不动，似乎一直要等到花开。眼看快到三更，黄皓暗自着急，又不敢出声，只远远地站着。忽然，刮起一阵阴风，不多时，响起一声惊雷。

那雷似乎炸在头顶，猝然而起。刘禅失魂落魄奔入寝宫，身后是一场早来的雷雨。

黄皓赶紧闯进去，伏在惊慌失措的刘禅面前，忙说："陛下勿怕，快来骑人马！"

刘禅像个受惊的孩子，翻到黄皓的背上，将他紧紧搂住，总算平静下来。

雷雨天骑人马，是刘禅与黄皓之间的秘密。

刘禅在这片自己亲手栽种的梨花下醉了，但不是因为酒，而是因为那个女子留给他的春愁。

不知不觉，日影西斜，宫墙投下的阴影，朝他，朝梨花不断压过来。刘禅忽然觉得，那个叫梨花的女子，可能是传说中的花神，不然，以黄皓无所不能的本事，何故打听不出下落？

忽听东墙那边传来一阵笑声，犹如一百只鸟儿同时叫闹。不用问，是张皇后，只有她才笑得出这种阵势。看样子又在放纸鸢了。她总是那么性急，似乎从来等不到明天。明天是花朝节，正是放纸鸢的日子。

张皇后一定知道，刘禅的心不在宫里，更不在她身上。作为一个芳龄正好的女人，她当然想如寻常夫妻那样，与刘禅手牵手出去踏青，夫唱妇随，共赴春光。

黄皓是他们共同的镜子，明白他们所有的心思，但不敢说破。

那一串夸张的笑声，恰如无处不在的蚊虫，刘禅似乎有天生的厌恶，但却无法赶走。

笑声越来越近，似乎透着些许凄凉与无奈。刘禅忽觉不忍，朝黄皓招了招手，黄皓上前一步，等候刘禅吩咐。刘禅正要说话，忽见一个飘飘忽忽的东西正朝自己飞来，一惊，差点跳了起来。

一只处心积虑的纸鸢，凌空栽下来，像一个隐忍已久的预谋。

黄皓却不惊不诧，一切似乎都在他的意料中，只轻轻一抬手，那个斜飞而来的纸鸢，已经落在了手里。与此同时，张皇后的笑声也飘到了近前。

刘禅一把夺过，严格地说，这不能叫纸鸢，因为用的是帛，还别有用心地画了一对鸳鸯，笔墨也很讲究。但在刘禅看来，这不是鸳鸯，充其量是一对野鸭子，远不及那只白鹤。

笑声一路滚动，似乎一大团蚊虫正朝这边扑来。刘禅一咬牙，猝然起身，逃也似的回寝宫去了。

眼看到了梨树下，忽见刘禅如贼一般仓皇而走，一眨眼便闪进了那道如同山海相隔的门。张皇后一惊，要是那道门从此关上，她是不是就永远进不去了？

张皇后从那道门里看过去，刘禅似乎躲在了帷幔后，正偷偷望着她。

她再也笑不出来，更不知道该进还是该退，似乎春天的一切懊恼和幽恨，都挤进心里来了。她需要发泄，需要找个人打一顿，或者被别人打一顿。

恰在此时，吴顺捧着一道奏表，从一座短桥上走来，水里的影子一路滑过，如同鬼魅。

望见了张皇后，吴顺赶紧把奏表揣进怀里，上来叩头。张皇后不出声，把这个家伙从头到脚看了一遍，看见他的两只靴子上满是灰，顿时决定，就拿靴子说话，指着吴顺骂道："阉贼，如此不敬，活该杖责！"

作为皇后的侍女，翠儿只能是一截枯木，不敢发芽，更不敢开花；但吴顺的两只靴子，恰如一盆水，浇在了这截枯木上，让她立即有忍不住的冲动。

听了张皇后的话，翠儿抓住吴顺的肩使劲推搡。吴顺早已吓得浑身松软，只好忙着磕头，不住求饶。此时，吴顺眼里，只有张皇后那双绣花鞋。

翠儿忽有所悟，望着张皇后说："这个吴顺，是陛下身边的人！"

张皇后冷冷一笑："就因为他是陛下的人，他要不是，倒也算了！"

她转向吴顺，恶狠狠骂道："贱奴，好好的一双靴子，穿得这么脏，这么邋遢，好意思往陛下身边去！"

翠儿明白，吴顺这顿打是在所难免了，便瞪着吴顺，只等张皇后懿旨。

张皇后想通过打吴顺，把刘禅打出来，故意放声骂道："脱了鞋子，打破他那张狗脸！"

吴顺和翠儿都明白，只有泼妇才会用鞋底子打人家的脸。如果被打脸的是男人，那是一生的奇耻大辱。翠儿不愿做泼妇，有些不知所措；吴顺不愿受辱，干脆趴在地上，只说情愿被廷杖，也不挨鞋底子。

张皇后当然明白，有权下令廷杖的，只有刘禅。翠儿不愿脱鞋，情有可原；吴顺这顿鞋底子，却断不可饶。

此时，刘禅已经坐在寝殿里那张御案后，外面的动静一清二楚。或许世上只有他明白，张皇后颇有其父遗风，凡事不依常规出牌，也非常清楚，吴顺这顿鞋底挨定了，而且不打个鼻青脸肿，不会收手。他只想看看，张皇后怎样将泼妇进行到底。

张皇后把自己的鞋脱下来，递给翠儿。翠儿哪里敢接，无可奈何，把自己的鞋脱下来，朝吴顺脸上打去。吴顺叫得跟杀猪一般，想把刘禅的心叫软。叫声却成了对翠儿的鼓励，那点犹豫和迟疑，已经荡然无存。随着鞋底子起落如风，翠儿内心泛起一种从未有过的快感。

刘禅非常清楚，张皇后是想通过打吴顺，把自己打出去，或者把自己打软，把那场关于梨花的梦打散。岂能遂她所愿，那就偏不出去！

刘禅暗暗计数，不多不少，整整打了一百鞋底。

张皇后似乎也在计数，一百鞋底一到，就叫翠儿住手。刘禅竟暗自松了一口气。

被鞋底打肿了脸的吴顺，哭着吵着，说要投水自尽，便往那座短桥奔去。翠儿吓得着了慌，要赶上去劝阻，被张皇后呵斥住，冷笑道："人家等的就是你去劝。放心，他要是跳了，我陪他跳下去！"

果然，吴顺没跳，只一屁股坐在水边哭。哭了一阵，不见人上来劝解，张皇后和翠儿也没了踪影，这才去见刘禅。

吴顺刚入寝殿，刘禅顺手抄起御案上的笔筒，冲上去便打。吴顺被那只笔筒砸得赶紧跪了下去，却不明就里。刘禅也不明说，只叫他面壁，想明白了再说。

吴顺对着墙壁跪下，过了半个时辰，以为自己想明白了，到刘禅面前叩头说："奴婢明白了，我不该求饶，让翠儿打就是了。"

刘禅又好气又好笑，摇了摇头说："你就该跳下去，如此，她们就输了。"

吴顺又不明白，只说："我一个奴婢，就算淹死了也活该。"

刘禅却说："不用淹死，只要跳下去，她就母仪尽失，活该被废！"

吴顺大惊，没想到刘禅有废张皇后的心，再不敢出声，拿出怀里张绍的奏表。一直躲在一旁的黄皓赶紧过去，接过奏表，撕开封口，双手放在御案上。

张绍的奏表似乎是一记警钟，明确告诉刘禅，张飞虽已亡故，但势力依旧，如一张看不见的巨网，笼罩着刘禅。刘禅看完奏表，瞅了一眼吴顺，叹息说："唉，你没跳是对的。"

这话使吴顺更加摸不着头脑，心里却有些伤感，作为宦官，真不知该如何行事，左右不是的尴尬，恰如他自己的影子，恐怕到死都分不开了。忽想起还有一道费祎的奏表，赶紧拿出来。黄皓似乎知道有这份奏表，没等吴顺举过头顶，已一把拿过。

刘禅耐着性子看了费祎的奏表，绕来绕去，说了一大堆废话，其实只有一个意思：花朝节不要出行。

费祎是诸葛亮推荐的贤才，能做到丞相，与其说是他的恩典，不如说是诸葛亮的余威。刘禅一笑，拿起御笔，批了几个字——"废丞相操心了"。

他故意把费祎的"费"，写成了"废"。

张绍这道奏表，连句废话都谈不上，只想告诉刘禅，张皇后、张绍等，都是张飞之后；张飞是一缕永远不散的幽魂，无处不在，无所不能。

真是虽死犹生啊！刘禅不禁苦苦一笑。这些年来，刘禅自以为看透了臣子们的心思。比如谯周，比如费祎，等等等等，都装出一副忠臣良相的样子，而他们想要的，其实跟诸葛亮一样，不过是后世清名，实在可笑。唯有张飞的后人，如张绍之流，总是讳莫如深，让人看不透。

吴顺猜不透刘禅的心思，叩头说："费丞相候在奏事处，陛下是否召见？"

站在一旁的黄皓都替吴顺着急，入宫这么多年了，一点都不懂陛下。但也正因为如此，他才将吴顺引为心腹。

果然，刘禅满脸不悦，冷笑道："明天就是花朝节了，不必丞相劳心，只把我的御批给他，叫他安心回家，好好过节。"

吴顺赶紧接过那份刘禅批过的奏表，去回复费祎。

这时，一个小宦官进来，对黄皓说了几句，立即退了出去。黄皓过来跪拜在地，禀道："光禄大夫谯周来给陛下献酒，求陛下召见。"

刘禅听见这话，不禁笑逐颜开。在刘禅看来，谯周的美酒简直无与伦比，似乎谯周的看家本领，并非满腹诗书，而是酿酒。即命宣谯周觐见。

不一时，谯周捧着那只绘有梅花的酒壶，走进门来，跪地叩拜说："花朝佳节将临，臣特以自酿春酒，奉献陛下。"

刘禅笑道："谯大夫的佳酿，一直是朕的念想。要没有这壶好酒，春天也罢，花朝也罢，一定会差了些意思。"

那葫芦似的酒壶，用陶泥烧制，外形小巧，有如一只攥紧的拳头那么大。尤其那几笔梅花，似乎带着幽香，都浸入酒里了。

刘禅忽然明白，谯周此时献酒，等于鼓励他花朝节出城踏青，不像那个不识趣的费祎，竟上表劝他勿往！

谯周将酒壶举过头顶，黄皓接过那只酒壶，拔去壶塞，恭恭敬敬递给刘禅。

一缕酒香悠然而起，犹如看不见的洪水一般，席卷着整个皇宫，几乎无一处幸免。

刘禅接过酒壶，轻轻摇了摇，看着谯周问："谯大夫的酒好，为何每次仅献半壶？"

谯周朝刘禅叩头说："此酒为臣亲手所酿，需采春日百花为料，一酿仅出酒半壶，臣舍不得饮用，都献给陛下了。"

刘禅赞道："难得，难得，谯大夫忠君之心，可昭日月啊！"

听了君臣二人这番对话，黄皓忽对谯周生出些许鄙夷，不由暗想："谯周看上去清高脱俗，原来都是装的，到底也是陛下的奴仆！"

刘禅凑近壶口闻了闻，却偏偏不喝，脸色忽然一沉，冷笑道："谯大夫以为，朕不过酒色之徒？"

谯周不紧不慢，又朝刘禅一揖说："陛下励精图治，朝野共知，但国事繁重，使陛下龙体日渐消瘦。臣深感焦虑，以为身体才是本钱；而此酒由百花精酿，最能养身。明日便是花朝佳节，臣愿随陛下出宫去走走，带上这壶酒，好好放松放松。"

刘禅不满足于半壶酒的暗示，想谯周把话说明。目的已经达到，自然格外高兴，于是笑道："谯大夫的美意，朕岂能拒而不纳。这样吧，你也不必跟着，好好陪家人过节，各自方便吧！"

谯周告退出宫，回到府上，直接走进书房。

书房里，谯木拿着一张抹布，正擦书案上的灰，见谯周进来，紧赶着收拾一番，就要煮茶。

谯周却说："赶紧把陈寿、何渠、李密、李骧叫来。"

谯木答应一声，赶紧去了。刚到前院，迎面望见陈寿、陈书走来，陈书捧着一摞高过头顶的手抄书册，那颗脑袋，似乎用尽力气，才从那一摞书册里挤出来。谯木正要说话，陈书有些显摆地说："《巴蜀耆旧传》，我家少爷都抄好了，来给谯老爷复命！"

陈寿往陈书头上敲了个爆栗，斥道："多嘴，你当是个体面事！"

陈书头顶吃痛，脚下一滑，书册几乎掉下来。

谯木笑道："承祚来得正好，老爷书房有请。"说罢，告辞陈寿，去找何渠、李密、李骧。

陈寿领着陈书到了书房，向谯周问了安。陈书却一脸惶然，不知把书册往哪里放。谯周的书房，四壁都是书，几乎让人怀疑，那几面墙，本身就是用书砌成的。

谯周早已看出了陈书的窘迫，指着书案说："放那里吧。"

陈书如释重负，过去，将书册码好，朝谯周一揖，默默退走。谯周抽取一册，翻看一阵，抬起头来，望陈寿一笑说："不错！"

难得谯周高兴，陈寿借机就《淮南子》里的疑惑，向谯周请教。

谯周一脸紧张，看了陈寿好一阵，反问："承祚何有此问？"

陈寿本想说，学生不才，与东汉王充的《论衡》所疑略同，以为即使先贤，也不免谬论，甚至自相矛盾；但又因自己答应过韩羿，不可将读王充《论衡》告知谯周。于是改口说："弟子闲来无事，胡思乱想而已。"

谯周面色沉重，话更沉重，意思是，质疑先贤之说，那是大逆不道。恰在此时，何渠、李密、李骧一起进来问安。

谯周只好住口，指着那些书册，让何渠、李密、李骧各取一册，剩下的，明日再分发其他弟子。

何渠等三人取了过来，正欲阅读，却听谯周语气沉重地说："明日便是花朝节，陛下仍然要出宫。只恐乱花迷眼，荒疏了国事。而蜀中因连年征战，已经千疮百孔，是时候让陛下知道真相了。"

说到这里，忽然停下，看着四个弟子，等着他们做出反应。

陈寿已明白过来，朝谯周一揖，说："请恩师放心，弟子们知道该怎么做了。"

不用明说，何渠、李密、李骧也懂得谯周的用心，于是告退，出去商量。

今日无课，四人来到花厅，面对面坐下，商议该如何举措。何渠先说："花朝已在眼前，不如借官府之力安排下去。成都县令王玶能有今日，全仗恩师栽培。何渠不才，愿面见王玶，叫他把皇帝出行的风声放出去。"

李骧只顾咳嗽，明显是有话要说。何渠有些不耐烦，盯着李骧说："小弟不过抛砖引玉，李兄有何高见，只管说出来！"

李骧看了看陈寿等，不紧不慢地说："就此事而言，恩师信任的是我们，而不是王玶。在下愚见，不如把皇帝出行的消息写在纸上，夜里贴在城门外，很快便会传开。"

见三人默不作声，李骧又说："只需写几个字：陛下出行，欲见穷人……"

"不行，如此一来，岂不授人以柄？"陈寿打断了李骧的话，见三人都盯着自己，又说，"陈寿以为，此事不宜留下任何痕迹，方法越是简单越有效。"于是把自己的想法说出来。三人听了，觉得万无一失，一起称赞。

待到夜深人静，满城灯火尽灭，陈寿、何渠、李密、李骧悄悄摸出城门，分四路沿途高喊："明日花朝，陛下将出城体察民情！"

这些话，犹如阵阵春风，一夜之间吹遍了城郊。

二

次日卯时，刘禅早早起来，穿了一身民服，步出寝宫。天色尚早，宫墙下那些梨花，犹自一身水雾，朦朦胧胧，似乎还没睡醒。

吴顺早已点了许多内侍候在宫外，见了刘禅，赶紧跪拜。这时，御膳房的内侍匆匆过来，请刘禅用膳。

刘禅将其斥退，说要去街上，尝一尝市井的味道。

黄皓不声不响候在一边，只有他清楚刘禅的心思。见火候已到，黄皓这才上来，朝刘禅一揖说："陛下，马已备好，可以动身了。"

刘禅一看，黄皓肩头挎着一只包袱，手里拿着两条皮鞭，不由一笑，算是回答。黄皓招了招手，两个御马监的宦官从一边过来，各牵着一匹高头大马。

几个宦官七手八脚，将刘禅扶上马背，黄皓也上了另一匹马。刘禅一鞭子打在马屁股上，那马扬蹄便走，蹄声立刻将这座幽深的皇宫彻底惊醒。

到了宫门口，刘禅回头一望，见吴顺领着一群侍卫飞步跟来，便对黄皓说："叫他们滚回去，真是扫兴！"

黄皓立即传话，吴顺等立刻止步。这几乎是一年一度的重演，年年此日，都是黄皓陪刘禅出城；但年年此时，吴顺等都要跟到宫门来，照例被黄皓呵止。

正当黎明，街衢一片空旷，尚无人影。那些店铺，要在太阳照亮门窗时才会打开。两匹御马驶过一条又一条大街，天色也渐渐亮起来。

眼看到了外城门，太阳也恰好越过城墙，照亮了最后一个十字街口。一株青幽幽的柳树站在街头，仿佛在迎接他们。

柳树旁恰是一家酒肆，幌子被旭日照亮的同时，那道门也开了。幌子上写着两个大字——"壶说"。

刘禅勒住缰绳，望着幌子笑道："呵呵，壶说，胡说，有意思，就这里了！"

黄皓赶紧下马，伺候刘禅也下了马，将马缰往柳树上一拴，便走入店里。

店内不如想象的那般干净，陈设腐朽破败，墙壁、房梁已经有了蛛网。柜台上摆放着几个坛子和几只茶盏，那些坛子蒙了一层灰，料想里面装的是酒。紧挨柜台有一道门，门楣上挂着一道竹帘，竹帘油腻陈旧，想必从这道门进去，便是后厨。

窗外居然有一条安安静静的水渠，刘禅选了个靠窗的席位坐下。木几上老垢沉沉，几上搁着一个竹筒，竹筒里插着一把箸，似乎也有一层垢。

窗外是满满一沟春水，两岸都是柳树，当然也不乏野花。柳树掩映的，是一片片鱼鳞似的瓦顶，瓦顶下是他一无所知的市井人家。

黄皓见无人出来，便望着那道竹帘子吆喝。有人不无虚弱地答应一声，随即竹帘一挑，出来一个身材单薄的妇人，满脸菜色，想必是店家。

妇人见二人打扮不俗，料是贵客上门，笑着过来，却不问黄皓要什么饮食。

刘禅头也不回，看得有滋有味。黄皓看了妇人一眼，压低声音说："把你的好菜，只管上来！"

"再来壶酒。"刘禅忽然接话。

"酒？那玩意儿早就卖不动了。"妇人语气有些冷，似乎还没醒过来；听那语气，明显带着讥讽，不知是讥笑他无能，还是讥笑这世道不堪。

黄皓正要开骂，刘禅转过身来，看着妇人问："敢问店家高姓？"

"夫家贱姓吴，娘家姓黄，吴黄氏。"吴黄氏也不多说，回到那道竹帘里，不一时，端来两碗烫饭，搁到几上，似怕客人质疑，几步去了柜台。

黄皓怔在那里，竟然说不出话。刘禅却看着他，意思叫他尝尝。这是宫中规制，作为刘禅最宠信的宦官，黄皓必须替刘禅试菜。

黄皓从竹筒里抽出一双箸，挑起两粒饭，喂进嘴里，一尝，连忙吐出来，望着柜台那边，喝道："好大的胆子，居然是剩饭！"

"搞清楚，这是烫饭……"妇人本想说，烫饭当然是用剩饭煮出来的，话到嘴边，又咽了回去。

黄皓当然不肯放过，又吼："有你这么待客的吗？我看你这店，是不是不想开了？"

　　妇人也恼了，几步跨出柜台，逼近黄皓，似乎嘴里带刀，数落说："你就知足吧，人逢乱世，能有口剩饭，饿不死你，就该感谢祖宗有德了！"

　　这几句话，骇得黄皓魂飞魄散，看向刘禅。刘禅却无动于衷，简直像个局外人。

　　妇人似乎逮住了黄皓的痛处，只管说，越说越不像话了，就差说到蜀汉皇帝刘禅头上了。

　　刘禅也听出了某种危机，赶紧端起那碗烫饭便吃，竟觉得味道不错，赞叹："好吃，好吃，不错，这东西比肉还好吃！"

　　吴黄氏更加火冒三丈，指着刘禅骂道："这话也说得出口，未必你没吃过人饭？"

　　黄皓一愣，这还了得，一把抓住吴黄氏，往前一推，推到柜台上，举起拳头要打。吴黄氏吓得面如死灰，失声惊叫。眼看一场斗殴就要开始，刘禅大吼一声："住手！"黄皓赶紧收起拳头，松开妇人。刘禅已经起身，走了过来，拍了拍黄皓的肩说："付钱，走人！"

　　黄皓从怀里胡乱摸出几个钱，扔在柜台上。

　　黄皓飞一般出来，侍候刘禅上马。虽不见人进出，但城门已开。二人各自加了一鞭，两匹马驶过城门，跨出城外。迎面而来的并非满目春光，而是黑压压的人群！

　　刘禅来不及反应，已经堕入人的汪洋。肮脏，污秽，瘦弱，破烂，悲苦，惊恐，不安，等等等等，将二人二马瞬间淹没。

　　不要说刘禅，即使精明、沉着的黄皓也顿时呆了。在人流奔涌里，他们仍然呆在马上，完全没有反应。最先反应过来的是两匹马，忽然前蹄举起，不住嘶叫，刘禅、黄皓都被颠下马来。

　　蜂拥的人群忽然安静下来。不知过了多久，一个头发蓬乱、衣衫褴褛的老人从人群中挤出，手指刘禅疾呼："陛下！陛下真的来了！"

　　这声音，立即惊醒了所有人，人群再次骚动起来，狂卷不息。"陛下、陛下"的喊叫，山呼海啸。

　　刘禅、黄皓也醒过来，但无可奈何，既不能进也不能退，只好怯怯地望着眼前的老人。老人哭喊："陛下呀，醒醒吧，再不能北伐了，蜀中不仅无粮、无草，也快荒无人烟了啊！"

老人的哭喊引起一片宽广的回应——

"征兵都征到快七十岁了，哪里还能打仗！"

"北伐、北伐，简直自不量力！"

"不被人家伐了，都是万幸啊！"

……

刘禅对这些呼喊无动于衷，他只看见，黑压压的人群里，几乎没有年轻人，都是些气息奄奄的老人，更有许多缺胳膊少腿的残疾人。但他们有能力要了他的命。

他曾多次设想自己将如何死去，包括病死，老死，摔死，被毒死，被谋杀，甚至被张皇后掐死，等等，但从未想过会死在这么多老弱病残的手里。

人群像一条失控的大河，将刘禅、黄皓卷走，走向近郊，走向村落。那些吼声越来越愤怒——

"你自己看看，都穷成这样了，还打得起仗吗？"

"村子里几百户人家，还有一个身子健全的青壮年吗？"

"造孽啊，下田劳作的都是妇女、老人啊！"

"哪个家里还有存粮，哪家不是舀水不上锅！"

……

刘禅看到的，确实是满目的荒凉，那些荒芜的田野，那些眼看倒塌的村舍，那些面黄肌瘦的小孩，那些麻木而绝望的眼睛……

这一切更加使他相信，他们会埋葬了自己。这个等了一年的花朝，竟是自己的末日！

正在他以为必死无疑时，听见了黄皓的惊呼："谯大夫！谯大夫！陛下，谯大夫来救驾了！"

刘禅回头望去，谯周一马当先，冲散了身后的人群，背后是一条长龙，不下一千的轻骑，轻骑后是吴顺等几百个宦官。有人高呼："伤陛下者死！"

仿佛风卷残云，人群四散而去，只有那个最先上前的老人，仍在刘禅身边。

谯周跳下马来，朝刘禅跪拜："谯周救驾来迟，请陛下问罪！"

刘禅早已明白过来，笑道："谯大夫藏得深啊，朕不知你竟有先知先觉的本事！"

谯周不惊不诧，笑道："此处风大，臣请陛下回宫。"

刘禅想了想，命黄皓把那只白鹤纸鸢拿来。黄皓赶紧打开包袱，将纸鸢取出，双手递给刘禅。刘禅接过，看了一阵，将它放到空中。

众人都去看那只越飞越高的纸鸢。刘禅忽将手里的线扯断，纸鸢顿时失控，飞入云中去了。

回到皇宫，刘禅立即下了一道口谕，将谯周并那个带头起哄的老人，关入狱中。

刘禅赶走了所有的宦官和在此侍候的宫女，只有黄皓留在寝宫。黄皓像一个影子，无声无息，把所有的灯都点起来。当那些灯烧到最亮时，黄皓知道，说话的机会到了。

黄皓飘过来，朝刘禅一揖说："陛下，奴婢以为，这事并不简单，一个谯周，无论他有多大的本事，也掀不起这么大的浪！"

刘禅似乎有些心动，看着他。黄皓正要再说，吴顺像个贼一样溜进来，远远跪下，朝刘禅跪拜说："陛下，夜深了，顾皇妃等陛下过去。"

顾皇妃生得美貌，人也本分，与任何人相处都和和气气，与张皇后完全相反。因此，在众多后妃中，顾皇妃最得刘禅宠爱。

刘禅不出声，明显有些不耐烦。黄皓当然明白，朝吴顺摆了摆手。吴顺立刻知道，自己来得不是时候，慌忙退走。

黄皓顿了顿，接着刚才的话说："奴婢疑惑，陛下微服出宫，那么多乡野村夫是如何知晓的？"

刘禅想了想："这案子不能交给其他人，就由你主办吧！"

忍住内心的狂喜，黄皓不动声色，拜辞刘禅，出了寝宫。到了门外，见吴顺领着十几个宦官站在那里，认得都是顾皇妃那边的，看样子还想请刘禅过去。黄皓一拍吴顺的肩头说："不必守了，不会去了。"

忽然心里一动，这家伙对顾皇妃的事这么上心，要是顾皇妃生下个皇子，必然更加受宠，这家伙岂不可以顺着顾皇妃这棵大树，爬到自己头上去？

嗯，这家伙并不那么简单！想到这里，便叫吴顺随自己去大理寺。走了一阵，黄皓忽然想起，随刘禅回宫前，曾吩咐吴顺打听那个老人的情况，便问吴顺："叫你打听的事，如何了？"

吴顺忙不迭说："照您的吩咐，小的已经打听清楚了，那老头儿姓黎，叫黎茂文。原本家住东郊，妇人早亡，膝下仅有一女，嫁给了郫县寒门子弟许成。许成倒还孝敬，念其孤苦无依，接去了郫县。前些年，许成应征入伍，去年战死，只留下一双儿女。"

"如此说来，那老贼是个没有根基的，这事就好办多了！"两人说着，很快到了大理寺狱。

黄皓口中的老贼，当然就是那黎茂文了。吴顺隐约感到，或许，一场暴风雨即将来临，只求不要殃及自己就好。这些年来，一起在宫里侍候，他太了解黄皓，表面越是平静，下手必定越狠。难怪，谯周曾对陛下说，黄皓鹰鼻鹞眼，食人肝胆，应当远离此人。

想到这里，吴顺心里一颤，浑身寒冷起来。

黄皓有一种天生的本事，无论何时、何地，面临何事，都能做到不惊不诧。

到了大理寺狱，宣罢刘禅的口谕，黄皓交代司狱王讯说："此乃钦案，蒙陛下信任，由我主审。在下不才，但一定要查个水落石出。"

王讯不敢多说，笑得唯唯诺诺，只说一切听从黄皓的安排。黄皓和颜悦色地说："去吧，先把那个老贼押去刑房！"

王讯立即命几个皂隶，去监房提人，自己则陪黄皓、吴顺往刑房走去。

到了刑房，只见戴了头罩的黎茂文已被押了进去，捆在一根木桩上，胸膛一起一伏，仿佛就要炸开一般；脚上的镣铐，弄出一片破碎的响声。王讯与几个皂隶站去一旁，王讯挽起衣袖，有些心急火燎，明显欲一试身手。

距黎茂文大约五步远时，黄皓停下脚步，两眼直盯着那个黑乎乎的头罩，似乎要从他那头罩上找出证据来。

虽眼前漆黑，但黎茂文已知面前有人，这么久不见动静，忍不住叫道："要杀要剐，来个痛快！"

这老贼，急于想要结果，足见其虚弱！

黄皓微微一笑，朝王讯扬首示意。王讯连忙抓住头罩一扯，露出一颗白花花的头来；另一个皂隶也不闲着，屈肘朝黎茂文腹部猛地一撞。

黎茂文顿时蜷成了一只煮熟的虾,半晌,才费劲地摇了摇头,两眼眯成了一条线,觑见墙上挂了几盏灯,灯光却异常昏暗;对面有张几案,摆满了文房四宝;几个木架子上,却摆着刀、锯、钻、凿、鞭、杖等各种刑具,似乎每道刑具上都附有许多冤魂,只觉阴气弥漫。又见黄皓等人,如魑魅魍魉般望着自己,不由有些心惊胆寒。

常言道:阎王好见,小鬼难缠!黎茂文暗自告诫自己,千万小心,不要把自己的脑袋说丢了。

王讯明白,那一肘远远不够,需加点柴,火才燃得起来,于是抓了条刑鞭在手,欲对黎茂文抽打。

黄皓一只手背在身后,另一只手指点着那些刑具说:"这些都是伺候英雄豪杰的,他是豪杰吗,用得着吗?"

王讯顿觉黄皓深不可测,只得在一旁点头附和。

"不用打,他自己会说。"黄皓一边说,一边走到那张几案前坐下,笑道,"松绑!"

王讯赶紧朝黄皓一揖,过去解开捆绑黎茂文的绳索。黎茂文的双臂终于得到解救,虽然发麻,但感觉轻松多了。

黄皓依旧笑得令人不知深浅,问黎茂文:"聚众闹事,惊扰圣驾,蒙蔽圣听,是不是谯周谯大夫指使你的,还不从实招来?"

这阉贼欲借刀杀人,我黎茂文岂能让他得逞?黎茂文搓着手掌,心里拿定主意,一字不吐,只想蒙混过去。

王讯见状,丢下那根刑鞭,抓了把凿子在手,恐吓黎茂文说:"快说,不要敬酒不吃吃罚酒。不然,先戳瞎你这双贼眼,等你下了地狱,也找不到阎王殿喊冤!"

黎茂文毫无畏惧,两眼圆睁,狠狠朝地上吐了口唾沫。

看来威逼无用,黄皓轻轻咳嗽一声,将右手勾成兰花指,顾自看得有些沉醉,声腔也有点漂浮,说:"他不说……也行……"停了停,觑了黎茂文半天,又说,"我叫他们去郫县,把你女儿许黎氏和两个外孙都接来,让你们一家人在这里团聚。"

听得黎茂文几乎两眼喷火,看似愤怒,却有些虚弱说:"求求你高抬贵手,饶了他们吧！"

"饶了他们，行啊，但你得说实话。"黄皓放下右手，目光如箭。那箭似射中黎茂文的心脏，似乎已经应声而倒。到了这一步，黎茂文当然知道，只有任人宰割了。

"说，是不是谯周指使的？"吴顺不失时机地诱供。

黎茂文叹息一声，垂下头来，讲了前天晚上的事。

夜里躺在榻上，饿得前胸贴着后背，肚子一片咕咕乱叫。晚上只喝了半碗菜汤，哪里顶得住饿，偏偏这时又尿急，只得下榻，也舍不得点灯，欲摸黑解急……忽然，有喊声从远处传来，不一会儿，那喊声、脚步声已到了家门口。

"明日花朝，陛下将出城体察民情！"

"嗯，就是这么喊的……果真如此？小民心想，未必能仰见陛下？正要开门出来，当面问个究竟。转念一想，先看清了那个人是谁才好问，于是从窗户破洞往外望去，那人好像是何家大少爷……好像又不是他……晚上黑黢黢的，看不清。"

听到这里，黄皓已经心花怒放，忍不住问道："何家，哪个何家，是不是何标家？"

"当然，郫县还有几个何家？"黎茂文又说，"不过，还没等我追出去，那人就跑远了，又往下家去喊……"

黄皓再三追问，黎茂文说来说去，还是那些话，喊话的那个人，到底是不是何渠，也没个定准。

何渠是何标的长子，现为谯周弟子，那么，此事一定与谯周有关。黄皓想了想，有这些话已经足够了！于是令王讯仍将黎茂文押回牢房。

黄皓暗自发誓，要借此弄死谯周。于是吩咐吴顺，去把谯周的弟子抓来，以便把罪名坐实，叫吴顺暂不动其他人，先拿何家公子开刀。

成都落入一场大雾里，仿佛陷入了迷局，一切都变得有些迷茫混沌了。一早，吴顺到大理寺，叫上王讯和几个皂隶，急慌慌赶到何渠住的那座庭院。

天色尚早，迷雾不散，庭院门前有棵老槐，犹如一把撑开的巨伞，树身粗大，树底下有个砖砌的四方平台，供人歇息。

吴顺坐在那个平台上，双目微闭，似乎还想睡一觉。王讯坐在吴顺身边，两眼贼亮，一直盯着那道紧闭的大门。

"吱呀"一声，门终于开了，一前一后出来两个人，依稀可见是何渠和何琴。何渠站在门口望了望，远近模糊不清；何琴提着书箱，跟在何渠身后，看样子要去谯周那里念书。看来，他并不知道，恩师谯周已经被关进大理寺了。

何渠主仆并未看见吴顺他们，顾自往一边去了。

王讯、吴顺一起跳下平台，带上几个皂隶，追了过去。

很快，浑然不觉的何渠走到了"李记盐铺"门前。这是郫县李家开在成都的分号，掌柜李升与几个伙计正忙着收拾，准备营业，见了何渠，李升笑道："何大少爷早！"

只要去谯周那里读书，往返都必须从这里过，也总是要打招呼。

何渠笑："李大掌柜生意兴隆！"

以往，李升总是说"借你吉言"之类。今天却只说："哪里说得上好，都快断货了。"

何琴小声说："真是饿鬼不叫，饱鬼叫！"不见何渠应声，何琴回头一看，哪里还有何渠的影子！

何琴以为何渠进了李家盐铺，就要进去，忽见何渠风一般从来路跑向这边，背后是几个公差，边追边骂："狗日的，居然叫他跑了！"

何渠直直地冲来，差点把何琴撞翻在地。何琴当然不明就里，只张嘴结舌，说不出话来。

眼见何渠把几个公差甩开，不料王讯、吴顺和另几个皂隶忽然跳了出来，挡住去路。王讯亮出腰牌，满眼杀气地说："走，去大理寺答话！"

何渠根本没把这帮人放在眼里，冷笑说："识相的赶快滚，不要耽误何大爷读书！"

几把长刀瞬间架到了将何渠的脖子上。

何渠两眼如炬，瞪着王讯怒骂："老子又不是罪犯，凭啥抓我？"

吴顺缓缓走过来，轻轻推开王讯，趾高气扬地站在何渠面前，女声女气地说："走吧，何大少爷，去陪你的恩师坐牢。"从背后赶来的皂隶已将何琴逮住，推搡过来，那个书箱已经摔破，散了一地的书。

何渠忙道："你们要的是我，与书童何干？"

王讯冷笑道："到底你说了算，还是老子说了算？"

何渠顿时明白，不能跟他们要横，于是笑道："你们要不放了他，哪个去郫县报信？要不报信，你们的好处哪里来？"

何渠这话不仅说给王讯、吴顺他们听，也说给何琴听。王讯、吴顺互看一眼，已明白彼此的意思，就把何琴放了，只把何渠带走。

何琴眼巴巴看着这个天不怕地不怕的少爷被带走，赶紧将那些书胡乱捡入书箱，草草合上，返回庭院，骑上一匹马直奔郫县，去给何标报信。

何渠被吴顺、王讯带入刑房。黄皓已经端坐在那张几案后。几个彪形大汉立在一侧，人人一副恶相，想必是大理寺的狱卒。

黄皓满脸带笑，即使何渠涉世不深，也能看出，那笑里藏着一把刀。何渠也不理会，没忘记把自己站成一棵松，尽量露出无惧无畏的傲气。

大凡富贵人家子弟，一般都娇生惯养。何渠何大少爷，一定被娇惯成了一个脓包疮，一戳即破。黄皓脸色一凛，朝何渠翘起了兰花指，细声细气说："笞二十。"

几个狱卒一闪，一齐过来，把何渠拖翻在地。王讯恨何渠桀骜不驯，早已抓了条刑鞭，雨点般一阵猛抽。打得何渠浑身有如刀割，却牙关紧咬，咬得牙齿一阵响，也不哼一声。

噫，真有几分硬气！黄皓冷冷一笑，目光游离于自己的兰花指，心里却暗自数着，看你到底能撑多久！

等过了二十鞭，仍不见何渠求饶。黄皓只好收起兰花指叫停。王讯似乎打得自己有些心虚，立马住了手。黄皓看着何渠问："说，谯周如何指使你们这帮弟子，煽动百姓，蓄意做假，蒙蔽圣听的？"

何渠苦苦撑起身子，直视黄皓，咧嘴一笑，反问："有这事，我何故没听说过？"

黄皓大怒，声腔也有点走形，指着何渠吼道："再打二十鞭！"

除了鞭子起落的呼啸声，再也没有别的声响。待打完二十鞭，何渠似乎反而被打得怒火中烧，厉声骂道："狗杂种，尽管打，有种的把老子打死！"

黄皓之所以先拿何渠下手，正是因为这家伙最金贵，没想到是个棒槌，不吃这一套。何家是汉室勋贵，直到今天都门庭兴旺，不能再打了，打死了至少是个麻烦，得换个人下手。于是令人给何渠戴上枷锁，押回监室。吩咐王讯，多带些皂隶，去把陈寿、李密、李骧等统统抓来。王讯却问："听说费丞相的儿子也在谯周那里读书，要不要抓？"

黄皓两眼一瞪，恶声恶气地说："一个郫县何家已经够人焦心的了，何必再去惹这个当朝丞相？"

扔下这些话，黄皓很快出了大理寺狱，来到街上。正要回宫，转念一想，府第就在附近，不如趁机回去坐坐。

推开那道院门，一帮妻儿吵着闹着，纷纷过来拜见。

记得那年中秋夜，刘禅于宫中设宴，与张皇后、李昭仪等一众后妃过节赏月。鼓乐欢歌，笑声不绝，其乐融融。黄皓服侍左右，虽一脸欢笑，内心却分外凄苦：想父母早亡，又无兄弟姊妹，自己打小就进了皇宫，家人亲情于自己而言，好比痴人说梦。

遥望那轮玉似的满月，银光冷冷，仿佛在嘲笑他形只影单。待曲终席散，刘禅乘兴去了张皇后寝宫。黄皓站在一棵金桂下，望着这座安静下来的皇宫，心事仿佛决堤之水，汹涌奔流，竟哭了起来。不知何时，刘禅已站在他面前，一定要追问他为何而哭。

黄皓跪在地上，身子犹如一片落不下来的树叶，抖个不停，哭诉说："奴婢想有个家，老了好有个归属。"

刘禅当即恩准，赏赐一个宫女为正室。黄皓便在城里置府邸田产，不仅娶了那个宫女，还纳了十几个妾，又买来两个新生的男婴，交与妻妾抚养。

在黄皓看来，妻妾成群，幼子绕膝，一来才有过日子的样子，二来也算是延续香火，对得起黄氏列祖列宗了。

正与家人说话间，管家黄贵呈来拜帖，说安汉第一丝织大户张松前来拜见。黄皓命黄贵传张松去客堂，自己则撇下妻儿，喜滋滋去会客。

不一时，黄贵领张松来到客堂，主客以礼相见，便有茶童奉茶上来。张松谢过黄皓，没入席就座，朝门外喊了一声："抬进来！"

张松的家仆张五等，抬了两口箱子，一摇一晃进来。打开一看，一箱装了一千缗钱，另一箱是貂裘、虎皮、熊掌等珍品。

黄皓也不客气，只说："陛下恩宠，从今往后，你张氏的丝织，都是皇室的御用品了。"

张松心下感激，几欲落泪，不由跪拜在地，称黄皓是再生父母。

黄皓与张松早有勾结，不过是利益互换，帮张松，等于帮自己。两人客气一番，又请张松坐下说话。

"张氏丝织能跻身皇室，靠的是那幅《嘉陵春江图》。"说到这里，黄皓沉吟半晌，有些不怀好意地笑道，"那日，陛下见了这幅刺绣，龙颜大悦，欲召见这绣女。"

张松一听，虽然欢喜，却又心犯忧愁，暗想，这幅绣品出自柳家小姐之手，柳氏绣工无双，可谓财神，倘若被陛下看重，召进宫里，张家岂不眼看钱财化成了水？

张松不禁拱手作揖，求黄皓在陛下面前美言，又说："柳家小姐与犬子已定婚，我看中的，就是她那双好手。"

原来如此，黄皓何等精明，满口应承下来，当即祝贺说："既是一门好亲，就该早些操办了，以免夜长梦多。"

两人不再闲话，张松告辞黄皓，从府中出来，在大院门外碰上了刚刚下马的何标，虽然彼此都不认识，但能在黄皓这里出入的，一定不是等闲之辈，免不了抱拳一揖。

送张松出来的黄贵当然认得何标，赶紧上来问候。何标从袖子里拿出一方丝帕，笑眯眯递了过去。这是特意为黄贵准备的。

唐管家立刻上来，将一只檀香木盒子递给何标。何标带上盒子，随黄贵走了进去。

何标自知树大招风，他做的虽是正正经经的生意，但也不免去诸如黄皓之类的权贵那里走一走，至少不可结仇生怨。

早有小厮通报进去，黄贵将何标引入客堂时，黄皓已经端坐在堂。彼此一番认认真真地亲切寒暄，何标便将那个盒子递上。

黄皓见是两段花色鲜明的织锦，立刻笑得真实起来，赶紧展开，一段是百鸟争春，一段是百花争艳，更是心中大喜。

黄皓对何家的织锦觊觎已久，尤其这种满幅花样的极品。虽然每到年关，何标都会送上一段，但远不如这两段金贵。

何家不在成都设商号，近些年，他家的锦差不多都被各路商人主动上门买走，西蜀一带反而一货难求。

呵呵，要是不对何家少爷下手，何标怎会主动把两段贵过金玉的锦送来？

黄皓呼奴唤婢，上了一壶好茶，几碟点心。见何标喝得愁眉苦脸，明知故问："何公以为此茶不好？"

何标忙说："此茶妙不可言，实在难得。"

黄皓咂了咂嘴，笑得扬扬自得，说："巴东香茗，得之不易，烹之亦难。涤器出自东隅，用水须入冬以来的第一场雪。将初雪装入陶罐，藏于地窖，待来年立春之后取出。煮时加以去春的梨花、海棠、李花等，煮至茶末下沉，汤华浮起……"指了指盏里的汤水，又说，"汤如雪融，鲜如百花。"

何标只好勉强应和，吃完了两盏茶，见黄皓似乎也说得差不多了，便朝黄皓一揖说："犬子何渠，年少不懂事，请黄公公高抬贵手，若能放过一马，何标当永记恩德。"

玩弄何标许久，黄皓也觉得累了，干笑几声说："唉，要是放在两百年前，郫县何家那种显贵，恐怕黄皓有心巴结，也迈不过那道门槛！"

何标一脸尴尬，怒火翻腾，脸上始终挂着一丝笑，只请黄皓周旋周旋，放了何渠。

黄皓伸出兰花指说："明确地跟你说，花钱没有用，即使你倾尽家财，甚至你有本事将成都卖了，都救不了他，除非他开口说话。"停了停，又说，"实在要救，你就去大理寺，叫你儿子开口吧。"

"多谢黄公公！"何标站起，朝黄皓一揖。

黄皓当即叫来黄贵，叫他去大理寺走一趟，让何标父子相见。

牢房里，何渠披枷戴锁，但看上去气定神闲，趺坐在一张破烂的草席上。一阵鸦啼声乱糟糟响起，似乎带着惊恐。这间牢房相当宽敞，关十个人都不会拥挤，但却只关了他一人，有些潮湿，有些阴暗。好在后墙上那个碗口大小的通风口，总能透进一丝儿光，可以借此感知晨昏。当然会有冰冷的铁窗和一道紧锁的牢门，证明这不是别的地方，是大理寺的牢房。

何渠站起来，走向通风孔，脚上的镣铐似乎带着愤怒，响了个稀里哗啦。

此时，囚室的门锁响了起来。有人，但不知来者是谁，更不知是吉是凶。他心里像打鼓一样，但仍然望着外面那片阴森森的柏树，装出一副无所谓的样子。

走进门来的是何标，见何渠一副昂首挺胸的样子，悬着的心也踏实了一些。

何标咳嗽了一声，以证身份。而何渠太熟悉父亲的一切，尤其这声咳嗽，转过身来一看，果然是父亲！

何渠瘦了，头发有些乱蓬。何标点了点头，将两串钱塞给跟进来的那个狱卒。狱卒赶紧揣入怀里，高高兴兴去了。何标这才问："招了？"

何渠一脸正经，近于大义凛然地说："我何渠既不吃软，也不吃硬！这也叫招了？"

何标正要说话，忽见王讯领着两个皂隶进来，停在何标面前。王迅冷笑一声说："郫县何家，世代贵胄，时至今日，也是富甲一方，足见何老爷洞明世事啊！"

一个皂隶赶紧说："这是王司狱！"

何标朝王讯拱手说："失敬失敬，何标一时仓促，尚未拜访。等我跟孽子说几句话，一定前去请教！"

王讯欣然一笑，带上几个皂隶走了。

何标看着何渠："我去见过黄皓了，他说，除非你老老实实招供，否则，没人救得了你！"

何渠似乎面对的不是父亲，而是黄皓，瞪着两眼说："休想！要撬开我的嘴，除非把我杀了！杀了虽能撬开，但已经不能说话了！"

何标眼圈一红，拍了拍何渠的肩说："这书，你没白念！"

何标出来，来到王迅的直房，给了二十缗钱。王讯喜出望外，拉何标坐下，说不必忧虑，这事虽是黄皓主办，但自己也说得上话。况且自己已经看出，黄皓抓谯周的弟子，其实是向谯周施压，想逼他承认，是他故意把陛下出行的消息放了出去。

何标立刻听出，这事不是自己能搞定的。只愿何渠吉人天相，能闯过这一关。

何标告辞出来，刚出大理寺的门，忽见一帮皂隶押着五花大绑的陈寿、李密、李骧等，已经进了大门。

何标赶紧让过一边。候在这里的何琴，认得都是谯周的弟子，忙对何标说："这些都是少爷的同窗，不知到底出了多大的事！"

何标不出声，抬脚便走。何琴一路跟随，半个时辰后，来到何渠住的那座院子。唐管家及两个小厮已从郫县赶来，又带了许多钱。

何标把唐管家、何琴叫到面前，说："如今只好听天由命，好在何家还不缺钱。唐先生年长，经的事多，暂时留在这里吧。少爷和少爷的同窗，都给他们送饭，让他们吃好喝好。钱要是用完了，回来取就是了。"

何标并未回郫县，去了一家酒肆，顾自饮酒，待天黑定，悄悄去了费祎府上，把一段何家世代珍藏的织锦送给了费祎。费祎一眼认出，这是西汉年间何家织就的一段蜀锦，原打算携入京城，为皇帝庆寿。没想到，锦刚织出，皇帝却龙驾归天了，这段巧夺天工的织锦，便成了何氏的传家宝。

费祎当然明白何标是何意，只说："何公放心，不仅公子及一众学生无恙，谯周也有惊无险。谯周是什么人，何公想必知道，否则，也不会把公子送到门下就学。"

何标以为有理，告辞回郫县去了。

陈寿、李密、李骧等被吆吆喝喝推进牢房，那道铁门立刻上锁。一个凶巴巴的狱卒站在铁窗外，盯着他们警告，不准说话，不准打闹，不准互通案情，等等。

已经站起身的何渠朝那人吼道："去你娘的，小爷不吃你这一套！"

那狱卒一怔，竟然走了。陈寿看着何渠，见那身锦袍上露出一条条血痕，忙问："何兄受刑了？"

何渠冷笑说："正好身上发痒，被一条恶狗咬了几嘴，咬得舒舒服服！"

正说着，一个狱吏带着几个狱卒开门进来，将他们带去了王讯的直房。王讯脸色阴沉，盯着陈寿、何渠等人说："这是大理寺狱，不是酒肆，更不是青楼。要不知趣，否则没有人能活着出去！说吧，谯周是如何指使你们的？"

何渠看了陈寿等一眼，啐了一口说："谁敢乱说一个字，我姓何的第一个弄死他！"

王讯盯着何渠笑道："不用装了，用不了三天，你何大少爷一定会第一个开口。算了算了，不用绕弯子，你们只要一人开口，就可全部释放。是留，是走，就在一念之间。"

何渠担心有人受不了诱惑，赶紧接话："要杀要剐随便，用不着啰唆！还是那句话，哪个敢胡说，何渠变成鬼也不会放过他！"

王讯毕竟收了何标的钱，不好为难，立即叫狱卒把何渠押回监室；把陈寿等人推入刑房，轮番用刑，同样没撬开任何人的嘴。

何渠望着李密、李骧等，对衙役吼道："听到没有，无话可说！无话可说！"

李密、李骧等纷纷说："无话可说！无话可说！"

王讯不免疑惑，不知谯周给这帮弟子灌了什么迷魂汤，居然不怕用刑！转念一想，谯周是数一数二的人物，此案到底如何，能不能扳倒他，实在难说，还是留一条退路为好。于是不再用刑，叫狱卒们给陈寿、李密等戴上枷锁，也押回去。

正午，唐管家、何琴来送牢饭，被狱吏挡住。何琴正要争吵，唐管家赶紧拿出一个装得满满的钱袋，塞给那个狱吏。狱吏那张生铁似的脸，立刻浮上一层笑，把二人领了进去。

到了监室外，趁狱卒开门，狱吏把几个食盒揭开，见尽是烤鸡、烧鹅、炙肉、鱼脍等，忍不住咽了口唾沫说："到底是郫县何家，牢饭都送得这么奢侈！"几个跟来的狱卒听了这话，都把眼睛盯着那些食盒，嘴里一阵吞咽唾液的咕咕声。

唐管家又拿了些钱出来，塞给几个狱卒。那些威风凛凛的脸，顿时春风荡漾。何琴不禁暗暗感叹，老爷真是慧眼识人，要不把唐管家留下，仅靠自己，这牢饭恐怕永远也送不进来。

唐管家、何琴把食盒提了进来。何琴望见何渠满身伤痕，忍不住喉头一哽，立刻流出两行泪来，嘴里少爷少爷唤个不停。何渠笑道："少爷还没死呢，哪需你号丧！"

还是唐管家老辣，说了些少爷放心，只管吃好喝好，老爷一定有办法救少爷出去。

何渠笑道："告诉父亲，哪怕把牢底坐穿，何渠也不会丢了何家的脸面！"

说了几句气吞山河的话，何渠只管招呼陈寿等人吃饭。

待他们吃完，唐管家、何琴带上食盒走了，又要忙着准备送晚饭。

三

那个令人胆寒的花朝节过去了，天气风风雨雨，时冷时暖，不知不觉，上巳节已在眼前了。

自从花朝节遇险以来，刘禅一直躲在寝宫里，几乎不曾出来过，除了黄皓和吴顺，也不见任何人。

在清晨的一片鸟语里，一帮膳食房的宦官抬着几个巨大的食盒进来，将那些御膳一一摆在宽大的食案上。如往常一样，黄皓先将那些菜肴逐一尝过，才请刘禅用膳。

刘禅吃了几口，便把黄皓叫到身边，问起了谯周那件案子。黄皓只说，谯周和他那些弟子都不开口，一时结不了案。

刘禅想了想，叫黄皓不必在这里伺候，去大理寺忙案子要紧。黄皓只好退出，往大理寺去了。

片刻后，一个小黄门在寝殿外徘徊，探头探脑，却不敢进来。刘禅朝他招了招手，叫他有事尽管进来禀报。小黄门进来，朝刘禅磕头奏报："光禄大夫谯周，在宫门跪地哭喊，求见陛下！"

刘禅一惊，盯着他问："谯周不是关在大理寺吗，何故到宫门来了？"

小黄门赶紧回话，说谯周在牢里以死相逼，一定要见陛下一面。王讯怕出人命，只好将他带了来。

刘禅想了想，叫小黄门传话，让谯周去宣室觐见。

刘禅刚到宣室坐下，黄皓忽然进来，将一份奏表呈上说："卫将军姜维的奏表。"

刘禅盯着黄皓问："没去大理寺？"

黄皓忙说："正往大理寺去，却碰上了姜维的僚属，要我一定呈送陛下。奴婢不敢怠慢，只好返回。"

刘禅接过奏表，原来是一份捷报，多日来的阴云似乎一扫而空。黄皓却不离开，只在那里站着。刘禅忽然明白，这家伙一定知道谯周冒死求见，也不理他。

片刻，一个小宦官进来禀报，说谯周已到宣室门外。刘禅看一眼黄皓说："宣谯周觐见！"

小宦官立即退出，黄皓依旧站在那里一动不动。

过了一阵，谯周披枷戴锁进来，跪拜在地："罪臣谯周，拜见陛下！"

刘禅却不出声，拿起姜维那份奏表，看得认认真真。

谯周等了一阵，不见刘禅出声，又说："罪臣谯周，有事启奏陛下！"

刘禅这才放下奏表，盯着谯周说："堂堂光禄大夫，文苑领袖，难道连为臣之道都不要了？"

谯周泣道："谯周罪孽深重，死不足惜。但有几句肺腑之言，一定要亲口奏明陛下！"

不待刘禅开口，黄皓指着谯周怒斥道："大胆，你身为大夫，享高位，食厚禄，竟鼓动一帮刁民阻拦圣驾，这是灭族大罪，还有什么话说？"

刘禅已从黄皓这有些突兀的举动里，看出某种异常，便叫黄皓退下，让谯周说话。

谯周说了一番刘禅闻所未闻的话——连年北伐，不仅劳而无功，还耗尽了蜀中钱粮和人口。而陛下深居宫中，外臣叩见犹如登天，群臣奏事，陛下圣旨，皆由宦官传递，君不知臣，臣不知君。至于田地荒芜，百姓疾苦，怨声四起，愤恨齐天，陛下更是一无所知。

听到这里，刘禅早已后背发凉，这些话，似乎表明，他与外臣之间，隔着一座幽深的皇宫，也隔着一座不可逾越的高山！

这座高山到底是什么？他不禁看了一眼黄皓。黄皓一凛，赶紧叩头，禀道："北伐乃先帝遗愿，也是人心所向，蜀中子弟，前赴后继，死而后已，成功之望，指日可待！谯周利用陛下花朝出行，鼓动刁民拦阻圣驾，用心之险恶，实在罪大恶极，请陛下严惩谯周！"

谯周怒视黄皓道："黄皓一手遮天，势倾朝野，此贼不除，永无宁日！"

刘禅已经明白，两人各执一词，但一定有个人在说谎！正不知如何问话，忽见谯周又叩头说："罪臣不敢隐瞒，花朝节那日，陛下出宫，遭百姓滋扰，俱乃谯周所为，与诸弟子无关。请陛下释放陈寿等人，只问谯周之罪！"

黄皓将陈寿等人抓进牢里，等的就是谯周出来认罪；但谯周这些话虽然出了口，他却高兴不起来，总觉得没这么简单。

刘禅盯着谯周冷笑道："呵呵，你以为你是何人？你叫朕放人，朕就放人？"扔下这话，刘禅拂袖而去。

黄皓立即叫几个宦官过来，把谯周押出去，交给王讯带回狱中。

何渠、陈寿等被囚以来，除第一天挨了一顿打，再也无人过问，似乎已经被人遗忘。这使他们觉得，一切都悬在那里，再也不会有什么结果。

他们情愿被刑讯，被拷问，或者干脆被诛杀。这些都不可怕，可怕的是无人过问。此刻，他们更是觉得，每一次呼吸，每一次心跳，包括那些来来去去的脚步和狱卒们的怒骂嬉笑……都在蚕食着体内那个充满血性的自我。

唐管家、何琴又送饭来了，照样是拿钱开路。见二人进来，何渠一直盯着他们，想从他们脸上看出某种变化。但二人一言不发，也不抬头，只把饭菜分给他们。

最终，二人默默走了。他们甚至怀疑，唐管家、何琴再也不会来了。

傍晚，唐管家、何琴还是来了，他们悬着的心才放了下来。

这注定是个不眠的长夜，黑暗里，李骧突然说："事到如今，愁也罢，忧也罢，还有何意义呢？不如把一切丢开，让自己高兴起来！"

没人答话，李骧不再出声。监室里一片死寂，似乎他们已经被斩首了。

过了片刻，陈寿摸到铁窗前，望向那条黑黢黢的通道，有些愤怒地吼道："我们只想让皇帝看看真相，看看百姓的水深火热！为百姓，其实是为皇帝！一片赤子之心，竟然换来牢狱之灾，这到底是个啥世道！"

何渠猛地站起来，忍不住破口大骂："一个偏安一隅的小朝廷，一场风都能吹垮台！居然如此享乐，如此不知天高地厚！就那个小小的皇宫，不过方寸之地，比我何家的庭院也差不了多少！看他那副德性，真以为自己君临天下了！

如此不思进取，稳坐朝堂，我他娘的都替你脸红！"

这番厥词，骇得陈寿等人不知所措。忽有一盏灯快速飘来，一张凶煞般的脸竖在了铁窗外，吼道："活得不耐烦了，找死啊！"

何渠一步抢过去，将胸膛一拍，直视狱卒，怪声怪气地吼道："爷本来就是找死！你有种进来，看爷如何给你个痛快！"

这话，反而把那狱卒镇住了，这些家伙连死都不怕，那还有啥话可说！竟然提着那盏灯，灰头土脸地走了。

何渠一屁股坐回去，扬扬得意地说："原来从皇帝到狱卒，都是些欺软怕硬的东西！"

陈寿赞叹道："没想到，何兄真是条汉子！"

何渠笑说："何某最大的优点就是不怕死。"

很快狱卒们都明白，这是一帮亡命之徒，居然很久不往这边来了。唐管家、何琴来送饭，也不再为难，任他们自由来去。

从此，陈寿等在牢房里嬉笑怒骂，又吵又闹，再也无人过来管束。

谯周被关进死牢，来送饭的是长子谯熙。谯周叫他只带几卷书来，不要奔走，叫谯木去把一个叫梨花的女子找到，说他是死是活，都在那个女子身上。

书送来了，谯周只管读得津津有味，似乎自己并非身陷囹圄，仍在自己的书房里。

王讯竟然带着几个狱卒送来了一张几，并笔墨纸砚，也不说是什么意思。谯周也不问，装作没看见。过了几天，王讯又来，见那些东西一动未动，这才告诉谯周，说是陛下的意思，有什么话只管写下来，恕他无罪。

又过了几天，王迅推开牢门，进来一看，还是不见一字，摇了摇头，有些不解地说："谯大夫啊，求生是人的本能，你未必不怕死？"谯周一言不发，只顾读书，似乎没听见。王讯等了一阵，没等到一句话，愤愤走了。

刘禅虽然把谯周打入死牢，却无杀他的意思，并让吴顺授意王讯，谯周无须认罪，只要有了悔意，就可以获释。

刘禅当然明白，有谯周在，黄皓便有所忌惮；正如有黄皓在，谯周之流也不可能操弄大权。二者其实缺一不可。

王讯径直到宫门外，恰好遇见吴顺，忙把谯周的情形说了一遍。吴顺赶紧往寝宫去叩见刘禅。

刘禅手里拿着一只新做的白鹤纸鸢正在发呆。吴顺进来，叩头奏报："陛下，王讯催了谯周多次，谯周只字不写。"

黄皓赶紧跪下："陛下，谯周罪不容诛啊！"

刘禅忽觉谯周的眼里根本没有自己，再也不顾其他，只说："三日后问斩吧。"

黄皓大喜，赶紧要去传话，被刘禅叫住，先劈头盖脸骂了他一通，又说了一段让黄皓转喜为忧的话，意思是，杀谯周，只是一时怒起，此刻已经后悔了，不杀了。

黄皓岂敢再说，把话头转到了上巳节，说望陛下再去城郊踏青，借机看看花朝那天的所见所闻到底是真是假。刘禅心里一凛，只说了两个字，不去。

望着刘禅拿着那个纸鸢往寝室里去了，黄皓一笑，把吴顺拉了出来，一直拉到御液池边那座假山前，见四下无人，才对吴顺说："上巳节那天，陛下要去踏青，你赶紧去找成都县令王玶，叫他安排下去，所到之处，必须如沐浴春风，人人喜笑颜开，无论男女老少，都必须安居乐业。若是搞砸了，小心他项上的人头！"

吴顺一脸怀疑，望着黄皓说："陛下刚才说了，不是不去吗？"

黄皓诡异一笑："陛下嘴上说不去，但他手里的那只纸鸢却不会撒谎。"

吴顺若有所悟，赶紧告辞出宫，去成都县衙会见王玶。王玶听了吴顺的话，虽连连答应，心里却打起鼓来。皇帝花朝节出城，差点出了大事，要是再去踏青，岂不等于再去犯险。这事偏偏落在自己头上，又不敢推。待送走吴顺，王玶想来想去，唯有去求羽林中郎将王华，求他调派羽林军，装成游人暗中保护。好在他跟王华是同族兄弟，往来颇多，应该没什么问题。正要往王华那里去，王华却进了县衙。

黄皓深知王玶只是个区区县令，能做的，只是选些可靠的庶民，沿途装幸福，却不能保证安全。于是把羽林中郎将王华招到自己的直房，说上巳节那天，皇帝要出城踏青，让他去见县令王玶，一起商量商量。

王玶、王华一番商量，分工也明确起来。王华立即派人，将那天阻拦圣驾

110

的所有刁民全部赶到五十里外，以免作乱。由王坤从辖内选出可靠的各色人等扮成良民，不仅去各家各户装成父子、夫妻，沿途还需至少一万人左右，去锦水边踏青。

王坤盯准的对象主要是各类商户，他们有产有业，不仅胆子小，更不敢得罪官府。

所有的僚属都出去奔走，两天两夜下来，一切已经妥当。王坤松了一口气。正要回去，一个衙役指着靠近城墙的那家名叫"壶说"的酒肆说："这店里那个女老板叫吴黄氏，都说是个刁民！"

王坤拜请王华，一定要看住吴黄氏，不许她出来闹事。王华一拍胸膛，冷笑一声："对付刁民，我有的是办法。"

上巳节早晨，刘禅也不用早膳，把黄皓叫来，说赶紧收拾收拾，随自己出城踏青。

黄皓几乎一夜未眠，虽然料定刘禅将出宫，但到底没到那一刻，心里不踏实，直到听见这句话，才缓过那口气来。

黄皓赶紧去御膳房，带上酒食，叫内侍牵了两匹马来。刘禅哪敢骑马，一定要步行，也不敢走花朝节那天走过的路。

出了皇宫，渐渐来到街衢，街上少有行人。正行走间，迎面过来一个小贩，黄皓一眼认出，是成都县令王坤的随从，名叫吴明，不禁一笑。吴明一边走，一边叫卖："烤鸭，刚出炉的烤鸭！"

黄皓正要问刘禅要不要来只烤鸭，刘禅却转入一条小巷，往另一边去了。黄皓只好跟上。

这条巷子不在安排范围内，黄皓赶紧跟上去，生怕出了意外，只说这条巷子出去，便是一条死路，出不了城。

刘禅虽在成都长大，却不熟悉这座城，只好由着黄皓，依旧回到那条街上。

街道两边商铺林立，油坊、布庄、酒肆、杂货铺等，已经次第开张，行人也渐渐多了起来。黄皓看见了装成商贩的王华，戴着一顶草帽，若即若离，更是放下心来。

刘禅只在意那些看上去生意兴隆的商铺和进进出出的男女，根本看不出端倪。

走了一阵，刘禅忽想起那家叫"壶说"小酒肆，便叫黄皓朝那边绕行，去那里吃早饭。

黄皓知道，刘禅一定会去那里，早就做了安排。

过了好几条街巷，终于望见了那条幌子，但气象却与花朝那天大不相同，已经有许多顾客进进出出了。正疑惑间，出来一个干干净净的女子，一眼看见了刘禅、黄皓，笑着迎过来，将二人请入店里。店里陈设依旧，但座无虚席；几个小二吆喝不断，满堂里小跑。

恰好有人离席，女子赶紧指使小二，几下收拾出来，将刘禅、黄皓请过去坐下。

刘禅满面疑惑，把那女子叫来问："此前那个店家吴黄氏呢？"

女子嫣然一笑说："客官问的是我表姐吧？不巧，昨晚半夜，外甥女忽然发烧，一早便带去看郎中了。"说着，取下肩头那张抹布，往几上擦了擦，又问，"不知客官想吃啥？"

刘禅想的是那天吃过的烫饭，女子却说："如今，成都早没人吃那种东西，更没人拿那东西卖钱。"

刘禅有些恍惚，正要再问，女子却去了一边，忙着招呼另一拨进店的客人。黄皓叫了一个小二过来，忙着点菜，居然应有尽有。

眼前情景，竟与那日彻底相反，刘禅简直不敢相信，只是呆在那里，不是不愿说话，而是根本说不出话。

黄皓却有些胆怯地说："奴婢有句话，一直不敢说。"

刘禅看着他，还是不出声。黄皓硬着头皮说了一番话，说花朝那天，陛下遇见的一切，都是谯周特意安排的，目的只有一个，妄图使陛下放弃北伐大计，做一个胸无大志、偏安西蜀的皇帝。最后声泪俱下地说："其实，谯周所以如此不义，为的是他自己，怕到手的富贵，因北伐而化为泡影！"

刘禅忽然站起，朝店外走去。黄皓赶紧跟上去，没忘记与那个女子相视一笑。

二人走出城门，城外已是一派喜气洋洋。黄皓在前，领着刘禅在欢声笑语中一路向前。

忽然传来一片喧天的鼓锣声，一条彩龙舞动而来。彩龙后面是几组舞狮，舞得左翻右腾，引来许多人观看，喝彩之声不绝于耳……

黄皓不失时机地说："分明是升平盛世，谯周竟说蜀中疲惫！"

刘禅始终不出声，离开人群，往那条花团锦簇的锦水走去。眼前出现一片五彩亮丽，锦水两岸，几乎都是些青年男女，相依相偎，拈花笑闹。

看了一阵，刘禅似乎确信，眼前的一切都是真的，只对黄皓说了两个字，回宫。

回到宫里，已是黄昏，刘禅用过了膳，便去御榻上躺下。

翌日早上，刘禅直接去了宣室，把吴顺叫来，令他立即去把谯周带来。

吴顺飞一般去了大理寺，将披枷戴锁的谯周押到刘禅面前。黄皓站在一边，幸灾乐祸地看着谯周。不等谯周赞拜，刘禅冷笑道："花朝节那天，你真是煞费苦心，让朕看到的都是穷人。昨日上巳节，朕又出宫去看了，百姓的日子过得如此富足，满眼都是欢欣鼓舞。"停了停，又说，"这欺君之罪已经坐实，你还有何话说！"

谯周似乎不惊不诧地说："好个欺君之罪！确实有人欺君，正因如此，陛下才不知民情。臣万不得已，才把陛下出行的消息放了出去。"

其实，刘禅心里恰如一块明镜，二人的用心，他早已清楚。但他偏不说破，只是问谯周："那个欺君的人，到底是谁？"

谯周依旧不动声色地说："恕臣直言，陛下今日所见，与花朝节所见，都是经过安排的。臣也不说谁忠谁奸，只请陛下再出城去，不要任何人安排，只需一看，一切都明白了。"

黄皓哪里忍得住，立刻与谯周争辩起来。刘禅却再不说话，任由二人争吵不休，心里却暗想，黄皓只是摸准了我不想面对民间疾苦的心思，投我所好而已，做这一番安排，算是心照不宣。而谯周则不同，看上去既为君，也为民，实在可能真如黄皓所说，是为了保住自己的富贵。

这一想，便动了杀心，见二人还争执不下，不禁厉声斥道："不要争了，你们说的都是真的，朕看见的也是真的，行了吧？"

谯周从刘禅的话里，听出了隐隐的杀机，正冷汗淋漓，一个小黄门捧着一只纸鸢进来，跪在刘禅面前，举起来说："陛下，有人求见！"

谯周望着那只纸鸢，顿时轻松下来。刘禅望着那只纸鸢，内心狂跳不已，两只手也不住地颤抖。

这突来的惊喜，几乎使他回不过气来。梨花！他差点失口叫出声来。忍了忍，问那个小黄门："人呢？"

"在宫门外。"

刘禅似乎忘了谯周与黄皓，忘了他们的真假之争，忘了一切，不无失态地随那小黄门奔出宣室，奔向宫外，如一匹脱缰的马，只想奔去那片属于自己的草原。

黄皓愣了好一阵，才记起应该追过去，忙叫呆在一旁的吴顺，把谯周押回狱中，自己则赶往宫门。

四

宫门外，梨花站在那里，有些局促，有些胆怯。忽见一个身穿衮服的男子朝这边跑来，知道那是刘禅，赶紧匍匐在地，朝刘禅磕头。

刘禅停在门里，见她一头乌发被一根竹簪绾住，穿了一件半新半旧的粗布裙子，心里一怔，顿时不知是否该走上去。

随后赶来的黄皓，一眼看出刘禅的迟疑，赶紧上去，叫她站起来。

梨花站了起来，露出了那张仍然姣好，而且还多了几分韵致的脸。

刘禅缓过气来，叫了一声梨花，快步上去，一把将她拉起，痴痴地说："终于等来你了！这些些年来，你躲到哪里去了？"

梨花忽然哭了起来，哭得泪如雨下。眼前的刘禅，也不是多年前那个翩翩少年了。可恨的是，她此时竟说不出话来。

刘禅却从梨花身上，闻到一股使人沉醉的气息，这气息自己渴望已久，却一直不能抓住！

他一把将她搂住，往宫里走去。黄皓当然知道，此时若跟上去，人头落地的不会是谯周，而是自己。

刘禅搂着梨花，边走边说："这十多年来，我其实只为了一件事，什么国

114

事、家事，都不如这件事，那就是等待每一个花朝节，等待在那个芳草遍地的郊野与你相见。但你却像那只断了线的纸鸢，再也看不见了。"

梨花已经忘了自己身处何处，忘了这个男人是蜀汉皇帝，只把他当作那个要自己教他放纸鸢的少年。

走了一阵，到了刘禅的寝宫外。那些在此侍候的宦官和宫女，都识趣地走了，把一座空旷的宫殿交给了他们。刘禅一把将她抱起来，把嘴凑近她的耳边，幽幽地说："朕要临幸你！"

梨花忽然想起自己的来意，想起谯熙对自己说的那些话，立即醒了过来。这个抱起自己的男人，不再是花朝节遇见中的那个少年，而是生杀予夺无不随意的皇帝。她睁开眼睛，望着满面春风的刘禅说："陛下，梨花早已谢了，那场梦早已破了。我到这里来，是为了救我父亲。被你抓进大理寺的那个老人，就是我的生父。"

刘禅愣在寝宫门前，忽觉不知所措。虽然那个魂牵梦萦的梨花已在自己怀里，但似乎依旧远在天边。

愣了好一阵，刘禅说："放心吧，朕马上叫他们放人。"

刘禅一咬牙，还是抱着梨花走进自己的寝宫。到了那张御榻前，他忽然想起，直至今天，还没有任何一个女人上过自己的卧榻，包括所有的嫔妃，每一次临幸，都是在她们的宫室里。这似乎是某种蓄意，孤独的卧榻，等的其实就是这个叫梨花的女人。

当他把这个女人慢慢放在枕上，慢慢将她打开时，他忽然明白，他和她只属于那些已经过去的花朝节。

翌日一早，刘禅走出寝宫，黄皓早已候在门外。刘禅看着他说："马上去大理寺传朕的口谕，那个老人、谯周及其弟子，一律无罪释放！还有，给那个老人两千缗钱，让他把日子过好！"

听这口气，完全没有任何余地。黄皓怔了一怔，望着正快步离开的刘禅问："敢问陛下，梨、梨花咋办？"

"你自己看着办！"刘禅扔下这句话，头也不回地走了。

梨花还在那张御榻上酣睡。这一夜，她经历了所有的轻风和雨，经历了一个又一个若即若离的花朝节，尽头却是这张又宽又大的御榻。她累了，也松弛了。

是一阵又一阵鸟语，把她唤醒的。她睁开眼来，日光从帷幔遮掩的轩窗里浸进来，映落在这张御榻上，将她浸润。一切纤毫毕现，但又似真似幻。

枕上只剩下她，那个男人已过完了自己的花朝节洒脱地离开了。

一场春梦已经彻底醒来，她也该走了。她下榻穿衣，却陷入某种惶惧，忽觉自己像一朵从枝头飘落的梨花，被风一路吹走，再也回不到枝上去了。她只好等，等刘禅回来。

恰在此时，一个小宦官进来，提着一个精致的食盒。小宦官不抬头，把几样吃食一一摆放在几上，没说一句话，便退了出去。

她不知道，这顿饭到底什么意思。但她许久没吃过饱饭了。吃饱，是这些年所有人的梦想。那就不管那么多，先吃了再说。

刚刚吃饱，又一个小宦官进来，肩上挂着个包袱，望着她说："跟我走吧。"

梨花心里一冷，立即明白，刘禅不会来了。她是多么可笑，居然还在指望！

她立刻跟着那个宦官出来，像一朵飘在空中，永远落不下来的梨花，一路迷迷瞪瞪，恍恍惚惚。

到了宫门外，宦官将那个包袱塞入梨花手里，叫她快走，最好把这里的一切都忘了。说完这话，宦官立刻叫关上宫门。

梨花还怔在门外，那道沉重的宫门已经吱吱嘎嘎关上；门上那一抹黄色，带着固有的决绝和讥讽。

梨花抬头望了望天，天上已经生出一片浓云，阵阵阴风四面涌来，似乎要用一场急雨，将她彻底赶走。

梨花走了，阴风涌过宫墙，涌入宫里，那些尚未凋谢的梨花，那些刘禅亲手栽下的梨花，被一一吹落，扬起一阵花雨，如流不完的泪。

刘禅回到自己的寝宫，只望着那张空旷的卧榻发呆。他不知道，这是不是自己想要的结局。他只知道，自己的梨花凋落了，永远不再开放了。

在狂风中，他一直坐在这里，直到雷雨交加。这场猝然而来的雷雨，把他从梨花谢尽的春愁里拉出来，毫无顾忌地扔进另一场惊恐里。

他张开两手，在自己的寝宫里狂奔，呼叫。直到黄皓冒雨直奔西宫，浑身湿透地闯进来，伏在他面前，他爬到黄皓的背上时，才稍稍安静下来。

黄皓驮着刘禅，一边跪行，一边说："陛下莫怕，有奴婢在。雷雨天，骑人马。"。

刘禅紧紧搂住黄皓的脖子，像一个遭到欺负的小孩。他知道，自己所以离不开黄皓，就是因为每当此时，自己必须骑在他背上，才能躲过一劫。

刘禅莫名其妙地哭了起来。他不知道，哭的是自己软弱、胆怯，还是梨花，或者梨花凋谢。

如狗一样爬行的黄皓忽然想起，这么多年来，陛下曾在自己背上哭过多次，但只有此时，才哭得如此绝望。

一连好些天，狱卒都没来过这间监室，似乎已将他们彻底忘了。几天后，狱吏带着两个狱卒过来，打开了那把大锁。狱吏推开那扇铁门，对陈寿、何渠等扫视一眼，却不说话。

何渠以为要过堂，盯着狱吏笑道："你们这帮混球，终于来了？"

狱吏似乎有些胆怯，只说："你们，可以走了。"

何渠一愣，一步上去，恶狠狠地骂道："莫名其妙把爷们抓来，莫名其妙要放爷们走！爷早安了心了，不走了！"

狱吏两眼一瞪说："搞清楚，这是大理寺狱，不是客栈，叫你滚就滚，哪里由得了你！"

何渠一把揪住狱吏衣领，又骂："爷说不走就不走，你敢怎的？"

狱吏脸上青一阵红一阵，口气软下来，笑说："各位真是难得一见的好汉，是真正的爷，在下佩服不已。但爷要是不走，我们这碗饭也就吃不成了。求爷可怜可怜，我们也是拖家带口的……"

陈寿一把拉开何渠，劝说："算了算了，不跟他们计较，走吧。"

李密、李骧也过来劝，何渠这才对狱吏说："最好记住，不要因为人家犯了事就欺负人家，这世上你惹不起的人多得很！"

狱吏连声称是，把他们客客气气引到牢门口。门外，十几个狱卒列成两队，似乎是在欢送他们出狱。几人刚从狱卒之间走过，先前那狱吏又跟上来，讨好地说："这些天，没有为难你们吧？"

何渠转身盯着狱吏问："你到底啥意思？"

狱吏笑得有些卑鄙："在下知道，各位非富即贵，又是谯大夫的弟子，前程远大。在下没别的意思，只想跟各位交个朋友！"

何渠忽然朝地上啐了一口，骂骂咧咧，朗声大笑，扬长而去。

听狱吏刚才的话，恩师谯周也释放回家了。陈寿提议，直接去恩师那里，以表问候。

谯周先于陈寿等一日获释，回到家里，就把自己关在书房。此时，他呆坐在窗前，心里却百感交集。堂堂光禄大夫，竟需要一个女人来救自己出狱，实在羞愧！

谯木在门外禀告，说陈寿等弟子来了，要给老爷请安。

谯周哪有心情，叫谯木告诉他们，各自回去，过几天再见不迟。陈寿等人只好去辞离开。

陈寿出狱的消息已经传了回去。陈书忙叫苏嫂好好准备一顿饭菜，要给少爷接风。

陈寿一进大门，也把自己关在书房里，陷入了沉思。

经过这一番折腾，他已经看出，刘禅似乎是一个瞎子、聋子，西蜀已经一片破败，他竟一概不知。那么，问题到底出在哪里？难道仅仅因为黄皓等人有意阻塞言路？应该没这么简单。他想来想去，始终无法找到答案。

这时，陈书敲开了房门，请他去用饭。他不能拂了这片好意，跟着出了书房。忽然，传来喜鹊的叫声。他停在阶沿上，抬头望去，看见一片梦似的花色照眼而来，尤其是那些桃花，已开得无拘无束；两只喜鹊在花色里飞来飞去，鸣叫不停。

他立即想起了远在安汉的絮儿，不知这个春天，是否已经嫁作他人妇？

第五章　柳绵

一

对面山上的桃花开得好似一片轻盈的红霞，犹如那个少年的春心。去年，那个少年在那片桃林里为她读诗，那是世上最动人的声音。那些诗句，无不带着少年的情意，春风一般吹拂着她的芳心。

她却总是躲在窗后，望向那片桃林，等待另一次花开。桃花开了，少年却不来了，空留下许多没有着落的心事。

然而，她被囚禁在这座院落，这栋绣楼，已经十多年了。朝朝暮暮，年年月月，除了元宵节和花朝节可以出去观灯、看花，不得走出绣楼半步……即使来日嫁为人妇，也不过是出了这座牢笼，又进了另一座别人的牢笼。

想到这里，絮儿将头靠上了窗框，依旧望向那片有些伤感的桃花。

兰香的脚步很轻，总是走得那么别有用心，但那看守似的心机却总是将她一次次出卖。

门开了，兰香端来了早饭，将几个碗碟摆放在几上，过来请絮儿用饭。抬眼间，看到窗户一侧的绣架上，正绣的是一株老梅和两只喜鹊，心里暗自赞叹，小姐的绣技简直巧夺天工。但因使命在身，不免提醒："小姐佳期将近，还是该早点绣好嫁妆。"

絮儿知道，张府送兰香来做婢女，是来监视自己的。絮儿还知道，兰香的兄长张五，一直在张松府上为仆，也是为了讨口饭吃。兰香的父母死得早，叔父出了一笔钱，将他们安葬，却把兰香兄妹卖给了张松。

絮儿由此认定，兰香来盯着自己，也是为了过日子。因此，她不恨兰香，反而尽量把她当作自己的闺中好友。

絮儿吃了饭，兰香正要带上碗碟出去，絮儿将她叫住，从妆匣里取出两张自己亲手绣的手巾，自己拿着一张，另一张递给兰香。兰香一怔，高高兴兴接过，见手巾上绣的恰是一朵兰花，忽觉心里一热，叫了声小姐，眼圈忽就红了，有些哽咽地说："今天花朝节，我去跟老爷说，让小姐出去走走。"

兰香下楼去了，絮儿仍去窗前，望那片桃花。去那片桃花下走走，是她不可遏制的心愿。

很快，兰香笑容满面回来了，说老爷恩准，同意小姐去看花。絮儿像一只冲破樊笼的鸟儿，终于飞出了阁楼。

出了这道门，太阳虽然刺眼，但此时，絮儿已经收不住自己的翅膀，迎着清风，飞出了院墙，飞过绿茵茵的麦地，飞向那片属于她的桃林。

桃林已在眼前了，却迎面走来个樵夫，挑着一担柴，顺着那条小路，一悠一荡地过来。絮儿立刻认出，这不是那个上元夜，跟在少年身后的书童吗？

兰香也认出了陈棋，一边追上絮儿，一边有些惊讶地望着陈棋。

陈棋也认出了絮儿，赶紧放下肩上的柴担，朝絮儿一揖。羞得絮儿忙背过脸去。兰香到了絮儿跟前，盯着陈棋看，眼里的意思是，你怎的成了樵夫？

陈棋有些尴尬地说："砍柴去卖，只是为换点钱过日子。"

絮儿不再慌乱，问陈棋："你不是书童吗，何故沦落到这一步？你家少爷呢，向来可好？"

陈棋明白，柳家小姐是要打探少爷的消息，赶紧实情相告："去年上元夜，少爷见了小姐后，心里念念不忘。不但逃学，而且给小姐写了一封信，不想那信被柳老爷截获，找到府上来了。老爷担心少爷荒废了学业，把他送往成都求学去了，我也被赶出了陈家。"

絮儿听了这话，手里只顾把那张手巾往手指上缠，许久都不作声。心中好似打翻了五味瓶，不知是甜是苦，是酸是麻，还是辣。品着，品着，最后却只剩下了一种味道，那就是甜……

陈棋挑上那担柴欲走，却被絮儿叫住。

絮儿叫兰香拿些钱出来，赠给陈棋，算是一点心意。兰香却面有难色，只说出来时没带多少钱，只够买些点心。絮儿知道她的意思，笑说："放心吧，一定不会让张家知道。"

絮儿这话，等于戳破了彼此之间的那层纸，倒使兰香有点难为情了，脸上红一阵白一阵，只好掏出一串钱来，塞到陈棋手里。

陈棋本要推辞，却听絮儿说："今后，或许有劳烦小哥帮忙的事，还请不要推辞。"

陈棋把钱收下，满口答应。走了几步，忽有所悟，回头望着那个天仙似的背影说："小姐记住，我家住在板桥沟那边，过了那座桥，门前有棵老槐，那间小草房就是。"

絮儿不必答应，甚至不必去看那一片桃花，她心里的桃花已经开了。

看了半日花，回到家里，望见母亲柳王氏正在客堂陪媒婆吃茶。丫鬟春梅见小姐回来，赶紧过来请絮儿去见媒婆。

絮儿知道，媒婆是来商量婚事的，忽然恼怒起来，望着春梅冷笑道："你以为你好大的面子，给了你个盆子，你就当是脸！"

春梅有些不明就里，也不曾见过一向温和的小姐发这么大的脾气，顿时不知所措。絮儿却两脚如飞，像一个影子，很快就飘进了后院。

没想到柳家姑娘如此蛮横，媒婆把一切听得真真切切，当然知道，姑娘骂的不是春梅，而是自己，一时面红耳赤。柳王氏赶紧笑了笑，请媒婆对张家多多美言，说自己一定会好好管教。

媒婆笑得更加不自在，只对柳王氏说："张家把婚期提前，后天就是佳期了，反正木已成舟，也不须多嘴多舌了。"

絮儿到了绣楼前，正欲上楼，忽然想起了啥，吩咐兰香说："去客堂闻一闻，看那媒婆的嘴，到底能有多臭？"

兰香应声去了，等到日落西山才回到绣楼。一进门，絮儿见兰香两眼红肿，明显哭了一场，只好问："为何哭了，未必张家悔婚了？"

兰香紧紧捂住自己的脸，哭得不可收拾。

絮儿更加惊讶，看这样子，应该是她自己的事，而且不是小事。等她稳住了哭声，絮儿拍了拍她的肩问："能不能说给我听听？"

兰香一把抱住絮儿说："我哥张六，被……被官府杀了！"

原来，这些年张六与张府的婢女珠儿暗暗相好，两人经张松允许，定了终身。谁知张松霸占了珠儿，并把珠儿锁在一间屋里。张六先向张松哀告，张松反把他打了一顿。张六愤恨不过，偷了一把柴刀，躲在暗处，见张松又要进那间屋，举着刀向张松扑去。谁知脚被一条绳子绊住，摔倒在地。张松一边跑一边大喊，很快那些护院的家丁赶来，将张六绑了，当即送往县衙，定了个谋杀主子的罪。

絮儿叫兰香去看媒婆说了些啥，媒婆却把兰香拉去一边，说张家老爷托自己带话，叫兰香赶紧回去，有事要吩咐。

兰香来不及辞别絮儿，赶回张松府上，张松却不在家，说是给县令送请柬去了。兰香恰好看见了菊儿，菊儿跟她一起来到这里，一起长大，彼此如亲姐妹。菊儿把兰香拉到无人处，犹豫再三，还是把张六的事说了。

兰香听了这话，似乎不愿相信。菊儿也不多说，带她去见关在那间屋里的珠儿。隔着那道门，珠儿知道是兰香，只叫她赶紧离开，离开张家，永远不要回来。

兰香心里便有了个计划，不能让柳家小姐嫁来张家！

听到这里，絮儿一把将兰香拥在怀，哭成一对泪人儿。

絮儿收住哭声，掏出那张手巾，替兰香擦泪，边擦边说："人死不能复生，活着的还要活下去，可能这是天道，没办法。"

兰香抓住絮儿的手，边哭边说："只恨我是个弱女子，既杀不了张松，也无力去官府告倒他。俗话说得好，自古衙门朝南开，有理无钱莫进来。我两手空空，就算去见官，还可能把自己搭进去。"

说到这里，兰香忽朝絮儿跪下，只问絮儿到底愿不愿嫁到张家去。絮儿要拉她起来，她坚持要絮儿回答。絮儿只好如实相告，说自己心里只有那个少年。

兰香这才起来，盯着絮儿说："兰香愿拼死让小姐逃出去，去找那个叫陈棋的书童。我看得出来，他希望你能跟陈家公子喜结良缘。"

122

絮儿没想到，兰香的想法竟跟自己一样。话说到了这个份上，也没有任何必要隐瞒了，便让兰香梳洗一番，跟自己一起去见爹娘。

送走了媒婆之后，柳云夫妻在正房里商量，张家忽然改了婚期，迫在眼前的婚事到底该如何操办。

絮儿带着兰香走下绣楼，望见爹娘住的正房里亮着灯，正要过去，忽有摔碎碗盏的响声传来。絮儿一惊，一把将兰香拉住。柳云的吼声响起："婚姻大事，岂是儿戏，婚期说改就改，叫我如何准备？未必客都不请，就一声不响嫁过去？"柳王氏的声音虽小，却也能听清："小声点不行，那个兰香，是张家的眼线呢！"

柳云似乎有了疑虑，不再出声。

絮儿让兰香等在外面，自己走入门里。春梅正捡起地上的瓷片，见小姐进来，忙请了个安。

絮儿以礼见过爹娘，正要说话，柳云却先朝她吼了起来，怪柳王氏养了个没规没矩的女儿，眼看出嫁了，还跑出绣楼，就这么一两天，未必就不能熬出头？

絮儿本想亲口把张家的事告诉爹娘，不料柳云把气都撒到自己身上，便朝屋外叫了一声兰香。兰香赶紧进来，拜见柳云夫妇。絮儿就叫兰香把胞兄张六的事说给爹娘听。

兰香又哭起来，把说给絮儿的话说了一遍。

柳云却不出声，从春梅手里接过一盏茶，一口一口地喝，似乎不相信，或者根本不关心张五的死。

柳王氏有些手足无措，看了看兰香，又看了看柳云，也说不出话来。

兰香急了，磕了一个头说："张家就是个火坑，求老爷、夫人千万不要把小姐往火坑里推！"

絮儿也跪下来，哭求爹娘："张家天良尽丧，女儿宁死不嫁！"

柳云勃然大怒，扬手打了絮儿一耳光，骂道："你给我听好，就是死，也要给我死到张家去，免得祸害了柳家！"

柳王氏一把抱住絮儿哭成了一团，边哭边说："娘也没什么办法，婚事已经定了，反悔不得呀！你要是不答应，叫我这当娘的哪有脸活人？你不如拿根绳子来，先勒死了我，眼不见为净。"

娘的这番哭喊，看似心疼女儿，实则是将她往张家那边推。

絮儿的心顿时冷了，轻轻将娘推开，站起来，一脸冷笑。

柳王氏却望着柳云，似乎在说，看见了吧，我跟你何曾不是一条心。

絮儿拉起兰香，正要出去，柳云忽指兰香喝道："你个吃里爬外的小贱人，竟然挑唆小姐悔婚！我这就替亲家做主，打死你活该！"

絮儿一把将兰香拉到自己身后，直视着柳云，那眼光好似两股冷气，呼啸着扑了过去，使柳云不禁打了个寒战，心里顿时虚了起来。

絮儿这才说："兰香是张家的人，我们都不是她的主人。"

柳云咽了口唾沫说："只要你不悔婚，一切都好说。你也知道，柳家的丝织生意，要没有张家罩着，哪里做得下去？"

絮儿将他打断，只说："放心，我心里有数，只是听了张六的事，一时有些害怕。"

絮儿也不多说，领着兰香出来，回到自己的绣楼。

刚刚坐下，一只猫忽从脚下蹿出，惊了絮儿一跳。兰香扬起手巾，骂道："该死的猫！"

那猫蹿到后窗口，借助窗台，身子一跃，已上了房檐。叫了几声，又是一跃，飞向墙外的一棵菩提树。菩提树仿佛一只大手，将那猫接住。猫朝窗子里看了一眼，再一跳，跳出了那道院墙。

这时，絮儿忽觉自己好生可怜，还不如一只猫。墙内墙外，猫想去哪里就去哪里。

兰香去窗口看了看，回转来有些兴奋地说："小姐，那猫是来救你的呢！"

这话，絮儿当然明白。还没等她说话，兰香滔滔不绝地说："老爷每晚都会一次又一次望着阁楼，看小姐当窗绣花，直到半夜，看见小姐离开绣架，上床灭灯，才去睡。我已经想好，穿上小姐的衣裳，学小姐的样子，坐在窗前绣花。小姐只管从后窗下去，爬上那棵菩提树，翻出院墙去找陈棋，他一定会带你去成都找陈家少爷。"

这话，同样跟絮儿的想法不谋而合。之所以一直不说出来，是担心兰香，要是张家的花轿来了接不到人，无论张松，还是爹娘，岂不会把一切都怪在兰香头上，一定会活剐了她。

听了絮儿的担心，兰香又说，自己已经想好了脱身的主意，要絮儿这就去见老爷、夫人，只说两件事：一是兰香已经走了，二是今晚就要穿上嫁衣，但不要任何人伺候，只想好好把那幅花绣完。

絮儿的心已经飞到了成都，但不忍让兰香涉险。兰香无奈，只好把自己的想法说了。她穿上嫁衣，后天一早便戴上红盖头，没人会想到她不是絮儿，一定会有人到绣楼上来，把她扶上花轿。花轿抬出去，需要摆渡过江。她打小在江边长大，水性不比任何一个男子差，等到了船上，她会带着那乘花轿掉入江里，那时一定会引起慌乱。她会趁机脱下嫁衣，潜回这一边，藏在草丛里。

絮儿听得心里一紧一紧的，拉住兰香的手问："你真有那本事？"

兰香打来一桶水，当着小姐的面，把头脸都溺进去，让她亲眼见识自己在水里憋气的功夫。

絮儿不再疑惑，赶紧去见爹娘。柳云夫妇一听女儿要穿嫁衣，高兴都来不及，哪里顾得多想。至于那个兰香，无论她去哪里，都与柳家无关。

这夜，如往常一样，柳云依旧时不时望一望女儿的阁楼，望见穿上嫁衣的女儿一直在那里绣花，心里已安稳了许多。

翌日，柳府上下早忙了起来，忙到申时，远亲近戚陆续登门。酒席准时摆开，直到月出东山，还是樽来盏往，一派喜气。

柳云仍然忘不了去望那座阁楼，窗帘上映着女儿穿着嫁衣的身影，正飞针走线。

他的心几乎彻底放下来了，只等满院子红烛燃尽，天亮了，一切也就万事大吉了。

太阳终于照进了这座大院，高高低低的礼乐声远远响起。亲友们无不拥出大门，望着那一队抬着花轿及彩礼的人，吹吹打打着来了。

新郎张南山头戴玉冠，穿一身金丝绲边红锦袍，骑在一头毛色油亮的马上。

到了柳家门外，张南山翻身下马，往大门口走来。一群小孩争先恐后拥去，向新郎讨喜。张南山拿出事先备好的钱，一路抛撒，引得那些孩子只顾争抢。

客堂里，云集了柳家的亲朋好友，都在等待这场改变家族命运的婚礼。

柳云夫妇端坐正堂，听见礼乐声响进了院子，柳王氏向候在一旁的春梅使了个眼色，春梅会意，连忙退出客堂，往阁楼去请小姐。

当春梅扶着一身大红嫁衣、戴一块红盖头的新娘来到堂前，新郎也正好跨进门来。众目睽睽下，新娘向父母磕头，再朝那个供奉着先祖的神牌叩拜一番，便被随新郎来接亲的一个女人扶了出去，扶上了花轿。

眼见那乘花轿一路抬出去，春梅忽然记起，当她扶着新娘跨过正堂那道门槛时，新娘曾说："等花轿出了门，赶紧去绣楼，把我留给爹娘的东西拿出来，交给他们。"

春梅来到绣楼，一眼便看见了一张字条压在案上，赶紧拿起，飞一般跑到正忙着招呼客人的柳云面前，交给了他。柳云看了一眼字条，脸色顿时黑了，几步到柳王氏那里，一把将她拉到一边，指着字条说："女儿要我去找张家要人，这是啥意思？"

柳王氏当然不明白，也说不出话。

花轿上了船，但兰香并未跳入江里，一任花轿把自己抬到张家府上，拜堂成亲入洞房。张南山急着要掀开那块盖头，兰香却紧紧拽住，叫他出去陪客，到了晚上，自然会让他揭开。

半夜，喜不自胜的张南山喝得大醉，回到洞房，刚把盖头掀开，早已准备好的兰香，将那把藏在身上的剪刀插进了他的胸膛。

熟门熟路的兰香从后窗里跳出，居然成功逃走。

听见洞房传来叫声，张家人以为是两口子用力太猛。等听出异样，撞开了那道门时，新娘已不知所终，新郎却倒在血泊里。

剪刀刃斜过了心脏，并未致命。消息很快传到柳家，柳云立刻明白那张字条的意思，也顾不得许多，先闯到张家要人。张家怪柳云让兰香顶替，柳云反怪张家。兰香到底是张家的人，真是说不清。好在张南山命在，彼此只好不了了之。

二

书案上的灯燃得正好，突然爆出了一朵灯花，仿佛一声柔肠百结的浅笑。

陈寿一惊，停下笔，抬头望向那盏灯，又瞧了一眼陈书。

站在一旁的陈书记起，少爷来成都读书已经好几年了，忙向陈寿一揖，笑道："灯花爆，好事到，少爷恐怕要沾圣恩了。"

陈寿指了指陈书，摇了摇头说："你呀，我都不急，你反倒急了。"说完，埋头又写。

少爷绝对是千古难遇的奇才，小小年纪，竟能写《益部耆旧传》这么难的书。陈书见少爷走笔如飞，料想文思泉涌，不禁暗自赞叹。

夜很静，似能听见笔尖着纸的声音。

起风了，一阵一阵，轻轻敲打窗扇，带来一缕缕花香，裹着春雨的清湿，案上的灯火摇荡起来，一悠一悠。

每到春雨夜，陈寿心里总是有些乱，似乎长满了春草。

苏嫂推门进来，望着陈寿说："少爷，家乡那边来人了。"

苏嫂早已住在府上，几乎不怎么回去。

这半夜三更的，又是风又是雨，会是谁呢？陈寿来不及多想，放下笔，即往客堂去。慌得陈书忙提了一盏灯，与苏嫂一起跟在陈寿身后。

客堂里，陈棋望见陈寿走进来，只叫了声"少爷"，已跪拜在地。陈寿顿时高兴起来，父亲终于让陈棋回来了；继而又有些失望，以为父亲打发陈棋来，一定是来看他是不是在好好念书。

陈棋抬起头来，笑得有些神秘，指着客堂外说："少爷的贵客等在门外，还不请进来？"

陈寿赶紧望向客堂外，望见一个书生，正背对自己，却不知道是谁，只好拱手说："贵客请进。"

那人转过身来，一步跨入客堂。陈寿微微一惊，心里跟着一动，两眼定定地看着那人。那人并不还礼，走到陈寿面前站住。

陈寿大喜过望，忙朝那人深深一揖说："絮儿小姐光临寒舍，真是三生有幸！"

絮儿朝陈寿道了个万福，一笑说："还当你认不得我了！"

陈寿见她虽一身男子装扮，却越发显得娇而不弱，明媚动人。只管呆望着，傻子一般痴痴地笑。

苏嫂似乎看出了门道，忙请絮儿坐下，自己赶紧去备茶。陈寿在絮儿对面落座，除了眼巴巴望着她，居然无话可说。

陈书懂事地叫上陈棋，往客堂外去了。当苏嫂捧着茶盘并两只茶盏进来时，陈寿才回过神，吩咐苏嫂赶紧备饭。絮儿却说："不用了，已经用过了。"

陈寿又叫苏嫂赶紧烧一桶热水，小姐走了这么远的路，想必十分疲乏，先沐浴，然后把西厢房收拾收拾，铺好被褥，让絮儿歇息。

苏嫂应了一声，退出门外。

身为女子，主动来此，絮儿当然有些羞涩，她看了看陈寿说："不速之客，若少爷为难，絮儿这就告辞。"

自那年元夜一睹絮儿芳容，陈寿茶饭不思，行坐不安，睁眼闭眼，醒里睡里，都是这个絮儿。

絮儿已经看出，陈寿对自己仍然一往情深，忍不住哭了起来。

陈寿有些惶然，见客堂里只有自己和她，于是站起，走到那边，伸出手欲为她揩泪，又觉不妥，赶紧收回，只顾搓着两手，有些茫然地走来走去，犹如一只找不到花儿的蜜蜂。

絮儿收住眼泪，请陈寿坐下，把这些天自己的经历一一告诉陈寿。

陈寿万没想到，自己日思夜念的女子，竟然为自己逃婚，忍不住紧紧攥住絮儿的手，似觉握住了一段美丽的春愁，那头黑发，那张姣美的脸，是这春愁里最缠绵的一段。

絮儿却迟疑起来，心里也忽然有些惶恐。她竟然不曾想过，从家里逃出来，逃到这里，要是人家不接受，或者已经另有所爱，岂不是走上了一条绝路？

幸好，此时此刻，他还是桃花下的他，还是曾经那个少年。想到这里，她又哭了起来，哭得更加认真。

陈寿也似乎看出，絮儿能不顾一切到自己身边来，不是一个情字那么简单，也不只是为了逃婚，而是把她的一切，包括生命，都交给了自己。

陈寿再也顾不得许多，一把将她抱入怀里，只觉那颗乱跳的心，把自己的也带了起来。他们都知道，从今夜起，一场命定的缘分已经来临。

陈寿忽然明白，自己让陈书买下这座房子，其实等的就是这一刻，等她顶着这场春雨，走进这座院子，与自己共度此生。他忍不住凑近她耳边说："我要娶你。"

絮儿似乎颤了一下，把嘴唇往他面上轻轻一触，算是回答，也是最好的回答。

她已经彻底安下心来，虽然这是第一次真正走近他，但似有某种由来已久的熟悉，一切早已注定，所有的迟疑都是多余的。

陈寿无可避免地想起了那两只喜鹊，它们总是如某种约定一般出现在他的眼前！他心里一热，忽然不知该如何与她相处，尤其此时此刻，难道就这样抱着她？

絮儿也在同样的困惑中，不知该不该由他这么抱着。

苏嫂的咳嗽声来得非常及时，几乎是对他们的拯救。接着便是苏嫂的自语："唉，这春天，一旦伤了风寒，就不容易好透。"

毫无疑问，那声咳嗽，那些自语，是对他们的提醒。絮儿一慌，赶紧推了一下陈寿。陈寿却忽然坚实起来，不仅不愿松手，还将她抱得更紧，似乎手一松，絮儿就会迎风飘走。

苏嫂的脚步渐渐逼近，已到门口，望见了紧紧相拥的二人，顿时有些难为情，有些艰难地说："水热好了，请小姐这就去沐浴。"

陈寿有些遗憾地松了手。絮儿赶紧过去，像一只从罗网里逃脱的兔子，随苏嫂出了门。陈寿不能自持，也跟了过去。

"咦，少爷好像痴了。"躲在门外偷看的陈书用手肘一拐陈棋说。陈棋笑得双眼蒙眬："不是痴了，是疯了。"

到浴室外，絮儿回眸一笑，走了进去。陈寿只好停下，站在那里，望着那道已经关上的门，似乎又在一场守望里。

正不知所措，忽见陈书提着一盏灯，远远朝这边看了一眼。陈寿终于醒了过来，朝那盏灯走去。灯停在了西厢房门外，似乎在等他过去。

陈寿快步走近西厢房，陈书、陈棋也恭恭敬敬候在了门口。陈棋似乎看出了陈寿的意思，赶紧将门推开。他通过这一举动告诉陈寿，自己仍是那个值得信任的书童。

陈书似乎感到了某种危惧，先一步进去，忙着将屋里的灯点燃。陈寿闻到了一股幽香，知道苏嫂不仅将这间房收拾出来，还特意熏了香。陈寿不禁有些感激，想起了自己的母亲。要是母亲住在这里，她会像苏嫂这样用心，或者像苏嫂一样接纳私奔而来的絮儿吗？

那张卧榻，隐在一道绣着几枝牡丹的屏风后，已经罩上一幅帷幔，也铺上了被褥和枕头。红木做成的条几、衾、衣橱、箱笥等，都擦了一遍，显得既整齐又干净。

陈寿忽然想起，后窗外是一片小花园，花园一侧是几个仆人的住房。不行，不能让她住这里。

陈寿一声不响退出来，往自己的睡房去。陈书、陈棋赶紧跟上。睡房里到处都是书，摆满了案几、床头乃至窗台，几乎无一空处。四壁之间都是字画，多半都是他的手笔。尤其那幅《喜鹊踏梅》，本来就是他画给絮儿的。他蓦然觉得，是自己画的这幅画，把絮儿引到这里来了。

陈寿指着屋里，叫陈书、陈棋赶紧把这些自己盖过的被褥、用过的枕头等，都搬到西厢房去。

两个人在屋子里忙，陈寿出去，找到苏嫂，请她照顾絮儿，等她沐浴完，先到客堂里坐一坐。

陈书、陈棋忙了一阵，总算把这间屋子收拾整齐。陈寿叫陈棋把絮儿的行李搬进来，让陈书把西厢房的被褥、枕头之类，都铺到这张榻上。

陈棋放好行囊，看了看这间收拾一新的屋子，挤出一脸坏笑问："未必今晚就要同房？"

陈寿一怔，瞪了他一眼说："胡说，让小姐住这间房！"

撂下这话，转身就走，到了门口又转回来，一把将那个行囊拿过，展开一看，里面除了一套换洗衣裳和一块温润无比的玉佩，别无一物。

陈寿盯着陈棋说："听好，明天到裁缝铺子去，给小姐做几身像样的衣裙，然后买一盒香粉，一盒胭脂，几支眉笔，一把檀木梳子，要雕花的。还有，这屋子里缺一面像样的镜子，也要买回来。最好是立在地上的那种，能照得见全身。当然，首饰也少不了，头花和头簪，金、银、玉一样都不能少。耳坠、手镯就不要金银了，只要玛瑙、玉石、琥珀和珊瑚，这才配得上她。"

陈棋只呆呆地把他望着，不出声。陈寿又把眼一瞪，问："咋啦？"

陈棋说："你一气说了这么多，我哪里记得住！"

陈寿一想也是，便叫陈棋磨墨裁纸，要把那些东西一一写下来。陈书抢在陈棋之前去磨墨。陈棋要去裁纸，又被陈书叫住，说："你初来乍到，找不到门道。"

陈棋忽觉自己多余，愣在那里。陈寿也不管他，写了一张单子塞进他手里。这下陈书又有些不自在，似觉陈棋要抢了自己的差事。陈寿一笑，叫陈书去请小姐过来安歇。

不一时，陈书领着絮儿和苏嫂一起进来。陈寿指着屋里说："从今晚起，你就住这里了。"

苏嫂立即给陈书、陈棋使了个眼色，二人会意，不声不响跟在苏嫂身后走了，落在最后的陈棋，没忘记把门带上。

屋里只剩两个人和两条影子，飘浮不定。两个人似乎陌生起来，再也说不出话。过了许久，絮儿满脸涨红，轻轻瞅了他一眼，有些胆怯地问："那你，今晚住哪里？"

陈寿咬了咬牙说："过些天，我再住进来。"

说完这话，顺手抄起一卷书，逃也似的走了，把含羞带怯的絮儿扔在了这间灯火摇曳的屋里。这屋里有他的气息，自己不就是冲这气息来的吗？一种从未有过的踏实感油然生起，她解衣上榻，倒头便睡。

早上醒来，絮儿很快明白，自己确实到了陈寿身边，并不是梦。她坐起穿衣，一件丝织罩衣，一条撒花长裙。收拾完毕，忽觉不知该走出这间屋子，还是该待在这里。

就在这时，门有些迟疑地开了，苏嫂拿来热水，侍候洗漱。末了，帮絮儿绾好一朵涵烟芙蓉髻，这才说："小姐，该用餐了。"

絮儿忽记起了那块玉佩，便去取来戴在脖子上，随苏嫂来到筵堂，陈寿已等在这里。

几上有一碗粥，一碟煎饺，几样小菜，外加两道时蔬。另有一碗漱口水，水里竟然飘着几瓣桃花，想必是陈寿的意思。

在絮儿看来，这第一顿饭，已经有了举案齐眉、夫唱妇随的意思。饭后，陈寿让絮儿随便走走，自己则忙着出门。到了门口，忽见一对燕子迎面飞来，飞上了屋檐。陈寿抬眼一望，屋檐上已经有了一个春泥筑成的新巢。

不用说，这是个好兆头。正要走下台阶，忽听有人叫了一声少爷。陈寿回头一看，小跑过来的是陈棋。陈棋有些疑惑地问："少爷要亲自去给小姐采办？"

陈寿本来先要赶去谯周那里，然后再叫上陈棋，一起去为絮儿定制衣裙，既然陈棋跟了来，不如先去裁缝铺。

两人一路走去，陈棋不失时机地把絮儿经历的一切，详详细细地说了一遍，包括他如何冒着风险，一路躲躲藏藏，把絮儿带来了成都等。陈寿当然知道，陈棋的意思是想留在自己身边。

穿过几条小巷，转入一条街，却见行人寥寥，有些冷清，但许多商铺已经开张。那些受雇的伙计，大多站在店门外，见陈寿主仆走来，赶紧堆起一脸笑，招揽生意。

陈寿向来不喜这类装出来的热情，总觉得有些笑里藏刀。前面不远，便是周氏裁缝铺，那才是他的目的地。陈寿早就听说，那个叫周益的裁缝手艺极好，城里的官绅富户，大多在这里缝制衣帽。

何渠曾说，周益本是江东会稽人，诸葛瑾一家也是他的顾客。那年腊月，诸葛家送去几段蜀锦，要周益缝几件外衣。谁知被贼人瞅见，半夜潜入，偷走了那些锦。一段锦便是几十万钱，周益哪里赔得起，只好扔了那个几代人经营的铺子，连夜逃走，辗转来到成都。

二人走进裁缝铺，陈寿拿出一套絮儿的衣裙交给周益，请他照这个尺寸，先做五套，各色丝绸都要，越金贵越好。周益抱出几样丝绸，摊在柜台上，让陈寿选。陈寿选来选去，总算选好了五种花色。

见时候不早，陈寿赶紧出来，往谯周府上去。进得门来，恰碰见了李密，得知谯周在书房读书，也不与他多说，径直往书房走去。

书房内，谯周坐在窗前，手捧一卷书，正读得津津有味。

守在门外的家仆见陈寿走来，赶紧堆了笑，欲上去招呼。陈寿却似没看见他，只到窗口往书房里张望，见谯周读得认真，赶紧走开。家仆不知陈寿何意，也不便询问，只望着他来来去去，反反复复，一连走了四五遍。

家仆正低头暗笑，忽见陈寿已经立在面前，朝他一揖，要他进去通报。

家仆摇了摇头，也不说话，推门进去。少时，家仆出来说："老爷有请！"

陈寿谢过，进了书房。谯周拿起一张书签夹在书里，将书放在了案头上，望着陈寿问："说吧，何事？"

陈寿朝谯周一揖，犹豫了好一阵，才说："学生……来给恩师请安。"

谯周见陈寿欲言又止，神情却有些紧张，笑道："承祚匆匆见老朽，只为了请安？"

陈寿含糊其词，一脸慌张，连忙告退。

见陈寿闪出了那道门，谯周摇了摇头，拿起那本书，正欲再读，陈寿又进来，站在那里，只顾搓着两手。谯周盯着陈寿，正要问他。陈寿却一低头，又一揖告退。

谯周更加疑惑，正要出去看看，又见陈寿进来。如此三番，必定有要事，便把那书往案头轻轻一摔说："你有何事，只管说出来！"

陈寿笑得有些难为情，犹豫一阵，又朝谯周一揖说："读书人，还是用笔说话方便！"说罢，匆匆退了出去。

谯周不禁自语："这个陈寿，虽不像何渠那样心直口快，但向来也算痛快，今天何故变得欲说还休？"

下午，谯木拿着一封信走进书房，双手呈给谯周说："陈承祚写给老爷的。"

谯周一把拿过来，冷笑道："这家伙神神秘秘、吞吞吐吐，我倒要看看，他到底有什么话，竟不敢当面说！"

通过这封信，陈寿把他如何与絮儿相遇，如何逃课，如何欺瞒私塾先生，以及絮儿如何逃婚等，都告诉了他的恩师。

读完这封信，谯周一言不发，走到窗前，望了一阵那方如洗的碧空，这才把谯木叫进来，说："你去一趟陈寿那里，让他明天早上，带上那个叫絮儿的女子一起来见我。"

谯木答应一声，赶紧出门，去知会陈寿。

三

翌日一早，谯周用完早饭，一身绿衣的女婢竹儿，照例奉来一盏漱口水。

一个穿着紫衣的女婢捧着一只红泥陶钵，也赶紧过来。

谯周接过那盏水，漱了口，吐进那只陶钵里。

待谯夫人放下碗箸，也有两个女婢过来，侍候她漱口。谯夫人把那口水吐出去，盯着那个捧着水盏的女子问："为何不往漱口水里放盐？"

女婢忙道："禀老爷、夫人，这些天，盐价涨了好几番，不仅贵，还很难买到。"

谯周似未听见这些话，站起，正要出去，谯木快步走到筵堂门口说："老爷，陈寿带着那个女子来了。"

谯周看着谯夫人说："走吧，一起去看看。"

谯夫人立刻起身，跟在谯周身后，走了出来。走过几条阶沿，望见陈寿和那个女子并陈棋，已经等候在客堂门外。

絮儿见谯周和谯夫人走来，立刻屈膝道了个万福。谯周看了看她，也不作声，抬腿迈入客堂。

谯夫人却笑得格外亲热，只看了絮儿一眼，顿觉似曾见过，本想拉住她的手，但见谯周面无表情，只好跟进去，挨谯周坐下。

刚落座，竹儿便领着两个女婢过来上茶。几盏茶分别放在了主位、客位，竹儿等不声不响退了出去。

陈寿拉着絮儿，给谯周夫妇磕了头。谯周指了指一边的几席，意思是让他们坐下。二人道过谢，入席落座。

谯夫人一直看着絮儿，见她不仅生得美貌，还有几分端庄贤淑，举止也有度，真想把她叫到自己身边来。

主客相对，竟一时无话。陈寿赶紧看向候在门外的陈棋，陈棋立刻捧着一只檀木雕花盒子，快步进来，递给陈寿。陈寿将盒子打开，起身，捧到谯周夫妇面前，只说是絮儿的一点心意。

谯夫人往盒子一看，是一对绣花枕套，绣着一对春燕，几朵祥云，外加几片卷草。看那手艺，针脚之细密，锁扣之繁复，实在罕见；尤其颜色，华丽富贵而又脱俗，简直令人叹为观止。

陈寿望着谯周夫妇说："絮儿得知今天要来拜见恩师、师娘，特地夜绣了这对枕套，聊表心意。"

谯周一怔，看了看谯夫人，再看着絮儿，有些疑惑地问："一个晚上，就能绣一对枕套?"

絮儿站起朝谯周夫妇行了一个礼,不无羞怯地说:"时刻紧迫,只好勉强绣了出来。待来日,絮儿一定绣几幅拿得出手的,孝敬恩师、师娘。"

谯周一连说了几个好字,已经笑逐颜开。谯夫人见了,要拉絮儿去自己房里好好说话,谯周却叫她不忙,望着絮儿问:"可有大名?"

絮儿忙道:"絮儿最多算是小康人家的女子,只有絮儿这个乳名。"

谯周点了点头说:"如此秀外慧中、胆识过人的女子,必须有个大名。你若不嫌,老夫给你起个大名如何?"

听了这话,陈寿、絮儿又朝谯周夫妇一拜。谯周想了想说:"此时恰当孟春,正柳绵飘飞。既姓柳,又叫絮儿,就叫柳绵吧!"

陈寿、絮儿欣喜万分,再次下拜道谢。谯夫人早已忍不住,叫了声柳绵,招手叫她过去。谯夫人上上下下看了一遍,喜滋滋地说:"不知承祚哪辈子修来的福,竟遇上这么好的女子!"

谯周忽然想起,陈寿的信里托自己择定佳期,便问清了二人的八字,掐指一算,说是一段天造地设的好姻缘;又对着皇历,选定今年三月十八交十九,便是佳期。

当日,谯夫人把柳绵留在府上,似有说不完的话。一连住了大半月,眼看佳期将至,还不放她回陈寿那里。

陈寿回到宅子里,修了一封家书,将自己的婚姻大事一五一十地禀告父母,并请二老来成都操办婚事。书毕,命陈书赶紧去驿传。哪知连日来,天竟下起了雨,连连绵绵,不歇不停。陈书知道少爷悬望,出门一打听,才知成都至安汉的路大多垮塌,来往行踪绝迹。

眼看佳期将近,陈寿只好一边忙着准备婚礼,一边等柳绵回来,却总不见柳绵身影。这日天晴了,忍不住叫陈棋去谯府,把柳绵迎回来。

直到下午,陈棋才回来,告诉陈寿,谯夫人的意思,要让柳绵从自家府上出嫁。谯周不仅答应,还把李密、何渠等一帮弟子叫去,一起商量,要办一出热热闹闹、与众不同的婚礼。

谯周府邸与陈寿这座小院,都在浣花溪边,相距二里左右。此时已当三月,春柳飞绵,恰与柳绵这个名字相应。何渠想出了一场堪称别致的婚礼,立即被谯周夫妇采纳。

陈棋刚说完，何渠便走了进来，望了望这座已经有了几分喜气的院子说："恩师那边正忙着扎一艘彩船，佳期那天，柳绵将登上彩船，顺水而来。你就在溪岸迎娶。至于男傧相，当然是我何渠。要是你担心把你比丑了，请直言，或者换成李骧、李密也行。"

二人说笑一气，陈寿把何渠拉去客堂饮茶，并吩咐苏嫂备酒饭。

谯府上下，远比陈寿这里忙。谯夫人做主，不仅一切皆如闺女出嫁，还要赶做一套檀木嫁妆，并与谯周商量，让竹儿去做陪嫁丫鬟。

吉日转眼就到，谯周早早起来，府上也早已忙开了。因为这场喜事，谯熙也早早从恩师费祎那里过来帮着料理。

此时，柳绵暂住的那间闺阁里，喜娘和竹儿正忙着为她梳头。谯夫人早已收拾好了，候在院子里。谯周走入院子时，门外响起一片鼓乐，尤其那几只特意请来的唢呐，简直吹得直上九霄了。

吉时已到，谯周拉上谯夫人，往正堂里肩并肩坐下。片刻，柳绵身着一件茱萸色长裙，头戴一方绣着牡丹的大红盖头，在喜娘和竹儿的搀扶下，来到堂前，向谯周夫妇跪拜，一如辞别亲生父母。

谯夫人竟擦起泪来，看样子有些当真了。谯周赶紧碰了碰她，朝依然跪着的柳绵扬了扬下巴。谯夫人总算回过神来，赶紧起身，掏出一对玉镯，快步上去，戴在柳绵的手腕上。此时，司礼的声音传来："吉时已到，请新娘登舟！"

柳绵却紧紧拉着谯夫人的手，不忍松开。喜娘只好把那手掰开，拉上便走。

谯周见谯夫人挂着两行清泪，只好幽幽地说："是柳绵，不是谯绵。"

谯夫人一连生了几个儿子，指望能有个女儿，但一直未能如愿，如今年纪渐大，恐怕永远都无望了。见了柳绵，那种亲切，只有她自己知道。

谯周一路到了书房，往窗前坐下，心里有些空。唢呐声渐去渐远，想必那条彩船，正向陈寿划去。

他一眼望见，那榕树上有一个鸟窝，几只雏鸟时来时去，上上下下，正在习练飞翔。谯周忽然明白，陈寿的婚礼告诉自己，弟子们已经成人，该飞走了。

想了一阵，便磨墨裁纸，写了一份奏表，大意如下：

臣弟子费承、陈寿、李密、李骧、何渠等，受业数载，不仅俱已成年，且学识人品俱佳，应为陛下所用。现将费承、陈寿等履历及文章一并呈上，请陛下遴选。

　　费承忠直，文章富集，通晓法度；陈寿贤良，文义典正，集儒、墨之善，富庄、周之长；李密明经史，清风素范，孝义如天；李骧有珪璋之质，善言逊让；何渠忠义勇壮，有先祖风范……

　　这份奏表，对座下弟子虽不乏溢美之词，但谯周以为，都是实话。写毕，读了一遍，稍加润色，便将奏表封好。打算明日一早，带上他们近日所作策论入宫去，面呈陛下。

　　鼓乐声早已引来许多男女老少，挤满了溪岸，要看这场婚礼。众人无不以为，谯周嫁给弟子陈寿的，是自己的亲生女儿。

　　柳绵被竹儿和喜娘扶上了彩船，几个挽着花篮的女子跟着上去。谯熙则领着胞弟谯贤、谯同，另上了一条船，要去送亲。那几个奏喜乐的也登上了这条船，吹得更加热闹。

　　船一开动，那些提着花篮的女子，立即把摘来的花轻轻撒开，撒起一片花雨。落花流水，随船而走。纷至沓来的城里人也随那条彩船一路走去。有人不禁赞叹，只有谯周这种通古博今的人物，才想得出这场闻所未闻的婚礼。

　　一身新郎打扮的陈寿早早候在小院外那座小桥边，桥下便是码头，虽从来不见货船客舟停泊，但那条小小的渔舟，总是泊在这里。男傧相费承、李密、何渠、李骧等，随陈寿在此处迎娶。

　　何渠指着陈寿说："你们看，这家伙如此猴急，早就等不及了。"

　　李骧笑道："不急，下一个就是你何兄了。"

　　正拿陈寿开心，忽听有人高喊："新娘来了！"

　　鼓乐声已经飘来，举目望去，彩船正转过一条湾，向这边划来。何渠赶紧招呼："快，吹起来！"

　　陈寿也请了一队鼓乐，听见这话，赶紧吹打起来，吹得一片柳絮轻轻飞起，如一场细雨。

彩船靠在了桥边，陈寿登上彩船，拉上柳绵就要下船。何渠、李密、李骧、费承等却死死拦住，要陈寿把新娘背下来。

　　陈寿知道，这不过是为了气氛，并无恶意，所以不能太配合，只装作不肯。人群里也跟着起哄，喊得那条船似乎都摇晃起来。

　　闹了好一阵，都觉得差不多了，陈寿才把柳绵背上，在何渠等人的搀扶下，走下船来。何渠却叫停了两边的鼓乐，扯开嗓子吼起来：

　　　新郎官
　　　背新娘
　　　一背背到白玉堂
　　　白玉堂上两只虎
　　　一只公来一只母……

　　这是西蜀民谣，专门取笑新郎新娘的。

　　陈寿在一片欢笑中，将自己的新娘背进小院。小院里火树红花，张灯结彩。前院里已经搭下了筵席，至少不下一百张几案。

　　到了正堂，陈寿放下柳绵。何渠、李密、李骧、费承等一众同窗也跟进来。谯熙三兄弟是娘家人，不好来蹭这份热闹，被苏嫂请去了客堂。

　　陈寿因父母不在成都，只好在正堂搭了一张坐榻，于坐榻后面的墙上写了几个红彤彤的大字，那是他父亲、母亲的名讳。

　　陈棋负责司仪，让陈寿、柳绵往中间站下，拖长声音高喊："一拜天地！"

　　二人望天而拜。

　　陈棋又喊："二拜高堂！"

　　二人正要叩拜，忽见何渠竟然坐上了那张坐榻，二人顿时愣住。

　　何渠一本正经地望着二人说："拜呀！"

　　李密赶紧去拉何渠说："哎哎，玩笑开过头了！"

　　何渠却说："新婚三日无大小嘛，不开玩笑，哪里来的喜气！"

　　李骧也过来，与李密一起，把何渠拉开。

　　二人总算望着那张榻拜了几拜。刚拜完堂，不待陈棋发话，忽听何渠又喊起来："新娘赶紧入洞房，新郎快来陪倅相！"

喊毕，一步抢上去，把陈寿直接拖到前院里来，直喊上酒菜。

费承、李密、李骧等一众同窗，叫上谯熙三兄弟，往前院里入席。喜娘和竹儿把柳绵扶入洞房。

一阵忙进忙出，席上摆满酒菜。陈寿却不入席，朝陈棋招了招手。陈棋赶紧过来，陈寿指着空座说："快去，请街坊邻居都来吃喜酒！"

陈棋愣了愣，眼巴巴地望着陈寿。陈寿又说："对了，不得收礼！"

陈棋赶紧跑出门去。何渠听见这话，把李密、李骧拉去一边说："承祚来成都不久，交往不多。走，我们去帮他请客，总要热闹起来才行！"

几个人觉得有理，都去院门外，生拉活扯，死皮赖脸，拉了一拨又一拨，居然坐满了整整一百席。

陈寿大喜，挨个儿招呼。众人见陈寿虽是富贵子弟，又是读书人，却十分可亲，也不再拘束，都高兴不已。陈寿这才回到主座，举起酒盏，少不了客套几句，无非是，陈寿今日完婚，有劳贵客动步，光临寒舍，特备薄酒……说完，请来客共饮一盏酒。

酒过三巡，忽闻琴箫声起。众人一看，院子一侧已经坐了几个乐伎，个个长得貌若天仙。只见她们云鬟如青鸾，粉面似春花。抚琴者，指尖挥动；吹箫者，朱唇微启，好不喜庆。这是陈寿特意请来的，故意不声张，要的便是这份惊喜。

正惊叹间，又有几个舞伎，从廊道那边翩跹而来，衣袂飞扬似繁花，锦带飘飘如彩蝶。

欢声笑语间，何渠离席，一手握酒壶，一手执酒盏，邀李密、李骧，各自敬了陈寿一盏酒，陈寿一一饮了。

今天是个好日子，何渠偏不放过陈寿，有心要将他灌醉。陈寿虽坚辞不饮，但哪里抵得住几个人的纠缠，只好再饮。

又连饮了几盏，陈寿指着三人说："你们都有这一天，到时候看我如何收拾你们！"

三人根本不听，只管劝酒。何渠见陈寿死活不再饮，盯着他笑道："今日是你陈承祚的洞房花烛，人生只有一次，必须痛饮！我们都是你的同窗，岂能不让我们尽兴！"

这话说得合情合理，陈寿再也不能推，又饮了一轮，只一再告饶。何渠一脸坏笑，朝另一拨同窗使了个眼色。同窗们心领神会，都过来敬陈寿。

酒席一直开到一更时分，街坊邻居都散了。院子里只剩何渠、李密、李骧、费承等同窗和谯熙三兄弟。何渠却打死不走，一直闹着要跟陈寿喝个痛快。

陈寿一心挂着柳绵，但又不能扫了众人的兴，更不能说走就走，只好由着他们。一直饮到满脸通红，舌头发直，话都有点说不真了。

看来他真醉了！何渠、费承、李密、李骧等人和谯熙三兄弟高高兴兴，嘻嘻哈哈走了，把陈寿一人留在院子里。

陈棋听不见院子里的笑闹声了，出来一看，新郎醉得像一只猫，动都不能动。费了好大的劲，才将陈寿架起。

两人高一脚低一脚，一路踉踉跄跄，好不容易看见了洞房，还亮着一片花烛，窗纸上映着那个仍戴盖头的人影，似乎有些孤单。

进了新房，陈棋见柳绵老老实实坐在榻沿，将手一松，赶紧退出去。陈寿如一团软面，一歪，倒在了榻上。

终于等到他来揭盖头了，柳绵的心不禁咚咚乱跳。然而，等来的却是一阵稀里糊涂的鼾声。

次日，陈寿醒来，睁眼一看，已是红日当窗，新娘的盖头居然还没揭，忽觉羞愧万分，赶紧将柳绵的盖头揭开。

本以为柳绵会哭，会闹，谁知她乖乖地坐在那里等。陈寿很奇怪，便问："你咋不哭呢？"

"喜事呢，哭啥？"柳绵望着陈寿笑道。

陈寿一听，暗自感叹："真是个好女人！"一把将柳绵紧紧搂在怀里。二人倒回榻上，柳绵凑到他耳边说："娘给我说过，盖头最好第二天早上才揭，日子会越往前越亮。"

陈寿忽然想起，自己也曾听过这话。如此说来，何渠他们一定要把自己灌醉，原来是出于好意！

他们的新婚，在一片鸟语花香里开始了。

依照风俗，新婚三日，新娘必须回娘家，俗称回门。

这天一早，柳绵起来，穿上那件粉色绣花长裙，戴上一对珍珠耳环和谯周夫妇陪嫁的那对玉镯。

正要转身，忽被陈寿一把抱住，说要温存一翻。柳绵抵不住，被他拖回了榻上。

待风停雨住，陈寿却瘫在榻上，说起不来了。柳绵不理会，取来一件枣红暗花的锦袍，将他拽起，披在他身上。陈寿却又握住柳绵的手，往怀里一扯，两人的嘴又贴在了一起。

柳绵不会忘记今天要回门，将陈寿推开，叫竹儿提来热水，侍候陈寿梳洗。陈寿却对竹儿说："不用管我，只管侍候少夫人。"

竹儿便去替柳绵梳头，把那头乌云似的秀发绾上头顶，插上一根玉簪。收拾完毕，便去用早饭。

前院里，陈棋、陈书已把两担子礼物放在那里，只等陈寿、柳绵出来。

不一时，陈寿与柳绵肩并肩出来。竹儿拿着一把团扇，跟在柳绵身边。陈棋、陈书赶紧挑上担子，紧跟身后，走了出去。

四

沿浣花溪一路走去，但见一脉溪水缓缓流来。溪岸，几条石梯轻轻落入水里。多年来，来来往往的脚步，踩得石梯已经有些变形，但它们都记住了这座城的时光。几个洗衣女子蹲在岸边，正将手里的衣裳没入水中，轻轻荡了一阵，再提出来，又没进去，再荡一阵。如此反复，洗的仿佛不只是衣裳，还有这个尘世带给她们所有的积垢。

柳绵却指着那些认得或认不得的花儿说："承祚，认得这些花吗？"

陈寿却笑道："我只认得你这朵花，已经被我摘了。"

这话如春风一般，吹得柳绵心里一软，赶紧取来那把团扇，掩住自己的脸，似不愿让人看出自己这一脸春色。

走了一阵，已能望见谯周的府第。两人再不说笑，一本正经起来，惹得竹儿忍不住偷笑。

进入大门，也是一面照壁，壁上是谯周亲笔所绘的几竿劲竹，似乎昭示着主人的品性。他们都知道，谯周平生所爱，第一是竹子。

刚转过前院，谯熙已经迎上来，拱手向一对新人道贺："家父家母知道你们要来，已在客堂里等候。"

　　陈寿、柳绵便随谯熙往客堂去。谯木和两个家仆又迎上来，把陈棋、陈书引去账房，不仅要把两担礼收下，还要送一份回礼。

　　谯府的回礼是谯夫人亲手准备的，也在账房里。陈棋、陈书把礼物交割清楚，将谯家的回礼装进担子里。这时有人过来，引陈书、陈棋去用茶饭。二人不肯，推说有事，挑上两担回礼，告辞走了。

　　谯周与谯夫人坐于正堂，笑盈盈望着走进门来的这对新人。柳绵赶紧移开团扇，露出粉脸，与陈寿一起跪拜。谯夫人几步过来，将柳绵拉起，上上下下看了一阵，有些心疼地说："这才几天，竟瘦了一圈。"

　　说得柳绵满面羞红，有些怯怯地说："有劳师娘挂怀了。"

　　谯夫人拍拍柳绵的手，柔和地说："能不能把'师'字去了，以后就叫娘？"

　　柳绵毫不犹豫，脆生生叫了一声："娘！"

　　谯夫人笑得差点落泪，答应得更是痛快，便将柳绵拉到谯周面前说："不如认柳绵做个义女！"

　　谯周不住点头，连说了几个好。柳绵把谯夫人扶到谯周身边坐下，又磕了几个头。

　　谯熙早已进来，见陈寿被晾在一边，一拍他肩头说："呵呵，我有个妹妹了！你陈承祚必须叫我一声兄长了。"

　　陈寿立即朝谯熙一揖，叫了一声兄长。

　　谯夫人指着陈寿说："承祚，你定要好好待她，否则我不会饶你！"

　　陈寿连忙答应，心里比柳绵更加高兴。正说着话，家仆进来禀告，说何渠、李密、李骧、费承已候在前院了。

　　今日，谯周知道陈寿要领新娘回门，便吩咐谯木于水榭设酒宴，把这几个得意弟子都请来作陪。

　　谯夫人听了，拉着柳绵的手出了客堂，往后院去了。

　　谯周把陈寿等叫去书房，问了些学业，一番解惑释疑，不觉已经日近正午。谯木进来说："老爷，该用饭了。"

谯周领着陈寿、李密、费承、何渠、李骧，往水榭走去。所经之处，总会遇上几竿劲竹，紫竹、慈竹、斑竹、桂竹、佛肚竹……品类繁多，应有尽有。尤其那座水榭，几乎就藏在竹林里。水榭本身，也像一棵凌空撑开的巨竹。

　　到了水榭，众弟子将谯周扶上主位，然后依次落座。不一刻，仆人送来了酒菜，几个在此侍候的婢女将酒菜接过，摆放上席。

　　谯周却挥了挥手，婢女们立刻明白今日酒席特别，于是屈了屈膝，一一退走。

　　谯周叫来一个家仆，家仆赶紧把酒坛的封泥去掉，放在美人靠上，拿起一只长杓舀酒，依次往盏里斟满。

　　自那场风波以来，师生们一直没有在一起坐过。谯周只觉神清气爽，心情极好，从那半卷的湘帘看出去，是一片安安静静的水面；沿着池岸，那些青竹，仿佛一蓬蓬由远面来的绿烟。

　　春风阵阵，有些暖和，又似乎有些伤感。谯周拿起酒盏，弟子们也捧了起来，一并站起，敬了谯周一盏。

　　陈寿饮下这盏酒，顿觉舌齿之间有一股芳香，缠缠绕绕，带给自己的，竟是不同凡响的惊喜。

　　这酒，甘甜里有一丝青涩，芳香中又含着些许热烈。每到春季，夫人都要亲手酿两坛好酒；但今年的滋味，似与往年不同。

　　接连饮了几盏，谯周一举目，望见一只燕子正从池水里掠过，带起几点水珠，落回池塘里。那只燕子却飞走了，飞过那片竹林，飞出了那道院墙。

　　谯周看了看五人，见他们意气风发，正青春年少，不由笑道："你们已经长大，翅膀也硬了，该飞走了。"

　　听见这话，几个人一愣，一时不知恩师何故说出这话。

　　谯周笑了笑，又说："只有走出去，你们才能飞起来，也才可能飞得更高，更远！"

　　几个人你望望我，我望望你，眼里流露出的，全是复杂的心事。

　　谯周似乎幽怀大开，顾自饮了一盏酒说："老朽已向陛下举荐了你们。相信不久，你们必获朝廷重用。"

　　陈寿心里微微一动，那感觉，不知是喜，还是忧。

几个人一时词穷，以为此时此刻，无论说任何话都是多余的，只能敬酒，才能表达对恩师的感激。

谯周也不推辞，一一领受了。

饮了一轮，谯周似觉有些微醉，却令家仆再给五人斟满。

谯周举起酒盏说："天下没有不散的宴席，饮过这盏酒，都散了吧。"

说完，一饮而尽，竟抛下他们，顾自去了。

几个人赶紧站起，朝谯周的背影深深一揖。何渠却泪流满面，顾自斟了一盏酒，一口饮下去说："散了散了，从此后各奔前程！"

五

往事历历，不堪回首。

回到安汉已经好几年了，蜀汉的一切，仿佛那条奔流不息的清江，早已远去，永远不会再来。但这些天来，因致力于书写，那些人物，那些旧事，又纷纷涌上笔端，令人感慨万端。

陈棋推门进来，将一沓书稿放在案上说："是东吴那边驿传过来的。"

恩师谯周包括陈寿自己，虽不曾见证蜀汉兴亡的全部始末，但到底身在其中，加之谯周留下的那些文字，故而蜀汉人事，只需整理考究便可成书。晋室来自曹魏，一如曹魏来自汉室，虽是改朝换代，但血肉相连，加之谯周久在洛阳，与曹魏旧臣颇有往来，那些事也被他记录下来，几经增减，亦可成书。

最难的是东吴。前些年，司马炎六路齐举，水陆并发，以不可阻挡之势直指东南，很快，曾经有多士之誉的江东小皇朝灰飞烟灭。

此前，陈寿一直想去江东游历，访问诸如周瑜、张昭、鲁肃、诸葛瑾、顾雍、吕蒙、陆逊等风云人物的子孙，以期作成《吴书》。却总因囊中羞涩，未能成行。徘徊之际，伐吴大战猝然而起，那些贵胄子孙想必风流云散，即使成行，恐怕也难有多少收获。

想来想去，想起恩师谯周曾与东吴丞相顾雍的嫡孙顾承有书信往来，恩师曾托顾承索要张昭、陆绩的文稿，顾承也曾写信给恩师，求取故丞相诸葛亮的遗作。那些往来书信，谯周都是让陈寿去投寄的，于是他记住了顾承的住址。

但陈寿知道，顾承曾被流放交州，此后再无音信，不知是否健在。既然别无他法，也不用想那么多，于是依着旧址给顾承写了一封信。

虽然如此，但他并不敢指望，甚至几乎已经忘了。没想到，事隔一年以后，竟然收到了回信！

这是一个封了一层又一层的布袋，布袋里有一封信和一沓文稿。

这封信并非顾承写的，而是顾承长子顾云的手笔。顾云告诉陈寿，其父顾承流放交州后，不到两年便郁郁而终。东吴被灭后，司马炎开恩，准许被流放的东吴旧臣回归原地，并将故宅一一发还。所幸其先祖及先父的文稿俱在，其中不乏记述东吴人事的篇章，他便抄录一份，寄给陈寿。

读完此信，陈寿悲喜交集，但来不及感慨，立即阅读这些抄件。似乎冥冥之中自有神助，那些东吴的风流人物，竟一一在案！

陈寿读完，已是三天之后，忽觉应给顾云回信，以示感激，便写了一封长信，顺寄丝织十匹，蜂蜜十斤，聊表谢意。

窗外传来了一阵鸟鸣声，抬头望去，竟然是一对喜鹊。无论何时何地，只要一看见喜鹊或者桃花，他首先想到的便是柳绵。虽然夫妻相伴多年，但那份深情却历久弥新。

记得刚回安汉的那一年，家里因无人经营，田园荒芜，百废待举，虽不是家徒四壁，但既无钱也无粮，日子非常窘迫。柳绵背着陈寿，把她从娘家带来的那块堪称极品的玉佩悄悄典了，才使这一家人不至于忍饥挨饿。

这些年来，那些果树一年比一年结得好，陈家用果子酿的酒，已经远销北方，日子也滋润起来。虽不是先祖创下的基业，但也算没有辱没先祖。

陈家既是书香门第，也是丝织大户，一直有几百亩桑园。养蚕缫丝，纺纱织布，才是真正的祖业。但陈寿知道，父亲仙逝，他自己并非那根顶梁柱，加之安汉一带丝织大户们明争暗斗，几乎到了剑拔弩张的地步，他也不愿去蹚那潭浑水，因此决定伐尽桑树，改栽果木。

此时，陈寿忽然想起了柳绵典出去的那块玉佩，便把陈棋叫来，让他带上钱，去把玉佩赎回来。

待陈棋出去，陈寿心里猛然一动，陈棋已快而立之年了，总不能让他打一辈子光棍。心里已有了主张，但还须跟柳绵商量。

中午，陈棋空着手回来说："典当行那个老板，死活不让赎回，说期限已经过了大半年。"

陈寿一听，心里明白过来，让陈棋在赎金的基础上，再给他两万钱。果然，陈棋再去，不到两个时辰，将那块玉佩带了回来。

夜饭后，陈寿没去书房，去了卧室。柳绵知道有事，也跟了进来。陈寿叫柳绵把手伸出来。柳绵有些嗔怪地说："都老夫老妻了，还这么不正经。"

陈寿一把将柳绵的手拉过来，把那块玉佩塞进她的手里。

柳绵一怔，盯着这块玉佩，泪如雨下。陈寿将她揽到怀里，抚着她的头发说："这些年，委屈你了。里里外外，老老小小，都靠你一人撑持。陈寿只是个不会过日子的书生，实在配不上你。"

柳绵捂住陈寿的嘴，不准他再说。陈寿忽有些冲动，正要过去关门，竹儿擎着两盏茶进来，只好作罢。

待竹儿出去，陈寿说："竹儿也大了，陈棋似乎对她有意。"

柳绵却不接话，似乎不同意。

陈寿想了想问："夫人的意思，到底如何？"

柳绵这才告诉陈寿，陈棋本来对兰香有意，兰香又是她的恩人，虽然杳无音信，但若由他撮合陈棋跟竹儿，总觉得有负兰香。

原来如此。陈寿想了想，又对柳绵说："那就让陈棋把手里的事都交给陈书，专心致志去打听兰香的下落。"

二人商量好了，陈寿出来，把陈书、陈棋都叫到一边，把自己的意思说了。

陈书比陈棋大好几岁，前些年已经成家，娶的是陈母的丫鬟，也是陈寿两口子撮合的。陈寿特意在谷仓那边腾出两间房，供他们居住。

回安汉之后，陈书主要照管果园，手下有十几个长工，到摘果子时，还需雇许多短工。果子收回来，则听陈寿的使唤，带着那些长工酿酒。

陈棋也不再做书童，大院里的一切杂务，包括洒扫、修葺、打水、跑腿、传话、采买、除货等，都由他领着几个家仆负责。

恩师的遗嘱，其实是一次远征，陈寿仍在路上，需要夜以继日，书房才是战场。待陈书、陈棋答应下来，他便回到书房。

《三国志》分《魏书》《吴书》《蜀书》三个部分，《魏书》尚未完稿，只写下了《荀彧·荀攸·贾诩传》，正捉笔欲写，响起了敲门声。陈寿只好搁笔，开门一看，竟是儿子柿儿。陈寿有些疑惑，笑着问："柿儿，何故不去学堂里读书？"

柿儿跨进门来，一脸的不高兴，望了望陈寿说："先生要给父亲祝寿，放假三天。"

陈寿正要说话，柿儿又说："我已经上了两年学了，不该叫我乳名了。"

陈寿一把拉住他，笑道："是是是，是我不对，应该叫你陈絮。"

柿儿顿时喜笑颜开，望着案上的书稿问："父亲没日没夜写了好几年，到底写的啥？"

陈寿忽然一凛，柿儿已快十岁了，那些风云旧事，也该讲给他听了。

第六章　盐禁

一

成都，那座幽静的庭院里。新婚不久的柳绵悠然醒来，往窗口一望，窗纸上一片柔白，天还没大亮。

枕上，陈寿两眼紧闭，呼吸均匀，似乎睡得正香。

柳绵轻轻坐起，见熟睡的陈寿格外英俊，忍不住往他脸上轻轻亲了亲，替他掖好被子。下榻穿衣，开门出来，竹儿已候在门外。昨晚已经说好，今日一早要往街市里去。

"这么早就要上街?"忽听陈寿的声音响起。

柳绵望向屋里，见丈夫已经起来，一边穿衣，一边转过那道雕花屏风，向门口走来。柳绵笑道："家务事不用你管，你只管好好读书，好好做官!"说完，拉上竹儿，快步走了。

陈寿停在门口，望着二人的背影，有些愣愣的，不知她们这么早，到底去买什么东西。

片刻，陈书、陈棋一齐过来，侍候洗漱。

用过早饭，陈寿把陈棋叫到书房里，拿出一封家书，递给他说："这里的事

148

不用你管了，立刻回安汉，把这封信送回去。"

陈棋却不接，有些惶惶地说："老爷把我逐出府，我哪里敢回去？少爷不如让陈书去，陈书是老爷的人，比我合适。"

陈寿举起那信往陈棋额头上一敲说："实话告诉你吧，你来成都没几天，我就写了封信回去，为你说了许多好话。父亲回信说，当初赶你出门，也是一时愤怒，很快就后悔了。"

陈棋还是有些犹豫，虽把信接过，仍有些迟疑地问："恕小人大胆，不知少爷这封信写了些啥，老爷接到信，会不会生气？"

陈寿只好说："这是给父母报喜，一来陈寿已经完婚，二来获朝廷任用，做了东观秘书郎。放心去吧，老爷不仅不会生气，还会赏你。"

陈棋这才放心，告辞欲去。陈寿却叫他等柳绵回来，说柳绵给父母备了一份礼，叫他捎回去。

陈棋答应下来，也要去准备准备。躲在门外偷听的陈书来不及避开，只好站在那里。陈棋瞪着陈书说："少爷把我支回安汉了，这下你高兴了！"

陈书答不出话，到书房里来，朝陈寿一揖说："小人陈书，请少爷吩咐。"

陈寿看着陈书，不说话。陈书被他看得很不自在，似乎自己所有的心思，都被少爷看穿了。不禁后悔，不如自己主动提出回安汉送信，从此回到老爷身边，少爷待下人虽然也很好，但自己从小跟在老爷身边，到底不一样。

正惶惶无措，忽听陈寿说："磨一池墨吧。"

陈书简直有死里逃生的感觉，赶紧往砚池里注水，拿起一锭墨，认认真真磨起来。

那墨渐渐浓厚，生起一缕缕陈香，陈书却还在磨。陈寿笑道："好了，不用磨了。"

陈书一凛，赶紧停下。陈寿不再管他，蘸起一笔墨，继续写《益部耆旧传》。

不知不觉已是正午，陈寿已觉饥饿，抬头一看，陈书还站在那里，便叫他去后厨问一问饭熟了没有。

陈书正要出去，陈棋推门进来说："饭菜已经好了，但夫人和竹儿还没回来。"

陈寿不免有些疑惑，一早出门，正午还未回来，难道是给家中的父母买什么礼物？不是已经准备好了吗？

陈寿决意去街上看看，毕竟柳绵只带了个侍女，要是碰上了歹人，那可不得了。

刚转过那道照壁，迎面遇见柳绵、竹儿和那个又高又壮的家仆石三走来；竹儿手里拿着个布袋，却空空如也。陈寿忍不住问："去了大半天，何故空手回来？"

柳绵忽把竹儿手里的布袋拿过，塞入陈寿手里，恨恨地说："太不像话了！"

陈寿顿觉莫名其妙，不知出了什么事。

"这么大个成都，居然买不到盐！好不容易找到一家有货的，又贵得吓人！挤了半天，挤到窗口，却竖起个牌子，说卖完了！"柳绵的话，带着一股子掩不住的怒火。

陈寿赶紧拉上柳绵往饭堂去。柳绵边走边说："盐价已经涨到每斤两千钱，是平常的十倍不止！并且只有'李记盐铺'有货！不仅人山人海，还有人大打出手，不惜拼命！见那个阵势，我和竹儿哪里挤得上去？便叫竹儿回来，把石三叫去。石三东冲西撞，好不容易挤上去，哪知道没货了！我不甘心，满城里寻找，找遍了所有的盐埠，全部关张，都无盐卖！"

陈寿不信，一边走一边问："真的买不到盐？"

见陈寿还蒙在鼓里，柳绵索性把话挑明："街上传得沸沸扬扬，说是一切皆因官府禁盐。始作俑者，正是你的恩师，我的义父，他联名丞相费祎上了一份奏折，请陛下禁盐！"

到了饭堂，刚落座，柳绵又看着陈寿说："唉，没想到，我有眼无珠，竟然认贼作父！"

柳绵向来知书达理，何承想到，仅仅过了不久，那个慈父般的谯周，竟然成了国贼！

陈寿觉得事情没这么简单，也无心吃饭，当即离席，往谯府去。陈书正在另一边吃饭，见陈寿往外面疾走，也不吃了，赶紧跟了上去。

一路来到谯府，把那道大门敲开，门仆却告诉陈寿："老爷虽然在家，但此时正在午睡，不敢惊扰。"

作为弟子，陈寿当然知道，午饭之后，谯周会去书房读一会儿书，困了，便在那张可坐可卧的榻上睡一觉。

陈寿顾不上那么多了，径往书房里去。到了书房外，正要上去敲门，谯木从一侧快步走来，有些惶惶地说："使不得使不得，老爷刚刚躺下！"

陈寿顿时犹豫起来，觉得自己实在有些莽撞，便停下来，正要去一边等待，忽听谯周的声音响起："是承祚吧，进来。"

陈寿看了谯木一眼，把那道门推开，走了进去。谯周倚在榻上，手捧一卷书，一侧有张小几，几上放着一盏茶。

陈寿朝谯周一揖，谯周指了指左边一席，示意他坐下。陈寿落座，就迫不及待地说："恩师，弟子有一事相询。"

谯周饮了口茶："说。"

陈寿说："整个成都已经断盐，柳绵跑遍了所有的盐铺，也没买到一点盐。"谯周似乎不愿听，拿起那卷书，顾自看了起来。

陈寿停了停，又说："听说，成都缺盐，是恩师和费丞相的意思。学生不解，请恩师赐教。"

谯周有些不耐烦地盯了他一眼，语气很冷地说："过些天，你自然会明白的。"

陈寿深深感到，谯周的话有拒人千里的意思，一时不知该说什么。

过了一刻，不见陈寿出声，谯周抬头一看，他还杵在那里，像一截不可动摇的铁桩。谯周两眼一冷说："退下吧。"

陈寿咬了咬牙说："恩师若不把话说明白，弟子绝不离此半步！"

谯周一怔，霍地站起，指着陈寿说："一个小小的秘书郎，哪有资格对我这么说话？"停了停，又说，"去吧，我不配做你的老师，你也不必多说了！"

陈寿万没想到，恩师会如此动怒。但他也是个与生俱来的犟脾气，既然来了，就必须一吐为快，便有些讥刺地说："作为大权在握的朝臣，不应只顾朝廷利益，还应顾及黎民生死！"

谯周忽然抬高声音："你看你看，这话岂是一个弟子说得出口的？呵呵，一口一个恩师，亏你叫得出来！"

陈寿忙向谯周拱手说："陈寿虽然不肖，但自从来恩师门下受业那天起，一直把恩师当成自己的慈父……"

谯周忽将陈寿打断，指着自己的鼻尖问："你真把我当恩师？"

陈寿赶紧跪下说："教诲之恩重如岱岳，弟子永不敢忘！"

谯周又问："此时此刻，你当我是你恩师吗？"

陈寿忙道："无论何时何地，弟子永远是弟子，恩师永远是恩师。"

谯周冷冷一笑说："那好。"忽又转向门外，高喊，"命戒尺来！"

在这个家里，无论对于任何人，谯周的话都如同圣旨，绝对不可置疑。候在门外的谯木听了这话，赶紧取来戒尺，交到谯周手上。

恰好与陈寿带着同样疑惑的李密来了，听说恩师要打陈寿，赶紧跑进书房。谯周正挥动戒尺，痛打陈寿。李密赶紧跪下，请恩师住手。谯周正好借坡下驴，把戒尺扔了，喘着粗气问陈寿："你可知错？"

陈寿自始至终都不曾哼一声，当然更不会认错，只说："学生今日来，只想恳请恩师，好歹给百姓留条活路！"

谯周一把抓过几上的那只茶盏，一下泼在地上，对谯木说："这个目中无人的家伙，已被我逐出师门，还不拖了出去！"

李密赶紧劝谯周："恩师息怒，陈承祚性情直率，口无遮拦，但他视恩师如生父，待同窗如手足，又才情俱佳，实为我辈之楷模。请恩师收回成命，饶了他吧。"

陈寿仍不住口："恩师常言，读书人当上为天子，下为百姓。如今盐价飙升，虽能使府库充盈，但百姓何以为生？"

恰在此时，费承也走了进来。

陈寿望着费承说："学兄来得正好，你也该劝劝令尊，身为丞相，不要一心只想讨陛下高兴，不顾黎民死活！"

费承本是受父亲差遣，来给谯周送请柬，请其明日去府上议事，听了陈寿这话，不好表明来意，也只劝解。

盛怒已极的谯周，手指陈寿，语气决绝："从此，不准你踏入谯府半步！"

李密和费承好歹将陈寿拉了出来，陈寿一阵冷笑，朝二人一揖而去。

二

陈寿出了谯府，一径回到家里，气冲冲进了书房，也不管一路跟来的陈书，立即将自己关在屋里。

陈书不敢进去，也不敢离开半步，只好守在门口，不时朝院子里张望，想等个人过来，好去给夫人传话，过来劝劝少爷。哪知等了半天，竟不见个人影。不由骂道："都死到哪里去了，养了那么多闲人，只知道张嘴吃闲饭！"

竹儿往厨房去还碟子，那是下午茶时给柳绵装茶点的。她似乎知道陈书的意思，从一边匆匆绕过去了。

厨案上已摆好了几道菜肴，锅里正煮着汤，腾起一片水雾。苏嫂拿起那只盐罐，用箸子沾了点盐，胡乱搅进汤里，叹了口气说："唉，这一大家人，只剩这点盐了！"

转身过来，看见竹儿正放下碟子，便说："饭菜已好，快去请少爷、少夫人吃饭。"

竹儿答应一声，一路到了正房门前，轻轻掀开绣花绿绸的软帘，进入门里，见柳绵坐在榻上绣花，已经绣了一半。

听竹儿说该用餐了，柳绵将绣花针别在那朵未绣完的花上。竹儿赶紧上来，扶柳绵站起。柳绵坐了整整一个下午，腿脚有些发麻，立在那里稳了稳，正要出门，忽想起陈寿去了谯周那里，便问："承祚回来没有？"

竹儿忙说，刚才看见少爷和陈书进门，正要上去招呼，却见少爷黑着一张脸，似乎不高兴，就不敢上前。

柳绵有些着急，立刻往书房里去。竹儿也跟了过去。站在那里的陈书似乎看见了救星，快步迎上来，先朝柳绵作揖请安，尔后指着书房说："少夫人，大事不好了！"

柳绵一怔，望了望那道紧闭的门，忙问："何事？"

陈书遂将所见所闻一一告之柳绵。原来，陈书跟着陈寿到了谯周府上，照例等在前院里，与几个熟识的谯府家仆闲话。不一时，一个下人出来，说陈寿跟老爷吵了起来，老爷气不过，请来了戒尺，正在教训陈寿。陈书骇得出不了声，只求那个下人，好歹问清楚，自家少爷如何得罪了谯周。那个下人进进出出，把书房里的情形，给陈书说了个仔仔细细。

得知陈寿被逐出师门，柳绵似被当头敲了一棒，只差没有晕倒。她当然知道，谯周不仅是陈寿的恩师，也是朝中大臣。所谓背靠大树好乘凉。往后，要是没有这棵可以依靠的大树，陈寿即使已经做官，又哪有前途可言？怪只怪自己，不该对陈寿说那番话。

柳绵定了定神，看着竹儿说："你去我房里取些创伤药来，就在梳妆台下第二个抽屉里。"

竹儿应了一声，赶紧去了。

柳绵敲了敲书房的门，许久不见回应。等了片刻，又敲了几下，说："我进来了。"

还好，门未落闩，推门进去，只见地上一片狼藉，纸团扔得到处都是，几乎令人下不了脚，而陈寿面红耳赤，正奋笔疾书。见了柳绵，也不理会，似乎这一切，只有用笔才说得清楚。

柳绵俯下身子，捡起一团，捋开来看，纸上书有"天下最苦是百姓"七个大字。墨迹斑驳，多有晕染。于是放在一边，另捡起一团，再看，依旧是这七个字。

墙角放了一只卷缸，缸口比水桶还粗；缸身有一幅新柳春燕图，为陈寿亲手所绘，专门存放写废了的字纸。

柳绵把那些纸团收在一起，一并捧入卷缸里去。陈寿又把一个纸团扔到地上，柳绵默不作声，又捡起来，放进卷缸。手里不停，又一团纸飞来，落在了柳绵的面前。她还是捡起来，抛入卷缸。两人似乎较上了劲，柳绵收拾得越快，陈寿写得也越快，都扔到柳绵跟前。

竹儿拿药膏进来，柳绵一边捡纸团，一边叫竹儿放在那张茶几上。却不见陈寿扔纸团，往案上瞄了一眼，见墨池已干，就把竹儿叫住，让她磨墨。

竹儿忙了一阵，磨出一池浓墨。柳绵则裁了一沓纸，拿起一张，铺在案上，也取了一支笔，跟陈寿一起，写的都是那七个大字。竹儿不明白，这对小夫妻为何都写这几个字，也不便问，只忙着替二人铺纸，并把他们扔在地上的纸团，都收到卷缸里。

写了一气，写到屋里一片淡黑，陈寿终于停下笔，看着柳绵说："所谓贤臣良相，从来只为帝王或自己着想。不，应该说，只为自己的前程和家族着想。"

柳绵也停了下来，望着陈寿说："慢慢来吧，何必如此着急？"

陈寿把那支笔搁在笔架上，竹儿已经点起一盏灯，灯光总算把眼看浓密的黑一下子烧毁。

陈寿望了望那盏灯，拍了拍手，说："好了！"

见他已经回复常态，柳绵给竹儿使了个眼色。竹儿便去那边，取了那创伤药过来。

柳绵要给陈寿敷药，陈寿不肯，忙说："不碍事，恩师也只是做做样子，毕竟师生情深嘛。"

柳绵坚持要看伤，陈寿死活不答应。恰在此时，陈书推门进来说："少爷的同窗李密他们来了。"

"我这就去厨房，叫苏嫂做几个下酒菜。"柳绵说着，替陈寿整了整衣衫，就要出去。陈寿忽想起陈棋，便把她叫住，问陈棋回安汉没有。柳绵笑道："你放心，午饭后就走了，礼物也带去了。"

陈寿遂往客堂里去。见满堂灯火，李密、李骧、何渠正在说话，陈寿一边进门一边拱手说："不知各位学兄来访。未及迎候，失敬、失敬。"

几个人赶紧站起，拱手还礼。陈寿明白三人的来意，一是安慰自己，二是因为盐禁。毕竟同窗数载，彼此非常了解，都是些眼里容不得沙子的性情中人。

李密、李骧见陈寿神色如旧，决意闭口不说陈寿挨戒尺的事。没想到何渠却偏要提起，朝刚落座的陈寿一挥手说："哎呀，要说挨戒尺，我比你们加起来都多！没啥了不起，恩师如父嘛，既不丑也不羞！"

这话说得几个人笑了起来。陈寿见费承没来，已明白他们的苦心，说起盐禁，一定要说到费祎，若费承在此，既说不痛快，也可能伤了和气。

正要把话说到盐禁上，陈书在门口朝陈寿拱手说："少爷，该用饭了。"

陈寿带着几个人来到饭堂，酒菜已经摆好。陈书要留在这里侍酒，陈寿叫他只管去吃饭，都是同窗好友，不必那么拘谨。

于是各自斟酒，相互邀饮。饮过三盏，李密回敬陈寿说："常言道，一日为师，终身为父。所谓父子没有隔夜仇，承祚不如去恩师那里，好歹赔个不是。"

陈寿却说："令伯兄放心，恩师虽然一向严肃，看起来似有些刻板，其实心里如海如湖，不会跟自己的弟子计较。"

李密与陈寿的交情自是与别人不同。但今日恩师当着他的面将陈寿逐出师门，总该由他来给一个台阶，否则收不了场。想了想，又说："承祚若能主动登门认错，恩师一定会收回成命。"

何渠连忙应和说："令伯所言极是，依小弟愚见，恩师到底是长辈，做弟子的认个错，就当是吃了个亏。"

李骧也接话说："其实也不算吃亏，就当顺他老人家一口气吧。"

李密、李骧、何渠只一个劲儿地劝解，陈寿将今天的事想了一想，不知自己错在哪里，故而不答话。

"说实话，我最担心的，怕因此影响了承祚的前程。"何渠心无藏掖，恐陈寿因此背负恶名，想到这里，话也冲口而出。

陈寿哪里听得这话，犟脾气一上来，九头牛也拉不回，冷笑说："我本无错，更无罪可请！"

听见这话，几人也不便再说，场面有些冷清。李骧举起酒盏说："来来来，饮酒。"

几人饮了这盏酒，陈寿把话引到盐禁上，引出的是一片义愤，话也越说越难听。何渠一拍几案说："与其在这里发牢骚，不如到皇宫去，求见陛下，把百姓的怨恨统统说出来！"

却不见人答话，几双眼睛都瞅着他，何渠忽然一脸冷笑，斟了一盏酒，一饮而尽，有些讥讽地说："你们不去算了，我何渠是个直性子，我去，马上去！"

何渠立刻站起，抬脚便走。李密一把将拉住，劝道："何兄不必急切，这不是怕不怕的问题。要是去皇宫里喊上一阵，就能让皇帝收回禁令，就算拼了这颗人头，也无所谓。关键是就算我们都去，是否有用？"

李骧也劝，说不能冲动，应该好好商量出个行之有效的办法。

何渠坐回来，看着陈寿。

陈寿想了想说："我等人微言轻，就算见了皇帝，恐怕也于事无补。"

几个人你一言我一语，说了大半夜，也没商量出办法。

三

酒筵散去，陈寿送何渠、李密、李骧出来。陈书提着一盏灯，在前面引路。

到了前院，李密又劝陈寿说："承祚今日受了委屈，心里激愤，可以理解。但人生如此，有些情分，注定一辈子割不断、抛不下。"

陈寿听了这话，本想辩解，又觉没这个必要。心里却暗想，自入谯周门下以来，恩师对自己可谓偏爱，无论做人作文，总是耳提面命。为自己与柳绵的婚事，不仅出面操持，还给父亲写了一封信，夸柳绵如何贤惠，如何懂得持家。父亲能够接受柳绵，与恩师那封信绝对分不开。否则，自己哪有勇气给父亲写信，把这桩婚事告知父母！

想到这里，陈寿的心里犹如扎了芒刺一般，已经有了悔愧。不觉已到了大门口，何渠、李骧的家仆早已候在这里。

李密虽然也获得任用，但俸禄微薄，加之祖母年高多病，无力租房，更无力买房，仍在谯周府上借住。

何渠提出，不如大家一起，送李密回谯府去。李骧立刻响应，都望着陈寿。陈寿一怔，当然明白他们的意，却一时迈不过这道槛，忙向三人拱手一揖说："各位随意，恕不远送。"

三人不便再说，拱手还礼，作辞而去。陈寿立在门前，目送一阵，直到那些背影渐渐隐去，这才返回院子里，朝正房走去。

柳绵还在绣那幅花，见陈寿进来，赶紧放下，过来替他宽衣，意思还是要看看伤得如何。陈寿坚决不准，顾自剥下外衣，人还没到榻上，却一口吹灭了那盏灯。柳绵摸到榻上来，见陈寿一动不动，知道他心里还没放下，也不说话。

此时此刻，谯周也躺在榻上，翻来翻去，毫无睡意，心里甚至比陈寿还难受。自陈寿拜在门下以来，他对这个弟子，比对儿子还在意。今天却一时冲动，打了他一顿。他早已看出，陈寿是个死要面子活受罪的家伙，而他那时偏偏忘了这一点，竟当着李密和费承打了他，还信誓旦旦，把他逐出师门。

依这家伙的脾气，主动低头，几乎不可能，但谯周身为业师，也不能向他低头。

谯周心里又痛又悔，几乎折腾了整整一夜。直到鸡叫，才迷糊过去。等醒来时，天已大亮。只觉浑身乏力，也不想起来，依然躺在榻上。

过了许久，谯夫人推门进来，到榻前问："是不是着凉了？"

谯周不出声，身子一翻，把背朝向谯夫人。谯夫人当然知道，老爷打了他最得意的弟子，心里肯定不好受。也不多说，退出来，直接去了灶房，亲手给谯周熬了一钵乌梅山楂汤，叫菊儿送到老爷卧室里去。

菊儿不仅乖巧，还生得有姿有色。谯夫人甚至认为，谯周有收她入房的意思，所以一直明里暗里防着，不让她跟谯周单独见面。此时叫菊儿送去，只想讨他欢心，至于其他，也顾不得了。

没想到菊儿很快便把那钵汤送了回来，说老爷不喝。谯夫人想来想去，想到了柳绵，只有去见她了，让她好歹劝劝陈寿，来给老爷认个错。

正收拾要出门，菊儿进来禀报说："夫人，柳绵小姐来了。"

听见这话，谯夫人高兴得几乎手舞足蹈，忙说："还不快快请进来！"

菊儿出去一阵，引了柳绵进屋。柳绵向谯夫人请了安，夫人拉她坐下，叫菊儿去取乌梅山楂汤来吃。

菊儿捧来那钵乌梅山楂汤，盛了两碗，又忙着去给谯周换瓶子里的插花。这时节樱花开得正好，菊儿每天早上都要去后花园采一束新花，换去那束旧花。那是个四季有花的园子，谯周卧室的那只花瓶，从来没缺过鲜花。

一人吃了一碗乌梅山楂汤，柳绵又要给谯夫人下拜，被谯夫人拉住，叫她不必见外，有话只管说。

柳绵说："千错万错都是承祚的错，他是个做弟子的，无论如何都不该跟自己的恩师顶嘴。"

谯夫人听不出这话里是否有陈寿的意思，只好说："你不知道，我家几个儿子，从来不问老爷朝中的事，老爷也从来不说。承祚呢，虽然做了几年入室弟子，恐怕并不知道。"

柳绵想了想说："承祚也是个犟脾气，但我看得出来，他心里可能比义父更难受。昨夜翻来翻去，整整一个通宵都没合眼。我来这里的时候，他正跪在神龛前，对着天地君亲师的牌位，一定是在请罪。"

谯夫人听见这话，眼圈儿一红，亦喜亦悲地说："哎呀，这个陈承祚，居然跟他那恩师一个德性，既然后悔了，何不到这里来，好歹向老爷认个错，说几句软话，不就行了？"

于是拉上柳绵，往书房里去。

菊儿来卧室里换花时，见谯周依然躺在榻上，一脸的闷闷不乐，就说："柳绵小姐来了，正在跟夫人说话。"

谯周听见这话，明白柳绵一定会到这里来，赶紧爬起，叫菊儿侍候穿戴。谯夫人和柳绵手拉手进来时，谯周已经穿戴整齐，坐在窗下，那瓶新花就在一侧的花架子上，似乎带着释然的笑。柳绵叫了声义父，望谯周纳头便拜。谯周忙把她拉住说："算了算了，既在家中，不必如此客气，快快起来。"

柳绵不起来，磕了个头说："这个头是替承祚磕的。他昨日顶撞了恩师，无颜前来拜见，叫我替他给恩师认罪。"

"他在家里罚自己跪呢。"谯夫人不失时机地说。

谯周却不想就此罢休，一来性情使然，二来好歹自己贵为业师，你陈寿隔山打虎，就想我放了你，也太便宜了。于是脸色一沉，硬生生将柳绵拉起说："你是我们夫妇的义女，你到这里是回娘家，就算我跟陈寿从此恩断义绝，但谯家不会把你关在门外。至于我跟他，既然志趣各异，就算老死不相往来，也无所谓。"

听见这话，谯夫人看了看一脸惶惶的柳绵，望着谯周说："常言说得好，得饶人处且饶人。你就是个刀子嘴豆腐心，女儿把话都说到这份上了，你也该放下了。"在这府上，除了这个结发妻子，没人敢跟谯周这么说话。

谯夫人又给柳绵使了个眼色。柳绵又跪下去，一边抹泪一边说："一边是义父，一边是夫君，我夹在中间，实在不知该咋办。只望义父看在柳绵可怜的分上，好歹饶他一回。"

谯周也知道，不能再固执下去了，再把柳绵拉起来说："唉，好吧，看柳绵的面子，姑且饶了他吧。"

谯夫人、柳绵高兴不已，告辞出来，依旧回去说话。谯夫人把菊儿叫来，让她把剩下的乌梅山楂汤热一热，给老爷送去。

柳绵就要告辞，谯夫人苦苦挽留，一定要吃顿饭才准走。柳绵只好留下，陪谯夫人说话，午饭后才告辞回去。

夜里，两口子一番亲热，柳绵趁机蜷在陈寿怀里，把今天背着他去谯府的事，一五一十说了一遍。没想到陈寿却不领情，反而怪她多管闲事。

柳绵把他已经转去一边的身子扳过来，盯着他说："我就不信，你跟义父吵翻了，就不后悔？"

陈寿却说："你不是后悔认贼作父吗，咋又满嘴里都是义父？"

柳绵轻轻勾住他脖子说："那是我一时冲动。你就不想想，义父如此博学，也不是奸臣贼子，他这么做，总有他的道理。"

其实，这也是陈寿已经想到的。依他这些年对恩师的了解，恩师当然是个贤臣。尤其那个花朝节，为了使整日深居皇宫的刘禅了解民情，恩师几乎把一切，包括自己的得意门生，都豁出去了。

想了一阵，陈寿望着柳绵说："不如这样，把恩师请来赴宴，只要他答应来，说明心里再无芥蒂了，我也好安下心来。"

柳绵笑说："你好意思跟义父怄气，既是他的弟子，又是他的女婿，至今没请他来这里坐一坐。要不闹这场别扭，恐怕你还想不起来。"

这话说得陈寿有些自愧，将柳绵搂进怀里说："你说得对，但我一心一意只有诗书文章，全不在人情世故上。往后，这人情往来，请客送礼等，就不要指望我，全靠你自己了。"

柳绵抚着他嘴边浅浅的胡须说："你放心，你的絮儿不是个花瓶，家里的事不用你操心。"

陈寿心里一热，把柳绵拥在怀里。

翌日早饭后，陈寿认认真真写了几张请帖，叫陈书分送给李骧、何渠。给谯周和李密的，叫柳绵去送。待陈书去了，就拿着两张请柬去绣房里找柳绵。

柳绵的绣技堪称一绝，当然应该有一间绣房。早在婚前，陈寿便叫陈棋、陈书把后院里一间阁楼收拾出来，买了一张绣架，搭在窗前。

柳绵分派完家事，都会去阁楼里绣一阵花。陈寿推开阁楼门时，柳绵已经明白他的意思，却假装没听见有人进来，仍然埋头绣花。

陈寿到柳绵背后站下，看了一阵，见柳绵手里的针线，有如行云流水，故意赞道："哎呀，这么绝的手艺，被我陈寿误了，真是可惜！"

这话，其实暗藏另一层意思，绣花是小家碧玉的事，而陈家是仕宦人家，不会靠任何手艺吃饭。

柳绵当然明白，嫁给陈寿就等于毁了自己的绝技。见陈寿并不表明来意，头也不抬地说："不要指望我去帮你送请柬，你要走不出这一步，就算义父答应赴宴，也会把尴尬带到席上，不如先去把这一关过了。"

陈寿觉得有理，出门来往谯周府去。一进那道大门，早有人报给了谯周。谯周立刻去书房，端端正正坐在那里，假装读书。不一时谯木领着陈寿进来，陈寿如往常一样，向谯周作揖问安；谯周也如往常一样，请陈寿入座，问了些学业及任上的事，只字不提那场不快。

一旁的谯木听得一阵阵发蒙，暗自感慨，读书人的事，简直看不懂。等二人的话有了空隙，谯木忙问："老爷，准备酒饭吗？"

谯周两眼一瞪说："承祚已经入仕了，不比往日，来一趟不易，当然要准备！"

谯木赶紧应诺，一揖去了。陈寿还揣着给李密的请柬，不好让谯周转交，就说要去见一见李密。谯周笑了笑说："你又不是初来这里，要去便去。"

陈寿暂时告辞出来，去找李密。在谯周的催促下，李密早已从谯四那里搬了出来，搬去了中院，与谯同他们住在一起。跟陈寿一样，李密虽然得到朝廷任用，却是个可有可无的角色，没有多少公事，仍然以读书为主。

李密见陈寿来了，明白师生之间已经和解，自然高兴。陈寿把请柬递给他，说了一阵话，两人一起去书房见谯周。

午饭后，陈寿告辞，回去安排晚宴，他一直待在后厨，每道菜都照他的意思准备。

傍晚时分，谯周带着一个仆人，与李密一起走来。陈寿、柳绵早已候在门外，赶紧上去见礼。正说话，李骧、何渠也来了，便到客堂里去，喝了一阵茶。柳绵亲自来请，说酒菜已经上席，该用饭了。

几个弟子簇拥着谯周进了筵堂。不用说，谯周被奉上了主客席。席上水陆杂陈，几个家仆分立每人身后，等着侍酒。

陈寿说了几句酒宴上常见的话，诸如恩师是世上第一贵客，仅以薄酒蔬食，聊表心意，等等。

家仆们已经给每个人斟上一盏酒，陈寿举起酒盏，同李密等一起，敬了谯周一盏。陈寿起身过去，替谯周割了一片烤鸭，请谯周尝尝味道。谯周点了点头，叫陈寿不必客气，拿起匕箸，将那片烤鸭送入嘴里，轻轻一嚼，微微一笑，不动声色地咽了下去。陈寿又割下一片，一本正经地吃起来。

李密、何渠、李骧割下一片烤鸭，刚刚一嚼，便放下小刀，都望着陈寿，呆在那里。

陈寿却视若无睹，嚼得认真。何渠似乎品出了滋味，望着谯周问："敢问恩师，味道如何？"

谯周一边咀嚼一边说："好，极好！"

何渠不禁一怔，莫非自己想多了？如今，成都盐比金贵，还买不到。难道陈寿只给恩师的菜放了盐，没有给我们放？

何渠灵机一动，割下自己盘中的一块肉，站起，挑到谯周的碟子里，正正经经地说："这是弟子一点心意，望恩师勿怪。"

谯周当然知道何渠的用意，将那块肉叉起来，喂在嘴里，照旧吃得很香。

席上陷入沉默，都停在那里。谯周一笑，说："快吃，趁热。"

几个人只好拿起匕箸，切肉来吃。席间再无人说话，只听得匕箸与碟子碰撞的一片响。

硬着头皮吃了一阵，谯周将匕箸一放，望着陈寿说："你这场鸿门宴，其实还差点火候。"

陈寿一怔，说不出话来。

谯周指了指几上说："你做了一席不放盐的菜，你的用心，难道我不明白？你何不干脆熬一锅稀粥，连菜也省了？要是我，连粥都不熬，只在每张几上画上菜肉，画饼充饥嘛！"

陈寿赶紧站起，朝谯周一揖说："恩师在上，无盐与无粮何异！生民何辜，总不能因北伐大业断了百姓的生路吧。"

李密、李骧、何渠也站起，向谯周施礼。虽不说话，但意思与陈寿一样。

谯周看了看几个弟子说："你们的意思，不外乎让我上奏陛下，开盐禁嘛。我告诉你们，不是不开，是火候未到！"说罢，起身离席而去。

陈寿等一怔，赶紧去追。

然而不管他们如何挽留，谯周始终不说一句话，也不肯留下。

第七章　黑与白

一

柳绵醒来，已是红日当窗。这些天来，她总觉得身子慵懒，既乏力又恶心，老想睡觉，又总是睡不够。陈寿早已出门，要么去了官署，要么去了谯府。

柳绵又躺了一阵，还是咬紧牙关起来。刚穿好衣裙，忽觉腹内翻江倒海，想吐，却又只是干呕了一阵。

竹儿听见响动，赶紧端了一盏漱口水进来。见柳绵抹着胸口，少时，才缓过了那口气。

竹儿伺候柳绵漱了口，就要去请郎中来诊视。

柳绵自觉身子好好的，或因昨日那场酒席，有些劳累，只需歇一歇。竹儿只好打住，又侍候她梳洗，依旧扶她到榻前坐下，说："少夫人身子欠安，我去把早饭端来，就在这里吃。"

柳绵毫无胃口，只叫竹儿煮一碗酸汤来吃。

见竹儿刚出房门，就听她门外喊了一声"少爷"，柳绵有些惊讶，承祚今日为何回来这么早？

正想着，陈寿已经进来说："恰好端午节，要放好几天假，恩师让我们出去游学，下午就走。赶紧回来给少夫人告假。"

柳绵扑哧一笑，得知陈寿已跟何渠、李密、李骧约定，午饭后在西城门碰头，忙把陈书叫来，一边吩咐他好好照顾少爷，一边收拾了几套换洗衣裳，并几张手巾，一把折扇，都是陈寿的随身用品。又取了十缗钱，装进包袱里，交给陈书，再叮嘱一番，诸如天气热了，莫让少爷吃生食，喝冷水；出门在外，小心为是，尤其夜里，一定要警醒；等等。似乎即将出行的并非自己的夫君，而是自己的儿子。

陈书一边接过包袱，一边满口答应。陈寿叫他去厨房那边，催一催苏嫂，早点开饭。

陈寿的意思，是想借机跟柳绵亲热亲热，没想到，刚有了点意思，陈书就屁颠颠跑回来说："少爷，饭好了！"

陈寿忍不住斥了他一句："你看你，人还在这里，影子已经飞出大门了！"

吃过午饭，陈书早早到大门外张望，望见石三牵着两匹马走来，赶紧上去，笑嘻嘻地说："有劳三哥了。"

陈书确实想得周到，趁陈寿用饭，便去求石三，请他赁两匹好马。石三虽然五大三粗，但人很诚实，也不多说，赶紧去了。

陈寿出来，见有两匹马，当然要夸陈书。陈书趁机说："要是留下陈棋，一定想不到这些。"

陈寿一笑说："你两个的心思，我早就看得清清楚楚。"

陈书一边扶陈寿上马，一边有些讨好地说："看穿了却不说，这就叫老辣。"

陈寿翻身上马，哈哈大笑。陈书也上了马，跟在少爷身后。陈寿回过头去，看着陈书问："刚才那话，是从老爷那里学来的吧？"

陈书忙说："少爷真是把小人看穿了，小人说的话，凡是有道理的，都是从老爷那里学的。"

陈寿边笑边说："我让陈棋回去，把你留下，是想让老爷放心，免得你不在我身边，担心我学坏了。这一点，你没看穿吧？"

陈书心里一愣，不知陈寿这话是什么意思，也不敢再说，只好咧开嘴笑。

一路行去，到了西城门，望见何渠、李骧各带了一个家仆，倚马而望。李密牵着的那匹马，陈寿自然认得，是谯周府上养的。

何渠远远打趣陈寿说："我们等你许久了，你非要回家吃饭，想必有啥好事，一定要做完才舍得走？"

李密、李骧忍不住笑了。陈寿也不答话，看了陈书一眼。陈书忽然一愣，自己跑去喊少爷吃饭，是否不是时候？

几匹马先后驰出城门，沿着一条官道飞驰而去。官道两旁都是稻田，稻子正在扬花，到处都是清香。田畴交错之间，不乏一片片青绿的果蔬，更不乏一堆又一堆竹树，茅屋瓦舍，鳞次栉比，鸡鸣犬吠，不绝于耳。

一气跑下来，跑到红日偏西，眼看人困马乏，终于望见了一片城郭，不用问，那就是郫县。

何渠猛加一鞭，那马冲到最前面。何琴也加了一鞭，越过陈寿等，似乎怕何渠落下。不一刻，何渠、何琴已到城门下，勒住马缰。待陈寿等驰近，才一齐下马。几个守门的士卒都认得何渠，争着过来招呼。进了这道城门，何渠似乎一尾回到水里的鱼，不仅自在，还有些扬扬得意，一路给陈寿他们说郫县人物，包括丛二帝，包括扬雄，当然也包括自己的先祖，大司空、氾乡侯何武，这才是重点中的重点。

几个人牵着马，跟在何渠主仆身后，听他炫耀。说话之间，已经转入一条大街，望见一家商铺，正是李记盐铺，店门紧闭，门外挂出一块牌子，上书"近日无盐"几个大字。仍有一帮人聚在店门前，嚷着要买盐。

"近年来，郫县李巍不仅垄断了郊县的盐，成都也被他家占了至少一半。原因嘛，很简单，朝廷里有人！"何渠望着李记盐铺的门店说。

陈寿等也望着那些吵着要买盐的人，脚下早已慢了。何渠冷笑一声又说："他家还有十几个采盐场，每个采场，每天能出上万斤盐，会没盐卖，哄鬼去吧！"

转过这条街，迎面是一座不可多见的高门大户，斗拱挑檐，院墙高深，墙外是一片绿幽幽的古柏，简直是另一道墙。一道大门，两旁另有一道耳门，都用朱漆漆过，漆色分外鲜亮；门楼上是层层碧瓦，檐上露出一溜云纹瓦当；墙裙高过半人，都是青石。

这就是何家的府第！陈寿暗自惊讶，与之相比，不仅自己老家那座庭院显得小气，就连恩师的府第也相形见绌。

何琴率先上去拍门，朝里面喊："来客了，贵客，赶紧出来牵马！"

不一时，两扇大门吱吱嘎嘎拉开，唐管家领着几个家仆笑吟吟出来，连声问候，几个下人把几匹马从耳门牵进去，想必要牵入马厩里。

陈寿等随何渠、唐管家自正门进院。陈寿举眼一望，更是惊得目瞪口呆，这何止是一座庭院，简直是一座城！看那些参差起落的楼顶，似乎望不到头，岂是几重院落！

唐管家不愧久经世事，似乎看出了陈寿他们的惊愕，赶紧说："郫县何氏，自古以织锦闻名，但一般人不知道，种桑养蚕、缫丝织布，包括织锦、刺绣，所有的作坊都在这座大院里。所以院子越修越大，人丁也越来越多。"

走过一重院落，又有几个仆人过来，把陈书等请去了另一边。陈寿等从一道拱门进去，望见一个一身锦绣、长相清雅的男子满面笑容走来，不待他开口，何渠赶紧上去，口称父亲，跪拜在地。不用问，这便是大名鼎鼎的何标。

主客以礼见过，陈寿等不免为狱中送饭之事向何标致谢。何标却望着几个人说："早听犬子说过，陈承祚博闻强识，李令伯儒雅清通，李叔龙才智过人，何某欣羡已久。今日来此，幸甚幸甚！"

叔龙是李骧的字。这些话说得几个人暗自感慨，不愧是一代名臣何武之后，谈吐如此不俗。

何标将陈寿一行邀入客堂，几案横列，都是清一色的檀香木，泛起缕缕幽香；铺在几前的并非常见的竹席、草席，而是锦垫。四壁都是漆光闪烁的木架，摆满了各种玉器、陶器及青铜器。一条长案上是一个纯铜香炉，正燃着一炉香。陈寿能想起的只有一个词，钟鸣鼎食。

忽想起李密出身贫寒，这种富贵，不知他是否习惯。不由朝他望去，李密坐在那里，一副泰然自若的样子，似乎回到了自己家里。陈寿不免惊讶，这家伙如此沉着，似比同样出身名门的李骧还要不惊不诧，说不定假以时日，真如恩师所说，一定大富大贵。

几个仆婢送来茶水和时令瓜果，摆在每人面前。何标举盏相邀，一边饮茶一边说话。

过了一阵，唐管家轻脚轻手进来，到何标跟前说："老爷，酒菜已经齐了，可以用饭了。"

何标说了一声好，便请陈寿等往筵堂去。何家的筵堂不止两三处，到哪里筵客，一是要看有多少人，二是要看身份。一处筵堂其实就是一座小楼，何标引他们来的，是鸿宾楼。只有最尊贵的客人，才会在这里用饭。

父亲如此给面子，何渠欢喜得差点手舞足蹈，又怕陈寿他们不明白，不禁大了些声说："不是最显贵的客人，父亲不会在鸿宾楼设宴。"

何标轻轻瞪了他一眼，但并不斥责，似乎何渠这话说得并不过分。

登楼入座，婢女们早已候在这里，待主客落座，便分别去每人身后，一对一侍酒。

何标举起酒樽，说了一番客套话，邀客人共饮。何标颇爱读书，曾听何渠说过，陈寿正在撰写《益部耆旧传》，便把话题引到历代西蜀人物上。话一展开，陈寿虽然滔滔不绝，但一直不失分寸，尤其说到何氏先祖何武，陈寿既不吝赞美，又无过誉之词。

这使何标颇为赞叹，陈寿如此年轻，并非那种洞明世事的人，却能在名臣的后裔面前，如此不卑不亢，换作自己，恐怕也做不到。

说了一阵，何标故意话锋一转，望着陈寿问："敢问承祚，公孙述为何自称白帝？"

陈寿朝何标施了一礼说："晚辈愚见，以为与后天五帝之一的少昊有关，因少昊别称白帝；五帝以德治世，公孙述欲借少昊之德标榜自己。说到底，骗人而已。"

何标却摇了摇头说："其实与丝绸和盐有关。公孙述敢于据蜀称帝，全因巴蜀一带盛产盐和丝绸，这是最令王贵公族追慕的两样宝物，是取之不竭的财富。公孙述之所以称白帝，就是因为盐和丝织皆为白色。"

陈寿大为惊讶，但必须承认，自己那一套说辞全部来自前人；而何标所说，不仅标新立异，还颇有道理。陈寿举起酒樽，敬了何标一樽，拱手一礼说："有关蜀中人事，请前辈赐教。"

何标说："尔后，刘璋父子为益州牧，同样依靠盐与丝绸大获其财；正因为富裕，所以醉生梦死，最终成为先主的俘虏。先主入主西蜀，丞相诸葛亮设立锦官和盐官，禁止私营。西蜀能与魏、吴抗衡，依靠的也是盐和丝绸。"

这段往事，陈寿、李密、李骧、何渠都很清楚，亦知盐铁和丝绸为西蜀立国之本。

此时，几个仆人进来点起灯烛。天色未黑，这座鸿宾楼上上下下已是一片明亮。

望着这一派灯火，何标的心思已经游离出去，陷入了那些旧事。

多年来，虽然蜀汉与曹魏纷争不息，但彼此却有合约，不因战争而断绝商旅。何况蜀汉需要北方的战马，而曹魏需要蜀汉的丝绸和盐。

诸葛亮曾颁布条令，蜀商往北方贩丝绸和盐，出行时需由官府验明数量，每出境十疋丝绸，或雪花盐两百斤，均需贩回好马一匹；每少贩一马，罚丝绸二十疋，或盐两千斤；私贩盐和丝绸，一律诛三族。

因彼此需要，蜀商竟然受到双方保护，也因为此，途中匪盗竟从来不敢劫掠。

章武三年（223）春，何标押了近百车雪花盐往北方贩卖，翻山越岭，晓行夜宿，来到斜谷时，忽遇赵云、邓芝兵败，曹军奋起追击。危急之际，赵云令人马绕过商队速走，请何标率领车队沿官道回走。曹军大举而来，因盐车塞途，再也不能疾追，终使赵云、邓芝全身而退。曹军一如既往，不仅对何标秋毫无犯，还护送盐车出斜谷，顺利到达关中。

建兴十二年（234）八月，何标再押一百车盐出蜀，途经五丈原时，远远望见西蜀军营竖起一道白幡，经打听，方知丞相诸葛亮病逝。何标顿时进退两难，很怕曹军因诸葛亮之死而撕毁合约，劫走盐车。正犹豫不决，忽有一队骑兵驰来，不容分说，连人带盐一并押入魏营。原来这些人是镇西将军郭淮的部属，以为诸葛亮既死，合约无效。

这是何标的全部家身，于是直呼司马懿之名，大骂其不守信用。此举果然惊动了司马懿，司马懿痛斥郭淮鼠目寸光，若劫持此盐，蜀中盐商恐惧，自此以后，谁敢往北方贩盐。

司马懿竟然亲自护送何标等脱离险境。

几年后的一天，何标来自家一处盐场查看，那时，何渠刚启蒙读书，恰巧这日放假，也跟父亲一起去了。

一道石头砌成的高墙，围着一口口盐井，井上都有一个木架，一个辘轳横

169

在木架上。正有人搅动辘轳，提起一桶又一桶卤水。每口盐井边都架着几十口大锅，提上来的卤水都要倒进锅里煎煮。煮出的盐，都装进一只只大小一样的袋子里。袋子全是竹片编成，不仅柔软，还耐腐蚀。

何标一言不发，往一库房走去。十几间库房全部码满了盐袋子，几乎已到盐满为患的地步。盐场管事说，再不出货，盐场只好停了。

朝廷一年前颁发了禁盐令，不准一粒私盐入市交易。何标见得多了，或禁或开，犹如时雨时晴的老天，从来没有定准。

但这一回禁了差不多一年，还不见开禁。何标之所以苦苦撑下来，并非为了钱，而是那些世代在何家盐场采盐的盐工，要是停了，他们便没办法养家糊口。

刚从盐库出来，忽见唐管家气吁吁地跑来，老远就喊："老爷，喜讯、喜讯，开禁了！"

何标却毫不欣喜，一声不响回到城里，让何渠随唐管家回去，自己先去郫县县令那里坐了坐，得知盐禁能开，全因丞相费祎联同光禄大夫谯周上奏，陛下才下了这道诏令。

何标直接到了李巍府上，提出将何家十几座盐场和各地盐铺全部卖给李巍。李巍觊觎何家盐场已久，只恨何家是名臣之后，下不了手。听了这话，李巍一口答应。何标的开价相当低廉，只有一个条件，那些盐工必须全部留下，工钱一律照旧，若解雇一人，或降低工价一钱，需加收售价两万钱，世世代代有效。

李巍全部答应，当即立约交割。李巍摇身一变，成了西蜀一带最大的盐户，不免广走门路，最终与官府勾结，垄断了西蜀一带盐业。

何标深知朝廷用意，公孙述也好，刘璋、刘备父子也罢，都在盐上做手脚，时开时禁。开与禁，实际上都是为了养肥猪。

想到这里，何标忽有所悟，看了看陈寿等问："各位出门游学，首先到郫县，而郫县是产盐大县之一，是否与盐禁有关？"

陈寿率先答道："实不相瞒，确是这个意思。"

何标叹了一口气说："李巍之所以取得专营权，垄断了西蜀盐业，全靠宦官黄皓。但百姓不知内情，只当李巍官商勾结，已喂成了肥猪。因此，恨的是官府。"停了停，又说，"你们还年轻，这潭浑水，恐怕蹚不过去……"

何标话到嘴边，又忍了回去。他曾多年经营盐业，其实非常清楚，市上有没有盐，或者是贵是贱，看起来是盐商的手段，实则根子还在皇宫里。

何标虽未把话说明，但陈寿已听出了意味。没想到，或开或禁，后面隐藏的都是巨大的利益。那么，最大的受益者到底是谁？

这顿酒宴，吃得别有意思。待至深夜，虽意犹未尽，也只得散了。何标把他们送到客房楼下，才拱手离开。

几间客房都换了崭新的被褥，一律都是锦被，每间屋里都熏了香。何渠把他们安顿下来，才回房歇息。

二

翌日，主客一同吃了早饭，陈寿、李密、李骧谢过何标就要出门。何标叫住何渠说："三位贵客难得来一趟，你陪他们到处转一转。记得回来用饭。"

何渠领着三人出了府第，何琴、陈书并李骧的仆人，加上何府几个家仆也跟了来。一行人往街上走了一阵，所到之处一片冷清，看不到一点繁华。陈寿看着何渠说："曾听何兄说过，郫县是膏腴之地，没想到是这种境况。"

何渠笑得有些难为情地说："是啊，我曾亲眼见过。以往，这里是鸟市，每天早上，老远就听见一片鸟叫。过来一看，看鸟、买鸟的人比鸟还多！"

陈寿忽然想起那家李记盐铺，提议过去看看。

何渠便叫何琴领路，转过一处十字路口，远远听见一片吵嚷之声，不时有人从他们身边跑过，看样子都是往李记盐铺去的。

正疑惑间，一个壮汉和一帮男男女女，骂骂咧咧从身后跑来。陈寿等停下脚步，扭头去看。何渠忽然迎上去，一把拽住壮汉。壮汉一怔，怒目圆睁，忽又笑了，有些惊讶地说："原来是何大少爷！听说都当官了？"

何渠一眼认出的，是这人额上的那条刀疤。

此人叫王一刀，家住城西，以杀猪为生。尤其爱斗鸡，不仅把卖猪肉的摊子输了，还欠了一屁股债。猪肉摊子是他的命，实在输不起，想赎回来，又拿不出钱，便去找那个债主说："我往自己头上砍一刀，你把猪肉摊子还我，行不?"那人一想，自己又不杀猪卖肉，这个猪肉摊子也用不上，还给他，让他卖肉，欠的钱还有指望，于是答应下来。这家伙二话不说，手起刀落，往自己额头上砍了一刀。不仅留下了这条刀伤，也有了这个外号。

何渠只问："王一刀，跑这么快干啥？"

王一刀忙说："等会儿再陪何大少爷闲扯，抢盐要紧！"

王一刀扔下何渠，往盐铺那边跑了。

何渠、陈寿、李密、李骧也走得快了，拐过这条街，便望见了李记盐铺。盐铺紧靠一座豪宅，一侧是两排结结实实的砖墙，夹成一个宽三四丈的八字形过道，过道深两三丈，尽头是这座豪宅的大门，门楣上挂着一块匾，刻着"李氏家宅"四个大字。

陈寿当然明白，这是李巍的大院。忽想起何家，其富其贵，应该远在李家之上，但门楣上并没有挂一块类似的匾，大约这就是世家与暴发户的区别。

盐铺门窗关得死紧，那块无盐可卖的牌子却不见了。挤在这里的人至少不下两百，还有许多人正从各条街巷拥来。王一刀排开众人，挤到门前，把那些被盐渍过的门板捶得山响，大叫着开门。

王一刀这一带头，众人也吼叫起来，吼得地皮一阵阵发抖。

任人捶打、喊叫，那些门窗依然毫无动静。有人不禁骂了起来，从李巍一家开始，骂到县令，骂到太守，骂到刺史，骂到谯周，骂到费祎，再骂到黄皓，最后竟然骂到了刘禅头上。

但那些门窗依然不为所动。

陈寿心里一动，一把拉过何渠说："与其在这里旁观，不如加一把火！"

何渠有些迷惑，看着陈寿问："你这话何意？"

陈寿指着李家大门说："你跟那个王一刀熟，不如叫他去捶李家的大门！"

何渠恍然大悟，赶紧挤进去，把王一刀拉出来，如此这般说了几句。王一刀撸拳捋袖，直奔那道大门，举起两个拳头，一边猛捶一边破口大骂："李巍，你个缩头乌龟，有种的出来走两步！"

众人似乎也回过神来，都拥过去，争先恐后去捶那道大门。

过了一阵，忽听那道大门吱吱嘎嘎响了起来。王一刀等人一愣，本能地往后退了几步。门很快拉开，几十个手持棍棒的家丁鱼贯而出，冲王一刀等人一阵乱打。

随后出来的是李巍及其长子李一鸣。王一刀哪里吃这一套，与家丁们打了起来。众人也纷纷动手，顿时乱成一团。

陈寿赶紧把何渠等叫到自己身边，开始分派，叫陈书、何琴快去县衙报案，但不让何琴进县衙，只把陈书领到衙门口，让陈书进去报告，不用多说，只说李记盐铺要出人命。

何琴带上陈书，立刻往县衙跑去。陈寿又叫何渠派人回去告诉何老爷，何老爷自会明白该如何办。

何渠立即照办。陈寿指着那些打成一团的人说："其余都跟我上去，把带头闹事的王一刀等人抓住，直接押到县衙去！"

何渠一愣，盯着陈寿问："你，这不是助纣为虐？"

陈寿只说："来不及说那么多，照我说的去做，很快便见分晓！"

陈寿撂下这话，率先扑了上去。何渠、李密、李骧等虽不明白陈寿的用意，但这家伙向来有板有眼，一定有他的道理，也赶紧扑上去。

家丁们与众人一场混战，打了个势均力敌。李巍父子站在一旁，急得直搓手。这些家丁，是李家能动用的全部人力，要是把这些人打不服气，后果不堪设想。正急得手足无措，忽见何标的大少爷并几个青年闯了过来，直扑牛高马大的王一刀，不免有些惊愕。

转瞬之间，均势被打破，陈寿、何渠一左一右扭住王一刀，王一刀大骂何渠，却挣不开。何渠几人并非文弱书生，读书的同时，也曾习骑射、刀剑，这是前汉以来的传统。

李密、李骧也扭住一人，家丁们占了上风，自然也抓了十几个人。众人见王一刀被抓住，早就失了胆气，又见家丁们和何家大少爷等只顾抓人，便一哄散了。

家丁们摘下早就备好的绳子，把王一刀等人捆绑起来。李巍这才朝何渠拱手笑道："多谢大少爷出手相助！"

何渠笑道："不必客气，举手之劳而已！"

陈寿却说："走，把这帮刁民押到县衙去，必须治罪！"

173

何琴带着陈书跑到县衙门口，根本不听陈寿的话，先要进去，仗着自己是何家的人，县令必须礼敬三分。陈书一把将他拉住说："我家少爷既然吩咐过，一定有他的道理，要坏了大事，你哪里担得起！"

何琴忽想起，自家少爷曾把陈寿夸了个花团锦簇，要是不听，少爷一定要拿他问罪。只好停在门外，叫陈书赶紧进去，早点出来。

陈书闯入县衙里，也不管那么多，只放声高喊："出大事了，李记盐铺要出人命了！"

几个衙役出来，要把他拦住。陈书根本不把他们放在眼里，他曾跟老爷多次出入官府，又跟陈寿时常来往谯周这等人物府第，也曾去过陈寿任职的东观，那可是仅与皇宫一墙之隔的地方！

陈书两眼一瞪，骂道："滚开，叫县令出来！"

衙役们顿时怔在哪里，眼巴巴望着陈书往大堂闯去。这家伙虽然一身下人打扮，但这气势，足以证明很有来头。

陈书一路叫喊进入大堂，大堂却是空的。微微一愣，继续叫喊。喊了一阵，喊出了一个官员，想必是县令，又把陈寿吩咐的话说了一遍。

话未落脚，一帮衙役蜂拥进来，人人拿着一条刑杖，分站大堂两边。县令往公案前一坐，盯着陈书问："你是何人？"

陈书忙说："我是东观秘书郎陈寿的书童陈书！"

县令顿时有些迷糊，又问了一遍，见陈书说得毫不含糊，心里更加疑惑。他曾在朝廷邸报上看见过，确有一个叫陈寿的，做了东观秘书郎。后来又听说，这个陈寿是光禄大夫谯周的入室弟子，学识文章如何如何。但陈寿与郫县哪有瓜葛？何况这家伙自称是陈寿的书童，就算是真的，也没什么要紧。

陈书见县令只盯着自己不出声，以为他被自己的来头吓住了，不禁又喊了一遍，还有些居高临下的意思。这底气，主要因为他并不清楚，东观秘书郎的地位到底是高是低。

县令似乎吃准了他，忽然大吼道："把这厮绑了，押到班房里去！"

几个衙役拥上来，不容分说，把陈书一条绳子捆起来，拖到班房去了。

县令正要退堂，忽听一片吵嚷传来，心里一惊，莫非李记盐铺果然出人命了？

很快，陈寿等人与李巍、李一鸣及一众家丁，押着王一刀等人进来，直奔大堂。县令见了，赶紧站起，快步迎来，与李巍父子拱手见礼。

李巍指着王一刀等人说："这帮市井无赖，煽动城里老小，到李某盐铺闹事，被李某拿下，请余县令问罪。"

王一刀盯着李巍骂道："你个杂种，钱赚得差不多就行了，还这么不知足！明明是你家的狗先出来咬人，竟然倒打一耙！"

余县令如飞一般回到公案前，抓起那块惊堂木正要拍下，忽听李巍父子惊叫起来："你们、你们……"

只见李巍父子已被何标的大少爷并几个青年扭住，按着跪了下来！

余县令目瞪口呆，望着堂下出不了声。

陈寿不失时机地朝余县令拱手一揖说："盐商李巍父子，借朝廷禁盐之机，囤积居奇，不断哄抬盐价！且指使家丁殴打士民，致多人受伤！民愤如火，罪证累累，请余县令依法审决！"

何渠等立即明白过来，吆喝着，强令那些家丁跪下。余县令愣在那里，那块惊堂木仍然举着，却落不下去。李密先解了王一刀的绳子，王一刀又解了另一个人的绳子。很快，所有的绳子都被解了。王一刀用那些绳子把李巍、李一鸣捆了起来。

余县令仍惊呆在那里。

陈寿又说："在下乃东观秘书郎陈寿，刚才曾遣书童陈书来县衙报案。请问余县令，陈书何在，何故不去李记盐铺平乱？"

听了这番话，何渠等人才明白陈寿的意思，原来是用余县令并不认识，一定会不怎么相信的陈书，给余县令挖了个渎职的陷阱，并且让他根本爬不出来！

余县令总算回过神来，不要说他跟李巍的勾当，仅凭渎职之罪，不说掉脑袋，这顶官帽那是绝对戴不稳了。

那块惊堂木终于落了下去，却是拍给李巍父子和那些家丁的，但不看李巍父子，只说："来人啊，把李巍父子及所有家丁，关到班房去！"

李巍似乎不敢相信自己的耳朵，瞪着余县令问："你是说，把我们关进班房？"

余县令顾不了那么多，还是不看他。一帮衙役已经进来，把李巍父子并家丁往班房那边推。

很快，陈书骂骂咧咧来了大堂。余县令正忙着给陈寿等说好话，见了陈书，也不免赔罪。

但陈寿心里非常明白，余县令演这一出，不过是苦肉计，只要搪塞过去，李巍父子一定会毫发无损地回去，一切照旧。

恰在此时，一个衙役飞奔进来，朝余县令禀报说："不好，上千刁民把县衙围了，还有好多人往这边拥，吵着要取李巍父子的人头！"

余县令又怔在那里，更说不出半句话。陈寿却释然一笑，暗自感叹，何标真不愧儒商，完全懂得自己的意思！

一片此起彼伏的怒吼声源源不断传来，骇得余县令满头都是冷汗。何渠上前对余县令说："能帮你渡过这一关的，只有陈承祚，还不过去求他。"

余县令再也顾不了一切，赶紧朝陈寿跪下说："请秘书郎高抬高手，放余某一马！"

陈书一步抢上来，指着余县令骂道："狗东西，刚才的威风呢，耍出来呀！"

陈寿一把将陈书拉开，盯着余县令说："能救你的，只有你自己！"

余县令听不懂，只管朝陈寿磕头，嘴里不住求饶。

陈寿将他拽起说："你只有一条路可走，首先开了李家的盐库，照原价卖盐；然后立即把李巍父子押去成都，交给成都府；最后把你与李巍父子的勾当写成文书，自缚请罪，一定能保住项上人头。"

说完这话，陈寿再不管余县令，叫上何渠等，转身便走。

何标已经备好酒宴，只等陈寿一行回来，酒宴依旧摆在鸿宾楼。

一个时辰前，一个家仆回来，把他的亲眼所见向何标说了一遍。何标已有所悟，遂叫那个家仆依旧出去观望，随时回来禀报。当听到陈寿、何渠等帮李巍父子抓住了王一刀时，何标不禁拍手笑道："这个陈寿，岂止是博通经史，还如此多谋，将来一定是栋梁之材！"

何标赶紧叫来唐管家，叫他立即把话传出去，只说何家要为郫县人出头，逼余县令打开李家的盐仓。

何标一直在鸿宾楼下等陈寿他们回来。不一时，何渠领着陈寿等走来。何标迎上去，一把拉住陈寿，却只字不提刚才的事，彼此仅仅会心一笑。

刚到鸿宾楼坐下，唐管家便进来说："县衙已把李家的盐仓砸了，一城的百姓正排队买盐，排了好几条街。"

何标举起酒樽，敬了陈寿等人一樽，笑问陈寿："这一席酒宴，承祚可知老夫的意思？"

陈寿朝何标一揖说："前辈以此为陈寿等送行，我们该回成都了。"

何渠、李骧望着陈寿，明显不解。李密只一脸微笑，低头不语。李骧忍不住问："奉恩师之命出来游学，才仅仅一天，岂能回去？"

何标忍不住大笑，笑过了说："陈承祚之善察，确实在诸子之上啊！"

何渠、李骧也似乎有所明白。李密慢悠悠地说："今天这一切，想必正是恩师所说的火候。火候已到，确实该回去了。"

待酒宴散去，陈寿等辞别何标，各自上马，驰还成都。

三

天虽然黑了，但并不急着点灯，这是谯周的习惯。他喜欢独自坐在书房的这一派由浅及深的黑暗里。

室内幽光四起，恍若一池逐渐浓稠的新墨，散发着某种令人着迷的香气。

那张铺在案上的纸还未剪裁。他随意写上几笔，都是好文。世人如此评说，谯周自己也有这自信。当然，这自信，源于他好读书，读好书。仿佛那个锦娘也是他的一本好书，爱不释手，常读常新。

坐了一阵，便走出书房，走到了一派竹影里。沿着这片竹林过去，就是那道门了。

一个婢女站在门外，见了谯周，就要进去通报。谯周赶紧以手示意，叫她不要声张。婢女向他屈了屈膝，仍立在那里。

谯周推门而入，首先是一道屏风，屏风上那片竹子，由谯周所画，由锦娘所绣，有些天作之合的意思。转过屏风，是几道帷幔，帷幔尽头，是一张雕花卧榻，婢女姗儿正往榻上铺被褥。

今日晌午，锦娘见满院子都是太阳，便吩咐珊儿将被褥晾去院子里晒一晒。

锦娘坐在梳妆台前，对着一方铜镜，正要把头上的玉簪拔下来。忽然，一个人影跟她重在了铜镜里，一只手随即伸出，抢在她那只手之前，把那支玉簪拔来，放入一侧的妆匣里。

锦娘拉住谯周的双手，将脸往手背上轻轻贴了一下。谯周顺势把那张脸捧起，也把自己的脸，往那张脸上轻轻一贴。

对两人的亲昵，珊儿早就见惯不惊，依旧只做自己该做的事。

这些年来，谯夫人背着谯周放了几笔钱出去，收了不少利息。其中一笔，在江原县令的撮合下，放给了一家酒户。一个偶然的机缘，酒户的酒被江州一个巨贾在成都的一处宴席上喝到，觉得极好，记住了这个酒户，专程赶来，开了好价，带了些去江州，果然好卖。巨贾再到江原，说每年至少要五十万斤酒。

酒户顿时愣住了，他那就是个小作坊，年产不足五万斤，哪来的五十万斤酒。巨贾却说："你何不扩建，等你扩建了，酒出来了，我就来买。不仅我，我的子子孙孙都要你家的酒。"

酒户听了这话，当然想把这笔大生意做成。但细细一算，建那么大个酒坊，至少要一百万钱，他手里哪来那么多钱？何况还要周转。想来想去，想起了本县县令，县令受朝廷达官显贵所托，四处找人放钱，也曾找过他。当然他只想守住小本生意，把小日子过下去就行了，所以没答应。

县令听说酒户要贷一百万钱，一口答应，便到谯周府上找到谯夫人，自然是一拍即合。有了这一百万钱，酒户大兴土木，开始扩建。待完工，就急着酿酒，谁料夜深失火，烧了个干干净净。县令得知，急忙去看，看见一堆灰烬，急得呼天抢地，那样子，比酒户还伤心。正不知所措，忽然看见了酒户的女儿，生得堪称天姿国色。县令也不管那么多，带上便走。

县令把这个女子带到谯周府上，拜见谯夫人，不敢隐瞒，把事情说了。谯夫人也无可奈何，只好把这个女子收下。

过了几天，谯夫人把这女子叫到房里，细细问了一遍，这才知她叫锦娘，会绣花。谯夫人想了好几天，都没想出该如何安置这个锦娘。谁知，从来不过问钱的谯周，忽然要夫人把这些年的收支摆出来，说要看看。

谯夫人没办法，只好把锦娘带到谯周的书房，把事情的来龙去脉一五一十说了。谯周看着这个美貌如花的女子，心里暗想，一百万钱换来如此妖艳的妙龄女子，千值万值啊。

很快，在谯夫人的主持下，谯周纳锦娘为妾。锦娘虽迫于无奈，但渐渐从谯周身上感受到士大夫的与众不同，还真喜欢上了他。谯周便把这座隐于竹林的小院给了锦娘，意思不想让其他几房妻妾看见自己如何与锦娘如胶似漆。

但锦娘却跟其他几个小妾一样，始终不见生个一男半女。个中原因，恐怕只有谯夫人心里清楚。不仅如此，谯夫人早已跟谯周订下合约，谯周可以随便宠幸任何一个小妾，但不得在任何一个小妾那里过夜，必须在她那间卧室里歇宿。

此时，谯周正与锦娘亲热，忽听谯木的声音传来："老爷在这里不？"

又听守在门外的那个婢女说了些啥。谯木的声音似比刚才还响："陈寿他们来了，等着见老爷。"

谯周知道，谯木是故意让自己听见，只好亲了亲锦娘说："我去去就来。"

谯周穿好衣服，冠冕堂皇地出来，顾自往客堂里去。到了客堂，谯周也不客气，只问为何来此。陈寿只几句话，便把郫县今日发生的事说了个清清楚楚。谯周一笑，叫何渠留下，其余各自回去。陈寿、李骧告辞回家，李密也去了中院。

谯周连忙换上朝服，带了何渠出去。穿街过巷，来到皇宫外。谯周过去拍打宫门说："光禄大夫谯周，求见陛下。"

不多时，门开了，一个小宦官从里面出来，见了谯周，面色极为难看，趾高气扬地说："这么晚了，谯大夫居然拍打宫门！"

谯周笑了笑，从衣袖里取出一件玉器，塞在他的手里说："请禀告陛下，郫县百姓因盐闹事，谯周特来请旨！"

小宦官立刻换上一副笑脸，赶紧将那件玉器塞进衣袖里，一拍脑门说："差点忘了，陛下命我在这里等候，说谯大夫一定会入宫觐见！"

于是领谯周进入宫门，那门随即"砰"一声关上。

何渠只好在宫门外等候，心里不禁埋怨：恩师既不带我去见陛下，何必把我带来！

过了不到半个时辰，忽见一队人马过来，人人着盔带甲，还拿着长矛！何渠骇了一跳，正要躲开，宫门忽然拉开，谯周和一个同样着盔带甲的人快步出来。何渠一眼认出，正是他的上司，羽林左中郎将王深！

谯周朝何渠一挥手说："走，去郫县！"

何渠恍然大悟，原来，恩师是让他带路！

早有几个士卒牵过几匹马来，交给谯周、王深与何渠。

马蹄声里，谯周等驰出城门，直奔郫县。

那日上午，陈寿等离开县衙后，余县令偷偷往衙门外望了一眼，看见一堆涌动的人头，当时明白，不把李家的盐仓开了，自己一定会被郫县人扒皮吃肉、挫骨扬灰。于是赶紧叫来县丞和县尉，叫他们出去宣告，立即打开盐仓，照原价卖盐，保证人人都能买到。

众人一听这个盐字，再不管其他，乱哄哄往李记盐铺拥去。王一刀见人群纷乱，竟主动帮着县衙的人，叫大家不必拥挤，依次排队，人人有份。

众怒虽然平息，但余县令既不愿把李巍父子押去成都，也不敢放，急得六神无主。李巍父子仗着有黄皓撑腰，加上余县令自己也没少揩油，不愿放过他，一直破口大骂。

余县令心里烦躁，干脆回官邸去，暂图个耳根清净。一到官邸，便叫夫人备酒。夫人只听说城里人把余县令围在了县衙，虽然焦急，但也拿不出主意。见余县令忽然回来，终于缓过那口气，赶紧叫厨房备酒菜。

不一时，酒菜摆在了书房里，正要吃喝，李巍的二少爷李鹤鸣忽然闯来，只有一句话："赶紧放人！"

余县令也只说了几句话："不要在这里耍威风，赶紧去见黄皓，去迟了，不仅你爹、你兄长完了，余某也要跟着倒霉。"

李鹤鸣顿时明白，事情不那么简单，不是余县令挡得住的，赶紧走了。

余县令把自己关在书房里，只管喝酒。酒菜添了一次又一次，仍然只是喝，喝得一家人心惊胆战，也不敢去问。

他其实在等李鹤鸣，等他带来好消息。

喝到大半夜，等到大半夜，等来了一片杂沓的马蹄声。一路响来，至少不下一百人，余县令明白，一切都完了。

闯入官邸的是谯周、王深、何渠和一队羽林军。

等余县令被五花大绑押出官邸时，李巍、李一鸣及那些打人的家丁，一个不少，已经被押了过来。

四

李鹤鸣从官邸回去，闯入账房，胡乱收拾起一份重礼，带上一大笔钱，并自己的随身仆人李虎、李豹，三人三马，奔出郫县，奔向成都。

到了城里，李鹤鸣忽觉腹中空空，这才记起早过了正午，自己还没吃午饭，恰好望见一家酒肆，便过去下马，要吃了饭再说。李豹赶紧劝他，事情紧急，不如先拜见黄皓。

李鹤鸣哪里肯听，暗想，大不了让平常对自己挑三拣四的父亲和兄长多在县衙待一会儿，何况余县令得了那么多好处，绝对不会为难他们。

说话间，几个小厮过来，把三匹马牵到马厩。李鹤鸣被请到楼上一个雅间里。一个小二跟进来，尚未开口，李鹤鸣便点了几样上等好菜和一壶酒。

菜酒上来，那个小二又问，要不要个唱曲儿的。李鹤鸣想都没想，开口便要了两个。

不一时，两个妖妖娆娆的女子进来，李鹤鸣大喜，一边一个扯进怀里，竟然喝起了花酒。偏偏那两个女子都是风月场中的高手，只拿出几分本事，便把李鹤鸣迷了个筋酥骨软，这花酒便喝得一发不可收拾。

李豹、李虎在楼下早已吃完，等了一阵，不见李鹤鸣下楼，便上去催。李鹤鸣只说："放心，只要一见到黄公公，立刻万事大吉。"

催了好几次，催得李鹤鸣极不耐烦，大骂一阵，说要敢再来，马上砸了他们的饭碗。

两个人不敢再催，只好在楼下等。等到天黑，肚子也饿了，又叫了些酒饭吃了。一直等到夜半时分，酒肆里的客人几乎散尽，李鹤鸣才东倒西歪下来，叫二人扶他上马，要回郫县。

二人赶紧提醒，说还没见黄公公。李鹤鸣这才记起此行的目的，便在两个仆人的搀扶下，勉强爬上马背。好在两个仆人曾随李鹤鸣去黄皓那里送过礼，也算熟门熟路。

到了黄皓那座府第外，李鹤鸣总算醒了酒，于是下马，上去敲门。

恰逢黄五值夜。黄五已经伺候黄皓多年，因年岁大了，黄皓嫌他越来越迟钝，让他做了门子。他这个门子却与众不同，每当值一日，可休假两日。

黄五孑然一身，除了当值，总是喝得烂醉，手头也不如往日宽裕，总是为酒钱发愁。只要有人来访，无论是谁，不给足通禀钱，休想过这一关。

偏偏今日刚来当值，就被黄皓叫去，训了他一顿，说再敢问贵客索钱，就不用干了。

黄五觉得委屈，跟了你黄皓这么多年，竟然落得连喝一壶酒都越来越难！越想越觉窝囊。偏偏过了半夜，听见有人打门，便对着门缝吼道："滚！"

李鹤鸣常在黄府走动，以为门子没听出自己的声音，于是又打，对着门缝说："在下郫县李鹤鸣，有要事求见黄公公，烦请开门！"

黄五虽听得真真切切，但心中怨气正无处可撒，怒道："管你是谁，就是天王老子来了，五爷也不开门，快滚！"

李鹤鸣已经听出是黄五，不敢得罪，怕以后更难进门，心中便想，不如明早再来。

李鹤鸣于是朝市桥那边走去。那里有李鹤鸣背着李巍和李一鸣悄悄购的私宅。有个叫莲儿的女子，就养在那座私宅里。

在李巍眼里，长子李一鸣下得了狠手，便叫他照管盐场；次子李鹤鸣善于交际，就把拜见达官贵人的事交给了他。李鹤鸣借此机会，经常在成都花街柳巷厮混。有一回遇上了这个叫莲儿的歌伎，立即被她迷住。厮混一段日子，更是不能自拔，就买下这座宅院，来了个金屋藏娇。

走了一阵，便叫李虎回李家的成都分号住下，几匹马也寄在那里，自己去跟莲儿幽会。

莲儿不知道李鹤鸣要来，早已睡了。李鹤鸣把门拍开，一脚跨进去，扑到那张榻上，把在酒肆里积下的一肚子欲火，都发泄到莲儿身上。

次日醒来，太阳已快当顶。李鹤鸣忽然想起，自己是来找黄皓消灾的，竟然忘了！赶紧爬起，冲出门来，往自家分号去。远远望见李虎、李豹、成都分号的掌柜李升和一个叫李福的仆人，站在院子里四处张望。四人望见了李鹤鸣，一齐迎上来。李福忽朝李鹤鸣跪下，嘴一瘪便哭了起来。李鹤鸣一惊，一把揪住李福骂道："哭你妈的啥？"

李福结结巴巴地说："完了，二少爷，完了！老爷和大少爷，昨夜被押来成都，今天上午，已……已被……斩……斩首弃市了……"

李鹤鸣哪肯相信，一把将李福拖起来，又骂："你个狗奴，胡说八道！"飞起一脚，将李福踹翻在地，朝愣在一旁的李虎、李豹、李升说，"快，随老子去找黄皓！"

李福就地一滚爬起来，扯住李鹤鸣的胳膊，哭说："二少爷呀，赶紧逃命吧，再不逃，就来不及了！"

李鹤鸣已急红了眼，朝李福一阵乱打。李福一边躲闪一边说："今天早上，小人去县衙给老爷和大少爷送饭，才晓得老爷、大少爷和余县令都被押到成都来了。小人来不及回去报信，立即赶到成都，听说老爷他们已被押去北门，就要杀头！小人急得不得了，只想找到少爷，便斗胆往黄皓那里去，忽听街上的人说，老爷、大少爷和余县令已被砍了头！正不知该不该去敲黄皓的门，恰好李虎、李豹、李升也等不到少爷，也去那里探问。好不容易把门拍开，门子却说，二少爷没去那里。我们怕少爷着急，只好找来……"

李鹤鸣知道，这话不是假的，但他并不悔恨自己喝花酒、跟莲儿温存误了大事，只把这一切怪到黄皓头上，忍不住破口大骂："狗日的阉贼，拿老子的钱财，不替老子消灾，老子跟你拼了！"

李鹤鸣不顾几个人劝阻，一路狂奔，奔到黄皓府第前，只顾猛打两扇大门。

一个门子骂骂咧咧将门拉开，李鹤鸣一掌将门子推了个趔趄，直往里面撞去，嘴里大骂："黄皓，你个狗日的杂种，滚出来！"

李鹤鸣这一闹，黄皓府上所有的主仆居然没反应过来。自从这座巨宅姓黄以来，何曾见过这阵势！

李鹤鸣像一条疯狗，到处乱闯，继续大骂："你个千刀万剐的阉贼，收了老子那么多钱，老子需要你时，居然当缩头乌龟！"

黄皓不在府上，早早去了皇宫，主事的是黄贵。黄贵终于反应过来，赶紧叫来家丁，把李鹤鸣围在后院里，一阵乱棍打翻在地，用一条绳子绑了。李鹤

183

鸣再也无所顾忌，依旧大骂。黄贵赶紧找来一块破布，把他的嘴紧紧堵上，关进一间黑屋里，等黄皓回来发落。

因端午节放假，黄皓也得到刘禅的恩准，可以休假七日。黄皓在家待了两天，那股妻妾团聚的兴致已经过去，便打算去西山问道。今日一早起来，正忙着洗漱，一个小黄门忽然来到府上，宣刘禅的口谕，说陛下请黄公公赶紧回宫。

黄皓不敢怠慢，赶紧收拾一番，匆匆去了皇宫。侍候刘禅起居的一个小宦官迎上来说："陛下在寝殿里等黄公公呢。"

黄皓赶紧往寝宫里去，一进门，望见刘禅坐在御案后，案上摆着一只玉碟，碟里满是绿油油的李子。黄皓赶紧叩拜，这才想起，端午前后，正当李子成熟，禁不住咽了一口唾液。

刘禅已经看出，郫县李家的事，黄皓并不知道，于是拈起一颗李子说："朕把你叫来，没别的事，只想你陪朕吃李子。"

黄皓大惑不解，他跟了刘禅这么些年，熟知他所有的嗜好和厌恶，却从不见他吃过李子。刘禅手一扬，那颗李子朝黄皓飞来。黄皓赶紧去接，但没接住，李子往一角滚去。黄皓像一只猎狗，一骨碌爬过去，一把将李子抓起，立即啃了一口，同时爬回刘禅面前。平心而论，李子又涩又苦，难以下咽。但黄皓不敢敷衍，必须嚼得一本正经，还必须装出无比甘美的样子。

刘禅笑了笑问："你知道这是哪里的李子？"

黄皓当然不知道，赶紧叩头说："奴婢孤陋寡闻，哪里知道，请陛下赐教！"

刘禅呵呵一笑问："朕知道你好这一口，但不能只吃郫县的李子嘛。"

黄皓浑身一凉，立即明白过来，只叫了一声"陛下"，跪伏在地，不仅不敢抬头，也不敢出声。

过了一阵，刘禅叹了口气说："朕也不多说，郫县李巍父子和那个姓余的县令，狼狈为奸，囤积居奇，使盐价飞涨，且一盐难求，民愤极大！朕已命光禄大夫谯周、羽林左中郎将王深将他们收入诏狱。今日一早，朕又命吴顺带人去了郫县，将李巍家私及盐库全部罚没充公，你立刻把他们押往北门，斩首弃市！"

黄皓听见这话，已知刘禅的意思，赶紧叩头领旨，直往诏狱，带上刽子手和一众狱吏、狱卒，将李巍父子并余县令押去北门，当即斩首，匆匆回宫复命。

回来时，恰遇丞相费祎、光禄大夫谯周入宫觐见，请求刘禅刀下留人，待审出背后黑手，再杀不迟。

黄皓已经恢复常态，似乎没看见费祎、谯周，往二人一侧跪下叩头，回禀刘禅说："奴婢奉陛下圣旨，已将李巍父子及余县令斩首弃市。成都士民无不奔走相告，齐颂圣恩！"

费祎、谯周顿时目瞪口呆，望着黄皓说不出话来。

刘禅一笑说："此案已了，费丞相、谯大夫退下吧，趁假期，好好过节吧。"

费祎、谯周更出不了声，叩头谢恩，一齐退走。

刘禅又看着黄皓说："你也退下吧，只是记住，宫中应有尽有，朕又不曾亏待你，何必舍近求远？"

黄皓忍不住哭道："陛下圣恩，奴婢粉身碎骨不能报万一！"

回到府上，黄贵立刻将李鹤鸣大闹府上的事报告黄皓。黄皓大怒，闯入那间平常关押违命奴仆的黑屋，举起一条木棍，朝李鹤鸣边打边骂："你个不知天高地厚的杂种，老子好歹是陛下的一条狗，你连狗都不算，竟敢到这里撒野！"

那条棍子雨点般落下，直到把李鹤鸣活活打死。黄皓喘了一阵，叫来几个家仆，让他们拖出去，拖到荒郊野外，任由猪拉狗扯！

黄皓知道，李巍的家眷若有一人活下来，终归是个麻烦。又把黄贵叫来，让他带上家丁，立即去郫县，把李巍一家老小全部灭了，不得留下一个活口。

黄贵立刻点起十几个精壮家丁，扮成公差，驰向郫县。

黄贵熟知官府的行事做派，不用黄皓指点，明白李家老小一定关在郫县狱中。于是奔向郫县大狱，直接闯进去，把值夜的狱吏叫来，凶巴巴地说："奉中常侍黄皓的口令，立刻把钦犯李巍的一家老小全部带去成都，违令者死！"

狱吏岂敢说半个不字，赶紧把李家老小解出来，交给黄贵。

黄贵把他们押出郫县，全部杀了，抛尸郫水。

第八章　结局

一

陈寿这座宅院的好处在于大门外正是浣花溪，溪岸长着些古柳。当然，真正的点睛之笔，还是溪上那座青石古桥，和一条早出夜归，总是泊在桥边的渔舟。

每当早晨或者傍晚，柳绵总喜欢步出大门，倚在这株老柳下，看那条渔舟划出去，或者划回来，仿佛一次次离别与重逢。似乎就在那条渔舟的一来一往之间，她的呕吐渐渐止了，身子也开始臃肿起来。苏嫂信誓旦旦地说："一看少夫人的脸色，就知道是个儿子。"

这些日子，李子已经大量上市，许多乡下人担着李子进城沿街叫卖。每当听见吆喝声，柳绵都会叫竹儿出去买一筐李子回来。

但是今天，整整一个上午，都不曾听见叫卖李子的声音，柳绵馋得直咽唾沫，便叫竹儿去城里看看，好歹买些回来。

安汉老家那座院子里，栽着好几棵李子树。柳绵记得清清楚楚，李子分两种，一种是麦黄时节成熟的，叫作麦黄李；另一种是稻子扬花时节成熟的，个头大如桐子，故称桐子李。桐子李可摘吃的日子最长，直到稻子成熟树上仍有，这才过了端午，一定还有卖的。

陈寿说是出去游学，但仅过了一天便回来了。回来后也不说一句话，只关在书房里。柳绵只好问陈书，陈书却说："少爷说了，只叫少夫人好好将养身子，不用管他；少爷没什么事，至少不关少爷自己的事。"

柳绵以为，既然不是自己的事，那就应该是朝廷的事了。绝不问公事，这是作为妻子最起码的德行。

今日一早，陈寿就带上陈书出门去了，只告诉苏嫂，不做他和陈书的饭。当时柳绵还在榻上，听了这话，隐隐感到某种不寻常，但也不去过问。

柳绵一心挂念的除了陈寿，便是那些皮薄肉厚、酸酸甜甜的桐子李。但等了许久，等到厨房那边的饭菜香一阵阵飘来，竹儿才回来，没买到李子，却买了满满一筐盐。

竹儿一进门就喘着气喊："买到盐了！"

柳绵出来时，竹儿已把一筐盐提到厨房去了。片刻，竹儿跑到柳绵跟前说："少夫人，街上到处都是人，都要去皇宫叩谢皇恩呢！"

此时，不单竹儿忘了李子，柳绵也忘了，忙叫竹儿到房里去，让她说说，到底是怎么回事。

竹儿便把自己亲眼所见，一五一十说给柳绵听。

那日竹儿一出这道大门，只见每条路上都是人，都要往城里去。竹儿不明就里，也挤进人群，跟着拥入城去。在叽叽喳喳的人声里，她总算听出了眉目，西蜀一带最大的盐商——郫县李巍父子，还有姓余的县令，已被杀了头；李家的盐和亿万家财，包括上百家盐铺，都被朝廷没收了；从今天起，私盐开禁，盐价也降到每斤十文钱；城里城外的百姓感激不尽，要去皇宫外山呼万岁。

竹儿已经身不由己，被这股巨大的洪流一路裹挟着往皇宫去。不知不觉，这股洪流已经流不动，被阻在一条街上。竹儿一看，前面早已跪满了人，黑压压一片！正疑惑间，听得一声吆喝："跪下！"

拥到这里的人纷纷跪下去，竹儿也跟着跪下。喊声四起——

"天亮了……"

"开禁了，有盐了……"

"陛下英明啊……"

"皇帝万岁，皇帝万岁……"

竹儿也跟着喊，喊得莫名其妙，但有声有色。喊声逐渐变成了哭声，哭得认认真真，稀里哗啦。竹儿也哭，哭得撕心裂肺，肝肠寸断。

正哭得不可收拾，忽见前面乱了起来，那些伏在地上的人顿时收住哭声，往一旁街巷里狂奔！

竹儿正疑惑，看见一队羽林军斜刺里冲来，当先一个威风凛凛的将军，扯开嗓门高喊。由于太乱，竹儿没听清他喊了些啥，正要问身边的人，身边的人已经开跑。竹儿不敢犹豫，也跟着跑。这股洪水倒卷回来，卷入大街小巷后已经四散。

正茫然失措，又听有人喊："盐铺都开张了，买盐要紧呀！"

竹儿这才想起，少夫人叫自己出来买李子，竟然忘了！走了好几条街，不见有人卖李子，索性用买李子的钱，买了一筐盐。

竹儿说完，柳绵似乎有些痴，片刻后说："这一来，陛下不缺钱了。"

这些天，柳绵因为身子倦怠，一直在睡房里用饭。竹儿便去厨房，要给柳绵盛饭菜。刚出门，忽见陈书走来，见了竹儿便说："告诉厨房，少爷回来了，几个同窗也来了，要在凉亭里说话，夜饭也在那里用，多备些酒菜。"

竹儿答应一声去了。陈书忙着煮了一壶茶，送到凉亭里去。见陈寿、李密、李骧、何渠闷在那里不出声，就给每人斟上一盏茶，赶紧走了。

柳绵得知陈寿要留几个同窗好友用酒饭，也不顾身子不适，到厨房里把苏嫂备下的菜一一看了，也不多说。等到日色向晚，便走出大门，恰见那只渔船荡着一路水纹回来，就到桥边候着。待那个总是戴竹笠、披蓑衣的渔翁把船靠在岸边，便问："有鱼吗？"

渔翁抬头一看，见是一个少妇，咧嘴一笑说："当然有。"

柳绵又问："卖不卖？"

渔翁似乎觉得问得有些多余，一撇嘴说："当然要卖。"

柳绵赶紧沿着几步石梯下去，说要买一尾三斤以上的大鱼。

渔翁掀开一张船板，探手进去，抓起一尾活蹦乱跳的大鱼，另一手折了一段柳丝，穿入鱼鳃，看着柳绵问："是谯大夫的千金吧？"

柳绵一怔，忽想起婚礼那天，她在众目睽睽之下，乘一条彩船，正是在这里登岸。想必这个渔翁也听说了，是谯周把女儿嫁给了自己的弟子。柳绵赶紧笑道："正是。"

渔翁将那条鱼提在手里，看着柳绵说："实不相瞒，老汉听说，你爹上奏皇帝禁盐，害得老汉喝了好些天没盐没味的鱼汤，心里很是恨他。但这些天，又听说你爹派弟子去郫县暗访，把那个姓李的奸商办了，飞上天的盐价立即落了地。老汉虽不懂朝中大事，但也不再恨他。这条鱼送给你，算我一点心意。"

柳绵听了这话，不肯去接。渔翁笑道："只求给你爹带句话，不管当多大的官，都不能忘了百姓，百姓苦啊！"

那条鱼不容分说被塞到了柳绵的手里，似乎很重，重得犹如江山社稷一般。渔翁又揭开几块船板，把一个网笎提出来，是半笎子活蹦乱跳的鱼；他把网笎扛在肩上，提上一团渔网，跳下船去，沿着一条柳树下的小路一直走去。

柳绵看着渔翁的背影，见他到了一座藏在柳树间的茅屋前，把网笎搁下，把那团网理开，晾在一条斜靠在屋檐下的竹竿上。

柳绵回到厨房，忙了一气，把这条鱼做成鱼脍，叫人送到凉亭去。自始至终，渔翁的那些话都在她的耳边，她也不想吃饭，直接到了阁楼，拿起针线绣花。

亭子里点起了一盏风灯，几个人坐在灯影里，有些恍惚。酒也喝得恍惚，众人都不说一句话。还是李骧耐不住，看着陈寿说："承祚足智多谋，你说说，恩师叫我们出去游学，是不是算定了我们会去点这一把火？"

陈寿一笑，算是做了回答。

李骧又问："那他未必算定我们要去郫县？"

陈寿望着何渠说："这话应该由何兄来答。"

何渠苦笑着摇了摇头说："恩师算准了我惯于显摆，一定会把各位请到郫县去。"

李密点了点头说："没想到，恩师说的火候，是由他的弟子来放最后这把火！"

何渠往大腿上一拍说："绝，绝了！"

李密看了看陈寿说："这一来，朝廷不仅收买了民心，还到手了一笔巨财。这猪杀得也真是时候！"

李骧叹息一声说："唉，这个老谋深算的谯大夫，我都不认识他了。"

"呵呵，我们的恩师，深不可测啊！"何渠的话明显带着讥讽。

李骧又说："算了，算了，我们还是太年轻了！来，饮酒！"

这酒却饮得不是滋味，颇有水深火热的意思，不免重回沉默。盏里的酒似乎已经凝固，哪里喝得动。

忽听有人喊："少爷！"

几个人寻声望去，石三与一个行色匆匆的男子，止于柳下，都认得那是何渠家的仆人。

何渠眉头一皱，呵斥道："跑这里来干啥？"

家仆惶惶地说："李家出大事了，昨夜，一伙人闯入大牢，说是要把李家的人押去成都审问，不料都杀了，全部抛入水里！今天下午，一个人去打鱼，打起一具尸体！消息传出去，都到水边去撒网，打起了老老小小几十个死人！"

何渠一惊，说不出话来。陈寿等也瞪着那个亭子外的仆人，同样出不了声。

那个仆人又说："郫县那边传得沸沸扬扬，都说是少爷干的。"

何渠顿时面红耳赤，两个眼珠子似乎要蹦出来。

陈寿赶紧站起说："你家少爷一直跟我们在一起，就算他想杀人，也没那个机会。"

仆人听见这话，愣在那里，似忘了为何到这里来。何渠回过神来，朝家仆吼道："都是本少爷杀的，有种的让他们来找我！背后胡说八道，算哪门子好汉！"

仆人忙说："少爷息怒，老爷的意思，请少爷回去一趟，免得外人生疑。"

何渠又吼："就不回去，尽管让他们说！还不快滚！"

仆人赶紧走了。何渠气得满面通红，要把几案掀了，忽记起这是陈寿设的酒宴，并非自己家里，只好把自己这张几案猛地一拍，咬牙切齿地说："谯大夫下手也太重了，就算李巍父子该死，也不能杀了他全家！"

何渠扫了一眼陈寿等，又说："何某受不起谯大夫的教诲！从今天起，再也不登他的门！"

李骧也一拍案几说："这话说得硬气，李骧也不是见了神就下拜的人！"

李密想了想说："事情到了这一步，恩师是该有个说法。"

190

从今晚起，李密也不去谯周那里居住，李骧、何渠也不回去，都在陈寿这里，发誓跟谯周较劲到底。

不觉已是盛夏，几个人天天在凉亭里喝闷酒，渐觉无趣。何渠想起了那条渔船，也不跟陈寿商量，顾自出来，见一个渔翁刚解开船缆，赶紧过去，拿出十缗钱，硬塞给渔翁，说要租了这条渔舟，出去打鱼。渔翁忙说："就算要租，也要不了这么多钱。"

何渠笑道："就当你老人家今天去打鱼，一网打出了一块金子！"

二人说定，只租一天，何渠这才回去，叫上陈寿等，都坐上这条小船，正要把船撑出去，忽听一个人笑问："嗬，去打鱼？"

几个人一惊，一齐望向岸上，站在那棵老柳下的谯周，似乎比老柳更老。

谯周见他们愣在船上，轻轻一笑，但明显笑得有些苦，声音也有些涩："好好好，渔樵耕读，也算士大夫的本分。"

几个人仍然呆立着，全部成了石头；何渠手里那条竹篙停在岸边，似乎已经冻结。

谯周等了一阵，没等来一句话，只好皱着眉头说："看样子，是要等我负荆请罪啊！"

四人相互一望，有些迟疑，有些无奈地下船。何渠把那条竹篙往船上一摔，砸出一片空响，带着些愤怒。几个人到了谯周跟前，勉强一揖，仍不说话。

谯周也不出声，转身便走，明显吃定了几个弟子一定会跟来。果不出所料，四个人远远跟行，像一条被斩成四截的尾巴。

谯周把这些犹带怒气的尾巴，直接拖入自家的筵堂。筵堂里酒菜早已备下，特以此告诉他们，这又是一次精心安排，你们只能接受。

几上，酒器、食具件件精美。山肤水豢，大烹五鼎。

待主客落座，几个家仆手握长杓，逐次侍酒。但气氛却格外沉郁，似乎每个人都不愿说话。

谯周举起酒盏说："天大的事，先饮一盏再说。"几个人懒懒地端了酒盏，浅浅尝了一口。

世上最难的，莫过于得到他人的理解。谯周看了看几个最得意的弟子，忽觉鼻子一酸，两团泪花已经蒙眬了双眼。

陈寿顿觉有些不忍，但也不愿收起自己的疑惑与愤怒，起身朝谯周一揖说："盐乃民之所需，民乃国之根本。一开一禁，最终受益的都是朝廷，但那些钱，终究是百姓的血汗！类如李巍之流，只不过替朝廷转了个手！弟子愚钝，不知这番作为，是否是治国之道，望恩师教点！"

李密、李骧、何渠也一齐站起，到陈寿这边，并肩而立，朝谯周一揖，虽不说话，但意思不言而喻。

谯周忍了忍，眼泪还是夺眶而出，声音低沉地说："老朽何尝不知百姓疾苦，但自兴师北伐以来，消耗与日俱增。姜维等以先主遗志、光复汉室为由，意在建功立业、步步高升，几乎不顾一切。一边是无休无止的光复大业，一边是民不聊生！老朽夹在中间，只能在皇帝与百姓之间选择前者。既然非北伐不可，而蜀中资财日短，若不利用食盐，将无以为继。"

谯周揩了揩眼睛，又说："所谓北伐，其实已经骑虎难下，一旦军资耗尽，军心必溃，曹军将乘虚直入，蜀汉或将亡于一旦。自古以来，盐铁为国之根本，所谓兴也盐铁，亡也盐铁。"

陈寿望着泪流满面的谯周，不禁暗想，没想到，一向严厉的恩师，竟有如此柔弱的一面！

筵堂内鸦雀无声，谯周摇了摇头，苦苦一笑说："老了，让你们见笑了。"

谯周扯起衣袖擦了擦泪水，打个手势，示意弟子们坐下。几个人各自回座。

谯周长叹一声说："唉，国运不济，事事艰难啊！"

这句话，仿佛一块落入水中的石子，令所有人心潮起伏。

陈寿知道，北伐是蜀汉的立国之本，似乎不打出这个旗号，先主就没有创建蜀汉的理由。但坚持北伐，无异于以卵击石。如此说来，蜀汉开国之际，已经有了一个可能永远都无法解开的死结！

李骧却暗想，只要能光复汉室，一切都理所应当。所谓舍小义而取大义，恩师的作为或许不应受到任何指责。

李密却以为，国小民弱，若要以小博大，光复汉室，更须官民同心，上下齐力，千万不能再瞎折腾了。否则，没有人救得了这个摇摇欲坠、偏安西蜀的小王朝。

何渠两根手指在几上轻轻敲击，却没发出一点声响。他一直认为，总有一天，蜀汉一定会举全国之力，与曹魏一决生死，而不是如诸葛亮、姜维之流，屡出屡挫，不痛不痒，既想保住根本，又想夺取中原，落得个不死不活！这一切，一定会发生在自己担当大任的那一天！

几个人各怀心思，酒自然喝得格外无味。

二

陈家是诗书世家，柳家世代为商。在这个世道里，商贾为末流，而陈家却既富且贵。自从嫁给陈寿，尤其怀孕以来，柳绵除了刺绣，还要抽出时间读一点书，意在使陈寿的儿子早早受到书香的熏染。

此时，柳绵刚取来一卷书，竹儿便进来说："少夫人，少爷回来了，看那脸色，好像已经雨过天晴了，但喝得个烂醉。"

柳绵赶紧放下书，走出门去，望见陈寿两脚有些发飘，正朝这边走来。柳绵紧走几步，将他扶住，顿时闻到一股熏人的酒气，差点呕吐起来。陈寿倚在柳绵肩上，只说："让我躺下。"

竹儿见了，赶紧过来帮忙，把陈寿架到榻上。柳绵喘了一阵，叫竹儿去熬一碗醒酒汤来。

陈寿四仰八叉倒在榻上，说自己没醉，叫竹儿出去，要跟絮儿说几句话。见陈寿居然当着竹儿叫自己的乳名，柳绵既觉得亲昵，又有些难为情。竹儿却有些不知所措，望着柳绵问："还熬醒酒汤不？"

柳绵还没出声，陈寿一抬手，粗声粗气地说："不用！"

竹儿只好出去，顺手将门带上。

柳绵正要坐到榻前，陈寿却一骨碌坐起，一把将她拉住，死死盯住她，像不认识一样。柳绵摸了摸他的额头说："额头都在发烫了，还说自己没醉！"

陈寿把柳绵拉进怀里，把盐的事说了一遍。虽然柳绵已经知道，还是听得心惊肉跳。

说完，陈寿手一松，又倒回榻上，笑了笑说："我怀疑，这个小官，我恐怕做不好。反正你不要对我有太高的指望。"

柳绵一时摸不着头绪，也不知该说啥。过了一阵，陈寿又坐起来，看了看柳绵说："今天在恩师那里，听了许多话，也不必说了。只说一点，费祎和恩师联名上了一道奏折，请皇帝借民心回归之机，肃清积弊，整肃吏治，大兴农桑，彻底根除懒政怠政，力图一年之内，开创一个欣欣向荣的新局面。陛下已经恩准，诏书已经发了出来。也就是说，要不了几天，我这个东观秘书郎，必须每日去东观点卯应差。"

说了一阵，陈寿似乎已经酒醒了，下了榻来回踱步。柳绵见他缓了过来，要去给他弄点吃的。陈寿又把她拉住说："有件事，我必须给你说清楚。"

柳绵只好又坐下。

陈寿说："东观与皇宫仅一墙之隔，皇帝偶尔会到那里去。我想借这机会参奏黄皓之罪。"

柳绵知道，陈寿是个言出必行的人。虽然她知道，要是参不倒黄皓，其结果只有两种，要么被夺职，要么被关进大牢，但却异常平静地说："不惧奸恶，乃男儿之本色；为国为君，乃人臣之本分。我虽只是个弱女子，还算明是非。你是夫君，无论你想做啥，我都不会拖你的后腿！"

陈寿有些激动，搂住柳绵说："自从上元节那晚看见你第一眼，我就明白，絮儿是我命中的佳人！"

两人亲热一阵，陈寿便去了书房，亲手磨出一池浓墨，写了一份弹劾黄皓的奏表。

翌日清晨，陈寿用过早饭，带上陈书来皇宫东门。东观设在东门里，被一道墙隔开，墙那边就是后宫。墙上有一道门，但上了一把大锁，锁在皇宫那边。也就是说，这道门只有皇宫那边才能打开，东观这边永远也开不了。

东观令邰正和东观丞孟启站在那棵虬龙似的老梅前，望着陆续走来的僚属。陈寿初来就职那天，顶头上司孟启曾带着他走了一遭，到这棵老梅树下时，孟启竟然朝梅树鞠了一躬，指着那树碧绿的叶子说，这棵老梅，是东观建起的那一年，先主刘备亲手从城北的驷马桥那边移来的，已快四十年了。

陈寿朝这棵老梅望了许久，心里却一片茫然。他有些惊讶，没想到面对先主的故物时，自己竟然并无感慨。

此时，新旧僚属们都站在梅树下，知道邰正有话要说。孟启拿出名册，点了每个人的姓名，无一缺席。郤正开始训话，意思是皇帝推行新政，各处官署的官吏都必须每日按时到任。御史台将派出御史，不定期到各署巡察，凡有违者，轻则罚俸，重则去官。

说了一阵，便说到了东观，首先把东观的职责及分工重申一遍。东观不仅存有大量的历代典籍，更有先主以来的起居录、实录等。各秘书郎的职责，一是将那些即将败坏的典籍找出来，重新抄写并一一校注；二是将那些准许解密的起居录及各种实录，整理校对之后，呈送皇帝，由皇帝决定焚毁或者留存。

陈寿被分到起居实录司，这里除了他，还有一个叫王崇的秘书郎，比他先到任一年多。分管起居实录司的，是东观丞孟启。

陈寿记得初来赴任的那天，只有东观令郤正、东观丞孟启和一名书吏在这里。他们是接到文书，专门来此等候他上任的。草草登记之后，孟启把他带到起居实录司，指着一处几案说："还有一个先到任的秘书郎王崇，加上你，一共二人。"

说了几句闲话，孟启便要离开。陈寿赶紧上去施礼，请他给自己分派事务。孟启这才想起，笑了笑说："当今陛下已经记不得这里有座东观，也好几年没把起居录送来。所以除了打扫官署，平日并无什么事可做。照这里的规矩，洒扫事宜，都由新来的秘书郎承担。你没来时是王崇，王崇知道你要来赴任，今天就不来了。"

从那天起，陈寿照孟启所说，隔三岔五，带着陈书来一回，但不让陈书进来，只叫他在外面等，除了惮于规制，主要不想他知道，自己这个东观秘书郎，除了打扫官署，并无正事可做。

今天，包括王崇在内的所有僚属都来了，总共四五十人。陈寿不禁有些惊讶，没想到东观有这么多官吏。这么多人，却不问一事，空吃国家俸禄，实在有些莫名其妙！

虽然秘书郎的官禄不高，每年仅四百石粟米，跟一个县尉差不多；但这么多人加起来，也是好几万石，不是个小数，何况都是民脂民膏！不知蜀汉一朝，还有多少如东观一样白食俸禄的官吏？

训示完毕，陈寿便去了起居实录司。只闻其名，未见其人的王崇已经先一步进来。陈寿赶紧一揖说："在下陈寿，请王兄多多担待。"

近日，陈寿的《益部耆旧传》已完稿，王崇的祖父王商也赫然在列。王商曾被刘璋任为蜀郡太守；王崇的父亲王彭，乃是现任巴郡太守。

陈寿本想把王崇的祖父与父亲被自己写进书里的事说一说，见王崇似乎有些倨傲，也就不打算说了。

此时，孟启领着几十个杂役，抬着十几口箱子进来，全部码在了一角。待那些杂役出去，孟启把陈寿、王崇叫去，指着那些箱子说："这是近年来的起居录和宫中实录。你们要注意防虫、防潮。"

二人赶紧答应。

孟启又拿出一卷名录说："不愧是新政，皇帝仅一夜就把准许开封校注的实录、起居录御批下来，都是先主那一朝的。自今日起，你们就按照名录，开箱校注吧。"

二人又连声答应。送走孟起，便对照名录，按时间先后，把码在另一侧的箱子拖了一只出来，正是先主起事之初的实录。

二人各分一半，决定先阅读，再校注。读了一阵，王崇竟主动过来，向陈寿拱手说："曾听人说，陈承祚正撰写《益部耆旧传》，不知所录，究竟有哪些人物？"

陈寿当然明白他的意思，不冷不热地说："王兄祖父、父亲，都是一代显贵，不仅在内，还各有小传。"

王崇大喜，又朝陈寿一揖说："王崇替祖父、父亲，谢过承祚兄！"

王崇便去煮了一壶茶，给陈寿递来一盏。

新政伊始，东观点卯完毕，便锁上大门，直到酉时钟响才开锁，官吏们也才被准许离开。至于午间，自然备有便餐，由杂役送到各司、室。其实，这也算不上新政，诸葛丞相当政时，就定下了这一规制。尔后，无论蒋琬还是费祎，其恩其威，都不能与诸葛亮比，不仅不再上锁，甚至不去官署问事。

酉时钟声响起，陈寿、王崇把文书收好，起座离开。但陈寿并未忘记，自己怀里揣着一份弹劾中常侍黄皓的奏表，自己无法面呈陛下，但可以请东观令郤正转递。

郤正也是一代名士，亦曾去谯周那里行走，陈寿曾见过几面，虽不曾说过话，但从谯周那里听说过其人品学问。

陈寿快步出来，到郤正的直房外一望，见其正在整理文书，看样子也要回家，赶紧进去，朝郤正一揖说："陈寿冒昧，有一事相求，请恕我唐突。"

郤正早已从谯周那里听说过陈寿如何博学，如何敏锐，赶紧还礼，笑道："承祚不必客气，无论何事，但凡郤某力所能及，一定照办。"

陈书拿出奏表，双手递给郤正说："此乃陈寿弹劾中常侍黄皓的奏表，望能转呈皇帝！"

郤正一怔，赶紧去把门关上，转回来看着陈寿，既不说话，也不接奏表。陈寿既不抬头，也不收回。

郤正想了想，终于接过，让陈寿坐下。此时，东观内外已经一派沉寂，所有的官吏都离开了。郤正把那份奏表揣入怀里，望着陈寿问："不知承祚是否听说过，甘陵王刘永曾劝皇帝远离黄皓，以免疏远群臣，贻误朝政？"

陈寿点头说："陈寿当然听说过。甘陵王的话，传到了黄皓那里，黄皓极尽所能，向皇帝大进谗言，离间手足。皇帝信以为真，竟多年不见刘永一面，此事朝野共知。"

郤正点了点头，又问："贵为皇帝手足，尚不能奈何黄皓一丝一毫，承祚何必明知不可为而为之？"

陈寿一脸肃然地说："且不说连年征战，使蜀中疲惫；只说大奸在朝，若不除之，不仅北伐无望，恐怕保住这份得之不易的基业，都是枉然！陈寿食国家俸禄，虽然位卑职低，但不敢装聋作哑！"

郤正一拍几案说："满朝文武，若皆如承祚这般无惧，光复汉室，有何难哉！郤某食禄千石，久见乌云蔽日，宦贼当道，竟无一言上奏，实在惭愧！承祚放心，即使拼却项上头颅，郤某也要把这份奏表送到皇帝手里！"

陈寿大喜，一揖告辞。走出东观，陈书早已候在那里，明显有些着急，总算望见陈寿，快步上来，向陈寿问安。

回到那座小院，正要用饭，李密却来了。陈寿赶紧将他邀入那座凉亭，吩咐陈书："请苏嫂备些酒菜。"

李密是尚书郎，原本也没什么正事，但新政一开，必须天天去官署应差，再也不便寄住谯周府上。他已在官署不远处赁了几间房，但未领官俸，无钱付房租。想来想去，只好来见陈寿，想借点钱。

酒过三巡，李密朝陈寿一揖说："当初来成都，承祚曾替李密垫了一笔房钱，至今尚未归还。本来无颜开口，但李密实在无奈，只好再来告借。"

陈寿听明来意，得知房租一年便是两万钱，而若是购买，却不到十万，当即叫来陈书，叫他赶紧去找少夫人，取十万钱来，好歹把那座房子买了。

李密听见此话，忙道："使不得、使不得，如此大一笔钱，哪里还得起？"

陈寿却说："令伯兄的官禄与我一样，都是四百石，除去开销用度，加上每年两万房租，还剩几何？令伯兄祖母多病，哪来的钱孝敬？"

李密顿时无语，想了一阵说："怕只怕，无力偿还这笔巨债。"

陈寿笑道："安汉陈家，虽不算巨富，但也算殷实，区区十万钱，不过九牛一毛。何况令伯兄才情盖世，必将鹏程万里，一笔小债，何足为道！"

李密听见这话，也不多说，举酒向陈寿道谢。

不几日，李密通过中人，以十万钱买下那座旧宅，又回犍为将祖母接来奉养。

陈寿便叫上何渠、李骧、费承等，借乔迁之喜，各自送了一份厚礼，以使李密衣食无忧。谯周得知此情，叫谯熙送了十万钱去。李密坚辞不收，谯熙无奈，只好把钱带了回去。谯周又带上谯木，亲自去李密那里，把十万钱砸在李密的厅堂里，指着李密说："你给我做了几年家仆，这是你的工钱，你要不收，就是不认我这个恩师！"

李密忍不住大哭一场，赶紧设酒款待恩师。待送走谯周，就把这笔钱还给陈寿，总算了了这笔债。

这段时日，总有人登门拜访，要抄写《益部耆旧传》。陈寿便叫陈书把前院那间阁楼收拾出来，备上笔墨，以便来者抄书。又把陈书留在家里，便于照看。

陈寿抄了十几本，分别赠送谯周及李密等同窗，也送了邵正、孟启各一本。王崇当然也想要书，但知道抄写不易，于是第一个提出去陈寿那里抄写。不能将原本带回家去，只能去藏家那里誊写，这是规矩。

慕名来抄书的人越来越多，甚至不乏江东的世家子弟。但真正让陈寿诧异的，却是故丞相诸葛亮之子，时任射声校尉加侍中的诸葛瞻。

这些年来，在文武百官和读书人中，对诸葛亮的评议毁誉参半。尤其北伐每每无果，蜀汉举步维艰之际，对诸葛亮的非议也越来越多。主要集中在几件事上：一是关羽战败失荆州之后，诸葛亮以先主的养子、驻守上庸的副军将军刘封见死不救为由，说动先主，杀了刘封；二是先主伐吴兵败，镇北将军黄权被陆逊大军所困，诸葛亮拒不发兵接应，迫使黄权降魏；三是同为先主托孤之臣的李严，被诸葛亮以押送粮草延迟为由，将其逼走；四是诸葛亮病危之际，召见杨仪、姜维等，指称镇北大将军魏延素有反叛之心，应严加提防。

非议者以为，刘封若不死，当接任先主。刘封与诸葛亮年龄相近，不仅很有主见，还颇有威信，若继承先主基业，诸葛亮不可能独揽大权。李严、黄权，都是西蜀名士，声望极高，或能与诸葛亮分庭抗礼，若不将其逼走，诸葛亮同样不可能独揽大权。魏延堪称蜀汉第一良将，领镇汉中多年，曹魏曾多次举大军进犯，均都被魏延击败。其足智多谋、英勇善战，关羽、张飞不足为道。诸葛亮临终之际，暗嘱与魏延历来不和的杨仪、姜维等人，最终将其杀害，不过是担心，以魏延之善战及当时地位，必将代替他统率北伐之师，或能突破曹魏防线，攻占关中，甚而直捣中原，如此，则反衬出他不擅用兵，每每北伐无果的无能。

诸如此类，传播越来越广。作为诸葛亮的嫡子，诸葛瞻总是觉得压抑，并担心后主刘禅清算父亲过失，那就会使自己受到连累。何况父亲曾把持朝政多年，后主刘禅形同傀儡，心里必然怀恨。

诸葛瞻来陈寿这里抄书，陈寿立即明白他的真实意图，其实是想看看书中是如何评述诸葛亮的。

陈寿当即置酒，请诸葛瞻饮宴。饮罢几巡，诸葛瞻话锋一转，问陈寿："当今天下，三国鼎立，争战不休。以承祚之见，蜀汉该如何作为？"

陈寿想了想说："多年来，因光复汉室，曾先后五次大举北伐，却无尺寸之功，已耗尽国力，难以为继。但蒋琬、费祎先后为丞相以来，以北伐为辅，休养生息为主，使蜀中二十余年无大战。然而，姜伯约生性好战，每每出击……"

诸葛瞻似乎有些不耐烦，将陈寿打断："先君功过，不知承祚如何评说？"

陈寿看了看诸葛瞻："曹孟德曾言，治国理政，乃诸葛丞相之长；用兵征战，乃诸葛丞相之短。陈寿见识短浅，以为此说还算公正。"

听了这话，诸葛瞻顿时不悦，心里当然明白，这些话一定会被陈寿写进书里，哪里还用抄！于是立即站起，朝陈寿一揖说："多谢款待，告辞！"

三

再说谯正虽然接了陈寿弹劾黄皓的奏折，却一直不见音信。如今已到金秋时节，那树老梅的叶子眼看一天天泛黄，陈寿实在等不住，便借着讨教宫中实录的几个疑问，去了谯正的直房。

谯正对陈寿提出的问题一一解答，却不让陈寿坐，似乎只想他早点离开。陈寿只好向谯正一揖问："那份奏表，不知如何了？"

谯正皱了皱眉头："这个，我想来想去，这事还是稳妥些好。这些年来，参奏黄皓的不乏其人，不但黄皓稳如泰山，而且弹劾的人无不受到打压，甚至有人落下杀身之祸。承祚初入仕途，前程远大，不必因为一个阉贼毁了自己。再说了，多行不义必自毙，黄皓总有自取其祸的那一天。"

陈寿岂能再说，告辞出来。但谯正那些话，不仅没能使他害怕，反而让他热血沸腾。大约这就是年轻人的秉性，不能像谯正那样老于世故。

回到家里，陈寿又写了一份奏表，决定天天带在身上，等候时机。

自从新政以来，东观与皇宫相通的那道门，时不时会打开。有时，宫里的宦官会来这里替皇帝取还典籍，或者偶尔把新的起居录送过来。陈寿等的，就是那道门打开的那一刻。

为了不怎么费力就能闯到皇帝面前，陈寿特意多次拜访谯周，不经意间，便把宫中格局问了个清清楚楚，并且知道，刘禅基本都待在寝宫里，只在召见重臣时才去宣室。

眼看中秋佳节将临，按照规制，自中秋前一日开始放假，到八月二十才收假。陈寿等了差不多一月，没见那道门打开过，以为中秋之后恐怕才有机会。

明日假期就要开始，东观各司、室已不如此前那么安静，官吏们你来我往，相互邀约，或趁假期出去游玩，或定下日期，各设酒宴，彼此欢聚。

王崇邀陈寿去西山赏秋，说山下有一片桂树林，桂花一开，像一树树积雪，二十里外就能闻到一派清香。

陈寿只想与李密、李骧、何渠等几个要好的同窗相聚，毕竟入仕以来，大家见面的机会不多。

正说话间，听见了那道门开启的响声。陈寿心里一紧，如飞一般闯出去。那道门已经洞开，一个宦官捧着一个锦盒，想必是来送还典籍的。

陈寿不管不顾，往那道门闯去，险些把那个一脸惊愕的宦官撞倒在地。陈寿的举动，自然令人不解，更令人恐惧。谁都知道，那道门之所以上锁，而且由皇宫那边上锁，就是为了杜绝有人借这里闯宫。

包括东观令邰正、东观丞孟启等，瞬间便知道陈寿闯入皇宫去了，纷纷拥出来，站在那棵老梅树下，目瞪口呆地望着那道仍然敞开的门。

只有邰正知道陈寿为何冒死闯宫，心里不禁后悔。他没有将陈寿的奏表呈送皇帝，主要担心连累自己。那天回到家里，看着绕膝的儿女，相伴左右的美妻艳妾，顿时犹疑起来。他的胆怯，或许会要了陈寿的命。这个年轻人的勇壮，顿时衬出了他所有的不堪！

邰正来不及多想，赶紧离开，去拜访谯周。

陈寿闯入皇宫，直奔寝宫。无论宦官还是侍卫，都不曾经历过这种事，居然反应不过来。陈寿几乎没费什么周折，就望见了那座皇帝起居的寝宫。

直到此时，仍无人上来阻拦。陈寿奔到寝宫外，跪地高喊："东观秘书郎陈寿，冒死求见陛下！"

侍卫、宦官，包括黄皓、吴顺等，这才回过神来，从四面八方拥向陈寿。抢在前面的是一队侍卫，扑上去将陈寿拽起欲拖走。陈寿岂肯离开，喊声如雷，带着令人胆寒的凄厉："皇帝陛下，巨奸当朝，若不除之，永无宁日啊！"

侍卫们不容陈寿逗留，如同老鹰捉小鸡一般将陈寿抓起。黄皓大叫："拖入诏狱，先关起来！"

陈寿脚不落地，被抬着急走。

忽听一人喝道："留下此人！"

众人一怔，立即站住，抬眼望去，刘禅已出寝宫，正匆匆过来。陈寿又把那些话喊了一遍，但仍被侍卫们抬着。

刘禅快步过来，又喝道："将他放下！"

侍卫们赶紧松手，退去一边。黄皓、吴顺等也站到另一边。陈寿朝刘禅跪拜，掏出那份奏表，双手呈上。

刘禅接过，只看了一眼，已经明白，朝陈寿说："随朕去宣室吧。"

陈寿赶紧谢恩。众目睽睽下，陈寿随刘禅去了宣室。到了宣室，刘禅坐于御案后，盯着陈寿。陈寿再次叩拜，伏地不起。过了一阵，刘禅才问："一个小小东观秘书郎，如何闯进禁宫的？"

陈寿把经过说了一遍。

刘禅又问："私闯禁宫是死罪，难道不知？"

陈寿却说："陈寿虽然年轻无知，也明白这是死罪。但为国为君，虽死无憾！"

刘禅不再出声，把陈寿的奏表读了一遍，皱着眉头问："奏表所列黄皓十大罪，不知孰真孰假？"

陈寿叩头说："臣所列，朝野共知，陛下仅需召群臣一问，真假立判！"

过了许久，刘禅才说："朕知道了。念你一片忠君爱国之心，姑且饶你私闯禁宫之罪，去吧。"

陈寿已有赴死的决心，没想到会这样，赶紧谢恩。

待谯周、郤正赶来皇宫外，大呼求见皇帝时，陈寿已经大摇大摆出来了。谯周也不多说，只叫陈寿去自己府上。

酒席设在花园里，到处都是桂花香。尚未饮酒，谯周便说："没想到你陈承祚如此莽撞！举朝上下，哪个不知道黄皓是奸贼？又有何人如你这样，不顾身家性命？"

陈寿却说："身为人臣，明知巨奸在朝，却不进谏，岂不枉食俸禄？"

谯周拍案而起，指着陈寿斥责说："你不怕死，但柳绵何辜？你娶了人家，凭什么让人家守寡？"

陈寿心里一怔，这正是他的虚弱之处，只是不愿去想。于是绕开柳绵，只说皇帝已经接了奏表，一定会拿黄皓问罪。

谯周冷笑道："还这么天真，实在不可理喻！这些年来，之所以无人愿意出头，正是因参不倒黄皓！我早已明白，皇帝与黄皓，并非主仆那么简单！他们就是水和鱼，锅与灶，一个离不开一个！"

这话说得陈寿顿时心惊，再也没什么可分辩的了。

陈寿竟然没被问罪，黄皓心里尤其慌乱。见刘禅回了寝宫，赶紧进去侍候。刘禅却指着门口说："回你的窝里去，不要来了！"

黄皓骇得面无人色，赶紧跪下，还没说出话来，刘禅便叫几个小宦官，把黄皓赶出宫去，永远不准进来！

黄皓被人架出宫门，只好回府第去了。

回到府里，黄皓坐卧不宁，寝食难安，如同被抽去了脊梁。这么多年来，他早已习惯在刘禅身边侍候，即使吆来喝去，哪怕像一只狗，但那也是一种幸福。如今，忽然做不成狗了，黄皓还是黄皓吗？

想了一个晚上，便叫黄贵带上些钱，设法去见皇帝身边的宦官，打听打听主子的意思。那个宦官收了钱，只说了一个有价值的消息，就是吴顺成了中常侍，代替黄皓跟在皇帝身边。

黄皓无奈，决定去宫外，只想见吴顺一面。几天下来，不见吴顺出入，但他不死心，仍去那里遥望。功夫不负有心人，这日傍晚，终于望见吴顺出了那道宫门！赶紧上去，拉住吴顺，直接去了一家酒肆，要了一个雅室，点了许多菜，都是山珍海味，酒也是市井里难得一见的上品。

饮过三巡，黄皓望着吴顺说："在宫里这么些年，你我情同手足，没想到黄某落到这一步，还望吴兄照应照应。"

黄皓虽然心狠手辣，但对宦官却相当不错。吴顺也不敢断定，黄皓从此以后会彻底失宠，或者再也走不进皇宫，只说："身为奴婢，劝不了陛下，也不敢劝，心有余而力不足。"

黄皓当然不会白白花费这顿酒钱，便问了些宫中这几天的情形。吴顺也不隐瞒，一一告诉了他。

说了一阵，吴顺提醒黄皓说："张皇后一直想与黄常侍交往，何不走她这条路？"

真是一语惊醒梦中人！黄皓一拍大腿说："哎呀，多亏兄弟提醒！"

黄皓早就听说，张皇后特别喜爱蔡邕、钟繇的墨稿，曾不惜代价，四处求购，但所获甚微。他曾听说，谯周那里有蔡邕的手札，但不好去找谯周。想来想去，想到了羽林左中郎将王深，此人不仅跟黄皓有些交往，也与谯周有些情分。

于是待酒席散去，赶回府第，带上一件商鼎去见王深。王深见了商鼎，几乎惊呆，知道黄皓有事相求，便请他直言。黄皓遂把自己的意思告诉王深，王深一口答应下来。

翌日傍晚，王深拜访谯周，把想好的话说了一遍，意思是张皇后一直觊觎谯周手里的墨稿，不好开口，特意让自己求购。

谯周视蔡邕的手稿如性命，岂愿转手，但既是张皇后的意思，又不好推脱。这些年来，他一直临写蔡邕的手稿，已经到了真假难辨的地步，并在真迹一角做了个暗记，与临摹稿混放一处，看是不是到了以假乱真的地步。

谯周请王深稍候，去书房取手稿。一切交给天意吧，他随手抽出一张，细细一看，看见了那个暗记，不禁苦笑。谯周将手稿拿到客堂交给王深。王深大喜，双手接过，这才问多少钱。

谯周却说，这是无价之宝，说到钱，反而对不起蔡伯喈。

王深千恩万谢，带上走了，交到了黄皓手里。想想总是过意不去，又把那只商鼎送给了谯周。

黄皓又托吴顺，先给张皇后带了个话，说有蔡邕的墨稿，要孝敬张皇后。过了几天，吴顺主动来到黄皓府第，传张皇后的懿旨，叫黄皓把墨稿交给吴顺，由吴顺带进宫去。黄皓将信将疑，何况见不到张皇后，哪肯把墨稿交出去？

见黄皓许久不出声，吴顺起身便走，说张皇后等着回话，不敢耽误。黄皓哪里惹得起张皇后，只好交给吴顺，求他一定替自己把话带到。

除了等待张皇后的消息，黄皓实在毫无办法，也不敢抛头露面，只在这座大院里待着。他知道自己失宠的消息必定已传了出去，那些恨自己的人，一旦看见了自己，说不定会生出什么意外。

其实，将黄皓逐出宫去的那一刻起，刘禅心里也空落落的。他这才明白，黄皓是自己的影子，没有了这个影子，似乎看不见自己，更不知道自己是个皇帝。勉强撑了一段日子，眼看已是腊月，正打算叫人去黄皓那里看看，忽记起每年岁首，将于皇宫内大会群臣。以往，这些事都是由黄皓操办，自己根本不用过问，只需届时往朝堂上一坐，接受群臣的新春之贺。于是刘禅把吴顺叫来，令其立刻筹措大会。

吴顺不敢怠慢，赶紧传下令去，首要之事是将皇宫内外彻底洒扫一遍，然后便是准备大宴群臣的酒席。

一番忙下来，已是腊月三十。一早，后宫嫔妃，皇子皇女，都一一来寝宫恭贺新年。费祎、谯周等，包括征战在外的姜维、张嶷等，纷纷送来贺表。刘禅忽然想起一件事来，当即让吴顺去请谯周入宫。

谯周入宫觐见时，太子刘璿已在刘禅身边。待其叩见之后，刘禅也不多说，只说册立太子已经许久，尚未选定太师，就由谯允南教太子读书吧。

谯周赶紧谢恩。刘禅又命刘璿拜师，并赐谯周蜀锦十端，缣一百匹，黄金、玉器若干。谯周千恩万谢而去。

翌日一早，群臣已到朝堂等候。刘禅穿上衮服，戴上冕旒，正要上朝，就见吴顺惶惶跑来，远远跪下说："陛下，出大事了，费丞相昨夜在府第宴客，被副将郭修刺死了！"

刘禅顿时愣在那里，不知所措，过了许久，才转回寝宫。这场每年必有的岁首之会，只好取消。

刘禅独自待在寝宫里，不让任何人进去，也不用膳。此时此刻，他更加想念黄皓，终于在日暮时分传下口谕，令中常侍黄皓入宫觐见。

灯火里，黄皓像一个影子飘入寝宫，飘到刘禅面前，叩拜在地，只是哭，说不出一句话。

过了一阵，刘禅说："起来吧。"

黄皓两腿有些发软，勉强站了起来。

刘禅轻轻一笑，说："朕觉得你辛苦了，让你好好休养休养！"

黄皓愣在那里，不知该如何作答。

几个月不见，黄皓已经形销骨立。刘禅心里一酸，嘴上却说："哎，才几个月，你竟长胖了。"

黄皓更吃不透刘禅的心思，连忙跪下，赞拜一番，已是泪如泉涌。

刘禅过来拍了拍黄皓的肩，忽然话锋一转说："是啊，你就是朕的影子，朕离不开你。但是，你要好好做这个影子，千万不要斜了！"

黄皓边哭边笑："奴婢不仅要做陛下的影子，还要做陛下的坐骑。"

黄皓闯过了这一关，自然会想起那个冒死闯宫的陈寿，暗中立誓，必置陈寿于死地。

四

　　陈寿得知，被逐出皇宫的黄皓在丞相费祎遇刺身亡的第二天，便被刘禅召回宫去，又成了竖在皇帝身前的一堵高墙，将皇帝与群臣隔开，这才明白恩师谯周的那些话并非危言耸听。

　　费祎遇刺，一家老小痛不欲生。陈寿、谯熙、李密、何渠、李骧等赶去费家府第，祭拜举哀，又留下帮同窗费承料理后事。

　　这一气忙下来，已是半月之后，所有官吏已该去官署问事了。陈寿借向东观令郤正拜年之机，请教郤正："陛下的后宫称为内廷，各官署称为外廷，何故不见皇帝来外廷问政？"

　　郤正想了想说："自古以来，皇帝只在内廷，未闻外廷问政一说。何况外廷官署分设各处，极其分散，就算皇帝有心去看看，恐怕也很难做到。加之宫外繁杂，各色人等来来往往，谁能保证皇帝的安全？"

　　陈寿又问："依照规制，皇帝每月朔日，皆应上朝面会群臣。既如此，为何国中之事，皇帝并不知晓？"

　　郤正见陈寿的话越来越尖锐，赶紧去把门关上，这才说："皇帝高居丹墀之上，黄皓等宦官分列左右，虎视眈眈。群臣赞拜之后，人人闭口不言。每个人都清楚，宦官在场，哪个敢说半句真话？一来二去，朝会便成了摆设，不仅群臣明白，皇帝也明白，不知不觉，朝会几乎免了。"

　　自费祎遇刺之后，推出的新政也基本烟消云散。东观里的那道门也不见再开。但上至郤正，下至秘书郎及杂役，依然每日来这里厮混，权当打发日子。

　　郤正的那些话，使陈寿看出了朝廷弊端所在，不由暗想，皇帝所获信息，几经宦官筛选，岂能得知真情？假如真正建一座外廷……

　　陈寿越想越兴奋，回到家里，又写了一份奏表，打算再次寻找时机，递到刘禅手里。当然，那道门一直不见开过，即使开了，他也不能如前次那般莽撞，闯到皇宫去。他不怕死，但不能连累柳绵，何况柳绵已于年前诞下一子。

　　东观院子里的那棵老梅，前年就枯了，并未开花。东观丞孟启提议，干脆挖掉，重新移栽一株。郤正赶紧制止，说那是先主亲手所植，岂能随便挖掉。

谁都没想到，开年不久，老梅却忽然又活了，开出一树蜡梅。

东观内外议论纷纷，这枯梅忽然起死回生，不知是何征兆？

陈寿灵机一动，不如以此为由，上一道祥瑞表。于是写了一篇奏表，以这株转枯为荣的老梅切题，进而大赞蜀汉起死回生，气象可期。

因是一份上奏祥瑞的表，极其顺利地到了刘禅手里。陈寿的奏报其实是一次试探，若此表不被阻止，说明这个皇朝人人都在做假，从上至下，都是报喜不报忧。更重要的，当然是想刘禅能到东观来，看这棵春日开花的蜡梅。

很快，一个小黄门过来，宣示刘禅的口谕，说皇帝明日将莅临东观赏花。

翌日，所有官吏无不穿戴得十分整齐，早早来到东观，等候刘禅莅临。不一时，那道门推开，几个宦官过来，叫到："快快快，都来梅树下，跪迎皇帝！"

陈寿等纷纷跪下，伏在地上。过了一阵，只听黄皓高喊："陛下驾到！"

郤正、孟启居前，赶紧率僚属赞拜。不料到东观来看梅的，竟然还有太子刘璇、北地王刘谌、安定王刘瑶，以及谯周、姜维、诸葛瞻、邓良、张绍、陈祗等。众人簇拥着刘禅的步辇走了过来。

刘禅由黄皓扶着下了步辇，即领刘璇、刘谌、刘瑶并谯周、姜维、诸葛瞻、陈祗等过来，绕着这棵满树暗香的老梅，走了一圈又一圈。姜维等满口都是吉祥话，说得刘禅的心似乎也开放了。

刘禅见谯周始终不说一句话，不禁笑问："谯大夫博学，一定知道，当此春风初度，这棵枯梅为何开花？"

谯周跪拜在地，奏道："臣以为，陛下怀柔四方，休养生息，使蜀中如沐春风，以致枯木新生！"

话刚落地，跪在远处的陈寿将那道奏表举过头顶，大声呼道："臣东观秘书郎陈寿，有表呈送陛下！"

刘禅一怔，望着陈寿一笑："又是你，呈上来吧！"

陈寿赶紧过来，将奏表奉上。刘禅接过，指了指奏表问："所奏何事，但说无妨。"

陈寿赶紧跪奏："臣请陛下，在宫外建一座外廷，将各官署设在一处，由陛下定期问政。如此，能避免宦官在侧阻塞言路的弊病，使群臣畅所欲言，陛下可以获知真情，岂不利于行政？"

一番闻所未闻的话，说得众人凝固了一般。

诸葛瞻以为，陈寿不过是为了讨好陛下，为自己谋得个好前程。

尚书令陈祗一向与黄皓互为表里，操持权柄，费祎在时，不免心有忌惮，不敢出头。如今费祎已死，已经打起了丞相之位的主意。于是跪拜在地，叩头说："东观秘书郎陈寿，居心险恶，所说不仅离经叛道，还包藏祸心，意在置陛下于险境！臣请问陈寿之罪，以警不臣之心！"

谯周虽然同样以为陈寿之说荒诞不经，但陈祗却如此危言耸听，担心刘禅采纳陈祗之说，问罪陈寿，也赶紧向刘禅跪下请罪，说陈寿是自己的弟子，自己深知他虽性情耿直，但忠君之心可昭日月。

刘禅面无表情，不置可否。黄皓却想借机报陈寿的一箭之仇，也跪到刘禅面前，添油加醋地说了一番。

刘禅却不理黄皓，只让谯周、陈祗起来，再把东观丞郤正叫到身边，看了看几人说："你们都是博学之士，就留在这里查阅典籍，看陈寿所说，是否有先例。"

谯周、陈祗、郤正领旨谢恩。

刘禅又把陈寿叫起来，看着他问："北伐以来，屡战未果。以你之见，该当如何？"

陈寿略做沉吟，奏道："以微臣愚见，曹魏强而蜀汉弱，所以攻而不克。与其出击，不如坚壁深垒，敛兵守险。如此，曹魏不敢犯境，而蜀中无战事，正好休养生息。"停了停，又说，"当今之计，首应图存，再图强。国家强盛，方可言北伐，也才能行光复之计。"

这话却惹怒了姜维、诸葛瞻等人。姜维忍不住怒斥陈寿："苟且偷生，误君误国。"

陈寿早就明白，北伐已经成为姜维、诸葛瞻等人的借口，他们只不过想一直手握重兵，兵权便是话语权。

这些，刘禅自然也心知肚明，但大军在外，他也鞭长莫及，稍有不慎，恐怕反受其祸。

刘禅不再说话，半眯着眼，望着这一树开得肆意的蜡梅。过了好一阵，才说出两个字："回宫。"

谯周、陈祗、邵正明知陈寿所说不载典籍，还是装得认认真真，把东观所藏书籍，翻阅一遍。虽费时多日，仍然一无所获，便一同入宫，去向刘禅复命。

谯周恨陈寿异想天开，把他叫到府上，一番教导，诸如为官之道，需藏锋芒，掩灼见；既无先例，就是不敬祖宗，就是大逆不道；等等。

陈寿已知那份奏表同样会石沉大海，干脆闭嘴不言。

陈寿再来东观时，同仁们见了他，或赶紧走开，或绕道而行。即使一向交好的王崇，也不到起居实录司来，似不愿与他共事。陈寿一如既往，醉心于那些实录，只埋头校注。

就在这个春天，刘禅降旨，迁张绍为尚书仆射，袭其父西乡侯爵位；邓良为驸马都尉；王崇为尚书郎……

东观上下，许多同僚也获得升迁，但没有陈寿。

好在柿儿长得越来越可爱，见了父亲已经会笑了。

第九章　风雨

一

　　冬至节前，成都下了一场雪，天气更加阴冷。陈寿一早起来，去那间堆放木炭的屋子里看了看，便把石三叫来，指着几篓木炭说："这点炭可能烧不到开春，尤其少夫人房里，一定不能熄火。烦请三哥再买几车回来，至少要烧到正月末。"

　　陈寿一直把石三叫三哥，石三当然受用，当即叫上两个家仆，也不用饭，冒雪出门，一人买了几个饼，一边啃一边往北门那边去买木炭。

　　刘禅的新政已经基本夭折，各官署也渐渐回到了原样。整个东观，除了陈寿每日去那里校注，其他人，包括郤正、孟启，都不怎么去了。

　　自从柳绵生了柿儿，陈寿一直在书房里过夜，但出门前，或进门后，第一件便是到柳绵房里去，看一看柿儿。

　　陈寿用过早饭，照例往柳绵房里去。竹儿正就着一盆炭火给柿儿换罩衣。小家伙见陈寿进来，立刻咧嘴一笑。柳绵正把衣橱打开，要给柿儿找一条棉裤。陈寿把手伸出去，想抱一抱柿儿，柿儿却把头一低，埋进竹儿怀里。陈寿不管他，强行将他抱起，柿儿立刻哭起来。陈寿只好把他还给竹儿，假装骂道："小东西，居然不认亲爹。"

跟柳绵说了几句话，陈寿出来，打算往东观去。刚要出门，陈书叫了一声少爷，举着一封信跑来，递给陈寿。一看这信封上的字，便知是父亲的手迹。陈寿有些激动，赶紧拆阅，只读了几行，已是两眼蒙眬。

此信只有寥寥数语，首先问柳绵母子是否安好，然后话锋一转，说大年将至，问陈寿夫妻是否还乡过年。

去年冬天，柿儿一生下来，陈寿便写了一封信回去给父母报喜，但因柿儿太小，并未回安汉过年。很明显，父亲想见一见儿媳和孙子了。

自离安汉以来，陈寿居然没回去过。在他看来，父亲永远是个既健旺又永远不会衰老的人。

陈寿赶紧去了书房，叫陈书研墨裁纸，写了一封家书，说待年假一到，即带上妻儿，回去陪二老过年。写好了信，便叫陈书立刻去投寄，又去柳绵那里，把父亲的信给了她。柳绵见信上首先提及的便是自己，心里一热，流下两行泪来。陈寿赶紧取出手巾替她擦拭。

柳绵读完信，叫竹儿把柿儿抱出去看庭院里的雪。

因为柿儿，夫妻分宿已快一年，此时独处一室，哪里忍得住煎熬。陈寿一把将柳绵搂住，嘴里只管胡说。柳绵却把他推开，红着脸问："难道你我从此就分居了？"

陈寿一怔，居然答不出话来。柳绵低下头说："我已经吩咐苏嫂和竹儿，给柿儿收拾了一间房。苏嫂又替柿儿物色了个奶妈，等会儿就要过来。从今晚起，你就来这边住吧。"

陈寿早已心潮澎湃，见柳绵如此娇羞，狠狠亲了她一口，这才出门往东观去。

东观里的那树老梅已经开了，院里满是梅香。陈寿却安不下心，似乎另一个佳期已在眼前，哪里有心校注，勉强坐了一个上午，便早早回去了。

见时间尚早，只好按捺住满怀的激动，去书房里读书。好不容易等到天黑，便一头钻进了柳绵的房里。柳绵却拉着他，要去看柿儿。柿儿已经在奶妈怀里睡去，睡得心安理得。陈寿见奶妈只三十来岁，人不仅生得干净，也很和善。

柳绵把门窗、卧榻、被褥、炭火一一看了一遍，又给奶妈说了许多感激的话，这才回去。

这一夜，雪花纷飞，梅香如酒，夫妻间久违的温存更是别有滋味。

今日便是冬至，又称"亚岁"。依规制，节前不听政，节后择吉辰省事。何况上下懒政，这假其实早就放了。

一早起来，陈寿忽然想到，李密仅与祖母相依为命，不免寂寞，不如请他与祖母一起来家里过节。

雪下得更大了，房顶、路途、街巷，都白茫茫一片，有些缥缈之感。成都人很爱酿冬酒，冬至前，家家户户都要煮酒。此时，大街小巷处处都是酒香。这时的成都，恍若浮在酒气里，令人不饮而醉。

入得城来，走过小巷，却在十字路口遇上了李密，彼此都有些惊喜。陈寿也不绕弯子，直接说明自己的意思。

李密却说："承祚兄的美意，李密心领了。但祖母年高体弱，入冬以来一直咳嗽，多有不便。昨夜，我正好读到一个止咳的古方，便出来给祖母抓药。抓完药，还需去恩师那里拜节。"

听见此话，陈寿不能勉强，陪李密去了一家药铺，抓了一服药，彼此于街头作别。陈寿虽然从不怀疑柳绵持家的能力，但毕竟哺育柿儿，分心又分神，不知她安排去恩师那里拜节没有。

匆匆回到家里，恰遇陈书急惶惶出来，老远便说："少夫人要与少爷一起去谯家拜节，却找不到少爷！"

陈寿赶紧进去，柳绵已经换上一件裘皮外套，立在阶沿上着急。

礼物早已备好，两坛酒、两条火腿、两盒点心、一罐蜂蜜、两包山货等，收在两只斗大的筐里。

话不多说，陈书挑上这对礼筐，赶紧出门。

到谯周家里，弟子们都来了，一同在客堂里陪谯周说话。冬至节不留客，只煮了甜酒，一人一碗，喝了便告辞。

苏嫂及竹儿等，一直在厨房里忙酒饭，石三则砍回来一大捆竹子，铺在一大堆柴草上，要烧爆竹。见陈寿夫妇并陈书进来，石三赶紧把柴草点燃，很快便爆出一片脆响。

青烟缭绕，爆竹声声，冬至节立刻有了氛围。但这烟、这爆竹却忽然勾起了陈寿的心事，也不管柳绵，一头扎进书房，把门死死关上。

柳绵并未看出陈寿的异样，先去柿儿房里看了看，又去厨房走了一遭。转眼间，酒宴摆开，柳绵便叫陈书去请陈寿。

陈书到书房门口叫了几声少爷，不见回应，伸手推门，却落了闩，心里一怔，只好告诉柳绵。

柳绵有些茫然，刚才还好好的，咋就不高兴了？于是亲自去书房门口喊。陈寿同样不出声，更不开门。柳绵对着门缝问："过节呢，一家人高高兴兴，你这是唱的哪一出？"

陈寿的声音总算传了出来："你们尽管高兴，不用管我！"

柳绵更不知到底为了何事，只觉得委屈，正不知所措，竹儿走了过来。柳绵不禁眼圈一红，埋头走了。

竹儿见柳绵去了后院，也把后院门关得死死，顿时没了主意，只好去找苏嫂。苏嫂想了想，便去书房敲门。陈寿还是不理。苏嫂说："一定是因为年关将近，少爷、少夫人要回老家，担心没有拿得出手的见面礼。"

陈寿见说话的是苏嫂，不好驳她的面子。苏嫂不仅年纪最长，而且凡事都有理有节，陈寿心里从不把她当厨娘看，而是当成了自己的长辈，便把门开了。

苏嫂也不多说，把陈寿拉去后院，把那道院门推开，指着阁楼上说："少爷去那里看看就明白了。"

陈寿将信将疑，上了阁楼，把那扇门推开，一眼望见，柳绵坐在绣架前，正飞针走线。

陈寿轻脚轻手过去，见绣架上是一件梅花图案的墨绿长袍，心里明白过来，有些惊讶地问："你又没见过父亲，如何知道他喜欢墨绿，喜欢梅花？"

柳绵头也不抬。

陈寿又问："你告诉我，你如何知道父亲的喜好？"

柳绵终于停了下来，回头看了他一眼，没好气地说："你忘了，我问的你，你自己说的！"

陈寿想了半天，也记不起自己何时说过。正所谓说者无意，听者有心。伸出手去，想搂住柳绵。柳绵身子一扭，冷声冷气地说："不要打搅，还有几针就绣完了！"

陈寿只好把手收回，依旧站在身后。柳绵手里的针线仿佛风中的游丝，令人眼花缭乱。陈寿看得几乎呆了。

过了一阵，那针停了下来，柳绵将线挽了个看不见的结，并用针尖埋入绣花底下，这件衣袍就算绣好了。柳绵将它从绣架上取下，折叠起来，揭开一旁的箱子，要放进去。陈寿一眼瞥见，箱子里面还有一套新做的衣衫，先一步抢过去，双手将衣衫捧起。不用问，是给母亲绣的。展开一看，是几朵兰花，点缀得恰到好处。母亲喜欢兰花，她居然也知道！陈寿将衣衫放回去，一把将柳绵搂住，使劲亲了她一口。柳绵假意推了推他，终于笑了。

两口子相携出来，到筵堂里就座。苏嫂等见二人已经恢复常态，冷了的兴致再次热烈起来。

因为过节，主仆同庆，无上下之分。陈寿举起酒盏，望向众人，说了几句，无非是亚年吉祥、添丁之喜，等等。众人饮了这盏酒。

正欢宴一堂，忽见一人身着孝服闯了进来，朝陈寿纳头一拜，待抬起头来，陈寿不由一惊，猛地站起："陈棋！"

陈棋已经泣不成声："少爷，老爷……老爷仙逝了！"

陈寿简直不敢相信自己的耳朵，几步上去，抓住陈棋的领口，骂道："贱奴，满嘴胡说！"

陈棋依旧跪在那里，把事情说了一遍。陈寿手一松，眼前一黑，只觉心如刀割，已是站立不稳。陈书一个箭步上去，赶忙扶住。

席散了，陈寿捂住胸口，勉勉强强地说："伺候笔墨！"

陈棋搀着陈寿，跌跌撞撞到了书房。陈寿草书了一封奏表，冒着漫天大雪，一路狂奔，到皇宫外跪下哭喊："臣陈寿，生父已仙逝，请求回乡举哀，望陛下恩准！"

不一时，宫门开了，一个宦官跑出来，接了那道奏表说："稍候！"急急忙忙转回去了。

不到半个时辰，那个宦官将已经刘禅朱批的奏表还给陈寿，安慰说："请秘书郎节哀！"

奏表上，刘禅批了五个字："准丁忧三年"。陈寿叩头谢恩，立即奔回来。

柳绵已收拾好行李，并赁了两乘马车，只等陈寿回来。

214

陈寿将这院子托付给苏嫂，立刻领柳绵母子以及竹儿、奶妈、陈书、陈棋上了马车，一路向东北驰去。

　　天地一片苍茫，两辆马车在风雪里急奔，驶入繁县时，天已经黑了。车夫停下马车，意思想在这里住一夜，却不见陈寿发话。车夫只好点起两盏马灯，继续赶路。

　　寒风似乎有些愤怒，不停地扑打车窗，时不时掀起车帘。雪下得更急，也积得更深，车也跑得更加艰难。

　　大约又是两个时辰过去，马车渐渐停了。陈棋过来，隔着车帘说："少爷，前面是郪县，都大半夜了。天寒地冻的，大人倒是受得住，只怕小少爷……"

　　柿儿虽然不哭不闹，但柳绵很是担心，却又不好开口，只看着陈寿的脸。过了一阵，陈寿呼出一口气说："那就歇歇吧。"

　　官道边正好有一座驿站，两个车夫遂将车赶进去，停在院子里。陈寿先进去交涉，并将刘禅的御笔朱批拿出来。驿丞只好允许陈寿一行在这里落脚。

　　一路奔波，柳绵不堪疲惫，待奶妈和竹儿睡下，也躺了下去。陈寿哪里睡得着，只呆呆地坐在榻侧，心里充满愧疚。他没想到，父亲如此健旺，竟说走就走了！更没想到，他辞别父亲，来成都求学的那一刻，竟是父子间的永别！他更无法原谅自己的是，来成都这么些年，他竟没想过回安汉看望二老！

　　这一坐直到天明，陈寿赶紧叫起柳绵等，登车又走。又是一天过去，更是人困马乏，只得到"潺亭"驿投宿。

　　陈寿心情更加急迫，鸡声一起，又叫登车。两辆马车在愁云惨雾里疾行三日，终于到了安汉。

　　到了家门口，马车停下。柳绵取出备下的丧服，与陈寿、柿儿各自穿上。陈棋、陈书忙着把行李搬下来。柳绵给两个车夫付了车钱，并额外打发了一笔返程钱，二人喜出望外，千恩万谢而去。

　　陈寿望见府第内外悬起一条条白纱，一派哀痛之气，忍不住大哭。柳绵也哭了起来，哭得撕心裂肺。奶妈怀里的柿儿见父母哭得呼天抢地，也大哭不止。

　　陈父仙逝那天，两个姐姐、姐夫已经赶来。听见哭声，知道是陈寿夫妇回来了，赶紧出来迎接。陈寿夫妇被领到灵堂里，跪拜，哭祭。陈氏宗亲也齐刷刷跪满一堂陪哭。

哭了一气，宗亲们过来劝解，好说歹说，把陈寿夫妇拉了起来，扶到外面。这时，陈母才在丫鬟梅儿的搀扶下过来，叫了一声"承祚"，已哭得老泪纵横。

陈寿夫妇要朝陈母跪下，柳绵忽觉都是一身丧服，若是跪拜活着的人，怕有诅咒之嫌，顿觉不妥，赶紧把陈寿拉住。

陈母见柳绵手足无措，上去拉住她，上上下下打量一番，心中暗喜，这个儿媳，恰若冰雕玉琢一般，似乎是陈寿用笔画出来的，难怪他书都不去念了！

柳绵心里噗噗乱跳，轻轻喊了一声娘。陈母应了一声，取出一对玉镯，递给柳绵，算是见面礼。柳绵接过，忽想起自己特意为公婆绣的外套，赶紧叫陈棋取来。

奶妈这才把柿儿抱到陈母面前，陈母接过去，柿儿竟然不哭不闹。喜得陈母直说："真不愧是陈家的子孙。"说着，掏出一对金手镯，给柿儿套在手腕上。

片刻，陈棋将长袍和衣衫取来，递给柳绵。柳绵把那套衣衫双手递给陈母说："娘，这是儿媳的一点心意。"

陈母赶紧接过，不免赞叹一番，交给梅儿，叫她收好。柳绵又说："儿媳给爹做了一件长袍，请娘允许我给爹穿上。"

陈母又哭起来，直夸柳绵孝顺。柳绵捧着那件长袍回到灵堂，两个姐姐赶紧过来帮忙，柳绵却要一人给老爷穿。两人知道柳绵的心意，只好让她去穿。

柳绵到老爷的遗体前跪下，叫了一声爹，又不禁哭起来，边哭边说："儿媳第一次回来见爹，竟是阴阳相隔……"

柳绵的哭诉惹哭了所有人，但奇迹也就此发生。老爷已去世好几天，身子早已僵硬，但当柳绵给他穿长袍时，竟然十分柔和，似乎只是在半睡半醒中，由着这个从未见面的儿媳，替自己穿上这件她亲手做的长袍。

两个姐姐刚把哭成泪人的柳绵拉出灵堂，一个柳家的仆人，受柳绵父亲柳云的差遣，也来吊唁。

仆人祭拜一番，便来见柳绵。柳绵见父母都不来致哀，知道还在因自己的私奔怄气，也不便多说。仆人也只说家里一切如旧，便告辞回去了。

二

陈寿是独子，只有两个姐姐，早已出嫁。既然陈寿已经回来，姐姐、姐夫不便再替他做主，便把丧事都交给陈寿。陈寿从来不问家务，便又交给柳绵。柳绵也不推辞，俨然已是陈家的主妇，把男仆女婢都叫到一起，逐一分派，有条不紊。又把陈寿请来，让他带上陈书，去请个方相氏来。这是重中之重，必须由孝子亲自去请。

巴人历来尚巫，安汉属巴西郡，也有此习俗。但凡死了人，都要请方相氏，也就是乡傩。

方相氏姓王，就在附近不远，都叫他王方相。这一带人家逢上丧事都是请的他。陈寿披麻戴孝，带着陈书去了他家，跪在院子里。王方相当然明白其来意，出来将二人拉起，只需几句话便说妥了。

午饭后，王方相带着几个徒弟来了。陈寿赶紧将他们迎去厢房里，叫仆人奉上茶来。王方相问清了老爷的生辰八字和离世的日子，一番计算，算准了出殡的日子和时辰，都写下来，以免贻误。而后便叫上陈寿去卜墓地。几个人前前后后走了一遭，停在一道藏风避水的缓坡前。王方相指着一片浅山说："你看，无论来龙去脉，都是上佳，就这里吧。"

陈寿也懂得这一行，同样觉得这是块福地。王方相一番丈量，叫一个徒弟往自己脚下打个木桩，算是点穴。

最后，王方相看着陈寿笑说："将来，你或你儿子飞黄腾达了，要记得我的好处。"

陈寿本不愿与他多说，但也只好敷衍几句。回到家里，柳绵早已叫陈棋请来了一拨破土凿墓的匠人，知道地点已经选好，便让陈棋带上去了。邻居们也去那里帮忙，只几天下来，墓穴已经掘成，并在旁边起了一道浅坑，要把那口棺材放入浅坑，厝上三年之后，才能往墓坑里安葬。

作为孝子，陈寿需在此守孝三年，所以又在浅坑上搭了一座茅屋。三年内，陈寿只能住在茅屋里，不得访友，不得会客，不得近酒肉，更不得近女色，等

217

等，否则便是不孝。

明天吉日就要出殡，今夜必须堂祭并清宅。夜饭后，远亲近邻挤了个内外皆满，都要看王方相作法。

首先是祭，陈寿跪在灵前，柳绵抱着柿儿跪在陈寿身后，之后依次是陈寿的两个姐姐、姐夫及她们的儿女，再是宗族子弟，跪了一堂。

王方相燃起香烛，叫陈寿献祭。陈寿依次献上一只羊头并一只鸡头和鱼头，俗称小三牲。献祭之后，要念祭文，陈寿赶紧跪回去。王方相当然知道陈寿是读书人，况且已经是朝廷官员，特意问他，是不是由陈寿写祭文。陈寿五内如焚，哪里写得出一个字，便请王方相安排。这类祭文，早已是固定的文章，除了死者姓氏、名讳及生平，几乎大同小异。王方相烂熟在胸，一挥而就。

堂祭耗了近一个时辰，陈寿等一直跪在那里，仪式结束才能起来。王方相开始请神，口里念念有词，各路神明必须一一请到。然后是大开五方，东西南北中，无论哪一方，都必须使亡灵畅行无阻。接下来是清宅，意思是把亡灵请出去，不要留恋。

又是一个时辰过去，王方相师徒终于完成了使命，去一边喝茶。这边已经搭起了三礼台，意即生时奉孝，死后奉葬，葬后奉祭。

陈氏长辈齐坐三礼台上。陈寿父亲陈文才共有兄弟三人，伯父陈文义为长兄；叔父陈文礼排行第三，坐在那里，双手撑着一根手杖。

孝子需回答长辈的提问，包括何时得病，何人问诊，何时断气，等等。陈文礼见兄长不发一言，遂一并问了。

陈寿不在家，哪里知道这些，当然不能回答。

陈文礼嫉妒陈寿读书入仕，而自己的儿子成日斗鸡走狗，一事无成。加之二哥会经营，家中富足，而自家不过小康。于是霍然站起，手指陈寿，怒道："如此不孝，该打！"

长辈可对不孝之子当众责罚，俗称打孝棍。

陈文礼平常从不用手杖，显然，今日有备而来。陈文义颇知陈文礼心思，见他操起手杖要打陈寿，赶紧劝道："二弟的病来得突然，没几天就走了。承祚远在成都，却及时赶回来了……这孝棍，我看就免打吧。"

兄长如此一说，陈文礼虽扬起了手杖，却不好强打，一时僵在那里。

没想到，陈寿却说该打。陈文礼借坡下驴，重重打了他三杖。

三礼台撤去，又该王方相师徒登场。先绕着灵堂念咒，念毕，开始裹尸。这是方相氏的绝技，经他一番处理，三年内，尸体不腐不臭。

这一番忙下来，待尸体入殓，已是雄鸡报晓。

天刚亮，那些生前好友，门生故吏，包括安汉县令等，都掐着这个时辰相继来了，为陈文才送葬。

吉时一到，王方相喊了一声起灵，一帮年轻力壮的近邻，便将棺材扶起，抬了出去。

大院外已是人山人海，都来看这场葬礼。陈文才曾做过卫将军主簿，又满腹诗书，乡里子弟，登门求教的人颇多。加之他家道富足，为人和善，所以都来送他一程。

几个徒弟敲锣打鼓，跟在王方相身后；王方相则戴上面具，着玄衣朱裳，把一柄长剑舞得雪花纷飞一般，在前开道，颇有遇鬼杀鬼、遇神杀神的气势。

到了墓地，棺材先停在一边。王方相钻进茅屋，又去厝坑里作法。一个徒弟递上一升米，王方相抓起一把，往空中一撒，口里念念有词。直到把一升米全部撒完，才叫人往坑里铺上一层石灰和一层木炭。

待棺材置入厝坑，由陈寿捧一捧土，撒上棺盖。左邻右舍过来帮忙掩土，只掩至棺材左右壁一小半。

从此时起，除了大小便，陈寿不得离开茅屋。按照柳绵的吩咐，陈棋、陈书砍了些杂树，拼成一张柴榻，置于棺材旁。柴榻上不能铺草，只能铺一张席子。实际上，所谓守孝，其实是想尽法子让人吃苦。

陈寿必须昼夜守候在此，每日只能食粥一钵；坐必双膝跪地，行必手扶丧杖。否则，也是不孝。

厝毕，亲朋好友们都回了陈家府第，丧宴想必已经备好。陈寿望着那具半掩半露的棺材，似乎仍不相信，那个表面苛严，内心却格外柔软的父亲，真的已经死了。

正午，陈棋送来一钵米粥，陈寿却吃不下去。陈棋也不敢提回去，搁在榻上。过了一阵，陈书扛来一张短几，搁在榻前，掏出两卷书，放在几上。

陈寿知道，这是柳绵的意思，但他心里一片空茫，哪有心思读书。

下午，陈书忽然领着谯周、李密、何渠、李骧进了茅屋。陈寿不敢起迎，怕有迎客之嫌。

谯周望那口棺木跪下，陈寿赶紧过去陪跪，李密等也跪到身后。谯周与陈文才不仅有同窗之谊，还是知己，这一番哭祭，更是让人肝肠寸断。

陈寿重孝在身，无法奉陪恩师及同窗，只好叫陈书告诉柳绵，一定要好好招呼，留恩师一行多住几天。

谯周深知不便，回到陈家府第，向陈母问过安后，就要告辞，要去安汉城里歇息，说已经告知安汉县令，人家已经安排好了。况且此地距他老家西充国不远，还要回去看看。陈母、柳绵苦留不住，只好罢了。

谯周一行到了安汉城，已是日暮时分，县令李长云早已候在城门外，见了谯周，赶紧过来施礼。

李长云刚刚到任安汉，便接到谯周的信，说安汉柳云的女儿是自己得意门生陈寿的妻室，曾与丝绸大户张松结怨，不免为难，请李长云从中调停，以免使柳云的丝绸生意受阻。李长云当然不敢怠慢，立刻把张松叫来，如此这般说了一番。有县令出面，加之有谯周这棵大树，张松岂敢说半个不字。只好把一肚子的恨忍了，与柳家相安无事。

谯周顺道而来，其实意在让李长云更加明白，柳家的事他有多上心。彼此见面，谯周首先问起的，便是柳家的近况。李长云万没想到，谯周会如此在意，赶紧表态，有李某在，谯大夫尽可放心。

三

不知不觉，严寒过尽，春天已经来了。陈寿已经不似此前那么哀痛，毕竟人死不能复生，而他还要活下去。

这日中午，陈棋来茅舍送粥，一进茅屋，陈寿坐于柴榻，正捧着一卷书读。陈棋取出一钵粥，把几上的笔墨纸砚推开，放上去，请陈寿用饭。陈寿匆匆吃了，陈棋带上粥钵回去。

陈棋刚走，便下起小雨来。陈寿赶紧起来，把屋顶里里外外看了一遍，生怕漏雨。

　　不想到了夜间，风越吹越急，雨也下得大了，茅屋顶上一片淅沥。陈寿又担心起来，再去看屋顶。到了茅屋外，似见风已经卷走了许多茅草，心里一紧，进屋看时，看见一丝儿亮晶晶的飞瀑！

　　糟了，真漏雨了！陈寿唯恐打湿了棺材，赶紧取了柴榻上的被褥，盖在了棺材上。

　　他呆呆望着那一绺飞瀑，不住祷告，求神灵不再吹风下雨。到了半夜，风雨总算停了。陈寿出去一看，一派月明星稀，总算放下心来，把那张被褥取下，放回柴榻上，自己也蜷了上去，但却毫无睡意，直到天快亮时，才迷糊过去。不久，陈寿在自己的咳嗽声中醒来，顿觉眼目发烫，胸闷气短。也不在意，待陈棋送粥来时，让他叫几个仆人来，往屋顶上添些茅草，再压上几根碗口粗的原木。

　　又是一天一夜过去，陈寿只觉浑身发烫，头晕目眩，书也看不进去。只好倚在榻上，等陈棋来送粥。

　　陈棋终于来了，见陈寿神情萎靡，一惊，赶紧上去，摸了摸陈寿的手，吓了一跳："少爷，你这是伤了风了！"

　　陈寿连说话的力气也没有，只点了点头。

　　陈棋想起不远处有一脉山泉，赶紧拿起那个面盆，去打了半盆水来，把洗脸的帕子打湿，敷上陈寿的额头。连着换了几次，似乎退了烧。

　　陈寿知道管不了多久，挣扎着起来，写了个药方，吩咐陈棋去城里买回来，悄悄熬好送到这里，不要让母亲和柳绵知道了，免得她们着急。

　　陈棋出了茅舍，绕过陈家府第，沿一条小路来到码头。正好有一条渡船，正要摆渡，赶紧上船。

　　待船靠岸了，陈棋付了钱，跳下船来，一路小跑进城。正走得匆忙，忽听有人叫了一声陈棋。陈棋一怔，抬头一望，竟是张松的管家张五。

　　张五恰是陈棋的邻居，打小就熟悉。张五入了一家私学，陈棋的爹则欠了一笔赌债，把陈棋卖到了陈寿家。张五因识文断字，后来做了张松的管家。

　　张五一把拉住陈棋说："你我是发小，今天必须找个好地方，醉他一回。"

　　陈棋忙说："不行不行，我家少爷病了，我是来抓药的。"

张五不再说话，跟陈棋一起，到了一家药铺门前，正要进去，张五一把将他拉住说："把药方拿出来我看看，到底啥病？"

　　不久前，陈棋看上了一个女人，两人正欲行不耻之事，被张五逮住。原来女人是张五的妻子。从此，陈棋有把柄落在张五手里，不敢得罪，生怕他不高兴，拉自己去见官。只好把药方拿出来，递过去。张五一看，现出一脸不屑说："看来是风寒，但这个方子医不了病。必须换几样药，吃了才有效。"

　　也不管陈棋，直接闯了进去，叫药房伙计拿笔墨来。伙计认得是张松的管家，不敢违抗，取来笔墨。张五改了几样药，叫伙计只管照方子抓。

　　接过那包药，陈棋虽然有些疑惑，但惹不起张五，只好提着那服药，急忙赶回去，煎好装进罐子里，直奔茅舍，侍候陈寿服下。

　　陈寿一连吃了几天，非但没有好转，反而越来越重。陈棋明白，一定是张五做了手脚，但不敢说破，只求神仙保佑，让少爷尽快好起来。

　　又是几天过去，中午时分，陈棋给陈寿送粥，刚转过一道小山梁，忽见张五立在路上朝他笑。陈棋吓得心里乱跳，忙说："求你放过我吧，我不想丢了这碗饭！"

　　张五摇了摇头说："我跟你一样，也是为一碗饭。话不多说，事情成了，就算陈家容不下你，你就来找我。"

　　陈棋到底被他攥在手里，不敢多说。

　　张五压低声音说："你回去只管对少夫人说，少爷病了，只想见她一面。别的什么也不用你做。"

　　张五扔下这话便走了。陈棋愣了一阵，把粥送到茅屋里，一看，陈寿躺在柴榻上，似乎有出气无进气，吓了一跳，赶紧把那钵粥搁在几上，想把陈寿扶起来，但他已经像一团稀泥，哪里扶得起来。

　　陈棋叫了一声少爷，也不见答应，心里暗想，不知张五到底做了啥手脚，把少爷害成这样了！

　　陈寿终于出了声，有气无力地说："我这不仅是伤风，恐怕还中了毒。你赶紧告诉少夫人，书房里有一部《本草》，上面有解毒的方子，叫她找出来，替我做成药丸，好歹救我一命。"

　　陈棋满口答应，替陈寿披了披褥子，赶紧跑回去见柳绵。偏偏柳绵不在她房里，陈棋只好到处叫少夫人。

柳绵正在陈母那里说话，听见陈棋喊得急切，一惊，赶紧出来。陈棋立即过来，把陈寿的病及嘱咐说了一遍。

陈母也到了外面，一跺脚说："快去找吧。"

柳绵来不及多说，赶紧去了书房，一阵翻找，找出那部《本草》，翻出了那个解毒的方子，写了下来，交给陈棋。陈棋却不敢接，怕再遇上张五，只说自己身子也不舒服。柳绵赶紧把陈书叫来，叫他去安汉城里，火速把药抓回来。

陈书这一去，傍晚才把药抓回来。柳绵立刻照着方子，燃火炒炙，忙着碾成粉，团成药丸，叫陈棋赶紧带上，给陈寿送去。

过了一阵，陈棋又跑了回来，说少爷打死不吃药，只说要见少夫人一面。

听了这话，柳绵急得只是大哭，不知该怎么办。她当然知道，重孝期间，夫妻岂能见面！但陈寿似乎已有性命之忧，若不去见他，有个三长两短，岂不悔恨终身！

柳绵只好去陈母房里，跪下把陈棋的话哭诉一遍。陈母也立即陷入两难，只是哭，拿不定主意。

柳绵心一横，又悲又恨地说："恕儿媳不敬，这守孝的规矩也实在不近人情！承祚一人待在那座茅屋里，每天仅吃一钵粥，早把身子拖垮了！事情到了这一步，儿媳也管不了那么多，必须把承祚救回来！就算遭人唾弃，也顾不得了！"

陈母想了想，把柳绵拉起来说："这样吧，你把药送去，赶紧回来，千万不要叫人看见。"

柳绵答应一声，赶紧走了。陈棋已经点起一盏灯，候在陈母门外，就要给柳绵引路。柳绵忙说："赶紧放下，去把竹儿叫来。"

陈棋答应一声，把灯交给一个仆人，去找竹儿，心里却七上八下，不知张五一定要让自己把少夫人骗到老爷的墓地去，到底安的什么心。

四

不一时，陈棋领着竹儿过来。柳绵也不说话，抬脚往大院外走去。陈棋、竹儿赶紧跟上。

月亮出奇地好，照得明晃晃一片。三人沿着那条小路，不声不响走去。正当暮春，夜气里有一丝儿寒意，也有一缕缕淡淡的花香。

转过那道小山梁，便能依稀望见那块墓地和那座茅屋。柳绵似乎更加觉得不祥，走得越来越快。陈棋、竹儿一路小跑，才不至于被她远远落下。

到了茅舍外，柳绵的心都快蹦出来了，便停下来定了定神。那道柴门半掩半开，月光照上去，湿漉漉一片，像幽魂一般。柳绵来不及迟疑，推门进去，那片月光跟进来，照得里面一片明亮，如灯光一样。

陈寿还在榻上，柳绵几步上去，叫了一声承祚。陈寿答应一声，扭过头来。柳绵一喜，坐在榻沿，一把将他搂起，带着哭腔说："你呀，差点把人急死了！"

陈寿似乎忘了这是在何处，更忘了自己重孝在身，只管把柳绵搂住说："快半年了，你和柿儿还好吗？"

柳绵正要说话，忽听与陈棋一起候在外面的竹儿惊叫了一声："少夫人！"

陈寿、柳绵还没回过神，一盏灯笼一晃，张五领着两个人已经闯了进来。陈寿一惊，忙问："尔等何人，何故来此？"

张五轻轻一笑："哎呀，只怪你运气太差，被我等碰上了。"

陈寿、柳绵依然愣在那里，不知所措。张五脸色一沉，指着陈寿骂道："好个诗书人家，好个东观秘书郎！你亲爹尸骨未寒，守孝不足半年，竟然夜会妻室！"

柳绵赶紧松手，忙着分辩，说自己只是来送药，并把药丸拿出来，塞进陈寿手里。张五把头往二人那边一伸，盯住柳绵说："呵呵，送药，是送春药吧？你这个丧门星，幸好张家没娶你！"

柳绵彻底回过神来，赶紧往外面走去。只听张五又说："你姓陈的这下完

224

了，大逆不道的罪名，你就算跳进大江大河也洗不清了！"

柳绵已经魂不附体，只顾仓皇往回走。陈棋、竹儿默不作声跟在她身后。主仆三人疾走一阵，陈棋故意慢下来。他已经明白，自己上了张五的当，不孝是大罪，这不毁了陈寿吗？

陈棋躲在一棵松树后，看着那座茅屋。片刻，见张五三人有说有笑，走了下来。陈棋跳到三人面前，一伸手，将他们拦住。

张五吓得尖叫一声，看清是陈棋，厉声呵道："龟儿，吓老子一跳！你杵在这里想干啥？"

陈棋跪在地上说："要杀要剐，只冲我来，只求你放过我家少爷！"

张五啐了一口，仿佛陈棋就是这泡口水，讥笑说："呵呵，你算个什么东西，不过是我张五的一枚棋子！冲你来？你还不够格！"说完，扬长而去，留下一片破碎的笑。

陈棋瘫坐在地，望着月下的一切，只是哭。心里悔恨万分，又想起那天的事来。

这些年来，陈棋一有空，便到处打听兰香的消息。终于听人说，兰香在阆中县一个山村里，那地方叫踏水桥。陈棋大喜过望，禀明少夫人柳绵，要去那里看看。柳绵一听有了兰香的消息，自然高兴，叫他赶紧去。

陈棋告辞出来，一路打听，走了两天，终于到了那个叫踏水桥的地方。确实是个小山村，几十户人依山傍水，但不知兰香为何到这里落脚，是不是已经成家？

踏水桥是座石桥，距水面不足三尺，若夏季涨水，桥面一定会被水淹。陈棋猜想，可能这是踏水桥的来历。

已是日暮时分，陈棋不知到底该往哪里去，正想找个人打问，忽见一个女子挎着一个竹篮朝这边走来。陈棋便停在桥头，等那个女子过来，好问一问。

他渐渐看清，女子挎着的竹篮里是衣裳，明显是洗衣的。

女子越来越近，明显也看见了陈棋，脚下似乎有些迟疑。陈棋的心却跳得越来越急，那不是兰香吗？

是的，确实是兰香。兰香却不再看他，从桥那头下到溪边，蹲了下去。

陈棋赶紧过去，急切地叫了一声："兰香！"

兰香抬起头来，竟是一脸淡然。

陈棋忙说："你不认得我了？我是陈棋呀！"

兰香语气平淡如水："哦，陈棋。"

"好几年没见了。"陈棋停在桥边，有些怯怯地说。

兰香似乎笑了笑，拿起一件衣裳，往水里一溺，捞起来，摊在一块石板上，举起一根捣衣槌，只顾捶打起来。

陈棋顿觉一腔深情，被兰香当头泼了一盆冷水。不禁疑惑：我对她日思夜想，而她不仅没什么感觉，似乎从来就不曾喜欢过我。

"娘，娘……"一个小孩的叫声，沿兰香刚刚走过的路传来。

陈棋循声望去，那条小路上，一个男孩，一蹦一跳，正朝桥边跑来。

陈棋顿时明白，兰香已经嫁人，只觉这些年的心意付之东流。他很想冲上去，把这个冷冰冰的兰香痛打一顿。但一个声音不停地告诉他，算了算了，对一个根本不喜欢自己的女人，不值！

陈棋回来时，已把兰香从心里彻底抹去了，也不去给柳绵说，似乎没这回事。直到柳绵问起，才把自己看到的和想到的说了一遍。柳绵沉默一阵说："男女之间，勉强不得。你不用灰心，我早就看出，竹儿心里有你。"

陈棋心里又惊又喜，这才开始留心竹儿。

转眼已是寒食节，依照习俗，家家户户断火七天，人人皆吃冷食，七天以后才取新火，陈家当然也不例外。今日，便是钻木取新火的时候。

陈棋早有算计，一早来到柳绵房中说："少爷一切安好，只茅屋有些漏风，但也不要紧。"

每当此时，柳绵总是问得很细，几乎不漏过陈寿的一举一动。陈棋趁机说："今日取新火，就让我和竹儿去吧。"

柳绵自然明白他的意思，就把竹儿叫来，让她跟陈棋去钻木取火。

竹儿一口答应，便随陈棋出来，先去厨房拿了些易燃的枯草，准备接钻出来的火星。

陈棋却把竹儿领到一片竹林里，指着一棵竹子说："我听说，钻竹子也能取火。"

竹儿根本没听出陈棋的意思，只顾拍着手说："新鲜，我见过钻木取火，还没见过钻竹取火。"

陈棋瞟了竹儿一眼，似乎有些气恼，只往竹林一路找去。竹儿见他并不开钻，只好催促："快钻啊，这么多竹子呢！"

陈棋停在那里，盯住竹儿，咬了咬牙说："我其实不想钻竹子，我只是想钻竹儿。"

竹儿顿时明白过来，骂了一声下流，不禁打了陈棋一耳光，打得陈棋两眼发直，竹儿却捂着脸跑了。

陈棋愣了一阵，也扇了自己一耳光，骂道："太丢人了！"

他怕竹儿去少夫人那里告状，也不管取不取火，跑到后山下，坐在一块大石头上，望着陈家的巨宅。但一脸娇羞的竹儿，却老在他面前晃，晃得他以为自己要出事。

哎，连个婢女都看不起我！这辈子想要娶个女人，难啊！转念一想，难道我就是个宿妓的命？

他当然知道，只有城里点起了灯，那些涂脂抹粉的野妓才会出来招客。便满城里乱逛，好不容易等到天黑，便要去自己总是得手的那条街。正走着，忽听有人喊他名字，一看，竟是张五。

张五一把将他拖进了一家酒肆，要了两斤炙肉、半只烤鹅、一尾炙鱼和两壶酒。很快，酒菜上齐。陈棋正腹中饥饿，还是中午时分买了一张饼吃，也顾不得许多，狼吞虎咽起来。

酒足饭饱，张五把陈棋带到一条小巷里，那里住的多是暗娼。完事后，张五替陈棋付了嫖资。

不觉十来天过去，陈棋再来这里，张五依旧在此等他。一见面，张五便取出两串钱给他，说："东家叫我去阆中收一笔钱，没时间陪你，你自己去玩，玩高兴了再回去不迟。"

陈棋千恩万谢，把张五送到城门外才拱手作别。陈棋先去那家酒肆，吃了个酒足饭饱，这才往那条小巷去。刚到巷口，便有个娇声娇气的女人迎上来，一把将他拉住。他一看，这女人生得不错，比这些天见到的任何一个暗娼更有姿色，高高兴兴由她拉着，进了这条小巷，又拐进了一条更小的巷子。

来到一座小瓦房前，女人将门推开，刚进门，陈棋一把将她抱住，嘴里只管叫冤家。女人把他拉进了一间小屋，依稀见得有一张榻。

　　眼看要得手，忽有几个人闯进来，只顾揪住陈棋乱打，打得他杀猪似的号叫。直到打了个半死，才听屋外有人说："拖出来！"

　　陈棋被赤条条拖去外面那间屋，那里已经点起一盏灯，站在那里的竟然是张五！

　　不等陈棋反应过来，张五猛一脚将他踹翻在地，张口乱骂。陈棋终于听明白了，女人是他娘子。

　　女人呜呜咽咽出来，指着陈棋哭诉，说自己去街上买夜宵，刚到巷子口，就被这个狗日的一把卡住脖子，拖回家里，要对她用强。

　　陈棋刚要分辩，几个人又上来打，打了个眼冒金星，再不敢吭声。张五却掏出一份文书，几个人把陈棋的手拽过来，往指头上抹了抹印泥，往那份文书上按了几个指印。

　　张五这才叫人把陈棋的衣裤拿出来，让他穿上。陈棋骇得六神无主，站在那里只顾发抖。

　　张五盯着他问："想不想去见官？"

　　陈棋知道自己有口莫辩，若去见官，这强奸他人妻室的罪，至少杖配边关，自己哪里担得起！赶紧跪下，不住地朝张五磕头，求他放自己一马。

　　张五又恶狠狠把他骂了一通，举起那份文书说："不去见官也行，但你必须听我吩咐。"

　　陈棋只图过了这一关，满口答应。

　　他就是这样上了张五的套，到如今，还害了自己的主人！想到这里，陈棋望向那座茅舍，月色下的茅舍，似乎带着愤怒和无奈。

　　不知少爷怎样了？陈棋忍不住又给了自己一耳光。

五

　　陈寿不孝的恶名不胫而走，很快传遍安汉，也传去了成都。

　　就在这时，张松收到了黄皓的来信，匆匆读过，得知刘禅不仅恨陈寿不孝，还把谯周召进宫里，大骂了一顿，差点不让他教太子读书。

这些年，因为谯周这棵大树，张松虽然恨死了柳云，但不敢吭声。何况陈文才也是官宦世家，他也惹不起。新任县令也因为谯周，死活不买他的账。没想到天无绝人之路，黄皓也想把陈寿一脚踩死，专门派人来找他，要在陈文才的死上做文章，所以才有了这条妙计。

如今，陈寿不孝的恶名已经板上钉钉。张松出了这口恶气，想去街上好好吃一回酒。

来到院子里，却见那棵梨树下搭了一张小几，几上放了些鸟食和一钵清水。枝上挂着个鸟架，鸟架上拴了一只葵花凤头鹦鹉，见了他又跳又叫："老爷，老爷，老爷来了……"

张松一笑，过来，对着鹦鹉吹了几声口哨，抓了些吃食来喂。这时，张五从那边急急地走来，拱手说："大少爷已在万花楼订了酒席，请老爷过去享用。"

张松点了点头问："那，陈寿……"

未等张五答话，鹦鹉先叫起来："陈寿不孝，陈寿不孝……"

张松不禁大笑，指着鹦鹉说："连一只鸟儿都晓得陈寿不孝，何况人乎？"

张五赶紧说："老爷高明，陈寿不孝，实在万恶！"

张松把手伸进鸟笼，捏着那条鹦鹉脚上的铁链，冷笑说："这不孝的罪名，就是一条无形的镣铐。就像这只鹦鹉，无论怎样也飞不起来了！"

张五伸出大拇指，再次奉承说："老爷高明！"

张松却忍不住担忧起来，不知此事黄公公是否满意？忽记起还没给黄皓回信，不敢怠慢，更无心去万花楼吃酒，立刻回到书房，磨墨铺纸，要给黄皓回信。忽又觉得不妥，不如带上些礼物，亲自去一趟成都，面谢黄皓。能攀上黄皓，实在不容易，不能得罪了。于是赶紧叫来张五，让他备一份重礼。

张五忙了一气，把一张礼单送到张松面前。张松一看，不过是些黄金、白玉、刺绣之类，每次都是这些东西，恐怕未必能合黄皓的意。但转念一想，自己只是个商人，除了这些，哪里还有拿得出手的。

正要收拾上路，大少爷张南山匆匆回来，向张松一揖说："父亲要去成都，何不把儿子带上？"

陈松一怔，盯着张南山问："我去黄公公那里道谢，你去干啥？"

张南山说："儿子也算是读书人，应该见见世面了。未必父亲只想让我守住这份家业，老死在安汉这个小地方？"

张松万没想到，这个读书不用功，只知往花街柳巷里厮混的家伙，竟然有了些想法！

恰在此时，那只鹦鹉又叫起来："陈寿不孝，陈寿不孝……"

张南山几步过去，把鸟笼子取下来说："不如把这家伙给黄公公送去，他一定喜欢。"

张松忽然明白过来，前些日子，这家伙每天教鹦鹉说这句话，还以为不过是恶作剧，原来有想法！

张松一笑说："带上它，随我去成都！"

父子二人坐上一辆马车，在鹦鹉"陈寿不孝"的叫声里，驰往成都。

当张南山把这只鹦鹉双手捧给黄皓时，黄皓大感不解，正要说黄某不喜欢提笼架鸟，鹦鹉恰到好处地叫了："陈寿不孝，陈寿不孝……"

黄皓顿时明白过来，笑着接过去说："哎呀，多年来，这是张松兄送给我的最珍贵的礼物啊！"

见黄皓如此高兴，张南山赶紧跪下，把自己想谋个一官半职的意思说了出来。黄皓看着张松说："这事就要怪你张松兄了，令郎都这么大了，又如此机巧，你也时常来我这寒舍走动，从来就没听你说一声。"

接下来，黄皓说了一番话，大意是，要在大力北伐那些年，举荐个人实在不是问题。打仗嘛，死的人多嘛，缺也就多嘛。自从费祎做了丞相以来，直至今天，北伐只说不打，难得死个人了。文也好，武也好，全都满当当的，哪里有个空缺？而今虽然姜维掌了权，也是个力主北伐的主儿，但谯周等人却极力反对。皇帝也时左时右，拿不出个定准。当然也不是没有机会，但不能急，要耐心等，只要有了合适的缺，一定会鼎力举荐。

张松父子连连称谢，告辞去了。

黄皓一刻也不愿耽误，马上提着那只满嘴里叫着"陈寿不孝"的鹦鹉，往皇宫里去。

本来，这几天该吴顺这个中常侍当值，黄皓休假在家，但为了这只妙不可言的鹦鹉，也顾不得了。

黄皓一路走来，鹦鹉一路鸣叫，不仅引来许多人围观，还惹出许多人的谩骂。当然不是骂黄皓，也不是骂鹦鹉，而是骂那个不知是谁的陈寿。当然也有知道陈寿的，不过并非市井小民，而是那些自命不凡的读书人。

借这只鸟儿的嘴，陈寿"不孝"的名声，一夜间传遍了大街小巷。

黄皓刻意把鸟笼子挂在刘禅寝宫外的一棵梨树上。这只鹦鹉在张松家那棵梨树上长大，也在那棵梨树上学会了这句话，不免兴奋异常，把那句话叫了个一声连一声。

鸟叫声先于黄皓进了寝宫，刘禅猝然一惊，赶紧出来观看，恰与黄皓于宫门外相遇。黄皓赶紧跪地请安。刘禅却不看他，只看那只正一声接一声叫着"陈寿不孝"的鹦鹉。看了一阵，刘禅指着那只鹦鹉问："是你弄进宫里来的?"

黄皓再次跪下说："确是奴婢带进宫来的。陛下承汉室正统，而汉室以孝治天下，奴婢想让这只鸟儿警醒士庶，不要忘了根本!"

这话合情合理，无懈可击。刘禅点了点头说："亏你用心良苦，就让它挂在这里吧。"

从此以后，这只鹦鹉在刘禅的皇宫里站稳脚跟，日里夜里，风里雨里，都能听见"陈寿不孝"的叫声。叫声像一记又一记警钟，不仅在皇宫里敲响，也敲响整个蜀汉。直到有一天，那个专门饲养鹦鹉的小宦官跪在刘禅面前说："陛下，鹦鹉暴亡了!"

刘禅走出寝宫，去梨树下一看，鹦鹉躺在笼子里，早已僵硬。

在黄皓的一再鼓动下，朝堂内外，展开了一场捉拿谋害鹦鹉真凶的全面追查，震动朝野，受到牵连的近百人。

黄皓的本意是想借鹦鹉的猝死扳倒谯周，故而首先接受审查的是谯周的弟子，包括李密、李骧、何渠等，即使故丞相费祎之子费承，也未能幸免。

谯周也知道这一切都是冲自己来的，眼看冤狱将成，忍不住上书刘禅，大意是，陛下容许黄皓借鹦鹉案大做文章，目标直指臣谯周。若以大夫之贵，尚不及一只鸟，臣请陛下逮谯周入狱，无论鹦鹉因何而死，臣甘愿领罪;若堂堂大夫，不比学舌鹦鹉贱，请陛下就此罢手，以免寒群臣之心。

刘禅本就以为黄皓有些过分，读了谯周的奏表，赶紧将黄皓叫来训斥一通，最后说："到底只是个鸟，见好就收吧!"

黄皓不敢再查，一场风波总算过去。

六

三年总算熬了过去，陈寿请来王方相，将父亲安葬，把那座住了三年的茅屋付之一炬。大孝期满，当地人叫作除服，是喜事。两个姐姐、姐夫，以及所有宗亲，都来贺喜。

酒宴之间，陈寿才知道，因张松从中作梗，陈家的养蚕、缫丝、织布生意，几乎已经寸步难行。

送走亲戚，陈寿独自一人去桑园里走了一遭。因不再养蚕，经管桑园的长工与缫丝、织布的技工已经被辞退了，桑园无人打理，到处都是荒草。

陈寿回到家里，心里一片茫然。他知道自己不孝的名声，早已远近传遍，恐怕会影响到自己的仕途。但守制已满，必回朝复命，至于是否再获委任，真是心里没底。

年关已过，除服已经两月有余，陈寿只把自己关在书房里读书，似乎已无心仕途，不愿去成都了。

陈母见他仍无心离开，把他叫到自己房里说："人哪，跌倒了不可怕，可怕的是不敢爬起来。你不还朝，如何给自己正名？"

陈寿也知道，若不去成都复命，终归是个麻烦。若皇帝猛一天记起，一定会问他目无君国之罪。这一关无论如何也躲不过，还是去吧。

从陈母房里出来，便叫柳绵收拾行李，准备回成都。几天忙下来，行李已经收拾好，陈寿这才去请陈母随自己同去成都，颐养天年。

陈母哪里舍得丢下这座老宅，一口拒绝。陈寿无奈，把陈书、梅儿叫来，让他们好好照顾夫人。恰在此时，失踪许久的陈棋忽然闯进来，往陈寿面前一跪，痛哭流涕地把自己如何被张五蒙骗，如何害得少爷背上不孝的骂名等，都说了出来。

最后，陈棋伏在陈寿的脚下，请陈寿按家法治自己的罪。

所有人都望着陈寿，无一人出声。陈寿想了一阵，把陈棋拉起来说："这些，我早就知道了。事情已经过去了，没必要再说。"

柳绵和陈母不禁有些惊讶，没想到三年过去，陈寿竟变得如此淡定。

陈棋再次跪下，一边磕头一边哭说："少爷要是不惩罚小人，小人哪里过得去。"

陈寿又把他拉起说："你能回来认罪，说明你并不坏。这样吧，从今以后好好做人做事，就算是给自己赎罪吧。"

陈棋喜出望外，又磕头谢恩。陈寿叫陈棋去洗个澡，换一身干净衣裳，带上礼物，先去成都，替他拜会恩师谯周，就说三年期满，他就要回成都了。

陈棋满口答应，匆匆梳洗一遍。柳绵已备了一份礼，陈棋接过，立刻往成都去了。

这日一早，陈寿带上柳绵和柿儿，携香烛祭品，来到父亲的坟前，坟上已长满了青草，看上去有些凄凉。

陈寿点燃香烛，跪下祭拜。柿儿只站在那里，不往下跪。柳绵赶紧扯了他一把，要他跪下。柿儿嘟起嘴问："这里面睡的是哪个？"

柳绵怕陈寿生气，轻声吼道："这是你祖父，还不磕头！"

柿儿蒙头蒙脑，胡乱磕头。陈寿却说："怪不得他，他没见过祖父，只怪我没早点带他回来。"

祭拜已毕，陈寿却不离去，依旧站在坟前，看着闪烁的烛火。过了好一阵，陈寿才有些哽咽地说："爹，儿子要去成都复命了，三年以后，再回来给你树碑立传。"

依照风俗，要葬三年以后，才能立碑。

陈寿停了停，又说："儿子自小读书，不知耕作，不懂贸易，除了入仕做官，没有一技之长。求爹保佑儿子，此去成都能够再获委任。"

说完这些，陈寿还是不走，直到香烛燃尽，才依依不舍离开。

陈母把行李一一看了一遍，见陈寿只带了些衣物、书籍、日用之类，钱却带得极少，赶紧去管家曾凤山那里，要给陈寿多备些钱。

曾凤山是个怪人，成天待在账房里，几乎不露面，似乎只有该用钱时，才会想起他来。

曾凤山与陈文才曾是村学的同窗，其父靠打鱼为生，一家人住在一条渔船上。那年夏天，忽发大水，那条渔船被卷走，父母及一个妹妹都葬身水底。曾凤山在村学读书，得以幸免。陈文才就把他接到家里，年仅十岁的曾凤山却不愿吃闲饭，更不去读书，打死都要做陈家的奴仆，否则，宁愿出去讨口。陈家无奈，只好依了他。后来，陈文才被举荐入仕，就让他做了管家。曾凤山把陈家的钱粮管得滴水不漏，不让主人操一丝一毫的心。多年来，那间账房成了他的世界，几乎从不离开半步。

陈母问：“不知家里还有多少钱？”

曾凤山不用翻看账簿，说了个清清楚楚，一共还剩八百五十三万七千二百三十三钱。

陈母想了想，叫他分出一半，让陈寿带去成都。曾凤山虽然担心，老爷一去，家业荒废，丝织生意也停了，想着应该用这些钱，把近千亩桑园打理出来，变成耕地，租给佃户，以免坐吃山空。但既然是陈母的意思，他除了服从，不能说半个不字。

陈母不懂家道经营；少爷、少夫人也不是当家理财的料。如此看来，世代富贵的陈家，可能会落得捉襟见肘，甚至难以为继的地步。唉，但愿少爷能步步高升，以免家道中落。

曾凤山一边暗自感慨，一边照陈母的意思，把钱分了一半出来。

待陈寿领着柳绵、柿儿回来，四百多万钱已经装进近十口箱子里，摆在院子里；同样照陈母的吩咐，陈书又去赁了一辆车，专门运载这笔钱。

陈寿听了陈母的话，打死也不肯把钱带走。他同样知道，如今家业不振，有出不进，他哪里忍心让母亲过紧日子！

陈母却说：“这钱不是给你的，是给儿媳和柿儿的。”

母子俩争执许久，陈寿好说歹说，坚持只带五十万钱。最后，母子俩各让一步，把这笔已经装好的钱，再一分为二，陈寿带走其中一半。

一番依依惜别，陈寿一家带着竹儿、奶妈洒泪登车，驶上了那条去成都的路。

在陈寿启程的前一天，陈棋已到了成都，直接去谯周那里。谯家的门子早就认得他，听了来意，立刻进去禀报。不一时，门子出来，让陈棋进去，说老爷在书房里，让他去那里见。

陈棋进来，谯木已经候在那里，把他带到书房门前，先进去通报。片刻，谯木出来，叫他随自己进去。

陈棋进门，行了跪拜大礼，赶紧把那份礼双手奉上，谯周让谯木接了，看着陈棋说："有话直说，不必拘束。"

陈棋便把陈寿交代的话原原本本说了一遍。其实，不用陈棋说半个字，谯周心里早已明白，陈寿的意思，是让老师替他斡旋，能够复任东观秘书郎，或者另获委任。但陈寿不孝的名声已经传遍朝野，加之这三年来，黄皓已经彻底坐大，而陈寿因是他的弟子，自然是黄皓的眼中钉。何况陈寿曾冒死闯宫，参奏黄皓，这仇岂能化解。

想来想去，谯周决定，为了自己最得意的门生，就委屈一下，去黄皓那里走一遭吧。

待陈棋告辞，谯周先把谯四叫来，让他先去打听打听，看黄皓是在宫中还是在家里。半个时辰后，谯四进来回话，说黄皓不当值，在自己府上。谯周立刻选了一件商代的玉璧带上，去拜会黄皓。

去年以来，黄皓忽然爱上了蹴鞠，便在这座堪称宏伟的庄院里，辟出一块空地，建了个蹴鞠场，并且招了十几个善于此技的市井子弟，只要有空，便在这里玩蹴鞠。一年下来，眼看一日肥过一日的黄皓，不仅瘦了下去，还越来越健硕。就连刘禅都很是惊讶，问他如何这么精神。黄皓就一五一十地禀报，说自己是拜蹴鞠所赐。这一来，刘禅本不喜好这玩意儿，也开始蹴鞠了。宫中的大小宦官，为了讨刘禅欢心，无不趋之若鹜，蹴鞠便成了风尚，甚至民间也处处蹴鞠。

黄皓正玩得开心，管家黄贵来到场子外，站在那里，想禀报，又不敢。黄皓早就瞅见了他，怕是刘禅有召，便停下来问他。黄贵赶紧回话："光禄大夫谯周来访，已经候在客堂上。"

黄皓当即明白，这个处处跟自己做对的家伙，不惜登门造访，一定为了他那个弟子陈寿。满朝上下，可能只有自己与谯周，把陈寿守孝的日期记得清清楚楚。

黄皓一笑说："你不管，让他等。"

黄贵哪里敢说半个不字，赶紧告退。黄皓依旧与一帮市井子弟蹴鞠，完全不把候在客堂里的谯周放在心上。直到兴尽，黄皓才去沐浴更衣，到客堂里去见谯周。

谯周已经候了差不多两个时辰，来时太阳当顶，此时已经日沉西山。但为了自己的门生，只好忍下这份屈辱。

话不多说，谯周取出玉璧，双手递给黄皓。黄皓一眼便看出，那是一块商代的玉璧，玉质优良，沁色密布，十分难得。便不管谯周的意思，更不顾往日的嫌隙，先接了过来。

不等黄皓问话，谯周便说："谯某门生陈寿，孝期已满，即将回成都谢恩。请黄常侍将其谢恩表，转呈皇帝。"

谯周非常明白，不能对这个阴险毒辣的家伙有别的指望，能把陈寿的谢恩奏表递上去已是万幸，至于其他，只好听天由命了。

黄皓也是这个意思，既然你谯周舍得下这张脸，又送来这块难得的玉璧，那就遂了你这个愿吧。

见黄皓答应下来，谯周立刻告辞。

七

陈寿驰还成都，回到那座小院里。陈棋已经带着石三等几个仆人，把内院收拾出来。苏嫂也把陈寿夫妇及柿儿的房间洒扫一新，并且换上拆洗过的被褥。

陈寿安顿下来，先去拜访恩师。

谯周已经知道陈寿到了成都，也知道他会来拜会，一直足不出户，只在书房里等候。

二人相见，一阵嘘寒问暖。谯周明白，陈寿急于知道的，一定是那些风言风语，以及他的仕途是否会受影响。

想了一阵，谯周首先告诉他，自己已经说通黄皓，会把陈寿的奏表递到皇帝手里。虽然不孝的恶名已经传开，但朝廷近年来每况愈下，曹魏已有吞并之意，正是用人之际，自己会尽一切努力，使陈寿得到委任。

陈寿似乎看到了希望，就把自己如何上了张松的当，落得不孝恶名的的事，说了一遍。

其实不用陈寿说这些话，谯周自然明白，陈寿来这里读书时，还是个青涩少年，他的秉性品行，做老师的一清二楚，不会如传言那般不堪，其中一定另有原因。听了陈寿的话，谯周叹息说："看来一切都是命中注定，承祚没能躲过这一劫，也是定数。所谓否极泰来，夜尽日出，想必一切已经过去，不要在意，上表谢恩要紧。"

陈寿告辞，回到家里时，李密、何渠和李骧都来了。久别重逢，悲喜交集，自然会饮宴。酒席设在花厅里，各人先说了些别后的情形。李密仍是尚书郎，何渠则升为别部司马，李骧也做了黄门侍郎。陈寿虽然有些自愧，还是举酒向三人道贺。

何渠知道陈寿可能难以复任，就故意把话题引开："前些日子，曹魏以卫瓘为监军，钟会为镇西将军，领兵来攻汉中。尤其那个钟会，狡诈多端，是个比当年的司马懿还厉害的主儿。陛下担心姜维不敌，命廖化率部增援。姜维却连连奏捷，不知是真是假。"

李骧接着说："看来，曹魏伐蜀之心已决，恐怕免不了一场恶战。"

李密摇了摇头说："自先主以来，屡屡北伐曹魏，曹魏往往坚壁不战。没想到此一时彼一时，如今曹魏反而伐蜀了。"

陈寿始终不言，一来因为自己前途不定，实在没这份心情；二来自己守制三年，朝中之事，天下格局，几乎一概不知，根本答不上话。

待宴席散去，送走三人，陈寿便去了书房，亲手磨墨，写了一份谢恩的奏表，打算明天递进宫去。

翌日一早，陈寿正在洗漱，奶妈过来说："小少爷已经四岁多了，用不着我了，特意来给少爷辞行。"

陈寿明白，奶妈是担心家里拮据，于是说："你的意思我明白，你不用担心，瘦死的骆驼比马大。陈家三年五年，还不会到山穷水尽的那一步。我早就看出，柿儿离不开你，你也离不开柿儿。"

正说着话，柿儿的喊声传来："娘，我要起来了！"

柿儿叫柳绵为妈，叫奶妈为娘，根本改不过来，也就由他了。奶妈答应一声，赶紧去了。

早饭后，陈寿一路来到宫门外，把谢恩的奏表递了进去，然后回家等候消息。

陈寿不知道，就在他上谢恩表的当天下午，谯周应刘禅之召入宫，去寝宫觐见。刘禅当着谯周的面把那份谢恩奏表撕得粉碎，愤愤地说："这就是你谯大夫教的好弟子！要是太子也被你教成这样，不认君父，不敬祖宗，朕不会放过你！"

谯周赶紧谢罪，心里已经明白，刘禅的意思很直接，不想他为陈寿说话。片刻，刘禅说："朕也不必降诏，你自己告诉陈寿，滚回老家，或者留在成都，随他的便！"

谯周领旨谢恩，惶惶告退。回到府上，把自己关在书房里，几天不见出入。刘禅那些话，他不忍告诉陈寿，不忍见他失望。

陈寿别无选择，只好耐心等待。

正在焦躁之中，陈书忽然来了，看他空着两手，满面尘土的样子，就知道没什么好事。果然，陈书带来的是一个足以使陈寿崩溃的消息。

那个一贯忠心耿耿的曾凤山，竟然卷走了六百多万钱，不知所踪！

陈母赶紧差陈书去报官，县令也非常用心，但查不出任何形迹。怕陈寿担心，陈母不准任何人告知陈寿。陈书与梅儿悄悄商量，让陈书以打探曾凤山去向为名，赶来成都报告陈寿。

陈寿后悔不迭，当初若听了母亲的，把四百多万钱带上，至少也能少许多损失。来不及多说，马上叫来柳绵，把情形说了一遍。二人一商量，决定立刻送两百万钱回安汉，除了日常用度，把那些桑树都砍了，栽上各种果树，几年以后，果树结果，也算是一条财路。

陈寿两百万钱交给陈书、陈棋，让石三并几个家仆护送。吩咐他们，到了安汉，若石三等人愿留在那里，则帮忙栽果树；若不愿留下，只需告诉夫人，夫人自会结算工钱。石三等纷纷表示，少爷如此仁义，愿追随一生。

陈书他们一走，这座院子便空了许多，除了一家三口，仅剩苏嫂、竹儿、妈妈和两个干粗活的女婢。

手头仅剩二十万钱，对于过惯穷日子的人来说，一日三餐，柴米油盐，这笔钱堪称巨款，过一生都不成问题。但陈寿、柳绵都是富人家出身，过惯了锦衣玉食的好日子，区区二十万钱，实在有些拮据。

两口子商量了一个晚上，首先是节省用度，除了油盐柴米，能省则省。

此时，陈寿比任何时候都渴望刘禅的朱批。但眼看过了两个月，仍如石沉大海。他不禁怀疑，那份奏表是不是被黄皓扣下了？

他实在坐不住，只好又去拜见谯周。谯周听了陈寿的话，虽然明白他永远也等不到刘禅的朱批了，还是答应帮他打听。

陈寿只好告辞，又等了一段日子，既不见谯周回话，也不见刘禅的朱批。正打算再去谯周那里走一趟，何渠忽然来访，带来了一个令人震惊的消息：钟会已经攻破汉中，直指剑门。姜维自陇南一路败退，先于钟会占领剑门关，欲阻钟会。与此同时，魏征西将军邓艾率部经阴平道，凿山开路，沿景谷进发，昨日忽至江油。

陈寿似乎明白，难怪不见消息，或者因为战事骤起，刘禅也罢，恩师也罢，哪里顾得上他！

但何渠又说："其实自钟会、邓艾西征已来，姜维节节败退，但送到朝廷的，却一直是捷报。到今天，朝野上下，除了皇帝，都明白，蜀汉王朝风雨飘摇、危在旦夕。"

陈寿知道，事情到了这一步，他是否获任已经无足轻重，若王朝崩溃，上至刘禅，下至贩夫走卒，都会堕入深渊，要在以往，他一定会不顾一切，再次冒死闯宫，把这个沉睡的王朝叫醒。但此时此刻，他对这个不可救药的王朝已经失望，也再无那样的热血了。

坐了一阵，何渠说："我可能立刻要去迎敌，同窗一场，也许这是最后一面。各自保重吧！"

送走了何渠，陈寿独坐书房，既读不了书，也写不出一个字。他一直在想，是否带上家小回安汉，与母亲一起安度余生？

第十章 幻灭

一

黄皓一路走来，望见那边将作大匠正监督一帮工匠，忙于修造。

蜀汉皇宫仿洛阳皇宫规制而建，宫中设有内藏库、御酒库、御药院、尚食院等。

从此处由东往北那一带，原为内藏库和御花院，西面有一条碧水缓流的御沟，两岸砌有矮墙。去年秋天，照黄皓的意思，悉数拆了。

过了这段桥，便是一座高过群楼的灵台。黄皓知道，台顶有一座铜铸的浑仪，用以测星度，占天象。

沿御沟走了一阵，迎面一大片院落，便是府库。一色的青砖碧瓦，龟背腰墙。东面那间小屋，曾是黄皓的直事房。如今想来，那时作为一个尚不起眼的宦官，不免有些寒酸，有些无足轻重。

如今，前面这方小院是他的直房，黄皓走了进去，扑面而来的是一片奇花异卉，一派鸟声叽叽喳喳，似乎在向他讨好。那道院墙藻井梭叶，杂以龙形凤纹。

进入屋里，小宦官过来侍候。黄皓刚去几前坐下，一个宦官进来禀报："奏事院的崔管事求见。"

黄皓看了宦官一眼，不冷不热地说："让他进来。"

崔管事原来也是中常侍，排在首位。但崔管事知道，刘禅跟黄皓那种说不清道不明的关系，迟早会把自己埋了，便以年老为由，主动荐黄皓代自己为常侍之首。此举正中刘禅、黄皓下怀，因此，他也给自己谋了一个轻松平安的差事，领奏事房事。

崔管事欲向黄皓下拜，黄皓一把拉住他说："你是宫中老人，不必，不必！"

崔管事从怀里取出一份奏表，交给黄皓说："姜维的部将廖化，背着姜维送来一道奏表，请黄常侍代奏陛下。"

黄皓一惊，收了那道奏表说："好，好，好！"

彼此一揖，崔管事走了。等崔管事出了门，黄皓将那道奏表展开一看，顿时头皮发麻。钟会急攻剑门，姜维虽然奋力抵抗，恐怕难以久持，请皇帝再增兵五万，以防万一。

这不是皇帝想看到的，之前不是捷报连连吗？要是把这东西送去，不知会有多少麻烦，至少这皇宫里歌舞升平的日子立刻就到头了。不仅我黄皓不干，恐怕任何一个后宫的人，都不会干！

他把奏表撕成碎片，扔进了废纸篓里。

这时，那个小宦官捧上一个茶盘，茶盘里放了一壶茶和一只茶盏。

黄皓瞄了一眼，是新来的，还不认识，叫不出来名字。

小宦官提起茶壶，欲往茶盏里斟茶。黄皓一下将那茶盏推开，茶盏跌落地上，摔得粉碎。

小宦官吓得面无人色，只见黄皓拉开茶几的抽屉，取出一只茶盏，放在了几上。

小宦官赶紧将茶斟入这只茶盏里。这是一只纯金茶盏，宫中唯有太后、天子、皇后有资格使用。

黄皓永远记得多年前那个初夏，刘禅被册封为太子，先主命他和吴顺去东宫伺候。

刘禅第一次离开父亲，未足十岁，初入东宫，未免惶惑。

前来迎候的官员、宦官、宫女等近千人，乌泱泱站满一堂。刘禅居然一个都不敢看，一直低着头。

黄皓一眼看出，刘禅心里惧怕。心里一动，立刻明白，这是个千载难逢的机会。赶紧上去，先朝刘禅叩拜，然后拉住他的小手说："奴婢带太子殿下去转一圈。"

刘禅居然很听话，随他里里外外转了一遍。天快黑了，黄皓才把他送回太子的寝宫。几个小宦官已经点燃了灯烛，照亮了这间宽阔的寝宫。

刘禅坐在窗前，有些茫然地望着被夜色深埋的宫墙，并无入住东宫、皇权近在咫尺的喜悦，反而羡慕皇弟刘永，此时或许正侍奉在父皇的身边。

母后过早仙逝，父皇又忙于国事，他其实是个缺失亲情的人。如今，父皇又把他抛到这里。这里有众多的官员、宦官和宫女，唯独没有亲人，当然也没有温暖。富丽的宫殿，宫殿外那些奇花异木，包括殿内的摆设，虽然极尽奢侈，但无一不对他板着冰冷的脸孔，让人害怕。

黄皓恰好这夜当值，他一步不离，一直守在寝宫里。刘禅看到了黄皓，似乎踏实一些，就把他叫过来，替自己宽衣。终于卸下了一身的不安，刘禅躺在榻上，不知不觉睡了过去。

窗外，忽然刮起了风，将所有的窗子吹得哗哗作响。黄皓赶紧将一层层窗帘拉开，忙着把那些窗子关死，想把一场即将到来的雷雨紧紧关在东宫外。

忽然，一声炸雷响起，转瞬间，铺天盖地的雨砸了下来，似乎天下所有的雨，都下到东宫来了！

刘禅被惊醒，紧紧缩成一团。

狂风暴雨拼命地扑打窗户，似乎要涌进来，把榻上那个可怜的太子彻底吞噬。

此时，黄皓心里更加清楚，那些东宫的官员、宦官、宫女，他们都是太子的陌生人，但他们都会努力去做太子的亲人。谁最先成为太子的亲人，就等于拥有了太子。黄皓知道，今夜是上天赐给自己的机会，这场雷雨来得太是时候了！黄皓毫不犹豫地过去，跪在榻前，朝刘禅磕了个头，并向刘禅展开双手。刘禅一愣，朝他扑了过来。

黄皓将他紧紧搂住说："不要怕，不要怕，有奴婢在！"

浑身颤抖的刘禅似乎得到安慰，慢慢平静下来，不再抖了。

但黄皓发现，刘禅依旧双眉紧锁，似乎对他既有抗拒，也有警惕。因为，直到此时，太子也不认识他。

黄皓一再说："不要怕，不要怕！"

太子终于问："你是谁？"

黄皓说："奴婢姓黄，叫黄皓。"

刘禅说："哦，黄皓，我记住了。"

雷电停了，风小了，雨也小了。黄皓明白，此时此刻，如果能使太子高兴，太子就真会把他当亲人，于是又问："太子殿下，请告诉奴婢，什么事会使你高兴？"

刘禅想了想说："最使我高兴的，是把赵嬷嬷当马骑。"

赵嬷嬷是太子的奶娘，可惜去年病死了。

黄皓立即趴在地上说："奴婢愿做太子殿下的人马。"

刘禅迟疑了一阵，终于翻了上来。黄皓立即小心翼翼地爬行起来，生怕太子跌下去。刘禅一直催："快，快！"

黄皓说："马需加鞭才能快！"

刘禅欢笑着，用那只小手不断拍打黄皓的屁股。黄皓满殿里爬，爬得泪流满面，几乎哭出了声。

刘禅有些惊奇，扳住他肩头问："黄皓，你为何哭呢？"

黄皓说："奴婢这是高兴！"

次日，黄皓用五色线编了一条马鞭，送给刘禅，说是骑人马时好用。刘禅不接，似乎有些为难。黄皓又说："打马，打马，马要打才会跑。"

刘禅笑道："我只想用手打你这匹马！"

从此，黄皓成功地做了刘禅的亲人，刘禅也永远离不开黄皓这匹人马。

黄皓逐渐发现，每当雷雨来时，尤其夜晚，刘禅都会恐惧不安。黄皓总会适时地把自己这匹人马送到刘禅的胯下。

刘禅做了皇帝以后，黄皓需要验证，他是否还是那匹刘禅离不开的人马。他需要等一场雷雨，苦等了几天，那场雷雨眼看就要到来，黄皓特意去见刘禅。

冷风满宫，吹得那些帷幔飘飞不息。雷声渐起，隐隐可闻。刘禅像挂在风中的一袭锦袍，眼看有被吹走的危险。

见了黄皓，刘禅大叫一声："你终于来了！"然后像一头被围困的狼扑了过来。黄皓立即匍匐在地说："陛下不要怕，有奴婢在！"

风仍在狂吹，雨仍在猛下，雷声一阵紧似一阵。刘禅坦然地骑在黄皓的身上，又开心地笑了。

在一场又一场雷雨中，黄皓渐渐吃准了刘禅，心里的妄想也多了起来。但他知道，还是要在雷雨到来时，才敢让那些妄想冒出来。

雷雨说来就来，黄皓一如既往地让刘禅骑在了背上。雷雨给了他无限的想象和勇气，他近乎胡言乱语地说："奴婢想拆了内藏库和御花院的那些房子。因为，奴婢每次都要从那里绕，要多花很多时间来陛下这里。"

谁知刘禅轻描淡写地说："你想拆就拆！"

黄皓心里一怔，万万没想到，他在皇帝心里竟有如此分量。于是他又哭了。

刘禅问："你哭啥？"

黄皓说："只因天子之恩！"

刘禅朗声笑道："小事，小事。无论何事，尽管开口！"

但是黄皓明白，不能随便开口，必须要等到雷雨来时，才能开口。

此时，黄皓握着这只茶盏，心里想起的是张皇后和吴顺，他们都是跟他争皇帝的对手，必须把他们一一拿下。

前年秋季的某一天，顾皇妃身体不适，经方太医诊断，说是有了身孕。

顾皇妃喜不自禁，立刻差侍女去禀报刘禅。侍女一路走来，还未到寝宫门口，已听见乐声悠扬，仿佛春日流水。王静等几个宦官侍候在门外，侍女上去礼见了，并告知来意。

顾皇妃可是皇帝身边的红人，没有人不想攀附。王静听了，朝侍女一揖，笑道："请稍候！"然后一溜烟进了寝宫。

王静去了片刻，出来说："陛下有旨，宣你觐见！"

侍女颔首低头，随王静进来，脚下小心翼翼，偷眼瞧见乐伎、舞伎多如雁群，或奏乐，或吟唱，或舞蹈。

刘禅耳闻眼观，敲动手指，兴趣正浓。总管黄皓形影不离，伺候在一旁。

侍女止于五七步外，跪拜在地，禀报说："启奏陛下，顾皇妃有喜了！"

刘禅那手胡乱一挥说："退下！"

那些歌舞伎赶紧停下，朝刘禅一一赞拜，退了出去。

刘禅望着黄皓说："从今天起，顾皇妃的用度，每月增加一倍。另外选最善侍候孕妇的宫女去侍候顾皇妃。"

黄皓拜辞刘禅，赶紧去选了几个为人实诚，且多次伺候孕妇的宫女，并亲自送去顾皇妃的宫中。

黄皓回到寝宫，向刘禅复命。刘禅笑着说："走，陪朕去顾皇妃那里看看。"

黄皓赶紧领路。走了一阵，前面已是顾皇妃寝宫。一个侍女见了，忙着进屋禀报。靠在榻上养神的顾皇妃听了，正欲起身迎接。刘禅却已到了榻前，握着顾皇妃的手，笑说："免礼，免礼！"

黄皓叩拜在地，向顾皇妃道喜。顾皇妃叫他起来，不用拘束。顾皇妃一直笑着，满脸放光，一副集万千宠幸于一身的样子。

刘禅搓摩着顾皇妃的手说："要好好养，生个白白胖胖的皇子出来。"

黄皓心里一阵酸楚，涌起某种说不出的滋味。他心里清楚，此刻，在陛下的心里，顾皇妃远比他重要。但黄皓为了讨刘禅的欢心，每日都去顾皇妃的宫里问安。

过了不久，他终于等来了机会，顾皇妃病了。

黄皓急惶惶跑去刘禅的寝宫，禀告刘禅。

刘禅满脸焦急，指着黄皓说："赶紧请太医诊治，出了任何差池，唯你是问！"

黄皓立即去传方太医，把他领去顾皇妃宫里。方太医拿出悬丝问脉的绝技，细细一番诊断，开了个药方。黄皓跟了出来，见四下无人，便问："顾皇妃得了什么病？"

方太医回道："不过偶感风寒而已，吃两服药就好了。"

黄皓脸色一沉说："不不不，是绝症！"

方太医大惊失色，呆呆望着黄皓。

黄皓眼里闪着寒光，仿佛两把杀人的匕首，冷笑说："我说她是绝症，她就是绝症。她不仅是绝症，还传染人！"

方太医立刻想起，往日他偷偷把御药局的药带出宫去，曾被黄皓抓住，那是死罪，当时求告他。黄皓笑了笑说："很简单，听我的话，我就什么也没看见。"方太医岂敢不应，赶紧磕头谢恩。

此时，方太医立即明白过来，忙说："是、是、是，是绝症，还传染！"

黄皓立刻带上方太医，去寝宫拜见刘禅。方太医匍匐在地，奏道："陛下，大事不妙！顾皇妃得的是绝症……痨病，而且传染。臣请将顾皇妃锁在宫里，不得与任何人接触！"

刘禅听了这话，顿时心神俱乱，跌坐在御案前，半天说不出话。过了许久，才艰难地说了一个字："准！"

吴顺奉旨来到顾皇妃宫中，将宫女、宦官一并逐出宫去，把顾皇妃独自锁在宫里。并加派内侍，日夜值守。任顾皇妃如何呼喊、哀求，都不见回应。似乎这座皇宫忽然空了，只把她遗弃在这里。

半个多月后，不断有苍蝇从门窗缝里飞出来，一股腐臭味也越来越浓。当值内侍只好奏报刘禅。刘禅命打开宫门，进去看看。寝宫里满是苍蝇、蚊虫，顾皇妃早已死在榻上。

黄皓暗喜，把吴顺叫到自己的直房，叫他赶紧物色两个美女进宫，弥补陛下失爱之痛。

几日之后，吴顺带了颜氏和许氏两个女子来见黄皓。两个女子都是十五六岁，长得花儿一般。

颜氏款款上前，向黄皓道了个万福。许氏也赶紧过来拜见黄皓。黄皓阅人无数，已知颜氏聪慧，又见她眉目有情，体态风流，若再用点小心思，必能俘获陛下圣心。于是令吴顺将许氏带下去，先安置下来，自己则留下颜氏，细心调教一番，再送往刘禅的寝宫。

果然，颜氏不负黄皓所望，很快获得刘禅的专宠，不久被封为皇妃。

二

　　这日傍晚，崔管事忽然来见黄皓，说谯周不顾劝阻，硬要闯入皇宫，要面见皇帝，幸好被他们劝住了，并且答应，凡事可上奏表，一定面呈皇帝！

　　黄皓一惊，蓦然想起，廖化那份被他撕成碎片的奏表，已经明白，一定是战事不利，谯周听到了风声，否则不会冒死闯宫！

　　正不知所措，一声惊雷响起，似乎直接砸在了皇宫里。黄皓来不及多想，立刻奔出直房，往刘禅的寝宫去。转眼之间，暴雨便砸下来，密集的雨丝织就了一张无边无际的网，把这座皇宫笼了进去。

　　黄皓冲到寝宫外，忽听吴顺的声音传来："请陛下来骑奴婢的人马！"

　　黄皓一怔，他本想借这场雷雨结果了谯周，没想到撞到刀口上的是吴顺！

　　黄皓发疯似的闯了进去，见吴顺已经趴在刘禅的面前！赶紧大叫了一声："陛下！"

　　正要爬到吴顺背上的刘禅，见黄皓已在面前，立刻丢下吴顺，朝黄皓扑来，黄皓赶紧匍匐在地。刘禅终于等来了救星，极其狼狈地翻到黄皓的背上。一脸失落的吴顺愣了愣，只好走了。

　　吴顺也是中常侍，如今的地位仅次于黄皓。这些天来，吴顺大有与黄皓分庭抗礼的意思，黄皓其实已经有灭了他的冲动。没想到，他也要当陛下的人马，实在不可饶恕！

　　刘禅骑着黄皓，总算踏实下来。黄皓却哭了，亦如这场急不可待的秋雨。刘禅不免惊奇地问："你哭啥？"

　　黄皓说："奴婢有个请求……"

　　刘禅几近癫狂："没事，说吧！"

　　黄皓期期艾艾地说："奴婢，不想……不想再看见吴顺。"

　　在这个特定的条件下，刘禅与黄皓，其实已经互换。在不知不觉中，此时的黄皓成了刘禅的主人，而刘禅却成了黄皓的奴仆。刘禅问："你想他死？"

　　黄皓赶紧说："嗯，奴婢啥都不想，就想他死！"

刘禅说："那你让他死就是了！"

黄皓在谯周与吴顺之间，毫不犹豫地选择了对自己构成直接威胁的吴顺。至于谯周，就交给另一场雷雨吧。

当晚，黄皓假刘禅之名，赐吴顺白练一条。吴顺捧着那条白练哭到半夜，一直下不了手。黄皓只得让几个小宦官进去，让吴顺半推半就地自缢死了。

谯周的奏表经崔管事的手，还是到了黄皓这里。黄皓打开一看，顿时惊出一身冷汗。

谯周的奏表上说：钟会举十万大军，昼夜急攻剑门，牵制了蜀汉重兵；邓艾却从左担道悄然而来，长驱直入，已经攻破江油一代，正厉兵秣马，赶造舟船，准备渡涪水，直指绵竹……

完了完了，没想到邓艾这么厉害！

黄皓知道，涪水是进入西蜀的第一屏障，要是被邓艾突破，成都立即会落入重围！别的不说，他通过一场又一场雷雨驯服的这个犹如奴仆的皇帝，要是保不住，岂不白费了那么多心机？

不行，再不能隐瞒了。黄皓带上谯周的奏表，去了刘禅的寝宫。

这些天来，刘禅基本上都在颜皇妃的寝宫里缠绵，把自己耗了个形销骨立，越来越不能自拔。黄皓知道刘禅不在寝宫，但不愿去颜皇妃那里求见。不知为何，自从他亲手把当初的颜氏、后来的颜皇妃送到刘禅身边以来，就再也不愿见到她，更不愿见到她跟刘禅亲热。直到此时，才恍然大悟，他其实在暗暗吃醋，既吃刘禅的醋，也吃颜皇妃的醋。

一个小宦官去颜皇妃那里禀报，很快便跑回来说："陛下正陪颜皇妃下棋，叫黄常侍稍等。"黄皓两眼一瞪说："再去请陛下，只说魏军打到江油了！"

这话对于刘禅来说，等于是另一场雷雨，仅片刻，便在那个小宦官的搀扶下，一脸仓皇，浑身发抖地来了，求救似的盯着黄皓。黄皓立刻从他的眼神里，读出了他的意思——想骑人马。

黄皓并未匍匐下去，只把谯周的奏表递了过去。刘禅看了一阵，浑身抖得更加厉害，几乎站不稳，一把拉着黄皓说："不是接连告捷吗？何故……何故弄到这步田地？到底……到底哪个说的是真？"

黄皓比任何时候都冷静，只说："都没说假话，胜败乃兵家常事。到了这一步，来不及追问了，赶紧登殿，令百官入朝商议要紧。"

六神无主的刘禅只好叫小宦官侍候自己换上衮服、冕旒，让黄皓传令，命文武群臣入宫。

最先到达朝堂的是谯周，谯周赞拜之后说："原东观秘书郎陈寿颇有策略，当此之际，臣请陛下准陈寿入朝，共议抗敌之策！"

刘禅此时方寸大乱，只想抓住一根稻草，竟一口答应。

紧接着，尚书令陈祗匆匆来了。费祎死后，刘禅一直不设丞相，由大将军姜维、尚书令陈祗共录尚书事，姜维主外，陈祗主内。不待陈祗赞拜，刘禅便要他拿出抗敌之策。陈祗一脸惶惶，竟无言以对。

接下来，已升任卫将军的诸葛瞻，西乡侯、尚书仆射张绍，左车骑将军张翼，辅国大将军董厥等也纷纷赶来。刘禅看了看满朝文武，把谯周奏表所言，简要说了一遍。

其实，这些消息，早在前几日就传得沸沸扬扬，只是无人上奏而已。

陈寿当然也听到了风声，加之一直没有等到刘禅的朱批，决意举家回安汉，苟且偷生。于是一边收拾家私，一边托中人卖房。除了细软、书籍，其余都不必带。忙了几天，几十箱东西已经收拾好。陈寿知道，若战事大开，必然道路受阻，不敢等卖房结果，就把这座院子托付给苏嫂，由她全权处理。若能卖出去，他以后再来取钱。

陈寿赁了几辆马车，雇了几个脚力，把行李装进车里，正要出发，忽听一个不男不女的声音响起："皇帝口谕，命原东观秘书郎陈寿即刻入宫议事，钦此！"

陈寿简直不敢相信自己的耳朵，只愣在那里，出不了声。两个宦官一齐上来，拉上陈寿便走。

如同一场梦，陈寿被两个宦官一路拉着，恍恍惚惚之间，终于进入除了那次冒死闯入，从未走入过的皇宫。

大殿之上议论纷纷，但陈寿没听出任何头绪。宦官把他带到殿内，他只好远远赞拜。议论声停了，似乎都望着他。刘禅的声音响起："陈寿听旨，朕先复你东观秘书郎之职，列班议事！"

陈寿已经恢复常态，叩头谢恩，退至左侧末尾。他当然知道，左侧这一班，都是文臣。而有资格上殿议事的，没有一个比区区东观秘书郎职位更低。

刚刚站定，刘禅的声音又响起："陈寿！"

陈寿赶紧出列，向刘禅叩拜说："臣在！"

刘禅问："如今，钟会举重兵攻剑门，邓艾已破江油，欲攻绵竹。西乡侯、尚书仆射张绍以为当坚壁清野，烧尽民房，割尽稼禾，毁尽存粮，使魏军难以补给，迫其自退，你以为如何？"

陈寿答道："微臣以为不可。且不说坚壁清野乃双刃剑，只说魏军西来，一定会大备粮草，更会预料坚壁清野之计。故而这一剑，恐怕伤不了敌，却反而伤了己！"

议论声又起。陈寿听出，既有说他所言极是的，也有说他所言尽非的。

刘禅又问："辅国大将军董厥以为当收回四周屯卫，集重兵于成都，坚城自守，使魏军攻而不克，相持日久，必然退走，你以为如何？"

陈寿答道："不可。若坚城自守，魏军可大举增兵，而四周已无阻碍，魏军粮草补给可源源不断。此乃自取灭亡，断不可行！"

议论声更响。陈寿听出，说他所言极是的多，说他所言不是的少。

过了一阵，刘禅再问："卫将军诸葛瞻以为当命诸将率精甲出成都，守卫北来之道，并援兵姜维，你以为如何？"

陈寿只说了一个字："可！"

早已按捺不住的诸葛瞻从右侧出来，朝刘禅跪拜，奏道："当此大军压境之际，不可犹豫。臣请以陈寿为主簿，随臣出征，以阻强敌！"

谯周等纷纷出班，附议诸葛瞻之说。刘禅想了想，当即以陈寿为卫将军主簿，并授予印绶，同时将年俸六百石粟，折成二十万钱，先付与陈寿。

陈寿谢恩领旨，退出朝堂时，内府已将二十万钱装入车辆，交付给他。陈寿赶紧赶回家里，将钱交给柳绵，三言两语，说明原委，急着要去拜会诸葛瞻，帮他整顿部属，出征应敌。

正要出门，陈棋风尘仆仆闯了进来，朝陈寿一拜，说夫人风闻魏军将到成都，特地命他连夜赶来，接少爷、少夫人回安汉。

陈寿也不多说，让陈棋留下，正好照顾家里。

三

时值初冬，那轮偏西的红日，竟泛起一派惨淡的白色。

经几天整备，诸葛瞻及其子尚书郎诸葛尚、行军司马张遵、羽林右部督李球、卫将军主簿陈寿，并监军王静等，于这日午后，率三万士卒出成都，向北进发。

寒风猎猎，吹得旌旗狂翻怒卷，颇有视死如归的气概。

行至广汉，已是二更。张遵请求于此扎营，天寒地冻，将士急行半日，无不疲劳，不可再进。诸葛瞻便令大军停止，结营暂住。

张遵是故车骑将军张飞的嫡孙，颇有声望，又请于中军帐商议，大军到底该向何处迎敌。

诸葛瞻深以为是，便先请监军王静来此，把张遵的意思告诉他。王静为宫中宦官，是黄皓的心腹。以宦官监军，是汉室的传统。自先主以来，也完全继承了这一传统。黄皓选王静为监军，当然有自己的打算，特别嘱咐，要第一时间把前方战事告诉自己，以便做好打算；王静也特意带上几个小宦官，以便把消息传给黄皓。

商议如何进止，理所当然，王静一口答应。很快，李球、诸葛尚、陈寿等一齐来到中军帐。

诸葛瞻说："绵竹城墙坚固，又有山，我欲举大军进驻绵竹，以待来敌，不知诸位以为如何？"

张遵、李球等都不说话。他们与诸葛瞻交往已久，深知他生性固执，不好商量。陈寿却说："我以为不可，应首先守涪。涪临涪水，邓艾若继续西进，必须首渡涪水。大军若在邓艾未渡时到达，可凭借水岸予以痛击。待击溃邓艾，可绕袭钟会，与姜维等形成夹击，魏军必败。"

没想到，一向固执且自视甚高的诸葛瞻竟然立即明白，陈寿所说确是争胜之道，也不问其他人的意思，当即决定，明日五更造饭，饭毕即刻赶往涪城。

王静、张遵等告退，诸葛瞻却留下陈寿及诸葛尚，命随从备酒，要与陈寿把酒夜谈。

酒过三巡，诸葛瞻看着陈寿问："不知承祚的《益部耆旧传》，是如何评议先父的？"

其实，当诸葛瞻留下陈寿时，陈寿已经料到，诸葛瞻一定要问及那部书。他毫不隐晦地说："当初，若无故丞相隆中之策，便无先主基业，此功之大，远在关羽、张飞之上。即使助先主取西蜀，或取汉中的庞统、法正，也无法与故丞相相提并论。至于黄权，若是效死之臣，何不宁死一战？李严延误时日，使故丞相粮草不继，被迫退回，以书信责问，无一不妥。至于魏延，虽然知兵善战，但秉性狂傲，刚愎自用，一旦丞相故去，必然拥兵自重。若如此，后主不能节制，岂不沦为傀儡！只是，故丞相确非兵家，率军征战，实为所短。连年北伐，明知不可为而为之，虽是先主遗愿，但毕竟使蜀中疲惫，此故丞相之过也。但人非圣人，孰能无过。两相比较，故丞相之功远大于过，其实不容多议。"

一席话，说得诸葛瞻只点头，不出声。

过了一阵，陈寿问："卫将军之职，在于守卫成都，诸葛将军为何自请出征？"

诸葛瞻叹息一声说："之所以主动向陛下请缨，也是因为近年来有关先父的流言蜚语……"

诸葛瞻看了看一直不出声的诸葛尚，又说："诸葛父子一同出征，只想让世人看清，自先父以来，诸葛满门一心只为君国，从来没有为过自己！"

陈寿心里一震，立即感到，诸葛瞻的壮烈，或是此次出征胜负的关键。

翌日寅时，将士草草用过早饭，便往涪城进发。诸葛瞻早已派出斥候，沿途侦察。

疾行一日，傍晚时分，大军驻足绵竹城外。第二天，绝早出发，将近涪城时，已是日色向晚。诸葛瞻一再催促，一定要赶到涪城，以免贻误战机。

正急行军，一个斥候飞马来报："邓艾已帅魏军渡过涪水，攻下涪城！"

这个消息实在来得太急，诸葛瞻只好令大军暂止，再派斥候前去探问。日暮时分，几路斥候相继回来，说邓艾不仅攻占涪城，还四处竖起壁垒，坚不可破。

诸葛瞻赶紧召监军王静，并李球、张遵、陈寿等紧急商议。

见诸葛瞻等都不知所措，陈寿说："涪城已失，不可再往，也无夹击钟会的可能。如今，只有退守绵竹，使邓艾无法深入。即使剑门攻破，钟会与邓艾会师，也不过十余万众。我军及成都相加，亦有十余万众，尚可拒之，此其一；其二，魏军绝不敢直下成都，倘若他们绕过绵竹，直赴成都，则我等可随其后，照样可形成夹击之势。故而，魏军若欲克成都，必先克绵竹。为今之计，当坚守绵竹，拖住魏军。请成都出兵，里应外合，魏军必败！"

诸葛瞻也无更好的计策，于是令大军回走，赶往绵竹。

陈寿请诸葛瞻沿途多设壁垒，占尽险要，使魏军不能畅通，以便于绵竹布防。

诸葛瞻遂命张遵等各率所部，大竖壁垒。李球、诸葛尚、陈寿等并监军王静，则随诸葛瞻退守绵竹。

初冬的天阴晴不定，吹了一阵风，又下起雨来。待到绵竹城里，雨已经变成了雪。

绵竹守将及官吏，得知诸葛瞻一行来此，纷纷出城迎接。诸葛瞻征绵竹官衙为卫将军营，未及歇息，便召陈寿、李球、诸葛尚等并监军王静议事。

陈寿见诸葛瞻除了令张遵等沿途设防，却不在绵竹城外设立屯卫，大为不解，不等众人出声，陈寿便说："大军集于一处，若邓艾随后而来，绵竹将沦为一座孤城。请卫将军令诸将各率所部，占尽城外险要，互为掎角，以便抗敌！"

因为黄皓曾被陈寿弹劾，监军王静也深恨陈寿，见他一再献策，俨然已是谋主，忍不住指责陈寿："你不过主簿，负责军中文书而已，竟然一再干预军事，岂不越职！"

李球等也妒忌陈寿似乎比诸将高明，纷纷指责。诸葛瞻并无取胜把握，只有决死之心，也不纳陈寿所说。

正议而不决，忽见张遵一身血污闯了进来，疾呼："邓……邓艾……攻破沿途壁垒，大军快到……快到绵竹城下了！"

诸葛瞻顿时目瞪口呆，一路行来，他曾派出各路斥候，得到的情报是邓艾仍在涪城！虽然每每听说邓艾如何善战，没想到竟如此神速！

陈寿急道："请卫将军作速分兵，占尽深险之处，否则后果不堪设想！"

诸葛瞻却挥了挥手说："让斥候再探。"

张遵愤恨地说："将军所遣斥候，尽被邓艾收买，一路所报，全是假信！"

王静已悄悄退去，派出一个小宦官，趁邓艾大军未至，驰回成都报告黄皓。

诸葛瞻下了一道将令，命诸将据城坚守，任何人不得擅出。

诸将领命，各自退去。翌日一早，城上守将来报："邓艾大军已围绵竹，正在城下挑战。"

诸葛瞻大惊，赶紧叫上王静、张遵、李球、诸葛尚、陈寿等，立即登城。众人举目一望，魏军已于城外架起箭楼，准备攻城。

陈寿忙道："想当年，孙权举数万大军围合肥，合肥守将张辽仅七千余人。张辽趁孙权立足未稳，率精骑忽出，竟将孙权逐走。今日邓艾之来，如此迅速，想必人困马乏。请将军效张辽，率部忽出，邓艾必败！"

话未落地，王静忽然拔出尚方剑，指着陈寿大骂："竖子，胆敢再言军事，立即斩首！"

诸葛瞻深知陈寿所说确实在理，但也知自己的军队也是匆忙而来，将士同样疲惫，不能立即出战，于是又传下一道将令，命各部点选精甲，准备出战。

随后诸葛瞻回到卫将军营，磨墨铺纸，一挥而就，写了一道《赴死表》

此时，诸葛尚进来禀报各部整备事由，看见了这份奏报，捧起一读，已是热泪横流。

诸葛瞻沉默片刻说："诸葛父子此来，皇帝也罢，满朝文武也罢，姜维也罢，都在盯着我们。若我们不敢死战，其余将士，谁愿与魏军交锋？唉，诸葛丞相的子孙，除了以身报国，别无他途！"

诸葛尚却说："恕我直言，父亲若依陈寿之说，绵竹或可守。"

诸葛瞻摇头道："陈寿只知其一，不知其二。这些年来，后主受黄皓蒙蔽，耽于享乐，荒于政事，人心早已散了。若依陈寿，敛兵依险，必与邓艾互成相持之势。如此一来，朝野上下，一定会指责我等贪生怕死，汉军上下，更将军心涣散，或者弃汉投魏，岂不更糟！"

诸葛尚至此方知父亲的用意，更无话可说。诸葛瞻一拍诸葛尚肩头，又说："若能以我父子之头，换取汉军将士决死之心，成都或能安然无恙。"

诸葛瞻传下第三道将令，命张遵、李球、诸葛尚等各率所部随自己出城，与魏军一战。

陈寿大急，赶紧劝道："此一时彼一时也，彼时魏军方至，尚可击之；此时魏军已稳，战机已失，不可擅出！"

王静忽然大叫道："皇帝口谕，命诸葛瞻即刻出战，违令即斩！"

那日，黄皓接到王静密报，立刻想出一条毒计，赶紧求见刘禅说："诸葛瞻已经退守绵竹，大有敛兵自守的意思。如此一来，邓艾不能取胜，而诸葛瞻则立下了奇功！"

刘禅却说："好呀，诸葛瞻比他父亲知兵。"

黄皓又说："但如此一来，诸葛瞻不仅会成为诸葛亮第二，恐怕有过之而无不及！"

这句别有用心的话，立刻触及了刘禅多年的隐痛。诸葛亮在世时，朝中之事，一律由其决断，他几乎沦为傀儡。诸葛亮死后，他虽然可以做主，但先皇的旧臣势力犹在，仿佛一个又一个巨大的阴影，深深笼罩着他，使他处处投鼠忌器。如果诸葛瞻能阻住邓艾，其功当在诸将之上，他不把这个空缺的丞相授予他，那是说不过去的。但两路大军近在咫尺，是否应以抗敌为先？

黄皓见刘禅迟疑不语，只说了一句："若邓艾突破绵竹，成都尚有十多万精甲，足以抗敌。"

不等刘禅发话，黄皓立刻告退，直接把王静派出的小宦官叫来，命他连夜驰往绵竹，告诉王静，让他督促诸葛瞻父子出战。

诸葛瞻已从王静的话里听出了弦外之音，指着王静厉声喝道："诸葛父子岂是贪生怕死之徒，何用你多嘴！"

陈寿见诸葛瞻执意出战，赶紧上去阻拦："弃坚城不守，岂是将军之为？"

诸葛瞻哪里肯听，推开陈寿，带上李球、张遵，就要杀出城去。

恰在此时，一个士卒跑来，向诸葛瞻禀报："邓艾派使者李志，求见将军。"

诸葛瞻大怒，欲斩来使，被王静等拦住。诸葛瞻只好令李志来见。

李志礼见了诸葛瞻，送上邓艾的亲笔书信。诸葛瞻拒不开阅，请李志速回。

李志说："将军一世英名，何惧一封书信？"

王静心中早已生疑，听了李志的话，一把夺过那封书信，当众拆阅了，愤然说道："原以为诸葛亮家风浩然，不惧强敌，没想到后人如此不堪！"说罢，将那封信掷于地上。

陈寿捡起来一看，方知邓艾劝诸葛瞻降魏，并许以琅琊王。

陈寿冷笑说："不过离间之计，千万不可上了邓艾的当。"

李志却说："将军若无异心，何不出城一战？"

诸葛瞻盛怒不已，一剑斩杀李志，并将其头颅悬于城门之上。随即令李球留守城中，节制守军，自领张遵、诸葛尚等，举兵两万，誓与魏军一决死战。

战鼓声中，诸葛父子一马当先，杀了出去。李球、陈寿、王静等立于城头，欲观胜负。

两军相交，杀声震天，羽箭乱飞，尘土四起。陈寿望见，汉军渐渐势弱，死伤惨众。诸葛瞻父子却不管不顾，直杀入邓艾军中。魏军将士一齐拥上，如怒潮狂卷。

陈寿不忍再看，紧紧闭上眼睛。不知过了多久，杀声已止，唯听一片呜呜咽咽的风声。陈寿睁开眼来，已下起漫天大雪。战场上尸横遍野，也不见魏军奏凯歌，依然阵势严谨。

他知道，那些横陈的尸体里，有诸葛瞻父子。他想哭，但实在哭不出来。回身一望，王静、李球已不知去向。

四

晨曦初露，在一片大雪中，邓艾举众入城。绵竹守将早已逃走。转瞬之间，魏军接管城防，换上了魏军旗帜。

邓艾将自己的中军营也设在绵竹官署里，下了一道军令，关闭城门，城中任何人不得出入。

邓艾刚刚坐下，一个卫卒来报："有人要出城替诸葛瞻父子收尸。"

邓艾一惊，没想到不堪一击的蜀汉军中竟有如此壮士。赶紧出来，随卫卒去城门观看。

一个年纪轻轻的蜀汉文官，推着一辆空车，被守门士卒拦在那里。

邓艾上去，盯着那人，冷声冷气地问："你是何人？"

那人不冷不热地答道："汉卫将军主簿陈寿。"

邓艾只觉这个名字有些熟悉，但又想不起来，只问："去给诸葛瞻父子收尸？"

陈寿又答："正是。"

邓艾忽然记起，近年来，北方到处都在传阅一部名为《益部耆旧传》的书，作者正是陈寿！

邓艾上前一步，朝陈寿拱手，又问："可是撰《益部耆旧传》的陈寿？"

陈寿也暗自一惊，没想到这个能征善战、名播四海的邓艾也知道自己的书，于是答道："正是。"

邓艾又朝陈寿一揖："失敬失敬！"随后立刻出人意料地下了一道军令，命内外将士不得阻碍陈寿替诸葛瞻父子收尸。

陈寿朝邓艾一揖，推车出城。邓艾一直站在城头，看着陈寿在雪地里找到诸葛瞻父子的尸体，装进那辆推车，推到一座山丘下，以手掘土。

邓艾更是肃然起敬，命几个士卒带上酒肉，拿上铁锹，随自己出城，到那座山丘下，也不说话，只管掘土。

半个时辰后，两个墓坑掘出，陈寿将诸葛瞻父子的遗体放入墓坑，开始掩土。在邓艾及士卒的帮助下，很快垒起两座新坟。到此时，两人依然不说话。邓艾取出酒肉，分置两座坟前。

陈寿跪在诸葛瞻的坟前，想大哭一场，却又哭不出来。那就把所有的哀思，都托付给这场越下越大的雪吧。

直到雪把两座新坟彻底掩盖，邓艾才把陈寿扶起，拉住陈寿的手说："我知道，不该对一个视死如归的人劝降。诸葛瞻父子战死，城内守军俱作鸟兽散，只有你这个主簿还留在城里。如此风范，令人敬佩。如你不弃，且留在绵竹，我当与你为生死之交，并驾齐驱，共建功业如何？"

陈寿凄然一笑，朝邓艾一揖说："我与将军各为其主，实乃不共戴天。若将军不杀，就此别过，但愿永不再见；若将军欲杀，陈寿当引颈待戮！"

邓艾叹息一声，也朝陈寿一揖说："请陈主簿自便。"

陈寿转身便走，迎着漫天大雪，在白茫茫的旷野里渐行渐远。

自陈寿随诸葛瞻出征以来，谯周几乎日不思食，夜不成眠。在强敌压境的那一刻，他在文武百官都噤若寒蝉时上书刘禅，不仅为了家，为了国，也为了自己最得意的门生。他知道，这是陈寿唯一的机会。

当陈寿被委以卫将军主簿，随大军赴敌以后，谯周又陷入从未有过的焦虑和不安。陈寿虽然获得委任，但刀兵无情，生死只在旦夕之间。

在这世上，最了解陈寿的一定是谯周，他是个读书人，但又不仅仅是个读书人。他是谯周见过的，最果敢，也是最沉着、最敏锐的人。他有察知秋毫的细腻，也有吞山纳海的胸怀。他只是需要一个机会，一个走到世人眼里的机会。

他相信钟会、邓艾的到来，便是陈寿的机会。作为他的业师，谯周觉得自己有义务将他推上朝堂，推到世人眼前。谯周相信，只要他敢于把自己展现出来，力挽狂澜，转危为安，都不是问题。

然而，当陈寿出成都以后，谯周却立刻陷入彷徨，陷入不安，甚至觉得对不起已经过世的同窗好友陈文才。他只有这么一个儿子，要是有个三长两短，自己有何面目与他相见于九泉！

很快，他已不再奢望击溃邓艾，只愿陈寿能全身而退。他不敢出门，甚至不敢走出书房。他怕听到可怕的消息，但又忍不住让谯熙出去打听。每当谯熙出现在书房门口，他总是会猝然站起，带着希望和恐惧，望着谯熙。

谯熙早已成人，也早已成家。当故乡巴西郡欲举谯熙为茂才时，谯周却婉言谢绝了。老实说，他不想让谯熙进入这个泥潭。他早已看清，这个不恤人心、不顾生民的小皇朝已经走上了绝路。他不想让这个生性怯懦的儿子，去经历幻灭的痛苦。但陈寿不同，甚至李密、李骧、何渠都不同，他们是真正的雏鹰，风雨是他们的宿命。尤其陈寿，苦难与沉浮，一定会真正地成全他。

此时，谯熙虽然进来了，却不说话。谯周心里一紧，已经明白了，只觉得这场下了好几天的大雪，都堆积到了这间书房，自己正在被雪埋葬。

谯熙还是说了，退守绵竹的诸葛瞻与邓艾决战，诸葛瞻父子一并战死。邓艾已经占据绵竹，或者大雪过后，或者明年开春，就会来攻成都。

谯周已经不关心这些，甚至不关心兴亡，只关心陈寿。但他不敢问，谯熙也没有说。

过了一阵，见谯熙正要离开，他还是忍不住问："有承祚的消息吗？"

谯熙摇了摇头说："没有。"又补了一句，"没有消息，就是好消息。"

是的，没有消息，就是好消息。他一直念着这句话，几乎不敢停下来。

从谯熙留下这句话开始，谯周不仅拒绝饮食，也拒绝包括谯夫人、谯熙在内的任何人走进这间书房。

谯夫人怕他憋出病来，想来想去，把锦娘叫来，请她劝劝。但锦娘也敲不开那扇门，只听见一句话："等陈承祚来了再说。"

这座巨大的宅院充满了无声无息的焦虑，都在盼望陈寿。雪却越下越大，下到这时，已经有些虚假的温和。虽然已是深夜，虽然所有的灯都熄了，但这座大院里的人，却没有一个睡去。

忽然，在这片死寂里，响起了惊喜的喊声："回来了，陈承祚回来了！"

喊声惊醒了每一盏灯。

终于，书房的门被拍响，谯周拉开了门，看见的是一个头上满是雪花，身上满是血污的陈寿。他们略一迟疑，抱头痛哭。

酒菜送到了书房。二人对酒而饮，说了许多话，但都只字不提已经过去的绵竹之战，只是约定，明日一早入宫，一同求见刘禅。

在陈寿回来的同一个雪夜，一路躲避、逃命回来的王静，已经把消息告诉了黄皓。黄皓不敢隐瞒，也告诉了刘禅。刘禅同样一夜未眠，早早发出口谕，命文武百官上朝议事。

最先到达朝堂的是谯周和陈寿。紧接着，太子刘璿、北地王刘谌、驸马都尉邓良、左中郎将王深、右中郎将宗预以及录尚书事陈祗等文武百官接踵而至，依制分班排列。一阵赞拜之后，陈寿步出左班，将绵竹之战禀报一番。

朝堂上包括刘禅在内的每一个人，仿佛死去一般，没有呼吸，没有心跳。人人面若木雕，实则暗流涌动，各怀心思。

谯周也步了出来，说了一番令人丧气，也令人胆寒的话。总的意思是，如果退回十年前，紧闭关隘，广竖壁垒，凭险自守，西蜀或可苟延。如今机会已失，不可复来；而蜀中父老，因北伐受尽磨难，再不可拖入血雨腥风。故而，请刘禅为了无辜生民，不再做任何无谓的抵抗。

太子刘璿首先附议谯周之说。北地王刘谌却第一个反对，以为成都尚有十余万精甲，若誓死抵抗，必能使魏军知难而退。

很快，主战主降分为两派，争论不休。

刘禅听得六神无主，不禁大声呵斥："够了！"

乱纷纷的声音顿时安静下来。

刘禅看了看文武两班，忽指陈寿说："卫将军主簿陈寿，以为当战，还是当降？"

已经归班的陈寿再次步出，朝刘禅奏道："臣以为，既该降，也该战！"

这话自相矛盾，包括刘禅、谯周在内，无不瞠目结舌，都盯着陈寿。

陈寿又说："若不战而降，则君轻臣贱，无论邓艾、钟会，必然视为降虏，待若猪狗。若魏军围城，可趁其立足未稳，选死士猝然出击，必大有斩获。以战胜之师与魏军媾和，一定会大受优待。"

刘禅却问："若战而不胜当如何？"

陈寿又答："战而不胜，可退守西山，凭深山之险以拒强敌，或能东山再起。"

谯周知道，这话不仅刘禅不爱听，群臣甚至包括自己，都不爱听。多年来，这朝堂上的每一个人，人人高官厚禄、锦衣玉食，无不一身娇贵，谁愿退入山野，吃苦受累！

主战者，不过是为了一世英名；主降者，不过想保住自身的富贵。陈寿此说，无疑会招致所有人的痛恨。

谯周忙步出来，朝刘禅赞拜，奏道："陈寿所说，大逆不道，欲置陛下于险境。臣请将陈寿逐出朝堂，以免动摇人心！"

刘禅却不置可否，也不说散朝，竟拂袖而去。

五

邓艾占绵竹多日，竟敛兵不举。

其子邓忠为参军，也随邓艾征伐，见父亲不乘胜进击，忍不住劝邓艾说："父亲攻破绵竹，蜀汉上下已是惊弓之鸟。若趁机西进，成都或可一举而克。如此贪天之功，父亲为何不取？"

邓艾酷爱读书，尤其爱读兵书，即使与强敌作战，也往往手不释卷。听了邓忠这话，邓艾放下兵书，看着邓忠说："无论用兵或行事，首要的是顺势而为。成都尚有十余万精甲，贸然而去，恐怕反而受挫。"

其实，邓艾很想独贪伐蜀之功，但因为兵力悬殊，所以不敢冒进。欲待钟会攻下剑门，来绵竹会合，再攻成都。

邓忠又说："钟会与姜维交兵日久，至今不克。父亲何不令诸将前往剑门，与钟会两面夹击姜维？"

邓艾拿起那卷兵书，脸色一沉说："你不懂，也不必多问。只告诉诸将，令他们好好休养，坐观其变。"

如此一来，成都虽然危如累卵，但因邓艾驻足不前，竟获得了暂时的安宁。

那场大雪早已过去，年关已在惶惶不安中不知不觉过了。春风回暖，万物复苏，竟是一个十分明丽的春天。

而朝野内外却各有打算，那些家财万贯的官僚们，无不悄悄转移钱财、珍宝，以防破城的那一天，被乱军劫掠。

黄皓也许久不去皇宫，同样忙着把数不尽的财宝转移出去，藏在了一个不为人知的地方。

或许所有的达官贵人中，只有谯周没有这么干。谯夫人当然听见了风声，见谯周并无藏掖家财的意思，只好去书房里询问。谯周却说："自古破城的那一天，主将都会放任士卒抢劫民财，这也是将士们奋勇杀敌的动力。假如有钱人都把家财藏起来，将士们只好抢劫贫民，而贫民哪有余钱？这就会惹怒那些拼死而来的将士，岂不血流成河？"

见谯夫人不解，谯周又说："假如他们闯入这座府第而一无所获，这一家老小，哪个能活下去？"

谯夫人顿时明白过来，也不再说。

黄皓藏好了家财，开始揣度邓艾的喜好。很明显，刘禅这棵大树是靠不住了，被伐倒只是早晚而已。他必须靠上邓艾这棵大树，才能立于不败之地。

此时，他立于窗前，望着这一场悄然而来的春雨。雨水从檐口滴落，溅起的一层水雾，如一个即将揭开的谜底。

他很快有了主意，邓艾据绵竹许久，竟疑而不进，或许是不知成都虚实，不敢轻易来攻？

一定是！黄皓立刻叫来黄贵，让他赶紧去叫王静。待黄贵去了，黄皓给邓艾写了一封信，把成都布防及文武百官的种种情态，都写进信里。

待王静来时，信已写好。

黄皓把信交给王静说："蜀汉亡在早晚之间，你我都该给自己找一条退路。"

王静忙说："黄常侍所说极是！"

黄皓有些自嘲地笑了笑说："自古以来，卖主求荣，是我们这种人的秉性，谁让我们是宦官呢？一个早早被阉割的人，指望他死忠，岂不是笑话！那种为国捐躯的傻事，还是留给那些身子健全的文武大臣吧。"

这话竟说得王静流下泪来。黄皓也不再说，叫黄贵随王静一起去绵竹，把这封信面呈邓艾。

二人乘夜出城，快马加鞭，驰向绵竹。

翌日上午，二人来到绵竹城下，说是蜀汉皇帝派来的使节，要面见邓艾。

守卒不敢主张，赶紧报与邓艾。邓艾已经明白，笑着对邓忠说："时机来了，赶紧传令诸将，各自点起部属，准备随我去攻成都。"

待邓忠领命而去，邓艾才让王静、黄贵入见。二人叩拜之后，立即献上黄皓的密信。

邓艾阅罢，已知成都风雨飘摇，人人厌战，文武百官多有迎降之意。

邓艾挥兵而来的消息很快传到成都，偷一时之安的刘禅，赶紧传下口谕，令群臣入宫。

最先来的还是谯周、陈寿。刘禅坐在御案后一言不发，一直盯着那道百官上殿的大门。时间一点点过去，终于又有人来了，是太子刘璿、北地王刘谌、尚书郎李密、黄门侍郎李骧、骠骑将军麾下司马何渠以及驸马都尉邓良、大司农张绍。

刘禅仍不出声，依旧望着那里，但不再有人进来。

谯周忽觉不忍，朝刘禅叩拜说："陛下，不会有人来了，文武百官都忙着给自己找出路，有人已经去了新都，等着给邓艾献降了。"

刘禅再也绷不住，忽然哭了起来，哭声在空旷的朝堂上回荡，格外无助，格外凄凉。

陈寿正要去丹墀下跪奏，却被谯周一把拉住，近乎呵斥地说："退下！"

陈寿大惑不解，有些愠怒地盯着谯周。

谯周不管他，又向刘禅说："陛下，邓艾已至广汉，不可再犹豫了。既然人心俱失，军心已散，只有举城献降了。若再迟疑，待邓艾攻破成都，恐怕瓦石不全！"

陈寿并不知道，谯周的本意是不让他背负劝刘禅投降的千古骂名；他却理解为谯周担心他坚持一战而降，错过了时机。

刘禅的哭声终于停了，下了平生最后一道口谕——命张绍驰往剑门，令姜维放弃抵抗，向钟会投降；令驸马都尉邓良奉玺绶，往广汉向邓艾投降。

待二人领命而去，刘禅一挥手说："都散了吧。"

刘禅回到寝宫，多日不见的黄皓却已经候在这里。见了刘禅，草草叩拜说："若邓艾率将士入城，必入宫中搜罗。奴婢斗胆，请将皇后、皇妃、昭仪等藏去奴婢家中。待乱局定下来，奴婢再让她们回到陛下身边来。"

刘禅一听，以为在理，并让黄皓把宫中的珍宝也带些过去。黄皓也不多说，赶紧领上早已惶恐不安的张皇后、颜皇妃、李昭仪等，乘夜出宫，去黄皓府上避险。

黄皓将她们安顿下来，带上宫中的钱财，驾车出城，见邓艾去了。

第十一章　还乡

一

邓艾来到成都，却不急着进城。他担心，如果钟会恨他占据伐蜀头功，一定会罗织罪名，指控他欲学公孙述、刘备，据成都而自立，或将他反围成都。而钟会有十万之众，加上已经投降的姜维部属，至少不下十五万。而他手上的兵力不足三万，岂是对手。最重要的是，他确实有做刘备第二的想法。这大约就是做贼心虚吧。

因此邓艾只派了几个心腹入城，去拜会蜀汉旧将，欲将十万汉兵收编到自己麾下，若能得逞，那就不必担心钟会了。

但蜀汉将士的部属基本已经溃散，能够收编的人不足一万。

邓艾依然驻兵城下，不敢入城，不知不觉，已是冬季。而钟会却屯兵绵阳，也不来成都，其用心，更让他猜不透。

没想到，这个冬天实在太冷，雪一直下个不停，到处冰冻三尺。因为餐食和取暖，郊外的草木已被将士们伐尽，不堪寒苦的魏军，已经人人生怨。

邓艾不能再拖，也不管那么多，传话进去，明日大军进城。

这一天终于来了，刘禅没想到，那些早已不知去向的文武百官都不约而至，比他来得更早，已经在城门内外跪成一片。而他更没想到的是，给邓艾牵马坠镫的竟是黄皓。

黄皓把邓艾引到刘禅面前，指着刘禅说："这是刘禅。"

邓艾看着刘禅，冷声冷气地问："见了本将，何不跪下？"

刘禅一怔，正要跪下，谯周一步抢过来，怒视邓艾，喝道："不得无礼！"

邓艾一怔，盯着谯周问："你是何人？"

黄皓忙道："这家伙叫谯周，是刘禅的大夫！"

邓艾点了点头说："久闻其名，是谯大夫主降的？"

谯周摇了摇头说："无力相抗，迫不得已而已！"

邓艾哈哈大笑，朝前信马而走，看向每一个跪地迎降的人。他想找到陈寿，但他看完了最后一人，也不见陈寿，似乎反而松过一口气来。

黄皓直接把邓艾领去了蜀汉皇宫，到了刘禅的寝宫前，才请邓艾下马。黄皓特意令王静为首的宦官们，把那些年轻有姿色的宫女留下。待邓艾进了寝宫，赶紧令王静将宫女们都叫来，供邓艾选用。

此时，邓艾毫无心情，一一呵退，只让邓忠传令诸将约束部属，不得抢掠，全部枕戈待旦，以防万一。

黄皓本想把那些躲在自己府上的刘禅后妃献给邓艾，见了这阵势，只好暂时忍住。

第二天，邓艾便接到钟会的书信，祝贺他攻占成都，并说已经报与司马昭，为邓艾请功。同时表示，自己将驻守绵阳，以防外乱。最后让邓艾安心候旨，以待朝廷之命。

邓艾这才放下心来，知道将士们早已迫不及待，于是发下将令，声称放假三天。

都知道这个命令的含意，早就按捺不住的将士们倾巢出动，首先看准的，便是那些高门大户。

邓艾却列了几个不准骚扰的人户出来，第一个是陈寿家，然后是谯周等人家。

陈寿没去迎降，仍然关在书房里读书，似乎这天翻地覆的一切与自己毫无关系。李密、李骧、何渠也没去，都到陈寿这里来了。陈寿叫苏嫂备下酒肴，就在书房里饮用。

几个人一言不发，喝了几盏闷酒。还是何渠忍不住，问陈寿道："事到如今，承祚兄有何打算？"

陈寿浅浅一笑说："人为刀俎，我为鱼肉，哪里谈得上打算。"

李密叹息一声说："待乱局稳定，我便奉祖母还乡，安心尽孝。"

李骧却痛心疾首地说："可惜我等位卑职低，空见大厦毁于一旦，而无能为力！"

何渠也说："我本有决死之心，奈何仅是个小小的司马，想拼却这身皮囊，却无处着力！"

眼看天色向晚，何渠的书童何琴匆匆进来说："少爷，老爷已经带上家人、细软去了西山，特意派人来说，让少爷也去西山！"

何渠哪里肯去，叫何琴赶紧离开。但何琴的话却提醒了陈寿，立刻把陈棋叫来，让他去找那个渔翁，将那条渔船租下来，把柳绵和柿儿送出城去。

日暮时分，陈棋又来禀报："少夫人、小少爷和竹儿已经上了船，马上就要走了。叫我来禀报少爷，说特意留了二十万钱，供乱兵抢劫。"

陈寿叫陈棋也去，好好照顾柳绵母子，不要担心自己。

李密、李骧、何渠也一并告辞，都有些伤感，不知此时一别，是否后会有期。陈寿把几个同窗送了一程，直至城门下才依依告别。

他们三人都住在子城里，唯有陈寿住在大城内。陈寿回到家里，把苏嫂和奶妈叫来，除了工钱，每人给了她们五万钱，让她们赶紧离开。二人只收了工钱，其余都不肯接。陈寿却说："拿上吧，你们不要，也会落入乱兵手里。"

二人接过，哭哭啼啼告辞。陈寿一再告谢，把她们送到大门外。苏嫂却说："少爷，你也躲一躲吧。"

陈寿笑道："我也算是蜀汉的旧臣，哪里躲得了。"

待二人离去，陈寿仍去书房，虽然把书捧在手里，却哪里读得下去。

没想到快二更时，陈棋却回来了。陈寿一紧，忙问："柳绵和柿儿呢？"

陈棋说："那个渔翁是个好人，正好他有个妹妹嫁在郫县乡下，他就把渔船撑到了妹妹家里，把少夫人、小少爷安顿在那里。他妹妹、妹夫听说是少爷的家室，又惊又喜，说当年要不是少爷出面，恐怕要等到猴年马月才买得到盐！"

陈寿顿时放下心来，没想到还有这份善缘。

陈棋又说："少夫人知道，少爷一定会让苏嫂和奶妈离开，担心少爷做不来饭，叫我随渔夫回来照顾。"

陈寿叫他早点歇息，明天出去打探消息。

翌日一早，陈棋笨手笨脚熬了一钵粥，草草吃过，便照陈寿的吩咐，出去探问城里的消息。

不到半个时辰，陈棋匆匆回来说："邓艾住进了皇宫，黄皓成了邓艾的奴仆；刘禅被赶进了安定王刘瑶的府上；北地王刘谌杀死妻儿，然后自尽于宗庙。"

陈寿立刻想起了谯周，叫陈棋再去那里看看。傍晚时分，陈棋才回来，带来了谯周的一封短信。读了这封信，陈寿才明白，那天朝堂上，谯周把他呵斥住，不让他说话，原来是怕他话一出口，会落下一个劝刘禅投降的骂名！

他当时竟没想到！是啊，他已经有了不孝的骂名，要是加上个不忠，恐怕普天之下都无立足之地了。

他忍不住哭了，这是这些天来唯一的温暖。

翌日，陈棋出去不到一顿饭的工夫，又气喘吁吁跑了回来，结结巴巴地说："少爷，不得了啦，魏军……魏军满城抢掠，已经……已经弄得鸡飞狗跳了！"

陈寿当然知道会有这一天，只是没想到来得有些迟。陈棋说完，赶紧跑出去，把大门闩上，正要回内院。陈寿也到大门口，指着门闩说："赶紧取了，把门打开！"

陈棋却不动，只眼巴巴望着陈寿。陈寿冷笑说："重重关隘，巍巍坚城都挡不住，何况一条小小的门闩！"

陈棋心里一惊，若有所悟，赶紧把门打开。陈寿回到书房，心里似乎平静下来，书也读得进去了。陈棋却进进出出，坐立不安。陈寿看着他说："你要是怕，就走吧，不用管我！"

陈棋脖子一梗说："少爷千金之体都不怕，我一个下人，有啥可怕的！"

陈寿一笑说："那你要是不怕，再出去打听打听。"

陈棋又出去了，转眼之间，又跑了回来，嘴里直呼："少爷，快出去看！"

不容分说，陈棋把陈寿拉到院门口，指着门上贴的一张布告说："你看！"

布告上仅有一行字，写着"此宅不可入，违令者斩"，下面是邓艾的印信。

陈寿看了一阵说："没事了，放心吧。"

陈棋却望着陈寿问："那我还出去打听不？"

陈寿想了想，叫他去恩师那里看看，门上是否也有同样的告示。

傍晚时分，陈棋才回来，带回了一连串消息。首先是谯周的大门上也有一张完全相同的告示；其次是陈祗、张绍、王深等，包括驸马都尉邓良，家里都闯去了乱兵，但没搜到任何值钱的东西，乱兵们气不过，把一家老小都吊起来打，直到打得他们吐出了钱在哪里，就押着他们去取钱；还有好些要钱不要命的，都被杀了个干干净净；最后是黄皓，那狗贼竟然把刘禅所有的后妃，都献给了邓艾。

听了这些话，陈寿一言不发，回书房去了。

二

第二天一早，陈棋睡得正香，陈寿走了进来，将他叫醒，说赶紧收拾做饭，吃了随自己出去一趟。

陈棋爬起来，依旧熬了一钵粥，就着些咸菜吃了。陈寿便叫他推上车，随自己去东观走一趟。

昨夜，陈寿躺在榻上，忽然想起了东观那些起居录和各种实录，不如看看，要是有可能，干脆运些回来，说不定将来用得上。

二人来到子城，城门虽然开了，不禁出入，但必须排队接受盘问并搜身。轮到陈寿时，他还没开口，陈棋却抢上去说："这是卫将军主簿陈承祚，邓将军专门贴了告示，任何人不得骚扰！"

几个守城士卒似乎很买账，竟然不搜身就让他们进去了。陈棋有些得意地说："少爷，小人也算有见识吧。"

一路行来，街衢上已经一派井然，看不出任何劫掠的痕迹。一些铺面已经开张，还有些零星的叫卖声。成都似乎已经从惊恐不安中走了出来，恢复常态了。

一路畅行无阻，眼看快到东观了。但陈寿很快看出了某种异常，便往一侧的街巷里去，往那边张望。陈寿万没想到，东观那道与街衢相隔的高墙已被推倒，满院都是进进出出的士卒！

那些典籍，包括起居录、实录之类，一定荡然无存了。愣了一阵，陈寿只好转身往回走。

陈棋担心少爷吃不惯自己做的饭菜，买了熟肉，想让他好好吃一顿。

回到家里，陈寿吩咐陈棋赶紧去见渔翁，把郫县乡下的柳绵他们接回来。

陈棋和渔翁驾舟离去后，陈寿一直立在那棵老柳下，望那条悠悠的水路，等他们回来。直到夕阳把浣花溪彻底染红，那条渔船终于回来了。他极力忍住，不让自己的泪水流出来。

乱后重逢，柳绵、竹儿泪如雨下。陈寿一把抱起柿儿，笑问："陈絮，怕不怕？"

柿儿一本正经地说："男子汉大夫，有啥可怕的！"

这话把柳绵和竹儿也惹笑了。

因为有陈棋买回来的熟肉，加上竹儿和柳绵的手艺，这顿饭菜看上去简直不同凡响。

正要开饭，陈寿忽记起那个渔翁，赶紧叫停，亲自出门，过石桥，到那座茅屋里，好说歹说，把他请来。几杯酒下去，渔翁也不再拘谨，话也多了起来。

陈寿问道："依老伯看来，这蜀汉覆灭，原因到底何在？"

渔翁伸两个粗粝的指头说："也就两个字，天意。"

虽然到酒饭结束，直到渔翁告辞，陈寿坚持将他送过那座石桥，渔翁也没能说清，到底何为天意，但陈寿已经明白，这一场兴和亡，在百姓那里，一定有他们的说法。虽然那些说法永远也登不了大雅之堂，但不能说他们的话毫无道理。

是啊，兴与亡，仅仅两个字，但隐藏的原因或许千年万年、世世代代，都看不清、说不尽。

这是一个乱世中温柔的夜晚，他和柳绵都刻意地把最纯真的温存给予对方。

早饭刚过，陈棋便问："少爷，小人还出去打听消息不？"

陈寿不假思索地说："去，当然要去。"

待陈棋出门，他忽然有了疑虑，既然大势已去，自己何故还留在成都？他回答不了这个问题，也不想与任何人商讨，顾自回到书房，闭门读书。

正午时分，陈棋一头大汗闯入书房，忙不迭说："少爷，出大事了！"

陈寿一惊，赶紧放下书，叫他不忙，先喝口水，慢慢说来。陈棋有些迟疑，不敢去拿陈寿的茶盏，一溜烟出去，到厨房喝了半瓢冷水，又到书房，一边抹汗一边说了起来。

早天夜里，钟会的人忽然来到成都，直奔皇宫，把正与刘禅的后妃淫乐的邓艾和他的儿子邓忠拿下，罪名是欲凭西蜀之富，自立为王。关键是，钟会利用的是对邓艾极尽巴结的黄皓。黄皓早就悄悄把邓艾卖了，邓艾却毫无觉察。那些刘禅的后妃，也是黄皓受钟会的指使献给邓艾的，就是要他耽于美色，好拿他下手。

这个消息使陈寿惊愕万分。邓艾如此精明，如此善察，竟然也被女色误了。看来，刘禅也罢，邓艾也罢，或者所有的圣人君子也罢，只要沾上这个色字，就会变得荒唐，变得愚蠢，变得不可理喻，并且没有回头路。

此时，陈寿顿时明白，他之所以留在成都，正是因为邓艾。通过绵竹与邓艾初会，到那张特意关照的手令，他当然明白，他与邓艾其实已惺惺相惜。

作为一个不分五谷的读书人，除了入仕为官，没有第二条路。陈寿自知不是蜀汉的重臣，对于刘禅，对于他的蜀汉，他无足轻重，可有可无。从这一点上说，蜀汉的兴亡，与他并无多少关系，或者根本没有关系。刘禅的国破了，但他仍在苟活，没有任何必要去为他的国殉葬。这是陈寿早已想清楚了的，因此，他其实已经做好被邓艾起用的准备。

但邓艾忽然沦为阶下囚，那些可怜的指望，是不是会就此落空？

午饭后，陈寿命陈棋依旧出去打听。正在他心神不宁时，谯周的家仆谯四匆匆走来说："一队魏军忽然闯入谯府，不容分说，把老爷带走了。老爷被押出门时暗示，叫赶紧来这里说一声，最好躲起来。"

谯四说完，转身便走，说还要去打探老爷的消息。陈寿立即明白，一定因为邓艾那张优待的手令！

手令还贴在门上，来不及多想，赶紧撕下来。

此时，陈寿已经有足够的勇气面对所有的变故，但却担心累及柳绵、柿儿和竹儿。成都再次易主，可能会出现意想不到的大乱，必须让他们离开！

偏偏陈棋又出去了，陈寿只好亲自出面去求渔翁，还是去他妹妹家避一避。到溪边一看，那条渔船并未泊在那里。看来人家打鱼去了，但他并不甘心，依旧去了那座小茅房。

那道柴门并未上锁，只在门扣之间拴了一截草绳；那条靠在茅檐的竹竿上，晾着一张等待缝补的渔网，那些破洞，像一个个永远不会愈合的伤口。

他只好回来，立在那棵老柳下，望着那条似乎永无尽头的水路，希望那条渔船能像一个奇迹，尽快朝自己划来。

他先等回来的是陈棋。陈棋不知道谯周家的事，以为少爷在等他回来，于是急吼吼地说了他的所见所闻。

陈棋一到子城，就觉得有些不寻常，首先是换了门卒。原先那几个，他因每天进出，早跟他们混熟了。新换的门卒不仅多出一倍，而且都是北方口音。搜身也比以前严格，不漏过任何一个地方。排在陈棋前面的是个三十岁左右的妇人，被门卒拦住搜身，搜到她腰下时，妇人红着脸说："我不进城了。"门卒却不让她走，只说："不管你进不进，都必须搜。"

妇人没能躲过门卒的手，门卒们搜得格外仔细，并且都上去搜。最让陈棋愤愤的，并不是那几个门卒，而是排在他身后的几个男人，他们的兴奋似乎远在门卒之上。

陈棋趁没有人注意自己溜进了城门。走了一阵，见许多男女老少都往北门那边走，又觉得不寻常，便拉住一个六十岁上下的老人问。老人告诉他："听说，今天下午就要把邓艾父子押去洛阳了，都去那边看呢。"

陈棋也跟着往北门去了。远远望见，那里早已人山人海，吵得人两耳嗡嗡地响。正走着，忽听锣声响起，回头一望，一队士卒凶巴巴过来，前面是两条壮汉，一人打锣，一人拿着一条鞭子，有人躲闪不及，鞭子就飞到了身上，打出声声惨叫。转瞬之间，便让出一条道来。这才看清，上百个手持长矛的士卒，押着两乘槛车，车里是两个披头散发、血肉模糊的男人，都被一条铁链锁在栅栏上。

陈棋明白，这一定是邓艾父子。只见街边的人指着二人破口大骂，骂声中，鸡蛋、白菜帮子胡乱飞去，都往他们头上乱砸。

　　槛车经过陈棋面前时，邓艾父子头上、身上都是蛋液、蛋壳和菜叶子，槛车里已经堆起厚厚一层。估计还没出城门，两乘槛车都会堆满。

　　在鸡蛋、菜帮子的飞舞之中，槛车终于出了城门，但来这里的人并不散去，还在大骂，似乎有人替他们报了血海深仇。

　　陈寿听了这些，心里很不是滋味。邓艾破蜀，于曹魏或者司马昭而言，可谓厥功甚伟。没想到，昨日的英雄，竟一夜间成了阶下囚！

　　但他首先要做的，是把妻儿和竹儿送出去。那条水路除了几只来来往往的水鸟，不见片帆。

　　他只好把陈棋留在这里，赶紧去交代柳绵和竹儿，收拾收拾，带上些钱，准备再去郫县。

　　眼看日落西山，不见陈棋进来回话。陈寿焦急不堪，但却不敢出去看，似乎不敢面对。天已经黑了，渔翁从来没有如此晚归，想必也走了，不会回来了？

　　正疑惑间，陈棋终于垂头丧气地进来。不用问，一定没有等到那只归舟。陈棋只问："还等不等？"

　　陈寿忽然觉得，这可能是平生以来最难以回答的问题。就在他犹疑不决时，谯四踏着一地月色进来，见陈寿恰好站在院子里，便说："老爷回来了，说是钟会进了成都，请老爷去说话，还摆了酒宴。"

　　陈寿缓过一口气来。

　　谯四又说："钟会请老爷推举西蜀人才，老爷首先把自己的弟子写下来，第一个就是承祚少爷。老爷叫我赶紧过来说一声，不用躲藏，耐心等候。"

　　谯四说完这话，一揖告辞。

　　陈寿心里似乎吹入了一缕春风，暖洋洋一片，朝陈棋一挥手说："快去，帮竹儿做晚饭，温一壶酒！"

三

　　翌日，陈棋依旧出去打听，陈寿带着一丝指望，仍在书房里读书。但陈棋这一去，直到正午仍不见回来。

竹儿去门外望了几次不见人影，担心饭菜凉了，就来请陈寿吃饭。

陈寿问："陈棋回来了？"

竹儿说："还没见影呢。"

陈寿又把那卷已经放下的书拿起说："不忙，再等一等。"

竹儿只好出去，又到院门去望。眼看近一个时辰过去，竹儿又过来说："还是不见影子，小少爷饿了，是不是先吃了？"

陈寿只好答应，随后去了饭堂。这顿饭吃得有些寡味，虽然嘴上都不说，但心里都有些慌乱，生怕陈棋遇到什么意外。

整个下午，陈寿虽然捧着那卷书，却一个字也读不进去。他心里十分后悔，也格外自责。是他让陈棋一再出去打探消息的，要是陈棋有个三长两短，他可能一辈子都不会安心。

柳绵、竹儿带上柿儿，一直在庭院里捉蝴蝶，但陈寿知道，她们也在等陈棋。

直到日暮时分，陈棋才急惶惶进来，一家人总算松了一口气。陈棋见陈寿已经出了书房，叫了一声少爷，就要禀报；陈寿忙说："先去吃饭，人间万事，吃饭第一！"

陈棋却说："吃了几个饼，不饿。"

而陈棋带回的消息却使陈寿目瞪口呆！

奉钟会之命，忽来成都抓捕邓艾父子的，是随钟会伐蜀的卫将军卫瓘。先一日夜间，卫瓘率两万精甲潜至成都，将邓艾布置在驷马桥外的部属一举拿下，部属们知道不妙，都答应受卫瓘节制。卫瓘选了几个邓艾的旧部夹杂在自己的亲信里，到城下，说有事需入城禀报邓艾。守城兵卒毫不怀疑，把门打开，放他们进来。卫瓘不动一刀一枪就拿下了邓艾父子。而把邓艾父子五花大绑的，正是曾对他们俯首帖耳的黄皓、王静等人。

卫瓘又到城门，把守城的士卒都换成了自己的亲信。半夜时分，卫瓘举二万余众自北门入城，悄无声息地扑向邓艾设在城里的军营，依然不动一刀一枪接管下来。所以出了这么大的事，成都一直没乱。

陈棋接着告诉陈寿，邓艾父子被押到绵竹境内时，忽然闯出一伙强人，把邓艾父子杀死，抛尸荒野。坊间都说是流亡的蜀汉将士干的。钟会已经派快马往洛阳，报告司马昭。

陈寿心里一凛，忽然怒吼起来："一定是钟会，绝对是他！"

他隐隐感到，钟会才是那个要凭西蜀自立为王的家伙！

邓艾父子死于非命，他毫无幸灾乐祸的喜悦，只有一丝不甚明了的悲哀。

这一夜，陈寿什么都想了，但又似乎什么都没想，心里一片空茫，几乎不曾合眼。

早晨，在饭堂里等陈寿的柳绵，见走进门来的他两眼通红，满脸憔悴，心里更加不安。早饭后，柳绵劝说："反正也没什么事，不如去义父那里走走。"

陈寿已经没有任何访友集会的热情，只想一个人独处，当然不去。

在惶惶不安中，日子已经过了炎夏，又一个清凉如水的秋天来了。这些日子，陈棋再没有带回任何令人惊心的消息，都是些无关紧要的小事。成都似乎已经彻底回到了浮生红尘的寻常日子。

虽然别无生计，坐吃山空，但陈寿还是没有回安汉的打算。谯四那天传来的话，像一粒种子，正悄悄发芽。他决定等，等钟会起用。

这天下午，陈棋一脸兴奋地进来，老远就喊："少爷，出大事了！"

陈棋闯进了书房，说得眉飞色舞。

作为降将，姜维始终跟在钟会身后，不仅如影随形，还言听计从。渐渐地，姜维吃准了钟会的用心，就劝他学刘备，在成都自立称帝。钟会虽早有此心，却担心随自己征战的北方将士，一直不敢。姜维献计："不如召北方诸将议事，藏好刀斧手，尽数杀了，再派心腹接管各部。"

钟会便依姜维之意，命诸将去刘禅的皇宫议事。诸将不知是计，全都去了。只有卫瓘没去。卫瓘拿下成都之后，主动提出率部镇守城外。因正中钟会下怀，钟会一口答应。

其实，姜维早与刘璿密谋，伺机除钟会，意图复国。

万没想到，诸将入宫后，钟会还没动手，姜维忽然大喊："钟会要杀尽北方诸将，于成都称帝，四面都是刀斧手！"

两边立刻动起手来。卫瓘也接到了钟会的命令，立刻明白了钟会的意思，赶紧点起部属闯入城来，把钟会、姜维、北方诸将以及率众来杀钟会的刘璿，全部围困在皇宫里。

待皇宫无声无息，卫瓘才进去。那座大殿上全是尸体，除了奄奄一息的钟会和姜维，北方诸将及刀斧手全部死了。不等钟会出声，卫瓘抢上去，不仅杀了钟会、姜维，也杀了刘璿。

卫瓘立刻接管了钟会的部属，成都已经落到卫瓘手里了。

这个惊天动地的消息，使陈寿忽然明白，刘禅真是一只蝉，邓艾是捕蝉的螳螂，钟会是螳螂后的黄雀，至于卫瓘，则是躲在黄雀后的一支暗箭。

若这支暗箭听命于卫瓘自己，那么，最终得西蜀而自立的是卫瓘；如果这支暗箭是司马昭布的局，那么司马昭一定会踢开曹奂那个傀儡皇帝，如曹丕当年踢开汉献帝一样，坐上皇帝宝座。

事到如今，该何去何从？陈寿顿时坠入新的迷茫中，不知所措。

又过了几天，陈棋回来说："黄皓请卫瓘去皇宫居住，卫瓘不去，去了蜀郡太守的官邸。"

陈寿顿时明白，那支暗箭是司马昭操控的。这倒使他安下心来，成都经历的变故，或者已经到头，至少短时间内不会再出大事。那么他们也不必离开，再等一等、看一看吧。

陈棋又说起了黄皓，黄皓把那些侍候过邓艾，也侍候过钟会的刘禅的后妃全部带去太守官邸，献给卫瓘。卫瓘看了半天，只留下张皇后，其余都赏给几个心腹了。

黄皓心里没底，怕被卫瓘冷落，想来想去，以为卫瓘不怎么好色，但一定会爱财。于是这家伙最终决定，把所有的血本都赔上，把自己藏的金银财宝全部起出来，送到官邸里去。卫瓘欣喜若狂，请黄皓饮宴。黄皓摇身一变，又成了卫瓘的红人。

陈寿听了此话，那点可怜的指望，彻底飘散如烟。

正在去留之间徘徊不定时，谯四又过来说："卫瓘把老爷请了去，同样设宴款待，并请老爷推举人才。老爷依然把你陈承祚写在了第一位！"

那缕飘散的指望又回来了。那就不用多想，还是留下来，耐心等待吧。

四

之后的时日，陈棋仍然每日出去打探消息。

首先是关于刘禅的，说是洛阳的魏皇有旨，封其为安乐公，将其安置于洛阳。关于黄皓，说这家伙差不多已经操控了卫瓘，事事都能做主。说卫瓘不是不好色，而是一眼就看中了张皇后。张皇后虽然年过四十，但风韵犹存。刘禅冷了她这么多年，简直就是一堆干柴，恰好碰上了卫瓘这把火，二人一拍即合。

陈寿的心又悬了起来，没想到换了几拨人，蜀中还是黄皓当道。

眼看秋日将尽，成都一日冷似一日，陈棋终于带回了蜀汉旧臣被起用的消息。首先是谯周，不仅如在蜀汉一样，仍是光禄大夫，还获封关内侯。同时接到诏书的，还有刘瑶、张绍、邓良等，共三十余人，并且皆为列侯。

陈寿知道，这些人都是蜀汉的重臣，他们放弃抵抗，可能于蜀汉是罪臣，但对于曹魏来说，却是功臣。

第二天，陈棋又带回第二批获曹魏起用的蜀汉官员的消息，主要包括刺史、太守、各类将军、校尉等，年俸都在一千石以上，其中就有罗宪、费承。

陈寿依然不急不慌，以为下一批应该是年俸六百石以上的了。他是卫将军主簿，恰在六百石这个坎儿上。

果然，下一批真是六百石以上至一千石以下的官员，名单一长串，陈棋记不了那么多，但记住了李密、李骧、何渠这三个熟悉的人。

见陈棋没说有自己，陈寿心里已经七上八下，只好问他："除了你认得的李密、李骧、何渠这三人，还有认得的吗？"

陈棋摇了摇头，明显有些茫然。陈寿忽想，六百石以上含六百石，到一千石以下，这种官员最多，至少不下四五百人，应该不止这些，便叫陈棋明天再去打听。

陈棋却说："小人都问清了，这是最后一批，没有了。"

陈寿顿时浑身一凉，看了看陈棋，说不出话来。陈棋犹豫一阵，又说："洛阳传来圣旨，让凡是在任用名单内的官员，都随安乐公刘禅一起，三日内启程，到洛阳去。"

　　陈寿有些吃力地点了点头，意思是知道了，让陈棋出去。陈棋却仍然站在那里不走，时不时瞅一眼陈寿。陈寿只好问他："还有话说？"

　　陈棋咬了咬牙说："小人听见一个消息，不敢给少爷说。"

　　陈寿冷笑道："说吧，没有啥不能说的。"

　　陈棋吞吞吐吐地说："是这样，说谯老爷写给卫瓘的那份名单里，根本没有少爷。还说，只要写上去的，都被起用了。"

　　陈寿忽然狂怒不已，指着陈棋破口大骂："纯属放屁！谯周是我的恩师，能不把我写进名单里？"

　　陈棋从来没有见过陈寿如此愤怒，赶紧跪下说："小人也不信，一定是黄皓搞的鬼！"

　　陈寿指着门外吼道："滚，滚出去！"

　　陈棋惶惶去了，陈寿立刻将门关上，站在那里发呆。不一时，听见有人过来，不用问，一定是柳绵。柳绵在门外迟疑一阵，走了。

　　陈寿心里反复出现两个人的名字：谯周、黄皓。黄皓自不待言，他曾冒死闯宫，参了他一本，彼此早已不共戴天。谯周呢，虽是他的恩师，但他几乎读尽了圣贤书，教给弟子的，也是圣贤之说。那些圣贤之说里，忠孝是唯一的正统。他背上不孝的恶名，谯周虽然嘴上不说，心里未必认可。

　　如此说来，黄皓也好，谯周也好，阻止他被任用都合情合理。

　　此时，柿儿在外面又敲门又喊："爹，娘叫你吃饭了。"

　　他已经平静下来，将门拉开，抱起柿儿，直接到了饭堂。柳绵、陈棋、竹儿见陈寿似乎跟往常一样，都放下心来。

　　自从柳绵一行从郫县回来，陈寿决定，以后用餐不再分主仆，都在一起，反正也就这么几个人。

　　陈寿知道，他未获委任的消息，一定也被几个最要好的同窗知道了，他们一定会来这里安慰他。但他不愿跟任何人见面，不想听任何安慰的话。

　　于是他说："赶紧吃饭，吃完就收拾，马上回安汉！"

　　这饭吃得比以往任何时候都匆忙，陈寿撂下碗筷就说："除了书和剩下的钱，加上换洗的衣物，其余都不要了。"

说完这话，立刻出门到大城与子城之间的一家车马店租了几辆牛车，赶回小院时，已是傍晚。

二十多口箱子已经摆在院子里。竹儿却说："天黑了，能不能明天再走，主要怕小少爷受不了。"

陈寿不管，只叫装车。一阵忙下来，箱子分装在两辆平板车上。余下两辆轿车，陈寿和陈棋乘一辆，另一辆由竹儿陪柳绵和柿儿。

眼看要出发，陈棋忽问："这么大一座宅子，咋办？"

这话似乎提醒了陈寿，叫几个车夫把车走到大门外，自己去了厨房，把余下的柴草点燃。

在一派猝起的浓烟里，陈寿匆匆出来，坐进车里，说了一声走。几辆牛车一齐开动，扬起一片清脆的铃声。

天已完全黑定，背后已是一片冲天而起的火光。牛车在怒潮般的火光里行进，甩出一片杂乱的蹄声和仓皇的铃声。

陈寿哭了，哭得无声无息，肝肠寸断。他知道，柳绵也哭了，哭得比自己更加伤心。毕竟这座小院里，有他们的惊喜，有他们的缠绵，有那么多实实在在的日子。

但他想要烧毁的，不只是一座房子，或者根本不是一座房子。而是所有的悲欢，所有的毁誉，所有的指望与失望。

火光一路相随，在这条大城之外的官道上铺染出去，直到成都以外，直到黑夜过尽，直到家山可见，那场火还在烧，烧到山穷水尽，烧到柳暗花明。

当几辆牛车从那场火里走出来时，他似乎看见了一个新的陈寿，正在一片望不到头的花间微笑……

第十二章　花事

一

回到安汉好些日子之后，陈寿接到了何渠的来信，这才知道，何渠、李密都没去洛阳。李密早就说过，他要奉祖母回犍为武阳，报养育之恩。

照司马昭的意思，接到委任诏书三日内，必须随刘禅一起去洛阳。何渠赶紧回郫县，与家人作别。

乱兵虽然将何家洗劫一空，但标老早便藏了许多钱财和蜀锦，特意留下一半家财，供乱兵抢劫。安顿下来，立刻带上家人躲去了西山。不出所料，乱兵闯入何家，人人掳了个盆满钵满，不仅放过了这座豪宅，也放过了街坊邻居。

何渠回到家里，把得到委任的消息告诉父亲，说马上就要起程了。何标却当头给何渠泼了一瓢冷水，意思是，司马昭挟持幼主以令群臣，其野心已经昭然若揭。过不了多久，司马氏将会强夺皇位，可能又是血流成河。当此之时，何必去蹚这潭浑水。

何标不顾何渠一再恳求，将他留在了郫县，并以何渠的名义，替他上了一道《辞任表》。

何渠把父亲代自己拟的那份表原文录下，同时也把李密上的《陈情表》抄录下来，一并寄给了陈寿。最后，约陈寿择日再往郫县，或自己再来安汉，好好一聚。

两份奏表，读得陈寿泣不成声。尤其李密的《陈情表》，其情之真，其意之哀，简直不敢再读。

陈寿花了半天时间，给何渠写了一封长信，命陈棋立刻去投寄。

回到安汉，等于回到了某种崭新的日子。依靠他带回来的那一笔钱，那几片连在一起桑园已经栽上了果树，陈寿叫上陈书、陈棋、石三等，花了半天时间，把这片果园转了一遍。

回到家里时，本想去陈母那里问一问家里到底还剩多少钱，没想到陈母已把家里的一切都交给了柳绵。柳绵告诉他，那笔之前送回来的钱，差不多都花在了果树上，陈母一直省吃俭用，但也所剩无几。几个仆人的工钱也没结算，都说不忙，等过了这一关再说。要是把工钱结了，恐怕陈母他们已经揭不开锅了。

陈寿忙问柳绵："这次带回来的还剩多少钱？"

柳绵说："一路开销，加上租车费，只剩下十八万钱了。"

陈寿却笑道："不少了啊，先把工钱给人家结了！"

于是先把陈书和梅儿两口子叫来，把工钱塞给他们。又说："你两口子要是想另外开伙，只管随便，饭食钱另算。"

两口子不愿，只说大家在一起惯了，哪怕只是吃糠咽菜，也比另外开伙香。

陈棋、石三、竹儿都未成家，都说把工钱记在账上，等果子卖成钱了，再结不迟。陈寿死活不依，硬要他们收下。

工钱结了，手里只剩不到十七万钱，所有的指望都在那些果树上。必须要在十七万钱还没花完时，卖出第一笔钱。

自此以后，陈寿不顾劝阻，每天跟陈书、陈棋、石三等，去果园里除草、施肥，累个半死。

夜里，陈寿总是关在书房里，半夜不睡。都以为他在读书，其实他是在翻找父亲留下的酒方。

严格说来，陈家是从陈寿以上五代开始发达的。最初并不是靠丝织，而是靠酿酒。陈家的酒风味醇美，曾被列为贡酒。也正因为此，引起了同行的忌妒，悄悄往陈家的酒窖里放了许多蜈蚣。酒卖了出去，不仅很多人中毒，还出了人命。这一来，破产不可避免。陈家痛定思痛，决定抛弃酿酒，开始种桑养蚕。到了陈寿曾祖那一代，丝房、织坊也开了起来。但那些祖上的酒方并未销毁，一代代传了下来。

父亲丢官回乡那些年，陈寿曾亲眼见他找出酒方，自酿自饮，那缕酒香至今还在鼻尖缠绕。

但父亲留下书籍和手稿实在太多，他花了十多个晚上都没找到酒方。难道父亲临终前，把酒方烧了？

他不甘心，依旧翻找。

直到果园里开出一片无边无际的花，陈寿才在一个毫不起眼的茶盒里找到了酒方。

那是父亲的茶盒，还剩半盒茶。茶叶早已老了，还生了霉。酒方就在茶叶底下，被绸布包了一层又一层。幸好陈寿曾吩咐过仆人，凡是父亲留下的任何东西，哪怕是一张废纸都不准动。否则，这酒方一定会因为茶叶生了霉，被他们一起倒掉。

他如获至宝，将酒方展开，如饥似渴地读起来。包括如何制酒曲，如何选料、备料，如何发酵，如何取酒，如何建作坊，等等，都写在上面。

不出所料，陈家的酒是用各种果子酿出来的！这是祖先留给他们的生路啊！陈寿生怕得而复失，读了几遍，一字不漏地记了下来。

他把那些已经倒在地上的茶叶收起来，去尽霉灰，把酒方仍旧包好，还放在茶叶底下。

岁时匆匆，几度花开花落，那些果树终于挂果了，并在所有人的期盼里渐渐成熟。陈寿却叫人把果子都摇下来，埋入每一棵果树下。

陈书、陈棋、石三等不解，也不动手。陈寿自己去摇，摇得果子乱坠。几个仆人赶紧去找柳绵，柳绵却说："你们不用管，都听他的。"

陈寿早已告诉柳绵，要把第一次成熟的果子都摇下来，用作每棵果树的肥料。这是酒方上写的，第一次成熟的果子又苦又涩，既不能卖钱，也不能酿酒，否则，一出手就先砸了锅。因此陈寿只让柳绵用钱精打细算，争取能够拖到酒熟。

柳绵总是说："你放心，按你的想法去做，家里的日子不用你管。"

但没过多久，陈母病了，一直咳嗽不止，必须问诊吃药，家里又多了一笔开销。

眼见手里的钱越来越少，而等到那些果树再一次挂果，到酒酿出来，至少还需一年。柳绵心里越来越慌，只好取出母亲给的那块玉佩，悄悄当了出去。

就在这些日子里，洛阳相继发生变故，先是司马昭病死，其子司马炎接任丞相领大将军。过了不久，司马炎终于把那个傀儡皇帝废了，自己登上宝座，改国号为晋。

此时的陈寿已经心如死水，这些关系天下格局的大事，竟未在他心里激起一丝波澜。

何渠的又一封来信告诉他，李密回犍为武阳不久，他的祖母就病逝了。司马炎登基后，诏书屡下，李密被逼不过，已经去洛阳了。

这个消息，还是唤醒了陈寿心底的一丝隐痛。但他知道，不能徒增烦恼，必须把自己真正安放在晴耕雨读的日子里……

在清苦、贫乏中熬过一天又一天，终于熬到了第二茬果子成熟。陈寿叫陈书去请了几十个短工，要把最先成熟的枇杷摘下来。

远远近近的果贩子听见消息，纷纷跑来，要买走这上万斤枇杷。陈棋抢在陈寿前头说："不好意思，不卖！"

去年冬天，陈寿就照着酒方，把后院及那一栋粮仓腾出来，花了整整一个季节，改成了酒坊，并把那些封了多年的酒窖打开，精心修补，反复清洗。陈寿听父亲说过，后院曾是陈家的酒坊，因不酿酒了，才改成了住宅。

作为酒坊改造的参与者，陈棋等当然明白，少爷要用那些果子酿酒。

一直暗中关注陈寿一家的柳云，听说陈寿要用果子酿酒，忍不住大骂："这才是个败家子，当不成官也就算了，毁了那么大一片桑园，种果树也算了！果子熟了，人家主动上门去买，他居然不卖！还当自己是那个饭来张口、衣来伸手的少爷！"

柳云心疼的是自己的女儿絮儿，虽然至今还不往来，但毕竟是亲生骨肉。自陈寿夫妇还乡，柳云两口子其实眼巴巴等他们上门来，只要叫上一声爹妈，一切恩怨也就算了。但直到今天，都不见他们来，实在可恨至极！

其实，柳绵刚回来就打算去见父母，但陈寿不准，说嫌贫爱富是人的秉性，如今陈家落到这个地步，若去，少不了要受一顿奚落，等日子好转了再去不迟。

果子一茬又一茬成熟，陈寿都酿成了酒，装满了祖宗留下的酒窖。收完最后一批蜜橘并酿成酒，陈寿装了一罐又一罐，分寄何渠、李密等各地友朋。到春暖花开时，不仅收到所有朋友极赞此酒的来信，也有了登门求购的人。很快，一个成都的酒商找上门来，把余下的几万斤酒全买了，主动开了个令陈寿惊讶的价。临行时下了个订单，说这酒无论多少，自己全要了。

陈寿明白，这个成都来的酒商，一定与自己寄赠何渠的那壶酒有关。随后各地酒商纷至沓来，陈寿只好一一谢绝。

酒已被那个成都酒商全部运走，陈寿带上两坛特意留下的酒，带着柳绵、柿儿，去拜见柳云夫妇。

陈寿酿出的几万斤酒，不到一月全部卖光，获利数百万钱，早已传得沸沸扬扬。柳云夫妇也自然听见了，对陈寿的不屑与怨气，也随传言烟消云散。听见陈寿夫妇带着外孙来了，两口子早早候在院子里，笑得格外热情。

陈寿没带仆人，自己挑着两坛酒，见了柳云夫妇赶紧跪下，叫了一声岳父岳母。

柳绵和柿儿也跟着跪下，叫爹娘，叫外爷外婆。

柳云两口子赶紧上来，将一家人拉起，请到客堂上。那番溢于言表的热情，似乎彼此从未结怨，素来相处甚欢。

酒宴格外丰富，陈寿坚持把自己带来的酒打开，先敬柳云夫妇。二人饮过一盏，陈寿笑问："如何？"

柳云咂了咂嘴说："美妙绝伦，难怪那么多人争着来买！"

陈寿说："我不是来给二老送酒，是来送生财之道的。"

二

原来张松的儿子张南山，得知黄皓已经成了去洛阳任尚书令的卫瓘的心腹，如曾经一样，依然可以一手遮天，赶紧带上一笔巨款，去洛阳见黄皓，说自己想做安汉县令。黄皓果然手眼通天，竟很快满足了张南山的愿望。

张南山做上安汉县令，首先盯上的便是柳云。这一来再也无人上柳家求购丝织及绣件，柳家顿时陷入绝境。

这些，陈寿早已知道。

陈寿的话，使柳云茅塞顿开，当即决定，像陈寿那样毁掉桑园，改栽果树。这么多年，柳家存了不少钱，等待果熟酒熟那一天，丝毫不成问题。

在张南山看来，柳家的破败在所难免，便盯上了未能为司马氏所用，早已回到安汉的陈寿。

时至仲春，花色渐浓，草木愈丰。张南山令张五置酒于城郊杏园，邀朋引类，大醉三日。

张南山不像其父张松那么鲁莽，做事相当委婉。陈寿以各种鲜果酿酒，并大获其利的消息，他早已获悉。如果陈寿家道就此中落，他可能不会拿他下手。但陈寿已经有了东山再起的势头，如果他再坐视不管，实在对不起这个花血本谋得的县令。

不用多想，要彻底葬送陈寿，让故乡成为他的坟墓，只需抓住他的不孝，便能大做文章。

张南山来到县衙，把包括县丞文旭在内的所有僚属叫来，让他们立刻去知会各乡乡老，明日来县衙议事。

翌日，乡老们相继而来，张南山却把他们请去仅一墙之隔的官邸。张南山虽然是县令，但只在自家府上居住，这座官邸一直空置。

如今官邸不仅洒扫一新，还摆上了酒宴。在张南山的邀请下，僚属及乡老一一入席。酒宴未开，管家张五带着几个仆人，给每个人送上了一份厚礼，每人蜀绣十幅，锦两端。

众人哪里敢收，只一味推谢。张南山说了一席话，意思是，自任安汉县令以来，承蒙诸位鼎力相助，举县之内一派安乐祥和，夜无盗贼，路不拾遗。这不过是自己的一点心意，若不收，便是看不起自己这个县令。

话说到这个份上，哪个敢再推，也听出了他另有意思，都收了，一再表示感谢。

酒过三巡，张南山又说了一番话，大意是，自古求治，无不在于教化民众；

而教化之首，都在一个"孝"字上。把各位乡老请来，是想推举本县十孝和十不孝。凡列入十孝者，本县予以表彰，各位乡老则大肆宣讲；凡列入十不孝者，本县将刻石为碑，竖在各乡路口，让人人唾弃。

有人立刻想起了陈寿，想起了张南山与陈寿因为婚姻产生的过节。顿时明白，这是冲陈寿去的。但这个理由堂堂正正，无可挑剔。看来，眼见已经重振家业的陈寿，必将堕入深渊，万劫不复了。

酒足饭饱，张南山把众人引去自己的官廨，那里早已备好了茶水。众人一边饮茶，一边按照张南山的意思，先推出了十孝。接下来，便是十不孝。不出所料，陈寿被列为十不孝之首。

一切如此圆满，张南山送走各位乡老，立刻起草公告，先表彰十孝。公告不仅在城里到处张贴，还往村中张贴。与此同时，各乡乡老分别在自己的属地，大讲十孝事迹。一时之间，十个孝子名声大起，人人传颂。张南山把十人召进县城，当众表彰，每人赏钱五万。

这只是序曲，真正的好戏是十不孝。张南山早已把十不孝的姓名刻在碑上，仅一夜之间，就立在了县城四门并各乡路口。不用问，陈寿的大名列在首位。

各地乡老开始讲十不孝的种种恶行，讲得远比此前的十孝更加起劲，也更加详尽，甚至不惜添油加醋，胡编乱造。

本来，陈寿不孝的恶名已经被人淡忘，这一来，不仅恶名再起，而且因为乡老们说得绘声绘色，更加不堪了。

首先深感不安的，当然是柳云夫妇，他们迟疑着去陈家试探，怕陈寿受此打击，一蹶不振。

他们万万没想到，陈寿竟然把书案搬到果园里，对着满园硕果奋笔疾书。从他安然如故的神色里可以看出，似乎那些纷纷扬扬的传言根本与他无关。

此时，距陈寿与谯周的儿子谯熙等将谯周的灵柩从洛阳扶回故里安葬，刚刚过去半年。

柳云两口子放下心来，也不去惊动他，悄悄去看了柳绵，说了一回话，回家去了。

柿儿已经入了村学，更加聪慧可爱。但在学堂里，也不免遭到奚落。柿儿忍不住，回家问柳绵："都说爹不孝，到底咋回事？"

柳绵一惊，赶紧把指头竖在嘴边说："千万不要去问你爹！"

　　忽听陈寿的声音响起："有啥不能问的？孝与不孝，天知地知。自己问心无愧，何惧闲言碎语！"

　　柿儿看着陈寿眨了眨眼，还是忍不住问："既然爹问心无愧，为何那么多人都说你不孝？"

　　陈寿摸了摸柿儿的头，淡淡一笑说："那是因为你爹太强大了，不仅满腹诗书，还生财有道。古人云，木秀于林，风必摧之；行高于世，言必毁之。等你长大了，自然会明白。不用管那些闲言碎语，好好念书要紧。"

　　柿儿似懂非懂地点了点头。

　　陈寿决意把自己安放在越来越滋润的小日子里，并依恩师的遗嘱，写好这部涉及魏、蜀、吴各类人物的巨著。

　　他只想忘了这个纷纷扰扰的世界，也希望这个充满炎凉的世界忘了自己。

　　不知不觉，三年过去了。柳絮漫飞，百花争艳，又是一个令人迷醉的春天。

　　张南山以为，在一派骂声里，陈寿虽然可能还活着，但已经被埋葬了。他心里便生起一个冲动，想去陈寿那里看看，一个被传言活埋了的人会是什么样子。

　　张南山与陈寿互闻其名，但至今都不曾会面。他特意换了一身便装，也不带随从，出城呼渡，来到陈家。

　　到了门口，正犹豫是否进去，见一个仆人正好出来，于是问他："陈承祚是否在家？"

　　仆人指着一片云霞似的花海说："在那里。"

　　张南山谢过，朝那片花海走去。沿着一条芳草掩映的小路走了一段，看见花木之下搭着一张书案，一个须发浓密的男子席地而坐，手握一支笔，正写得专心，并不知道有人来了。

　　不用问，从那一副儒雅而又不失凛然之气的面相里，张南山立刻知道，这人就是陈寿。

　　他犹豫再三，似乎不敢走近。只觉从陈寿的身上、笔端有一缕绵绵不绝的力道，正朝他扑来，把他藏在骨子里的卑下、怯懦与外强中干等，一一搅动起来，会使他立即崩溃。他若有所悟，一个如陈寿这样腹有诗书的人，根本埋葬不了。

张南山悄悄退走，走在这连天的芳草里，顿觉被这个春天埋葬的并非陈寿，而是自己……

陈寿放下笔，出了一口长气，卷帙浩繁的《三国志》终于写完了。

"得免为幸耳"，用这五个字来收尾，是再好不过了。